# AANBIDDING

*De Krinar-kronieken: deel 3*

## ANNA ZAIRES

♠ Mozaika Publications ♠

Uitgegeven door Mozaika Publications, onderdeel van Mozaika LLC.
www.mozaikallc.com

Coverontwerp: Najla Qamber Designs
www.najlaqamberdesigns.com

Vertaling: Parel Blokken

e-ISBN: 978-1-63142-496-0
ISBN: 978-1-63142-497-7

# DEEL EEN

De Krinar liep over straat in Moskou en observeerde in stilte de drukke mensenmassa's om hem heen. Wanneer hij passeerde, zag hij de angst en nieuwsgierigheid op hun gezichten, en hij voelde de haat die sommige voorbijgangers uitstraalden.

Rusland was een van de landen die zich het hevigst hadden verzet – en waar de grootste tol was geëist gedurende de Great Panic. Een grotendeels corrupte regering en een bevolking die alle autoriteit wantrouwde, waren het recept voor plunderingen en extreem hamstergedrag door de Russen tijdens de Krinar-invasie. Zelfs nu nog, meer dan vijf jaar na dato, waren sommige etalages in Moskou leeg. De afgeplakte winkelruiten waren een erfenis van de tumultueuze maanden na de komst van de Krinar.

Gelukkig was de luchtkwaliteit in de stad er behoorlijk op vooruitgegaan. Het was hier minder vervuild dan de Krinar zich van enkele jaren geleden herinnerde. Destijds had er een zware smog over de stad gehangen, wat hij vreselijk storend vond. Niet dat het hem in enig opzicht kon schaden, maar toch gaf de K er de voorkeur aan om lucht in te ademen die niet al te veel koolwaterstof bevatte.

Toen hij het Kremlin naderde, trok de K de capuchon van zijn jas over zijn hoofd en probeerde hij er zo menselijk mogelijk uit te zien door zijn bewegingen langzamer en minder gracieus te maken. Hij maakte zichzelf niet wijs dat de K-satellieten hem ook maar een moment uit het oog verloren, maar niemand in de Centers had een reden om hem te verdenken. Hij had zich de afgelopen jaren ingespannen om zoveel mogelijk te reizen en geregeld menselijke steden te bezoeken. Zo zouden zijn recente reizen geen argwaan wekken, mocht er ooit iemand zijn die zijn gangen besloot na te gaan.

Niet dat iemand die moeite zou nemen. Zover iedereen wist, zaten de Krinar die het Verzet hadden geholpen – de Kadebam, zoals ze genoemd werden – veilig opgeborgen, en die arme Saur had de schuld in de schoenen geschoven gekregen voor het uitwissen van hun herinneringen. De K had het zelf niet beter kunnen plannen.

Nee, hij hoefde zijn identiteit niet te verbergen voor de Krinar-satellieten. Zijn doel was het om de menselijke bewakingscamera's die overal om het Kremlin heen hingen te ontwijken. Hij wilde namelijk niet dat de Russische regering onraad zou ruiken voordat hij kans had gezien de andere grote steden te bezoeken.

De K zette een glimlach op en deed alsof hij gewoon een menselijke toerist was die een rondje liep over het Rode Plein. Zijn schoenzolen schraapten over het plaveisel en lieten kleine capsules los die de zaden bevatten voor een nieuw tijdperk in de menselijke geschiedenis.

Zodra hij klaar was, ging hij terug naar het schip dat hij in een nabijgelegen steegje had achtergelaten.

Morgen zou hij Mia weer zien.

Saret kon bijna niet wachten.

# HOOFDSTUK EEN

'O mijn god, Korum, hoe heb je dit allemaal voor elkaar gekregen?'

Mia keek vol verwondering om zich heen. Alle vertrouwde meubels waren verdwenen en Korums huis in Lenkarda, de plek die zij als thuis was gaan beschouwen, leek nu verdacht veel op een Krinar-woning, compleet met zwevende planken en smetteloze ruimtes. Het enige wat nog aan voorheen deed denken, was dat de muren en het plafond doorzichtig waren, maar dat was omdat het een element was van de Krinar-huizen dat Korum vanaf het begin zo had laten zijn.

Haar geliefde grijnsde, waardoor het kuiltje in zijn linkerwang tevoorschijn kwam. 'Misschien ben ik iets van een uurtje weggeweest terwijl je sliep.'

'Ben je helemaal van Florida hierheen gegaan alleen maar om het meubilair te veranderen?'

Hij schudde lachend zijn hoofd. 'Nee, schat, zelfs ik

ben niet zó toegewijd. Ik moest wat zaken regelen en toen besloot ik dat ik je hiermee wilde verrassen.'

'Nou, reken maar dat ik verrast ben,' zei Mia. Ze draaide langzaam een rondje en bestudeerde het vreemde interieur dat ze bij hun terugkomst in Lenkarda had aangetroffen.

Op de plek waar eerst de ivoorkleurige bank stond, zweefde nu een lange, witte plank boven de vloer. Korum had haar eens uitgelegd dat de Krinar hun meubels konden laten zweven door gebruik te maken van een vorm van zwaartekrachttechnologie, een variant op wat ze gebruikten om hun kolonies te beschermen. Mia wist dat als ze op die plank ging zitten, die zich onmiddellijk zou vormen naar haar lichaam, zodat het supercomfortabel was. Bij de muren zweefden eveneens een paar planken. Op sommige ervan stonden een soort kamerplanten met felroze bloemen.

De vloer was ook veranderd – en leek in niets op wat Mia in andere Krinar-huizen had gezien. Ze probeerde zich te herinneren hoe die andere vloeren eruitzagen, maar het enige wat ze kon terughalen was dat ze hard en koel waren, als plavuizen. Ze had niet zoveel aandacht aan die vloeren besteed omdat ze niet heel opmerkelijk waren. Maar wat ze nu onder haar voeten had, had een heel ongebruikelijke textuur en een sponsachtige consistentie. Het voelde alsof ze op lucht liep.

'Wat is dat?' vroeg ze aan Korum, wijzend naar het vreemde spul.

'Trek je schoenen maar uit,' zei hij. Hij schopte zijn eigen sandalen uit. 'Het is iets nieuws wat een van mijn medewerkers onlangs heeft bedacht – een variatie op de technologie van het slimme bed.'

Nieuwsgierig volgde Mia zijn voorbeeld en ze liet haar blote voeten in de zachte vloer wegzinken. Het materiaal leek om haar voeten heen te vloeien en ze te omhullen, en even later voelde het alsof duizend piepkleine vingers zachtjes haar tenen, hielen en wreven masseerden, waardoor alle spanning eruit wegvloeide. Een voetmassage, maar dan duizend keer fijner. 'Wauw,' verzuchtte Mia. Er verscheen een enorme gelukzalige glimlach op haar gezicht. 'Korum, dit is geweldig!'

'Ja hè.' Hij liep rond en leek zelf ook te genieten van het gevoel. 'Ik dacht al dat het je zou aanspreken.'

Met haar voeten weggezonken in weelde keek Mia toe hoe hij langzaam de kamer door liep. Zijn lange, gespierde lichaam bewoog zich met de katachtige sierlijkheid die zijn soort eigen was. Soms kon ze nauwelijks geloven dat deze prachtige, gecompliceerde man de hare was – dat hij evenveel van haar hield als zij van hem.

Haar geluksgevoel was zo groot dat het bijna angstaanjagend was.

'Wil je de rest van het huis zien?' Hij kwam naast haar staan en glimlachte warm naar haar.

'Ja, absoluut!' Mia grijnsde als een kind in een snoepwinkel.

Drie dagen terug, tijdens een van hun

avondwandelingen in Florida, had ze tegen Korum gezegd dat ze het leuk zou vinden om te zien hoe zijn huis eruitzag voordat hij het omwille van haar komst had 'vermenselijkt'. Hoe lief het ook was dat hij dat voor haar had gedaan, Mia was nu gewend aan de Krinar-levensstijl en had het vertrouwde gevoel van menselijke meubels niet meer nodig. Nu wilde ze juist zien hoe haar aliengeliefde had geleefd voordat ze elkaar ontmoetten. Hij had geglimlacht en beloofd dat hij zijn huis terug zou veranderen – en het was duidelijk dat hij die belofte had gemeend.

'Oké,' zei hij, en hij keek naar haar met een ietwat ondeugende blik op zijn mooie gezicht. 'Er is één kamer die je nog nooit hebt gezien, en die ik je heel graag wil laten zien...'

'O?' Mia trok haar wenkbrauwen op. Haar hart begon sneller te kloppen en in haar onderbuik tintelde het van de spanning. Zijn ogen hadden nu een gouden ondertoon, dus ze vermoedde dat wat het ook was dat hij haar wilde laten zien, ze het binnen afzienbare tijd in zijn armen zou uitschreeuwen van genot. Als er één ding was waar ze altijd van op aan kon, was het zijn onverzadigbare verlangen naar haar. Hoe vaak ze ook seks hadden, het leek alsof hij altijd meer wilde... en zij ook.

'Kom,' zei hij. Hij pakte haar hand en leidde haar naar de muur aan hun linkerzijde.

Terwijl ze eropaf liepen, verdween de muur niet zoals normaal gesproken gebeurde. In plaats daarvan voelde Mia dat ze dieper wegzonk in het sponzige materiaal onder haar voeten. Als eerste werden haar voeten geabsorbeerd, en daarna haar enkels en knieën. Het was als drijfzand, behalve dat het binnenshuis was. Ze keek Korum verbaasd aan en greep zijn hand. 'Wat…?'

'Geen zorgen.' Hij gaf een geruststellend kneepje in haar hand. 'Er zal je niks overkomen.' Bij hem gebeurde hetzelfde; ze zag hoe de vloer hem als het ware meezoog.

'Eh, Korum, ik weet het niet hoor…' Mia zat nu al tot aan haar middel in de vloer, en bij haar onderlichaam voelde het behoorlijk vreemd – haast gewichtsloos.

'Nog heel even maar,' zei hij, en hij glimlachte.

'Heel even?' Mia zat nu tot aan haar borst in het vreemde materiaal. 'Heel even tot wat?'

'Tot dit,' zei hij terwijl er ineens een versnelling optrad en ze allebei geheel door de vloer heen zakten.

Mia slaakte een gilletje en kneep hard in Korums hand. Eerst was er alleen maar donker en een angstaanjagend niets onder haar voeten, en toen zweefden ze plotseling in een zacht verlichte, perzikkleurige ruimte in cirkelvorm.

Ze zweefden letterlijk in het luchtledige.

Vol verbazing staarde Mia naar haar vriend. Ze kon niet geloven wat er gebeurde. 'Korum, is dit…?'

'Een antizwaartekrachtruimte?' Hij grijnsde als een jongetje dat zijn nieuwe speelgoed liet zien. 'Ja, inderdaad.'

'Je hebt een antizwaartekrachtruimte in je huis?'

'Klopt,' zei hij, duidelijk blij met haar reactie. Hij liet Mia's hand los en maakte een koprol in de lucht. 'Zoals je kunt zien is het superleuk.'

Mia lachte ongelovig en probeerde zijn voorbeeld te volgen, maar het lukte haar niet om haar bewegingen in de juiste banen te leiden. Ze had geen idee hoe Korum die koprollen maakte. Ze bewoog haar armen en benen, maar dat leek niet veel uit te halen. Het voelde alsof ze in het water was, alleen was het niet nat.

Wat onder of boven was, kon ze niet bepalen, want de kamer had geen ramen en er was geen duidelijk onderscheid tussen muren, vloer en plafond. Het was alsof ze in een gigantische bubbel zaten – wat waarschijnlijk ook niet ver bezijden de waarheid was. Mia had hier geen verstand van, maar ze kon zich indenken dat het niet makkelijk was om een antizwaartekrachtruimte te bouwen op aarde. Er moest heel veel complexe technologie bij komen kijken om de zwaartekracht van deze planeet te overrulen.

'Wauw,' zei ze zachtjes, terwijl ze door de lucht zweefde. 'Korum, dit is geweldig. Hebben meer Krinar dit?'

Hij was erin geslaagd bij een van de muren te komen en daar zette hij zich tegen af om zich terug in haar richting te duwen. 'Nee,' zei hij en hij pakte haar arm terwijl hij langs haar zweefde, 'dit hebben er niet veel.'

Mia grijnsde terwijl hij haar naar zich toe trok. 'O? Alleen jij?'

'Misschien,' mompelde hij. Hij sloeg een arm om haar middel en drukte haar stevig tegen zich aan. Zijn ogen werden met de seconde goudkleuriger en ze voelde tegen haar buik iets drukken waardoor ze niet meer kon twijfelen aan zijn intenties.

Haar ogen werden groot. 'Hier?' vroeg ze. Haar hartslag versnelde van opwinding.

'Hmhm…' Hij trok haar al omhoog (of was het omlaag?) om zachte kusjes te geven op het stukje huid achter haar oorlel.

Zoals altijd reageerde haar hele lichaam op zijn aanraking. Ze kantelde haar hoofd achterover en kreunde een beetje. Er stroomde een warm gevoel door haar aderen.

'Ik hou van je,' fluisterde hij in haar oor. Zijn grote handen streelden over haar lijf en trokken haar jurkje naar beneden. Het zweefde weg, maar Mia had het nauwelijks door. Haar ogen waren gefixeerd op de man van wie ze nog meer hield dan van het leven zelf.

Ze zou het nooit zat raken om deze woorden uit zijn mond te horen, dacht Mia, terwijl ze toekeek hoe hij zich even van haar losmaakte om zijn eigen kleren uit te trekken. Als eerste ging zijn shirt, toen zijn broek, en toen was hij compleet naakt. Zijn lichaam was van een oogverblindende mannelijke perfectie. Het feit dat ze door de lucht zweefden gaf het geheel iets surrealistisch, waardoor Mia het gevoel had dat ze in een heel ongebruikelijke seksdroom zat.

Ze strekte haar handen naar hem uit en liet ze over zijn borstkas glijden. Het voelde heerlijk, die gladde huid met de harde spieren eronder. 'Ik hou ook van jou,' zei ze, en ze zag hoe zijn ogen nog meer opgloeiden van verlangen.

Hij trok haar naar zich toe en draaide haar zodanig dat ze haaks op hem zweefde, met haar onderlichaam op zijn ooghoogte. Voor ze iets kon zeggen, duwde hij haar dijen uit elkaar om haar schaamlippen bloot te stellen aan zijn hongerige blik. 'Zo mooi,' fluisterde hij, 'zo warm en nat. Ik kan niet wachten om je te proeven…' zei hij, en hij likte langzaam over haar heen, 'om je te laten klaarkomen…'

Kreunend deed Mia haar ogen dicht. De kriebelende spanning in haar onderbuik nam toe. Het leek alsof alle sensaties sterker waren nu ze in de lucht zweefde. Zonder een ondergrond om op te liggen of iets anders wat haar lichaam aanraakte, was het enige wat ze voelde – en het enige waar ze zich op kon concentreren – het enorme genot van zijn mond die haar clitoris likte en kusjes gaf, en zijn sterke handen die over haar dijen gleden.

Zonder dat ze het zag aankomen, schoot er een krachtig orgasme door haar lichaam, vanuit haar kern naar buiten toe. Mia schreeuwde het uit en kromde haar tenen door de intensiteit van het orgasme, en toen draaide hij haar om zodat ze hem aankeek. Nog voordat haar orgasme was afgelopen, was zijn pik al bij haar opening, en hij gleed met één soepele stoot naar binnen.

Mia hapte naar adem, deed haar ogen open en greep hem bij de schouders. De schok van hoe hij haar in bezit nam, pulseerde door haar lichaam. Hij pauzeerde even en begon toen langzaam te bewegen, zodat ze tijd had om te wennen aan hoe vol het in haar voelde. Met elke voorzichtige stoot raakte zijn eikel een gevoelige plekje diep vanbinnen, waardoor ze kleine kreetjes slaakte.

Die zachte en beheerste stoten leken wel eeuwig door te gaan, en met elke stoot kwam ze dichter bij het randje, zonder eroverheen te gaan. Mia kreunde gefrustreerd en drukte haar nagels in zijn schouders. Hij móést sneller gaan bewegen. 'Alsjeblieft, Korum…' fluisterde ze. Ze wist dat hij dit soms wilde – hij hield ervan als ze smeekte om het ultieme genot.

'Ik ga het zeker doen,' mompelde hij. Zijn ogen waren nu vrijwel puur goudkleurig. 'Ik ga je dat genot geven, schatje.' Hij omklemde haar met één arm, en met de andere hand ging hij naar haar kutje om er wat vocht vandaan te halen. Daarna ging zijn vinger tot haar verbazing omhoog, tussen de bollingen van haar billen, en drukte hij zachtjes tegen haar kleine gaatje.

Haar adem stokte en Mia keek hem aan met een mengeling van angst en opwinding.

'Sst, ontspan…' suste hij. Zijn stem klonk als ruw fluweel. Voordat ze iets kon zeggen, boog hij zijn hoofd en kuste hij haar diep en verleidelijk terwijl hij zijn vinger naar binnen duwde.

Eerst leek het een brandende pijn te geven en zorgde de onbekende invasie ervoor dat ze tegen hem aan kermde in een zinloze poging om het ongemak te verlichten. Met zijn pik volledig in haar was dit schepje erbovenop te veel, het gevoel vreemd en verontrustend. Zodra hij echter stilhield, met zijn vinger nog maar deels in haar, werd het brandende gevoel minder en ervoer ze alleen nog maar een opgevuld gevoel.

Korum keek haar aan met een omfloerste blik. 'Gaat het?' vroeg hij zachtjes, en Mia knikte onzeker. Ze kon niet bepalen of ze dit vreemde gevoel nu prettig vond of niet.

'Goed,' fluisterde hij. Hij begon weer met zijn heupen te bewegen terwijl hij zijn vinger op zijn plek hield. 'Ontspan je maar. Ja, zo doe je het goed…'

Mia deed haar ogen dicht en concentreerde zich erop niet aan te spannen, hoewel dat steeds lastiger werd. Het vreemde gevoel droeg op de een of andere manier bij aan de druk die zich in haar opbouwde, elke stoot van zijn pik zorgde ervoor dat de vinger een klein beetje bewoog, en haar zintuigen werden overweldigd. Langzaam verhoogde hij zijn tempo, zijn heupen bewogen steeds sneller… en toen ineens spatte ze uit elkaar, trilde haar hele lichaam van een orgasme met zoveel intensiteit dat ze niks anders meer kon dan uithijgen.

Korum gromde en drukte zijn heupen tegen haar aan terwijl haar kutje ritmisch om zijn pik heen pulseerde, waardoor hij zelf klaarkwam. Ze voelde de warme stralen van zijn zaad in haar onderbuik, hoorde zijn zware ademhaling in haar oren terwijl zijn arm om haar middel aanspande om haar op haar plek te houden.

Naderhand liet hij zijn vinger langzaam uit haar glijden en kuste hij haar. Zijn lippen voelde zacht en lieflijk op de hare.

Ze zweefden nog even ineengestrengeld verder, hun lichamen vochtig van het zweet.

DE VOLGENDE OCHTEND, terwijl Mia wakker werd en zich uitrekte, kwam er een grote glimlach op haar gezicht toen ze terugdacht aan wat er gisteren was gebeurd. Het leek erop dat Korum pas net was begonnen haar te laten kennismaken met al het erotische genot dat hij voor haar in petto had… en ze kon bijna niet wachten om het allemaal te mogen ervaren. Of het nou goed voor haar was of niet, ze was compleet verslingerd aan hem, aan het genot dat ze in zijn armen mocht ervaren, en ze kon zich niet voorstellen dat ze ooit met iemand anders zou zijn – zeker niet met een gewone mensenman.

Grappig: ze had altijd gehoord dat relaties na verloop van tijd minder intens werden, maar het leek alsof hun passie alleen maar met de dag groter werd. Deels had dat te maken met het feit dat Korum een geweldige minnaar was. In tweeduizend jaar tijd had hij behoorlijk wat geleerd over het vrouwelijk lichaam. Maar het was nog iets anders, iets ondefinieerbaars – die unieke chemie tussen hen die ze al van het begin af aan hadden gevoeld.

Soms beangstigde het haar hoe erg ze hem nodig had. Het verlangen ging verder dan het fysieke, hoewel ze zich niet kon voorstellen dat ze ook maar een dag zonder het geweldige genot kon dat ze met hem beleefde. Het was alsof ze op celniveau op elkaar afgestemd waren – twee helften die samen heel werden.

Nog altijd met die glimlach op haar gezicht stapte Mia uit bed. Ze pakte haar hightech horloge en keek hoe laat het was. Tot haar verbazing was het al acht uur 's morgens, dus ze had nog maar een uur de tijd om te ontbijten en naar het laboratorium te gaan. Het was zaterdag, maar in Lenkarda was dat ook een werkdag. De Krinar hadden een andere kalender dan mensen. Hun 'week' duurde maar vier dagen in plaats van zeven en bestond uit drie werkdagen en dan één rustdag. Mia dacht echter nog steeds in mensentijd, omdat ze dat zo gewend was.

Korum was al de deur uit, dus Mia vroeg het huis om een smoothie voor haar klaar te maken en nam een snelle douche. Zelfs die was anders nadat Korum het huis had heringericht. In plaats van de bad-douchecombinatie waaraan ze gewend was geraakt, stond er in de badkamer nu een gigantische cirkelvormige cel met dezelfde intelligente technologie als de rest van het huis. Het water kwam overal en nergens vandaan om haar hele lichaam te wassen en masseren. De waterdruk en temperatuur werden automatisch aangepast aan haar wensen. Ze hoefde zelf niets te doen om zich te wassen. Douchegel, shampoo en een soort olie werden over haar lichaam en haar verspreid terwijl ze gewoon bleef staan. De Krinar-technologie deed al het werk.

Na de douche stapte Mia uit de cel en werd ze droog geblazen met warme lucht. Haar haar werd ook automatisch geföhnd, wat resulteerde in zachte, glanzende krullen zoals ze ze zou hebben na een behandeling bij een chique kapsalon. Tegelijkertijd proefde ze in haar mond een frisse geur, alsof ze haar tanden had gepoetst.

Tegen de tijd dat ze aangekleed en wel in de keuken kwam, stond er een aardbei-amandelsmoothie klaar op de keukentafel. Ze pakte hem mee voor onderweg naar haar werk.

Hoewel ze maar een week was weggeweest, had Mia gemerkt dat ze het laboratorium miste. Ze was leergierig, en de uitdaging om iets ingewikkelds onder de knie te krijgen had haar nooit afgeschrikt. In het begin voelde ze weerstand tegen de relatie met Korum, wat deels te maken had met haar angst om zichzelf te verliezen, om te verworden tot een veredelde genotslaaf. Maar ze had ontdekt dat ze een gewaardeerd onderdeel kon zijn van de Krinar-gemeenschap, dat ze een bijdrage kon leveren. Door deze stage voor haar te regelen, had Korum meer voor haar gedaan dan haar cv opvijzelen. Hij had ermee laten zien dat hij haar slim en capabel vond – dat hij niet alleen naar haar verlangde, maar haar ook respecteerde.

Eenmaal bij het laboratorium was Mia het grootste deel van de dag kwijt met inhalen wat ze had gemist tijdens haar week in Florida. Ook al had ze bijna dagelijks de stand van zaken besproken met Adam, haar projectpartner, ze had toch het gevoel dat ze achterliep bij de recente ontwikkelingen. Ze kreeg ook nog eens niet veel tijd om alles door te nemen, want Adam was van plan om die middag weg te gaan voor een week bij zijn menselijke adoptiefamilie.

'Hoe heb je dat bij Saret voor elkaar gekregen?' plaagde Mia. 'Een hele week? Korum moest al alles uit de kast trekken om hem zover te krijgen dat ik een week mocht weggaan, en jij bent veel waardevoller…'

Adam haalde zijn schouders op. 'Hij had niet veel keus. Ik heb gezegd dat ik ging en dat was dat.'

Mia grijnsde naar hem, opnieuw onder de indruk van de jonge Krinar. Ondanks zijn menselijke opvoeding – of misschien juist dankzij – stond hij meer dan zijn mannetje in deze samenleving.

Uiteindelijk gaf Adam haar rond vier uur 's middags een stapel leesvoer en vertrok hij, zodat zij alleen achterbleef. De andere leerlingen werkten aan een project samen met het breinlaboratorium in Thailand, en waren een paar dagen weg voor een experiment.

De volgende twee uur was Mia aan het lezen en ging ze de data checken die was gegenereerd door de virtuele simulatie van het brein van een jonge Krinar. Het leek erop dat de meest recente methode die Adam en zij hadden getest inderdaad een stap in de goede richting was. De kennisoverdracht ging sneller en had minder nare bijwerkingen. Hopelijk zouden ze voor het eind van de zomer nog verder zijn met finetunen...

'Hoe was het in Florida?' vroeg een bekende stem achter haar, en Mia schrok op van haar werk.

Ze draaide zich om en ademde diep in om haar versnelde hartslag te kalmeren. 'Je liet me schrikken,' zei ze glimlachend tegen Saret. 'Ik wist niet dat er hier nog iemand was.'

Zijn baas streek met zijn vingers door zijn donkere haar. 'Ik ben nog wat dingen aan het afronden.' Hij keek ongebruikelijk gespannen, en Mia kreeg de indruk dat hij vermoeid was – iets wat de Krinar niet gauw overkwam.

'Gaat het wel?' vroeg ze voorzichtig. Ze wilde geen grens overschrijden. Terwijl ze al een paar weken voor Saret werkte, kon ze hem nog steeds niet helemaal peilen. Hij was niet zo heel vaak in het lab, want voor het project waar hij zich mee bezighield, reisde hij de hele wereld over. Als hij wel in het lab was, was dat meestal in zijn kantoor, hoewel ze al een paar keer had gemerkt dat hij haar aan het observeren was. Hij wilde de enige mens die ooit in zijn lab was geweest wel in de gaten houden, blijkbaar.

'Natuurlijk,' zei Saret. Hij glimlachte. 'Het gaat heel goed. Een van mijn favoriete assistentes is weer terug.'

Mia voelde zich een tikje ongemakkelijk, maar ze beantwoordde toch zijn glimlach. 'Dank je,' zei ze. 'Het is fijn om terug te zijn. Ik was net de data aan het bekijken en er is absoluut vooruitgang...'

'Geweldig,' onderbrak Saret haar. 'Ik kijk uit naar je rapportage.'

'Uiteraard. Die zal ik vanavond maken…'

'Nee hoor, dat hoeft niet. Je kunt vandaag op tijd naar huis. Het is je eerste dag sinds je terug bent. Je cheren zou het niet op prijs stellen als ik je hier vasthield.'

Mia knikte verbaasd. 'Oké, als je het zeker weet…' Normaal gesproken stelde Saret het niet op prijs als je minder dan de volle dag werkte. Hij was daar zelfs met Korum over in discussie gegaan toen haar stage net begonnen was. Maar nu leek het erop dat hij juist wilde dat ze wegging. Ach ja, daar zou ze maar niets tegen inbrengen. Ze was toch al van plan geweest om over een uurtje naar huis te gaan.

'Ik weet het zeker.' Saret glimlachte naar haar. Er was iets aan die glimlach wat haar een onbehaaglijk gevoel gaf, maar ze kon er niet de vinger op leggen.

'Goed, dank je wel. Ik zie je morgen weer,' zei Mia, en ze liep langs hem heen. Terwijl ze dat deed, had ze durven zweren dat hij wat dichterbij leunde en inademde, haast alsof hij haar geur opsnoof.

Ze hield zichzelf voor dat ze zich maar iets in het hoofd haalde en liep het lab uit, waarna ze in een klein vliegtuig stapte dat buiten stond. Korum had dit voor haar gemaakt zodat ze snel kon rondreizen binnen Lenkarda. Net als het horloge dat hij haar had gegeven, kon ze ook dit toestel bedienen met spraakcommando's. Moe van de werkdag ging Mia in een van de intelligente stoelen zitten en ze zei tegen het vliegtuigje dat het haar naar huis moest brengen.

Saret keek toe hoe Mia wegging. Zijn handen jeukten van het verlangen om haar aan te raken.

Haar zo dichtbij te hebben na haar lange afwezigheid was een kwelling geweest. Haar lichtzoete geur vulde het lab en hij had zich er niet van kunnen weerhouden dichterbij te komen om die op te snuiven. Als ze op dat moment niet was weggegaan, zou hij iets doms hebben gedaan, zoals haar naar zich toe trekken om haar te proeven. En hij zou niet zijn gestopt bij het proeven.

Als hij zijn eigen brein zou proberen te analyseren – zoals elke breinexpert zou moeten doen – kon hij allerlei redenen bedenken voor zijn obsessie. Ten eerste behoorde ze toe aan Korum. Als kind al had Saret altijd Korums speelgoed willen hebben. Zijn vijand was inventief; hij had de designs van populair speelgoed veranderd om voor zichzelf iets te maken wat nog gaver was dan de rest had. Saret had Korum daar destijds om gehaat, en hij haatte hem tot op de dag van vandaag nog steeds. Natuurlijk had hij dat nooit laten merken. Het liep nooit goed af met Korums vijanden. Het was veel beter om met hem bevriend te zijn, of om in elk geval te doen alsof.

En Mia was het ultieme speelgoed. Zo klein, zo delicaat, zo heerlijk menselijk. Voor het eerst begreep

Saret waarom haar soort huisdieren had. Een schattig wezentje dat je eigendom was, dat je kon aaien en aanraken wanneer je maar wilde – het had iets heel aanlokkelijks. Zeker als dat wezentje van je hield, van je afhankelijk was... Mia zou een heel goed huisdier zijn, dacht Saret wrang, met die dikke bos haar die er zo zacht en aaibaar uitzag.

Het verbaasde hem dat Korum hem zoveel tijd met haar liet doorbrengen. Saret had hem in het begin uitgetest door te eisen dat Mia volle dagen zou werken, gewoon om te zien of Korum dan zou begrijpen dat het belachelijk was om een mens te laten werken in een Krinar-omgeving. Zijn tegenstander was de laatste van wie hij had verwacht dat hij een mensenmeisje gelijkwaardig zou behandelen. Oké, ze was slim – voor een mens dan – maar ze was ook jong en beïnvloedbaar. Het zou niet veel moeite kosten om haar te vormen tot wat je maar wilde. Wat zij op dit moment dacht te willen deed er niet echt toe. Als Mia zijn charl was geweest, had hij haar overtuigd dat ze gelukkig moest zijn met haar rol in zijn leven, in zijn bed. Er waren zoveel dingen waar een mensenmeisje zich mee kon vermaken: allerlei virtuele en echte spabehandelingen, mooie kleding, interessante films, leuke boeken... Maar in plaats daarvan liet Korum haar non-stop werken. Geen wonder dat ze zich nog altijd verzette tegen het idee een charl te zijn. Haar cheren behandelde haar simpelweg niet op de juiste manier.

Saret zuchtte en liep terug naar zijn kantoor. Alle breinanalyses van de wereld konden het feit dat hij haar wilde niet veranderen. En binnenkort zou hij zijn kans krijgen. Hij hoefde alleen nog maar heel even geduld te hebben.

Hij richtte zijn aandacht weer op zijn taak en riep een 3D-kaart van Shanghai op.

Volgende halte: China.

# HOOFDSTUK TWEE

'Maak je geen zorgen,' zei Korum geruststellend terwijl hij een witte stip op Mia's slaap maakte. 'Ze zullen je geweldig vinden, net als ik.'

Mia draaide zenuwachtig een haarlok rond tussen haar vingers en stopte hem toen achter haar oor. 'Vinden ze het niet vervelend dat ik een mens ben?'

'Nee hoor,' zei hij. 'Ze weten zo goed als alles al over je en ze zijn heel blij dat ik iemand heb gevonden om wie ik zoveel geef.'

Bij thuiskomst van haar werk had Korum haar verrast met het nieuws dat hij haar ook wilde voorstellen aan zijn familie. Nu stond hij op het punt haar mee te nemen naar een virtual-realityomgeving waarin ze zijn ouders zou ontmoeten. Volgens zeggen was deze virtual reality levensecht, zodat ze met zijn ouders kon praten alsof ze tegenover hen zat.

De ontmoeting zou plaatsvinden op Krina.

'Weet je zeker dat ik me niet hoef om te kleden?' Mia had door dat ze aan het treuzelen was, maar ze was vreselijk nerveus. 'En zal je moeder het niet erg vinden dat ik jullie familiesieraad draag?'

'Je ziet er prachtig uit en die ketting staat je geweldig,' zei hij vastbesloten. 'Mijn moeder zal het heel mooi vinden om die om jouw hals te zien. Ze heeft hem me speciaal voor dat doeleinde gegeven: om hem te schenken aan de vrouw van wie ik hou.'

Mia ademde diep in om haar bonkende hart te kalmeren. 'Goed, dan ben ik er klaar voor.' Althans zo klaar als mogelijk voor een ontmoeting met de buitenaardse ouders van haar geliefde, die tweeduizend lichtjaar verderop woonden.

Korum glimlachte en de wereld om haar heen vervaagde.

Met een duizelig gevoel sloot Mia haar ogen, en toen ze ze weer opendeed, stond ze in een groot, ruimtelijk gebouw dat ietwat deed denken aan Korums huis in Lenkarda. Van binnenuit was het transparant, zodat ze de bijzondere planten kon zien die hierbuiten groeiden. De meeste flora had de groene kleur die ze kende, maar ze zag ook rode, oranje en gele tinten. Het was overweldigend mooi. Het interieur van het gebouw gaf hetzelfde rustgevende gevoel als Armans huis. Alles was crèmekleurig en het zonlicht dat naar binnen stroomde door het doorzichtige plafond viel op een prachtig bloemstuk in het midden van de ruimte –

het enige kleurelement in een verder smetteloze ruimte. De bloemen leken uit een opening in de vloer te groeien. Langs de muren zag ze een paar zwevende planken zoals ze ze kende, die meerdere toepassingen hadden.

'Het is beeldschoon,' fluisterde Mia terwijl ze de ruimte rondkeek. 'Is dit het huis van je ouders?'

Korum knikte glimlachend. Hij zag er trots en gelukkig uit. 'Dit is het huis waarin ik ben opgegroeid,' zei hij. Hij pakte haar hand en kneep er lichtjes in.

Zoals gewoonlijk zorgde zijn aanraking ervoor dat ze het warm kreeg vanbinnen, en ze verwonderde zich er opnieuw over hoe echt deze virtual reality voelde. Op de een of andere manier leek dit nog echter dan de club waar hij haar een keer mee naartoe had genomen om haar fantasie te beleven. Al haar zintuigen stonden aan, alsof ze hier fysiek aanwezig was, op een planeet in een ander sterrenstelsel.

Mia ademde diep in en besefte dat de lucht iets ijler was dan ze gewend was, alsof ze op grote hoogte waren. Ze voelde zich daadwerkelijk een beetje licht in het hoofd. Ze hoopte maar dat ze er gauw aan gewend zou raken. De temperatuur was aangenaam warm, ook al waren ze binnen. In de lucht hing een exotische, maar prettige geur. Dat had vast te maken met de bloemen. Het rook haast fruitig. Zoiets had ze nog nooit geroken.

Terwijl Mia om zich heen keek, ontstond er een gat in een van de muren. Er kwam een Krinar-vrouw door naar binnen. Ze was lang en slank, de bouw van een supermodel, en had glanzend donker haar. Haar ogen hadden dezelfde warme amberkleur als die van Korum. Het kon niet anders dan dat zij Korums moeder was: de gelijkenis was onmiskenbaar.

Toen ze hen zag staan, verscheen er een grote glimlach op haar gezicht. 'Lieveling,' zei ze zachtjes, en haar ogen straalden liefde uit terwijl ze naar haar zoon keek, 'wat ben ik blij je te zien.' Zoals bij alle K was het moeilijk haar leeftijd te schatten. Ze zag eruit als vijfentwintig.

Korum liet Mia's hand los, liep naar de andere kant van de kamer en omhelsde zijn moeder. 'Ik ook, Riani, ik ook.'

Mia keek ernaar met een gevoel alsof ze inbreuk maakte op een privémoment. Ze kon zich niet voorstellen hoe het voor zijn ouders moest zijn dat hun zoon zo ver weg woonde. Ja, ze konden elkaar in virtual reality ontmoeten, maar ze kon zich voorstellen dat ze het toch misten om hem in het echt te zien.

'Kom, liefje,' zei Korum met een glimlach terwijl hij zich naar Mia omdraaide. 'Dan stel ik je voor aan mijn moeder.'

Met haar lippen in een glimlach geplooid liep Mia naar hen toe. Ze merkte dat de vrouwelijke K haar van top tot teen opnam. Haar handpalmen werden klam. Wat ging er door deze mooie vrouw heen? Vroeg ze zich af hoe het mogelijk was dat haar zoon een mensenvrouw had opgeduikeld?

Op ongeveer een meter afstand bleef Mia stilstaan en ze verbreedde haar glimlach. 'Hallo,' zei ze. Ze wist niet zeker of ze haar hand moest uitsteken om de begroeting te doen waarbij ze zijn moeders wang met haar knokkels streelde. Ze had de afgelopen weken ontdekt dat dit de gebruikelijke begroeting was tussen Krinar-vrouwen.

Korums moeder had geen last van deze schroom. Ze bracht haar hand naar Mia's wang, raakte die zachtjes aan en glimlachte terug. 'Hallo, lieve meid. Wat ben ik blij dat ik jou eindelijk mag ontmoeten.'

'Riani, dit is Mia, mijn charl,' zei Korum. 'Mia, dit is Riani, mijn moeder.'

'Ik ben ook heel blij om u te ontmoeten, Riani.' Mia begon zich wat meer op haar gemak te voelen. Ondanks de verpletterende schoonheid en jeugdige looks was er iets aan Riani's manier van doen wat haar geruststelde. Haast moederlijk, dacht Mia met een glimlachje.

'Waar is Chiaren?' vroeg Korum aan zijn moeder.

'O, die kan hier elk moment zijn.' Ze maakte een wegwuifgebaar. 'Hij werd wat opgehouden op zijn werk, maar hij weet dat je hier bent.'

Chiaren moest dan wel Korums vader zijn, begreep Mia. Het was interessant dat hij zijn ouders bij de voornaam noemde, hoewel het ook logisch was. De K leefden zo lang dat er waarschijnlijk minder gevoelsmatig verschil was tussen de generaties dan bij mensen. Hoewel Korum eens had gezegd dat zijn ouders veel ouder waren dan hij, kon ze zich voorstellen dat het verschil tussen tweeduizend jaar en een paar duizend jaar extra niet zo groot was.

Ze werd onderbroken in haar overpeinzingen door een zacht woesjgeluid, waarop ze opzijkeek en zag dat de muur weer een stukje openging. Een knappe, donkere Krinar-man kwam binnen, gekleed in typische K-kleren. Hij liep vlug door de ruimte, bracht zijn hand omhoog en legde die op Korums schouder om zijn zoon te begroeten.

Korum beantwoordde het gebaar, maar hij leek nu een stuk gereserveerder dan hij was geweest tegenover zijn moeder. 'Chiaren,' zei hij zonder veel enthousiasme. 'Wat fijn dat je er ook bij bent.'

Zijn toon verbaasde Mia. Waren er spanningen tussen vader en zoon?

Zijn vader knikte. 'Natuurlijk. Ik zou het niet willen missen.' Toen wendde hij zich tot Mia. Hij kantelde zijn hoofd en bestudeerde haar met een gezichtsuitdrukking die ze niet kon plaatsen.

Mia slikte, want haar keel voelde ineens droog aan. Chiarens houding en de licht spottende manier waarop hij zijn lippen krulde, kwamen haar al te bekend voor. Korum mocht dan wel zijn moeders uiterlijk hebben, hij had zonder meer wat kenmerken van zijn vader geërfd. Ze vond Chiaren intimiderend, met zijn koele, donkere blik en zijn gebrek aan zichtbare emotie. Hij deed haar denken aan Korum toen ze hem pas had ontmoet.

'Chiaren, dit is Mia,' zei Korum. Hij stapte naar haar toe en legde een bezitterige arm om haar heen. 'Ze is mijn charl. Mia, dit is mijn vader, Chiaren.'

De K glimlachte en zag er ineens veel meer

benaderbaar uit. 'Wat mooi,' zei hij zachtaardig. 'Wat een prachtig mensenmeisje. Hoe oud ben je, Mia? Je ziet er jonger uit dan ik me had voorgesteld.'

'Ik ben eenentwintig,' zei Mia. Ze was zich ervan bewust dat ze er een paar jaar jonger uitzag. Dat kwam door haar kleine bouw, en het zou nooit meer veranderen nu ze Korums charl was.

Chiarens glimlach werd breder. 'Eenentwintig…'

Mia bloosde nu ze zich realiseerde dat hij haar had gezien als een kind. Dat was ze natuurlijk ook in vergelijking met hem. Toch had ze het prettig gevonden als hij niet zo geamuseerd had gekeken bij het horen van haar leeftijd.

'Mia, liefje, vertel ons eens over jezelf,' zei Riani. Ze glimlachte warm naar haar om haar te bemoedigen. 'Korum zei dat je de psyche bestudeert. Klopt dat?'

Ze knikte en richtte haar aandacht op Korums moeder. Wat ze van zijn vader moest vinden, wist ze nog niet precies, maar ze merkte dat ze Riani al graag mocht. 'Klopt,' zei ze. 'Ik werk sinds deze zomer voor Saret. Voor die tijd studeerde ik psychologie aan een van onze universiteiten.'

'Hoe vind je het tot nu toe? Je stage?' vroeg Chiaren. 'Het zal wel heel anders zijn dan je tot nu toe hebt ervaren.' Hij leek oprecht geïnteresseerd.

'Ja, heel anders,' bevestigde Mia. 'Ik leer heel veel.' Ze voelde zich een stuk meer op haar gemak terwijl ze hem vertelde over haar werk in het lab en vooral toen ze haar project aan hem uitlegde.

Daarna vroeg Riani naar haar familie. Ze leek het

vooral boeiend te vinden dat Mia een zus had. Marisa's zwangerschap fascineerde haar en ze luisterde aandachtig terwijl Mia vertelde over wat haar zus had doorgemaakt voordat Ellet haar had geholpen. Daarna informeerde Chiaren naar Mia's ouders en hun werk. Hij was benieuwd hoe de bijdrage van een mens aan de maatschappij werd gemeten, dus Mia vertelde over de rol van docenten in het Amerikaanse schoolsysteem.

Het duurde kortom niet lang voor ze in een geanimeerd gesprek was met Korums ouders. Ze vertelden haar dat ze al bijna drie millennia bij elkaar waren en dat zijn moeder bijna vijfhonderd jaar ouder was dan zijn vader. Anders dan Korum, die zijn passie voor technologische designs al op jonge leeftijd had ontdekt, waren Riani en Chiaren jobhoppers. Dat gold voor de meeste Krinar, hoorde Mia. In plaats van zich te specialiseren, maakten ze regelmatig een carrièreswitch, zodat ze nooit echt ergens een expert in werden. Als gevolg daarvan hadden Korums ouders het nooit geschopt tot het niveau van de Raad, ook al hadden ze een respectabele positie in de samenleving.

'Ik heb geen idee hoe we het hebben klaargespeeld om zo'n intelligent en ambitieus kind voort te brengen,' zei Riani grijnzend. 'Dat was in elk geval niet onze opzet.'

Bij het zien van Mia's verbaasde gezichtsuitdrukking legde Chiaren uit: 'Als een stel besluit een kind te willen, kiezen ze de optimale combinatie van fysieke kenmerken en potentiële intellectuele competenties, waarbij ze de meest vooraanstaande medisch experts raadplegen…'

'Zijn de meeste Krinar designbaby's?' Mia's ogen werden groot bij dit besef. Dat verklaarde waarom alle Krinar die ze had ontmoet zo knap waren. Ze hadden hun eigen evolutie in de hand genomen door een vorm van genetische selectie. Dit verklaarde heel veel. Een cultuur die geavanceerd genoeg was om zijn eigen DNA te manipuleren – zoals de Krinar hadden gedaan om van hun bloeddorst af te komen – kon met gemak uitselecteren welke genen ze wel en niet wilden voor hun kinderen. Het verbaasde Mia nu vooral dat ze hier niet eerder aan had gedacht.

Chiaren aarzelde. 'Die term ken ik niet…'

'Ja, precies,' zei Korum, en hij glimlachte naar Mia. 'Er zijn maar weinig ouders die genetische roulette willen spelen terwijl er een betere manier is.'

'Maar wij hebben dat wel gedaan,' zei Riani met een schaapachtige uitdrukking. 'Ik ben per ongeluk zwanger geraakt – een van de weinige "ongelukjes" van de afgelopen paar duizend jaar. We hadden het erover dat we een kind wilden krijgen en stopten met anticonceptie, met het idee dat we net als ieder ander stel naar het lab zouden gaan. De kans dat je binnen het eerste vruchtbare jaar op de natuurlijke manier zwanger wordt, is iets van één op een miljoen. Ik was in die tijd bezig met muziek en had me gestort op het verbeteren van mijn zang, iets waar ik helemaal in opging. Daarom stelden we het krijgen van een kind uit. Tegen de tijd dat ik bij de medisch expert zat, was ik al drie weken zwanger van Korum.'

'Ik ben wat ze noemen een *throwback*,' zei Korum lachend. 'Mijn ouders hebben geen enkele invloed uitgeoefend op welke kenmerken ik heb geërfd.'

Mia grijnsde naar hem. 'Nou, volgens mij is het wel duidelijk van wie je je looks hebt.' Hij had wel Riani's tweelingbroer kunnen zijn.

'Het is vooral de mate van ambitie die ons verbaast,' zei Chiaren. Hij keek zijn zoon aan met een onleesbare blik. 'Die komt echt uit het niets…'

Korum kneep zijn ogen tot spleetjes en Mia begreep dat dit het lastigste punt was tussen vader en zoon. Ze nam zich voor Korum hier later naar te vragen. Op dit moment was ze vooral nieuwsgierig naar deze nieuwe informatie over haar vriend. 'Dus je bent geen designbaby,' zei ze met een plagerig lachje.

Korum grijnsde. 'Klopt. Ik ben zoals de natuur het bedoeld heeft.'

'Je bent perfect,' zei Mia terwijl ze keek naar zijn prachtige mannelijke bouw. Ze kon zich niet voorstellen dat hij nog mooier kon zijn.

Tot haar verbazing schudde Korum zijn hoofd. 'Nee, dat is niet waar. Ik heb een kleine afwijking.'

'Wat?' Mia staarde hem geschokt aan. Deze prachtige man had een afwijking? Waar had hij die al die tijd verborgen gehouden?

Hij glimlachte en wees naar het kuiltje in zijn linkerwang. 'Ja, dit. Zie je?'

Mia keek hem ongelovig aan. 'Dat kuiltje? Meen je dat?'

Hij knikte en zijn ogen glinsterden geamuseerd. 'Mijn soort beschouwt dit als een misvorming. Maar ik heb ermee leren leven. Klaarblijkelijk zijn er zelfs vrouwen die het mooi vinden.'

Mooi? Mia vond het geweldig, en dat zei ze ook tegen hem. Korum en zijn ouders lachten.

'We moesten maar weer eens gaan,' zei Korum na een tijdje. 'Het is etenstijd en Mia moet morgen op tijd opstaan voor werk.'

'Natuurlijk.' Riani keek haar begripvol aan. 'Ik weet dat mensen sneller moe worden...'

Mia deed haar mond open om daartegenin te gaan, maar hield zich in. Wat Riani zei, was waar, ook al was ze nu niet heel erg moe. In plaats daarvan zei ze: 'Het was heel leuk om jullie te ontmoeten, Riani en Chiaren. Ik heb ervan genoten met jullie te praten.'

'Insgelijks, liefje, insgelijks.' Riani raakte weer licht haar wang aan. 'We hopen je snel weer te zien.'

Mia glimlachte en knikte. 'Absoluut. Ik kijk ernaar uit.'

'Het was leuk je te ontmoeten, Mia,' zei Korums vader met een glimlach. Daarna wendde hij zich tot Korum en zei: 'En het was goed om jou te zien, zoon.'

Korum knikte. 'Tot de volgende keer.'

En toen vervaagde de wereld om hen heen weer. Mia deed haar ogen dicht. Toen ze ze opendeed, stonden ze in Korums huis in Lenkarda.

·  ·  ·

'Ik mag je ouders graag,' zei Mia tegen Korum tijdens het avondeten. 'Ze lijken me aardig.'

'Dat zijn ze ook,' zei Korum. Hij hapte in een stuk jicama met granaatappelsmaak. 'Riani is geweldig. Chiaren ook, hoewel we niet altijd met elkaar op één lijn zitten.'

'Hoe komt dat?'

Hij haalde zijn schouders op. 'Ik weet het niet. Het is altijd zo geweest. In bepaalde opzichten lijken we op elkaar, maar op andere vlakken zijn we totaal tegengesteld. Hij heeft nooit begrepen waarom ik al mijn tijd heb gestoken in het opbouwen van mijn bedrijf in plaats van van het leven te genieten en een partner te zoeken zoals hij heeft gedaan. En hij heeft me niet echt vergeven dat ik Krina heb verlaten en zo Riani haar enige zoon heb ontnomen, ook al breng ik ze vaak genoeg een virtueel bezoek.'

Mia glimlachte. Die familiedynamiek kwam haar bekend voor. Haar ouders vonden het lastig toen ze naar New York was gegaan om te studeren. Ze kon zich niet indenken hoe ze het zouden hebben gevonden als ze naar een ander universum ging. Ze kon het Korums vader niet echt kwalijk nemen dat die daar niet kapot van was, vooral aangezien hij de ambitie van zijn zoon niet begreep of niet op prijs stelde.

Nog steeds met haar hoofd bij Korums familie at Mia langzaam haar stoofpot. Ze genoot van de combinatie van rijke smaken aan groenten en gewassen van Krina. Opeens kwam er een verontrustende gedachte bij haar op. Ze legde haar bestek neer en keek op naar Korum.

'Zou je ooit terug willen gaan naar Krina?' vroeg ze met een lichte frons. 'Je zult je ouders wel missen, en het lijkt daar zo mooi…'

Hij aarzelde even. 'Misschien op een dag,' zei hij ten slotte. Hij keek haar aan met een onleesbare goudkleurige blik. 'Maar waarschijnlijk niet heel lang.'

Mia voelde een druk op haar borst. 'En ik dan?'

'Jij gaat mee, natuurlijk,' zei hij simpelweg. Hij nam een slokje water. 'Wat dacht jij dan?'

Ze ademde diep in om kalm te blijven. 'Naar een andere planeet? Waarbij ik alles en iedereen achterlaat?'

Zijn ogen vernauwden zich een beetje. 'Ik heb niet gezegd dat het binnenkort gebeurt, Mia. Misschien niet eens gedurende de levensverwachting van je familie. Maar het zou kunnen dat ik op een dag naar Krina zal moeten, ja, en dan zou ik willen dat jij meegaat.'

Mia knipperde met haar ogen en keek weg. Haar hart kneep pijnlijk samen nu ze werd herinnerd aan de kloof tussen haarzelf en de rest van de mensheid. Dankzij de nanodeeltjes in haar lichaam zou zij nooit verouderen en sterven. Zodoende zou ze haar dierbaren allemaal overleven. Het feit dat de Krinar de middelen hadden om een mensenleven oneindig te verlengen maar ervoor kozen dat niet te doen zat haar dwars. Ze voelde zich schuldig wanneer ze hierover nadacht.

'Mia…' Korum reikte over de tafel heen en pakte

haar hand. 'Luister. Ik heb je gezegd dat ik de Oudsten zou raadplegen omwille van jouw familie en daar ben ik mee begonnen. Maar ik kan je niets beloven. Ik heb nog nooit gehoord dat er een uitzondering werd gemaakt voor iemand die geen charl is.'

'Maar waarom niet?' vroeg Mia gefrustreerd. 'Waarom zouden jullie je kennis en technologie niet met ons delen? Waarom vinden jullie Oudsten dit zo belangrijk?'

Korum zuchtte en streek met zijn duim over haar handpalm. 'Dat weet niemand precies, maar het heeft iets te maken met het feit dat jullie soort nog steeds imperfect is en de Oudsten willen dat jullie verder evolueren...'

'We zijn imperfect?' Mia staarde hem ongelovig aan. 'Wat bedoel je daarmee? Wil je zeggen dat we een defect hebben? Als een auto-onderdeel dat niet naar behoren functioneert?'

'Nee, niet als een auto-onderdeel,' legde hij langzaam uit. De grip van zijn vingers werd steviger toen ze probeerde haar hand weg te trekken. 'Jouw soort is heel jong, dat is alles. Jullie maatschappij en cultuur ontwikkelen zich in razend tempo en dat is waarschijnlijk voor een groot deel te danken aan jullie hoge geboortecijfer en korte levensverwachting. Als we jullie nu onze technologie zouden geven, als iedere mens duizenden jaren zou kunnen leven, zou jullie planeet binnen de kortste keren overbevolkt raken... tenzij we ook iets zouden doen aan jullie geboortecijfer. Snap je? Het is alles of niets: óf wij beheersen alles, of we laten jullie begaan. Er is geen middenweg, liefste.'

Mia klemde haar kaken op elkaar. 'Waarom laat je mensen dan niet die keuze maken?' vroeg ze. Het hele gebeuren maakte haar boos. 'Waarom laat je ze niet de keuze maken tussen een eeuwig leven of het krijgen van kinderen? Ik denk dat een heleboel mensen liever dat eerste zouden willen dan dat er ziektes op hun pad komen en ze uiteindelijk doodgaan...'

'Zo simpel ligt het niet, Mia,' zei Korum met een onbewogen gezicht. 'De kans op te grote bevolkingsgroei is niet de enige zorg van de Oudsten. Iedere generatie geeft onze samenleving iets nieuws, maakt hem beter. Nog maar tweehonderd jaar geleden vonden mensen in jouw land het heel normaal om slaven te houden. Nu is alleen de gedachte al een gruwel – omdat er generaties overheen zijn gegaan en de normen en waarden zijn veranderd. Denk je dat je de slavernij had kunnen afschaffen als de mensen die ooit slavendrijvers waren nu nog rondliepen? De vooruitgang van jullie maatschappij zou een stuk langzamer gaan als we jullie levensverwachting oprekten – en dat is iets wat de Oudsten op dit moment niet willen.'

'Dus dan zijn we inderdaad maar gewoon een experiment,' zei Mia. Het lukte haar niet om de bitterheid uit haar toon te weren. 'Jullie willen gewoon zien wat er met ons gaat gebeuren en het kan jullie niet schelen hoeveel de mens lijdt...'

'Er zouden helemaal geen mensen zijn geweest als

wij er niet waren, liefje,' onderbrak hij haar. Hij keek licht geamuseerd om haar uitbarsting. 'Dat vergeet je even.'

'O ja, jullie hebben ons gemaakt, dus nu kunnen jullie voor God spelen.' Ze voelde een weerzin opkomen die maakte dat ze overal tegenaan wilde schoppen omdat het zo oneerlijk was. Hoeveel ze ook van Korum hield, zijn arrogantie dreef haar soms tot waanzin.

Hij grijnsde, niet onder de indruk van haar boosheid. De grip van zijn vingers werd minder stevig en nu was zijn aanraking weer zacht en liefkozend. 'Ik ken wel een leuker spel om te spelen,' mompelde hij. Zijn ogen vulden zich met goudkleurige hitte.

Terwijl Mia vol ongeloof toekeek, liet hij de zwevende tafel wegzweven, zodat de barrière tussen hen in weg was. Met haar hand nog altijd in de zijne trok hij haar naar zich toe zodat ze niet anders kon dan bij hem op schoot kruipen.

'Denk je nog steeds dat seks alles goed maakt?' vroeg ze. Ze vond het vervelend dat haar lichaam zonder dat ze het wilde, reageerde op zijn nabijheid. Hoe boos ze ook was, hij hoefde haar maar op een bepaalde manier aan te kijken en ze was al verloren, vervuld van verlangen.

'Hmhm...' Hij boog zich al naar haar toe om een kus in haar nek te geven. Zijn mond voelde heet en vochtig op haar blote huid. 'Seks maakt altijd alles goed,' fluisterde hij, en hij knabbelde aan de gevoelige overgang tussen haar nek en haar schouder.

De daaropvolgende paar uur kon Mia daar niets meer tegen inbrengen.

IN VERGELIJKING MET HET LAWAAIIGE, drukbevolkte Shanghai was het kale landschap van de Siberische toendra haast kalmerend. Als het niet zo koud was, zou Saret waarschijnlijk hebben genoten van zijn bezoek aan dit afgelegen gebied in Noord-Rusland.

Maar het was wél koud. De temperatuur hier, vlak boven de poolcirkel, was nooit hoog genoeg voor een Krinar, zelfs niet op de warmste zomerdag. Vandaag was het beneden het vriespunt en Saret zorgde dat ieder stukje huid bedekt was met thermische kleding voordat hij uit zijn vaartuig stapte.

Het grote, grijze gebouw voor hem was een van de lelijkste voorbeelden van Sovjetarchitectuur. Met prikkeldraad en op iedere hoek een bewakingstoren zag het er precies uit als wat het was: een zwaarbewaakte gevangenis voor de ergste misdadigers van heel Rusland. Weinig mensen wisten van het bestaan van deze plek, en daarom had Saret hiervoor gekozen voor zijn experiment.

Hij liep naar het hek toe zonder zich druk te maken of hij gezien zou worden door een camera of satelliet. Voor deze gelegenheid had hij een vermomming aan die hij zelf had ontworpen. Die veranderde niet alleen zijn uiterlijk, maar zelfs zijn DNA, waardoor het nagenoeg onmogelijk was om zijn ware identiteit te achterhalen. De mensen konden natuurlijk wel zien dat hij een Krinar was, maar verder wisten ze niets over hem.

Zodra hij in de buurt kwam, zwaaiden de poorten open om hem binnen te laten. Saret liep met grote passen het gebouw binnen en werd begroet door de bewaker, een naar alcohol en sigaretten stinkende man van middelbare leeftijd met een bierbuik.

Zonder een woord te zeggen leidde de bewaker hem naar zijn kantoortje en sloot hij de deur.

'Heb je de data waar ik om heb gevraagd?' vroeg Saret in het Russisch zodra ze de privacy hadden.

'Ja,' zei de bewaker langzaam. 'De resultaten zijn… opmerkelijk.'

'In welke zin?'

'Je laatste bezoek was zes weken geleden,' zei de mens. Zijn handen speelden nerveus met een pen. 'De afgelopen maand hebben we geen enkele moord meegemaakt. Er is al drie weken niet gevochten. Ik werk hier al twintig jaar en zoiets heb ik nog nooit meegemaakt.'

Saret glimlachte. 'Dat verbaast me niks. Wat was het moordcijfer voorheen?'

De man maakte een map open en haalde er een vel papier uit dat hij aan Saret gaf. 'Kijk maar. Meestal is er elke dag een gevecht en zijn er een stuk of twee à drie moorden per maand. We snappen er niks van. Het is alsof ze een persoonlijkheidstransplantatie hebben ondergaan.'

Saret glimlachte nog breder. Als deze man eens wist

hoe dicht hij bij de waarheid zat. Hij vouwde het vel papier op en stopte het in de zak van zijn thermobroek. 'Je kunt de laatste betaling morgen verwachten,' zei hij tegen de bewaker, en hij liep de ruimte uit.

Hij kon niet wachten om weer weg te gaan uit deze kou.

e volgende twee dagen gingen redelijk geruisloos voorbij. Mia werkte in het lab en bracht haar avonden door met Korum. Ze was enorm gelukkig, ondanks hun discussies zo nu en dan. Ze twijfelde er niet aan dat hij van haar hield, en dat maakte alle verschil. Ze hoopte dat ze hem op een dag zou kunnen overtuigen om haar soort in een ander licht te zien, om te begrijpen dat mensen meer waren dan slechts een experiment van de Oudsten. Maar voor nu moest ze zich tevredenstellen met een mogelijke uitzondering voor haar familie, iets waarvan ze wist dat Korum ervoor streed.

Bij het lab waren alle andere stagiairs nog afwezig, dus Mia werkte vaak in haar eentje te midden van al die apparatuur. Saret kwam en ging, en af en toe merkte ze dat hij haar met een raadselachtige blik aankeek. Ze beschouwde het als een soort wantrouwen jegens zijn menselijke stagiair en probeerde zich er verder niet druk om te maken. Toen ze haar rapport af had, stuurde ze het naar Saret en ze hoopte dat hij haar snel van feedback zou voorzien. Terwijl ze daarop wachtte, probeerde ze verschillende dingen uit met de simulatie, en ze noteerde alle uitkomsten van de variaties op het proces.

Dinsdag was een vrije dag in Lenkarda. Maria was jarig. Mia had in het weekend een enthousiast holografisch bericht ontvangen met een uitnodiging voor het strandfeest. Natuurlijk had ze die uitnodiging aangenomen.

'Mag ik niet komen?' Korum lag te relaxen op bed en keek hoe ze zich opmaakte voor het feestje. Zijn gouden ogen glinsterden geamuseerd en ze wist dat hij haar plaagde.

'Sorry, liefje,' zei ze spottend en ze draaide een rondje voor de spiegel. 'Cheren zijn niet welkom. Dit feestje is alleen voor charls.'

Hij grijnsde. 'Wat discriminerend.'

Ze droeg de ketting die hij haar had gegeven en een licht, zwierig jurkje met een badpak eronder – voor het geval er ook in de oceaan gezwommen zou worden.

'Tja, weet je,' zei ze grijnzend, 'we zijn nu eenmaal te cool voor jullie.'

Ze vond het heerlijk dat ze nu zo met hem kon omgaan. Haast ongemerkt was hun relatie gelijkwaardiger geworden. Hij vond het nog steeds fijn om de touwtjes in handen te hebben en hij kon nog steeds weleens ontzettend dominant zijn, maar ze had meer het gevoel dat ze haar mannetje stond tegenover hem. Nu ze zeker wist dat hij van haar hield en dat haar gedachten en mening ertoe deden voor hem, voelde ze zich vrijer.

'Nou,' zei ze, en ze boog zich naar hem toe om een kuis kusje om zijn wang te geven, 'ik moet ervandoor.'

Voor ze kon weggaan gleed zijn arm echter om haar middel en lag ze ineens op haar rug op bed, met zijn grote, gespierde lijf boven op haar.

'Korum!' Ze probeerde zich onder hem vandaan te wurmen. 'Ik kom te laat! Je hebt me zelf verteld dat het beledigend is om te laat te komen…'

'Eén kusje,' bedelde hij, terwijl hij haar moeiteloos vasthield. Ze zag de opwinding op zijn gezicht en voelde zijn pik harder worden tegen haar been. Haar lichaam reageerde zoals te verwachten viel door vanbinnen samen te trekken en haar ademhaling versnelde.

Ze schudde haar hoofd. 'Nee, dit kan niet…'

'Eén kusje maar,' beloofde hij, en hij bracht zijn hoofd naar beneden. Zijn lippen waren warm en kundig op de hare, zijn tong gleed zachtjes naar binnen, en Mia voelde zich week worden en een prettige waas in haar hoofd ontstaan. Voor ze helemaal kon vergeten wie ze was, stopte hij en rolde hij van haar af.

'Ga maar,' zei hij met een brede lach. 'Ik wil niet dat je te laat komt.'

Gefrustreerd stond Mia op en ze gooide een kussen naar hem. 'Vuile opgeiler,' zei ze tegen hem. Nu was ze ontzettend opgewonden en kon ze hem een paar uur lang niet zien. Het enige wat het leed iets verzachtte, was het feit dat hij het net zo moeilijk zou hebben.

'Ik wilde alleen maar zorgen dat je zo snel mogelijk weer terugkomt,' zei hij grijnzend, en Mia gooide nog een kussen naar hem voordat ze het cadeautje voor Maria pakte en zich de deur uit haastte.

Het lukt haar om toch nog op tijd te zijn, hoewel alle andere twaalf charl er al waren toen ze aankwam. Maria had toen ze haar uitnodigde geschreven dat er in totaal dertien meisjes zouden zijn, inclusief Mia.

Op de achtergrond klonk ongebruikelijke muziek. Mia herkende in de prachtige geluiden de melodie die Korum soms door het huis liet klinken. Door het kenmerkende Krinar-geluid heen hoorde ze bekendere tonen van een fluit en viool.

De vrouwen zaten op zwevende stoelen in een cirkel om een zwevende plank die dienstdeed als picknicktafel. Op tafel stonden allerlei soorten heerlijk uitziend fruit en verschillende exotische gerechten.

Maria zag dat Mia er was en zwaaide enthousiast naar haar. 'Hé, kom erbij zitten!'

Glimlachend stapte Mia op haar af. 'Gefeliciteerd!' zei ze, en ze gaf Maria een klein, mooi ingepakt doosje.

'Een cadeau! O, schat, dat had je toch niet hoeven doen!' zei ze, maar ze straalde, dus Mia wist dat ze er goed aan had gedaan. Korum had haar geholpen om te bedenken wat Maria leuk zou vinden.

Zo blij als een kind scheurde Maria het papier eraf en maakte ze het doosje open. Ze haalde er een klein ovaal dingetje uit. 'O mijn god, is dit wat ik denk dat het is?'

'Korum heeft het gemaakt,' lichtte Mia toe. Ze was blij met Maria's reactie. Maria wist duidelijk genoeg van Krinar-technologie om te begrijpen dat wat ze had gekregen, een fabricator was – een apparaatje dat haar in staat stelde om nanomachines te gebruiken om van alles te maken van atomen. Goed, Korum had een apparaatje in zijn handpalm geïntegreerd waarmee hij exact hetzelfde kon doen zonder dat hij andere machines nodig had, en ook nog op een veel grotere, complexere schaal. Maar hij was een van de weinigen die uit het niets een compleet schip konden creëren. Snelfabricatie was een relatief nieuwe technologie en het was nog prijzig, dus niet alle Krinar konden het betalen. Zelfs een fabricator zoals deze die hij voor Maria had gemaakt, was al bijzonder. Het was een heel gewilde gadget, had Korum gezegd.

'O mijn god, een fabricator! Dank je wel!' Maria spatte bijna uit elkaar van opwinding. 'Dit is geweldig – ik kan nu alle kleren maken die ik wil!'

'En andere dingen,' zei Mia grijnzend. De kleine fabricator was niet geavanceerd genoeg voor complexe technologie, maar hij kon echt van alles maken.

'Kleding,' zei Maria vol overtuiging. 'Ik wil voornamelijk kleding.'

Iedereen om de tafel lachte om haar vastbesloten

gezichtsuitdrukking, en een roodharige vrouw zei: 'En schoenen voor mij!'

'O, waar zit ik met mijn hoofd!' riep Maria uit te midden van al het gelach. 'Ik heb je nog niet eens aan iedereen voorgesteld. Lieve meiden, dit is Mia, onze nieuwste aanwinst. Zoals jullie kunnen zien is ze ongelofelijk geweldig. Mia, je kent Delia al. De lieftallige dame rechts van haar is Sandra, en dan met de klok mee Jenny, Jeannette, Rosa, Yun, Lisa, Danielle, Ana, Moira en Cat.'

'Hoi,' zei Mia. Ze glimlachte en zwaaide naar alle vrouwen. De namenstortvloed was een beetje overweldigend; ze kon al die namen onmogelijk meteen onthouden. Normaal gesproken was ze verlegen als ze maar weinig mensen kende, maar hier voelde ze zich op de een of andere manier meteen op haar gemak. Misschien omdat ze met deze meiden zoveel gemeen had. Buiten deze groep waren er maar weinig mensen die zouden kunnen bevatten hoe het was om een relatie te hebben met iemand die letterlijk uit een andere wereld kwam.

Ze ging zitten op de vrije zwevende stoel en keek met onverholen nieuwsgierigheid de tafel rond. Al deze vrouwen waren onsterfelijk, net als zij. Zouden sommigen dan veel ouder zijn dan ze eruitzagen? De vrouwen hadden verschillende afkomsten, maar ze waren allemaal jong en mooi. Maar ze waren niet buitenaards mooi, gewoon mooi naar menselijke maatstaven. Daardoor vroeg Mia zich opnieuw af hoe het mogelijk was dat de Krinar zich überhaupt tot mensen aangetrokken voelden. Was het omdat ze hun bloed graag dronken? Als bloed drinken net zo fijn voelde als wanneer er bij je gedronken werd, dan kon ze dat wel begrijpen.

Mia wendde zich tot Delia en bedankte haar dat ze haar op de hoogte had gebracht van dit feestje.

'Geen dank,' zei Delia. 'Ik ben blij dat je er bent. We hoorden dat je vorige week niet in Lenkarda was. Als je er wel was geweest, hadden we je wel eerder een officiële uitnodiging gestuurd.'

'Klopt. Ik was in Florida, op bezoek bij mijn familie,' legde Mia uit toen ze Delia's vragende blik zag.

'Liet Korum je daarheen gaan?' vroeg ze met ongeloof in haar stem.

'We zijn samen gegaan,' zei Mia. Ze stopte een aardbei in haar mond. Die was zoet en sappig – de Krinar wisten wel waar ze lekker fruit vandaan konden halen.

'O,' zei Delia, 'vandaar.' Ze leek een beetje verward door dit nieuws.

'Ga jij weleens naar je familie?' vroeg Mia onnadenkend. 'Wonen ze nog steeds in Griekenland?'

Delia glimlachte. 'Nee, ze zijn niet meer onder ons.'

'Dat spijt me vreselijk...' Mia kon wel door de grond zakken. Ze had geen idee dat Delia een wees was.

'Geen zorgen,' zei Delia kalm. 'Ze zijn al lang geleden overleden. Ik heb nog maar vage herinneringen aan hen. Foto's bestonden toen nog niet.'

Mia begon te begrijpen hoe het zat. 'Hoelang is lang?' vroeg ze; ze kon haar nieuwsgierigheid niet bedwingen. Geen foto's? Hoe oud was Arus' charl wel niet?

'Ken je Delia's verhaal nog niet?' vroeg een charl met bruin haar die naast Delia zat. 'Delia, je moet Mia wel vertellen…'

'Daar heb ik nog geen gelegenheid voor gehad, Sandra,' zei Delia tegen de vrouw. 'Ik heb Mia pas één keer eerder ontmoet.'

'Delia is wat ouder dan ze lijkt,' zei Sandra met een grote glimlach. 'Ik vind het altijd geweldig om te zien hoe nieuwkomers reageren als ze haar echte leeftijd horen…'

Mia staarde geïntrigeerd naar de Griekse vrouw. 'Hoe oud ben je dan, Delia?'

'Voor zover ik weet, word ik dit jaar tweeduizendhonderdtwaalf.'

Mia verslikte zich bijna in een aardbei. Kuchend bracht ze uit: 'Wát?'

'Je hoort het goed,' zei Sandra lachend. 'Delia is maar een paar jaar jonger dan sommige piramides…'

En ouder dan Korum, dacht Mia. 'Ben je al die tijd al een charl?' vroeg ze ongelovig.

'Sinds mijn negentiende,' zei Delia, en ze keek haar met haar grote, bruine ogen aan. 'Ik ontmoette Arus vlak bij mijn dorp aan de Middellandse Zeekust. Hij was toen nog veel jonger, amper tweehonderd jaar oud, maar ik was diep onder de indruk van zijn kennis en wijsheid. Ik beschouwde hem als een god, vooral toen hij me liet kennismaken met hun miraculeuze technologie. Toen hij me meenam naar hun schip, was ik ervan overtuigd dat hij me had meegenomen naar de Olympus...'

'Waar heb je al die tijd gewoond? Op Krina?' Mia was volstrekt gefascineerd. Om de een of andere reden had ze aangenomen dat relaties tussen Krinar en mensen een relatief recente ontwikkeling waren. Hoewel, nu ze erover nadacht, het bestaan van de termen 'charl' en 'cheren' in het Krinar een aanwijzing waren dat deze relaties ook al langer meegingen.

'Ja,' zei Delia. 'Arus nam me mee naar Krina toen we de aarde achter ons lieten. We hebben daar gewoond totdat de Krinar hier een paar jaar geleden naartoe gingen.'

Mia keek naar haar en probeerde zich voor te stellen wat een overweldigende shock het voor iemand uit het oude Griekenland moest zijn geweest om op een andere planeet te belanden. Zelfs Mia, die wist dat de Krinar geen bovennatuurlijke wezens waren, vond veel van wat ze konden magisch. Hoe zou dat zijn voor iemand die nog nooit een mobiele telefoon of tv had gezien, die geen idee had wat een computer of een vliegtuig was?

'Hoe ging je daarmee om?' vroeg Mia zich af. 'Ik kan me niet voorstellen hoe dat voor jou geweest moet zijn.'

Delia haalde haar schouders op. 'Om eerlijk te zijn weet ik het niet meer. Ik kan me die tijd nauwelijks nog herinneren – alles is een grote brij van beelden en indrukken. De reis naar Krina viel me zwaar, dat weet ik nog wel. Jouw cheren – die toen nog niet eens geboren was – heeft heel veel gedaan om intergalactisch reizen veiliger en comfortabeler te maken. Destijds was het nog een stuk lastiger. Ik was de hele reis vreselijk misselijk omdat het schip niet geoptimaliseerd was voor mensen. Het duurde een paar dagen om daarvan te herstellen zodra ik op Krina was, zelfs met hun medicijnen.'

'Wilde je gaan?' Mia had met terugwerkende kracht medelijden met het negentienjarige meisje dat uit haar vertrouwde omgeving was weggehaald en naar een vreemde, onbekende plek was gebracht.

Opnieuw haalde Delia haar schouders op. 'Ik wilde met Arus zijn, maar ik denk niet dat ik toen volledig kon bevatten wat dat inhield. Ik heb er in elk geval geen spijt van.'

'Zijn er charl die nog ouder zijn dan jij?'

'Ja,' zei Delia. 'Twee. De een is de charl van de bioloog die ervoor heeft gezorgd dat het mensenleven oneindig is geworden. Hij is bijna vijfduizend jaar oud. De ander is ongeveer vijfhonderd jaar ouder dan ik. Zij komt oorspronkelijk uit Afrika.'

'Wacht even: een hij?' Mia had niet eerder gehoord over een mannelijke charl.

'Ja,' zei Sandra, 'ik was ook verbaasd. Maar sommige Krinar-vrouwen – en ook mannen – kiezen een mensenman als charl. Het komt veel minder vaak voor, maar het kan wel. Sumuel, de man die we ook wel de proto-charl noemen, heeft een relatie met een koppel.'

Mia knipperde met haar ogen. 'Een trio?'

'Zoiets,' zei Sandra met een ondeugende glimlach. 'Het is een ongebruikelijke verbintenis, maar voor hen werkt het goed. De dochter van het stel ziet Sumuel als haar bonusvader.'

'De dochter van het Krinar-stel?'

'Ja, vanzelfsprekend,' zei Delia. 'Wij kunnen geen kinderen krijgen met de Krinar. Ons DNA verschilt te veel.'

Dat wist Mia al, maar nu Delia het zei, voelde ze toch een steek in haar maag. De afgelopen dagen was Mia zo gelukkig geweest dat ze niet had nagedacht over de schaduwkanten van een relatie met iemand van een andere soort. Korum had haar meteen in het begin al verteld dat ze niet zwanger van hem kon worden en ze had geen reden gehad om dat in twijfel te trekken. Trouwens, ze had toen wel wat anders aan haar hoofd. Maar nu ze een toekomst voor zich zag met Korum, besefte ze ook wat die toekomst inhield – of liever gezegd wat die uitsloot, namelijk het stichten van een gezin.

Ze had geen vurige kinderwens, althans niet op dit moment. Een kind krijgen was voor haar altijd iets geweest voor in een verre, onzekere toekomst. Ze had altijd gedacht dat ze haar bul zou halen, zou gaan promoveren en dan op een gegeven moment een leuke man zou ontmoeten. Met hem zou ze een paar jaar een relatie hebben, dan zouden ze zich verloven, een kleine huwelijksceremonie organiseren met familie en vrienden, en een paar jaar later zouden ze gaan nadenken over kinderen. In plaats daarvan was ze nu de charl van een buitenaards wezen, was ze onsterfelijk en zou ze nooit meer een normaal mensenleven kunnen leiden.

Niet dat ze daarmee zat. Natuurlijk niet. Met Korum zijn, zijn geliefde zijn, was meer dan ze ooit had durven hopen. En als ergens diep vanbinnen iets in haar rouwde om het verlies van haar niet-bestaande nageslacht… daar kon ze wel mee leven. Misschien kon ze Korum op een dag zover krijgen dat ze een kind adopteerden.

Dus plakte ze een glimlach op haar gezicht en vroeg ze Delia naar haar ervaringen op Krina, waar ze zo lang had gewoond.

Gedurende het daaropvolgende uur leerde Mia zowel Delia als Sandra beter kennen. Dankzij hun ervaringen kreeg ze een indruk van wat het leven als charl werkelijk inhield. Sandra woonde sinds drie jaar in Lenkarda en kwam oorspronkelijk uit Italië. Ze had haar cheren toevallig ontmoet aan de Amalfikust. Delia en Sandra leken grotendeels gelukkig met hun leven, hoewel Mia het gevoel kreeg dat Arus Delia als volwaardige partner beschouwde, terwijl Sandra's cheren haar weliswaar vreselijk verwende, maar niet echt serieus nam.

Zodra het merendeel van het eten op was, zei Maria dat ze een drinkspelletje gingen doen dat leek op *truth or dare*. Het *dare*-gedeelte bestond eruit dat ze een tequilashot moesten nemen.

'Geen zorgen,' fluisterde Sandra, 'je zult niet

dronken worden. Zelfs niet als je vijf shotjes in een uur neemt. Ons lichaam breekt alcohol nu heel snel af.'

Mia dacht met een beschaamde grijns terug aan de laatste keer dat ze stomdronken was. Het zou fijn zijn geweest om destijds al die nanocyten te hebben gehad, dan had ze heel wat minder voor schut gestaan.

Ze speelden het spel een uur lang en Mia nam minstens zes shotjes, want ze deed liever die 'dare' dan dat ze intieme vragen over haar seksleven beantwoordde. De andere vrouwen hadden daar minder moeite mee, dus Mia hoorde alles over Moira's voorkeur voor zwartleren broeken, Jenny's voorliefde voor voetmassages en die keer dat Sandra het had gedaan op een reddingsboot.

Na het feestje ging Mia met een ietwat licht gevoel in haar hoofd naar huis. Ze had zin om Korum weer te zien en af te maken waar ze aan begonnen waren.

Saret liep door de sloppenwijken van Mexico City en keek vol afgrijzen naar het gespuis dat hem omringde. Hij had de apparaatjes al geplant in het stadscentrum, dus dit uitstapje had geen doel, behalve dat hij zijn nieuwsgierigheid wilde bevredigen – en dat hij zich er opnieuw van wilde overtuigen dat hij het juiste deed.

Op een straathoek werd een prostituee met een mes bedreigd door een groepje criminelen. Ze haalde met tegenzin geld uit haar beha en vervloekte de mannen in ratelend Spaans. Saret liep expres met lawaaiige stappen hun kant uit zodat de mannen snel wegliepen en de hoer met rust lieten. Zij op haar beurt keek Saret vluchtig aan en rende toen ook weg, omdat ze blijkbaar doorhad wat hij was.

Saret grijnsde bij zichzelf. Wat een lafaards.

Het was al voorbij middernacht en in dit deel van de stad wemelde het van het tuig. Het drugsgeweld in Mexico was de afgelopen jaren niet afgenomen en de overheid had zich zelfs tot de Krinar gewend om hulp te zoeken voor dit probleem. Na een debat had de Raad hiertegen beslist, want ze wilden zich niet mengen in mensenzaken. Saret was het daar in stilte mee oneens, maar hij had hetzelfde gestemd als Korum: tegen inmenging. Het was nooit een goed idee om openlijk tegen zijn zogenaamde vriend in te gaan. Daarbij was het niet zinvol om mensen op zo'n beperkte schaal te helpen. Wat Saret nu deed, zou veel meer effect hebben.

Hij liep terug naar de plek waar hij zijn transportmiddel had achtergelaten toen een tiental bendeleden de fout maakte zijn pad te kruisen. Gewapend met machinewapens en high van de cocaïne hadden ze het gevoel dat ze het tegen een K konden opnemen – een fout die ze onmiddellijk moesten bezuren.

De eerste paar kogels raakten Saret wel, maar daarna geen enkele meer. Overmand door woede dacht hij nauwelijks na over wat hij deed; hij handelde puur instinctief. En zijn instinct was om alles wat hem bedreigde te vernietigen. Tegen de tijd dat Saret zichzelf weer onder controle had, lag de steeg vol met lichaamsdelen en stonk het er naar dood en verderf.

Saret walgde van zichzelf en van de idioten die hem hadden uitgelokt, maar hij was er vooral meer dan ooit van overtuigd dat hij op het juiste spoor zat met zijn plannen.

# HOOFDSTUK VIER

De volgende dag, woensdag, rondde Mia de derde doorloop van de simulatie af. Ze stuurde het rapport naar Saret in de hoop dat hij gauw tijd zou vinden om ernaar te kijken. Zonder zijn feedback – of Adams input – kon ze op dit moment niet verder met het project.

Het was pas elf uur 's morgens en ze was al klaar met het werk dat ze voor de hele dag gepland had. Natuurlijk kon ze altijd wat wetenschappelijke tijdschriften gaan lezen of opnames bekijken, maar dat deed ze doorgaans al in haar vrije tijd buiten het lab. De tijd in het lab wilde ze aan concreet werk besteden. Ze probeerde dus te bedenken wat voor nuttigs ze kon doen totdat ze Sarets terugkoppeling kreeg.

Zoals gebruikelijk was Saret niet in het lab, en de andere werkstudenten waren weer in Thailand. Ze hadden haar alleen in het lab achtergelaten en dat beschouwde Mia als een teken van hun vertrouwen.

Saret zou vast niet zomaar iedereen achterlaten bij al die complexe labapparatuur.

Mia stond op en liep naar het dataopslagapparaat – een Krinar-uitvinding die lichtjaren voorliep op alle menselijke computers. Ze wist nog lang niet alles over wat dit apparaat kon, dus ze besloot de tijd die ze nu had te gebruiken om er meer over te weten te komen en om tegelijkertijd up-to-date te raken over waar de andere stagiairs mee bezig waren. Het apparaat werkte op spraakcommando's, dus Mia kon het makkelijk bedienen.

De werkdag vloog om. Mia ging zo op in het lezen over de celvernieuwing van het Krinar-breinweefsel en de complexiteit van hersenontwikkeling bij kinderen dat ze de tijd haast vergat. Ze nam een korte lunchpauze, waarin ze de slimme technologie van het gebouw vroeg om een sandwich, en las daarna gefascineerd verder. Ze kreeg de indruk dat het project waar de andere werkstudenten mee bezig waren nog interessanter was dan dat waar Mia en Adam aan werkten. Met een licht gevoel van jaloezie besloot Mia om aan Saret te vragen of ze er op de een of andere manier bij betrokken kon worden.

Om vijf uur sloot Mia af. Hoewel ze normaal gesproken langer in het lab bleef, had dat nu geen zin. Ze verliet het lab en ging naar huis.

Daar aangekomen was Korum tot haar verbazing nog niet aanwezig. Zijn werkdruk lag hoger dan de hare, maar goed, hij had ook veel minder slaap nodig. Hij deed een heleboel in de nacht en de vroege morgen, als Mia nog sliep.

Ze ging zitten op de grote zwevende plank in de woonkamer en belde Jessie. Haar had ze niet meer gesproken sinds voordat ze naar Florida ging, en Mia miste het vrolijke stemgeluid van haar beste vriendin.

'Bel Jessie,' zei ze tegen haar polshorloge, en ze hoorde de kiestoon.

'Mia?' vroeg Jessie voorzichtig.

'Ja, ik ben het,' zei Mia lachend. Ze wist dat er op Jessies scherm stond dat er een privénummer belde. 'Hoe is het? Ik heb je al meer dan een week niet gesproken!'

'O, prima,' zei Jessie. Ze klonk een beetje afwezig. 'Hoe gaat het met je familie? Hebben ze Korum al ontmoet?'

'Zeker weten,' zei Mia. 'En geloof het of niet: ze vonden hem geweldig. Maar hé, komt het niet uit? Ik kan een andere keer terugbellen…'

'Wat? O, nee, wacht even, dan loop ik ergens anders heen.' Er klonk even een stilte en toen zei Jessie: 'Ben ik weer. Sorry daarvoor. Ik zit hier met Edgar en Peter. Ken je Peter nog?'

'Natuurlijk,' zei Mia. Peter was de jongen die ze bij de club had ontmoet – de jongen die bijna aan zijn eind was gekomen omdat Korum hem met haar had zien dansen. Mia kreeg nog steeds de rillingen als ze daaraan terugdacht. Ze dacht toen echt dat Korum had ontdekt dat ze achter zijn rug samenwerkte met het

Verzet en dat hij haar zou vermoorden. Terugkijkend was dat nogal een idiote gedachte. Ze had kunnen weten dat hij haar nooit iets zou aandoen. Maar destijds was Korum nog zo goed als een vreemde voor haar geweest, een mysterieuze en gevaarlijke Krinar die met zijn soortgenoten vijf jaar eerder de aarde had overgenomen.

'Hij vraagt nog steeds naar je,' zei Jessie zwaarmoedig. 'Edgar zegt dat Peter zich zorgen maakt...'

'Dat is lief van hem, maar er is echt geen reden voor,' onderbrak Mia haar. Ze wilde niet dat het gesprek in deze richting ging. 'Echt, ik ben gelukkiger dan ik ooit ben geweest...'

Jessie viel even stil en toen hoorde Mia haar zuchten. 'Dus dat is dan dat,' zei ze zachtjes. 'Je bent verliefd op de K.'

'Ja,' zei Mia met een enorme glimlach op haar gezicht. 'En het is wederzijds. O, Jessie, je hebt geen idee hoe gelukkig hij me maakt. Ik had nooit gedacht dat het zo kon voelen. Het is een droom die uitkomt...'

'Mia...' Jessie zuchtte weer. 'Ik ben blij voor je, echt waar. Maar denk je dat je ooit nog terugkomt naar New York?'

Ze aarzelde even. 'Ik denk het...' Zo zeker als eerder was ze er niet meer van. Met elke dag die voorbijging leek studeren en alles wat ermee samenhing minder belangrijk te worden. Wat had ze aan een graad van een menselijke universiteit als ze in Lenkarda bleef wonen en werken? Ze leerde in één dag in het lab meer dan in een maand aan NYU. Was het dan echt een logische zet om nog negen maanden lang essays te schrijven en tentamens te maken alleen maar om een diploma te halen? En nog belangrijker: zou Saret haar terug laten keren naar het lab als ze zo lang was weggeweest? Gezien de hoge doorloopsnelheid van het onderzoek hier zou het na negen maanden voelen alsof ze helemaal opnieuw moest beginnen.

'Dat klinkt niet overtuigend,' zei Jessie met een verdrietige ondertoon in haar stem.

'Ik denk dat ik er zelf ook niet zeker van ben,' gaf Mia toe. 'Korum heeft er geen moeite mee, maar ik weet gewoon niet of ik wel zo lang weg kan gaan van mijn stageplek…'

'Vind je het daar fijn? In het K-Center, bedoel ik?'

'Ja,' zei Mia. 'Jessie, het is hier zo mooi… Ik kan niet eens beschrijven hoe gaaf sommige uitvindingen zijn. Korum heeft een antizwaartekrachtruimte in zijn huis. Kun je je het voorstellen? En hij heeft een vloer die je een voetmassage geeft terwijl je er op loopt.' Om nog maar te zwijgen over het feit dat Mia nu zo goed als onsterfelijk was – maar daar mocht ze het niet over hebben met mensen buiten Lenkarda.

'Echt? Een vloer die je voeten masseert?' Jessie klonk jaloers.

'Absoluut, en een bed dat hetzelfde doet bij je hele lichaam. Al hun technologie is geweldig, Jessie. Geloof me: het is geen opgave om hier te zijn.'

'Klinkt inderdaad goed,' zei Jessie, en Mia hoorde

hoe ze zich erbij neerlegde. 'Ik mis je gewoon, dat is alles.'

'Ik mis jou ook,' zei Mia. 'Misschien kan ik over een paar weken langskomen. Ik zal het er met Korum over hebben en dan komen we er vast wel uit.'

'O, dat zou zo fijn zijn!' Jessie klonk ineens een stuk enthousiaster.

'We regelen het wel,' beloofde Mia glimlachend. 'Ik laat het je weten als ik kom. Maar hé, genoeg daarover… Vertel eens over jou en Edgar. Hoe gaat het daarmee?'

De daaropvolgende tien minuten hoorde Mia alles over Jessies nieuwe vriend, zijn meest recente acteerklus en de knuffelpanda die hij voor Jessie had gewonnen op de kermis. Het leek erop dat de relatie steeds serieuzer werd en Mia vond het fijn om te horen dat hij Jessie zo gelukkig maakte. Als iemand een leuke, lieve vriend verdiende, was het haar vroegere huisgenootje.

Jessie moest ophangen om te gaan eten, dus Mia nam afscheid van haar en ging zich omkleden voordat Korum thuiskwam. Hij had het gehad over een strandwandeling na het eten en Mia wilde haar badpak onder haar kleren aantrekken voor het geval dat.

'WANNEER DENK JE DAT DE RAAD UITEINDELIJK EEN OORDEEL VELT OVER DE KADEBAM?' vroeg Mia. Ze nam een hap van een paprika gevuld met champignonrisotto. 'Zijn ze nog steeds bezig met het onderzoek?'

Korum knikte en pakte een champignon met het tangachtige Krinar-bestek. 'Loris ligt dwars, zoals te verwachten viel, en hij heeft een paar Raadsleden aan zijn kant. Hij beweert dat het onmogelijk is dat Saur het geheugen van de Kadebam heeft gewist. Kennelijk is er iemand bij het Fiji-lab die hem heeft verteld dat leerlingen geen toegang hebben tot dergelijke apparatuur.'

'Echt? Dus hoe zit het dan, beweert hij nog steeds dat Saret en jij verantwoordelijk zijn?'

'Ik denk dat hij het idee om Saret erin te luizen heeft losgelaten,' zei Korum met een spottende glimlach. 'Hij zoekt nu belastend bewijsmateriaal voor mij.'

Mia keek hem aan. Ze maakte zich zorgen over deze ontwikkeling. De in het zwart gehulde Krinar die ze bij de zitting had gezien leek haar geen type om mee te sollen – en hij had oprecht een hekel aan Korum. 'Denk je dat je in de problemen zou kunnen komen?'

'Nee, geen zorgen, liefste,' zei Korum geruststellend. Zijn ogen glinsterden echter van verwachting. 'Hij probeert alleen maar het onvermijdelijke uit te stellen. Hij heeft gefaald als Beschermer en hij weet het. Zodra zijn zoon en de rest van die verraders hun straf hebben gekregen, is hij zijn status compleet kwijt, en dus ook zijn positie in de Raad.'

'En dat vind jij helemaal niet erg, hè?' zei Mia met een wrang lachje. Korum was onverbeterlijk genadeloos tegenover zijn tegenstanders – waartoe zij gelukkig niet behoorde.

Korum haalde zijn schouders op. 'Loris heeft ervoor gekozen alles op het spel te zetten voor zijn zoon. Daar moet hij nu voor boeten. Als dat ook nog eens betekent dat hij mij niet meer in de weg staat, ben ik er blij mee.'

Mia knikte en richtte haar aandacht op haar eten. Ondanks alles had ze toch nog een lichte sympathie voor de Beschermer. Hij deed het voor zijn zoon. Ze kon zich dat heel goed voorstellen; ze zou voor haar eigen kind hetzelfde doen. Niet dat dat nu nog aan de orde was, herinnerde ze zich. Ze duwde die onprettige gedachte weg en keek onopvallend naar hoe Korum zat te eten.

Soms was het nog steeds moeilijk te geloven dat ze zo gelukkig waren samen. Volgens de Krinar-wetten behoorde ze Korum toe en dat feit vond ze niet superrelaxed. De positie van een charl in de K-samenleving was op z'n zachtst gezegd onduidelijk. Als ze niet zoveel van hem hield – en als hij haar niet zo goed behandelde – had haar leven vreselijk kunnen zijn.

Maar ze hield wél van hem. En hij hield van haar, zo intens als alleen hij het kon. Korum probeerde zijn aangeboren arrogantie te onderdrukken, want hij wist dat zij het belangrijk vond om als een gelijke behandeld te worden. Ze hadden natuurlijk nog een lange weg te gaan – de kloof qua leeftijd en levenservaring was niet één-twee-drie te overbruggen – maar hij deed absoluut zijn best.

Toen ze allebei klaar waren met eten, stond Korum op en stak hij zijn hand uit. 'Zin in een wandeling, liefste?' vroeg hij met een warme glimlach.

Mia glimlachte. 'Ja.' Ze hield van de strandwandelingen in de vroege avond. Toen ze in Florida waren, hadden ze bijna elke avond zo'n wandeling gemaakt en daardoor was ze een stuk meer over Korum te weten gekomen.

Ze pakte zijn hand en liet zich door hem naar buiten begeleiden.

Een paar minuten lang liepen ze in stilte te genieten van de zachte avondbries. De ondergaande zon achter de bomen gaf de lucht een oranje gloed en gaf het water in de verte een oranje schittering.

'Weet je wat gek is,' zei Mia, terugdenkend aan hun tijd in New York. 'Ik weet nog steeds niet wat je achternaam is. Je zei dat ik hem niet zou kunnen uitspreken als je me hem vertelde, maar ik heb nog nooit iemand iets anders tegen je horen zeggen dan Korum.'

Hij glimlachte. 'Onze achternaam wordt doorgaans alleen gebruikt bij de geboorte en het overlijden. Wil je hem alsnog weten?'

'Natuurlijk.' Ze stelde zich iets compleet onuitspreekbaars voor. 'Hoe heet je?'

'Nathrandokorum.'

'O, maar die naam klinkt eigenlijk wel mooi,' zei ze verrast. 'Waarom gebruik je hem niet vaker?'

Hij haalde zijn schouders op. 'Zo werkt het nu eenmaal bij ons. Achternamen hebben bij ons alleen een officiële functie. Ik denk niet dat er naast mijn ouders iemand is die weet dat ik Nathrandokorum heet.'

Mia schudde glimlachend haar hoofd. In sommige opzichten was de Krinar-cultuur echt wel vreemd.

Ze liepen verder en Mia dacht aan het gesprek met Jessie. 'Kunnen we binnenkort misschien naar New York?' vroeg ze. 'Ik sprak Jessie en ik zou haar graag weer eens willen zien.'

Korum keek haar lief aan. 'Natuurlijk. Als je wilt, kunnen we de volgende keer dat je een dag vrij hebt gaan. Tenzij je er langer heen wilt?'

'Nee, een dag is perfect. Ik vergeet geloof ik nog steeds weleens half en half dat we heel snel kunnen gaan wanneer we maar willen.'

Zijn glimlach werd breder. 'Dat vormt inderdaad geen enkel probleem, al helemaal niet meer nu het Verzet is uitgeschakeld.'

'Waar is Leslie?' vroeg Mia omdat ze ineens dacht aan het meisje dat haar in Florida had belaagd. 'Is ze hier in Lenkarda?'

Korum schudde zijn hoofd. 'Nee, ze is in ons Center in Arizona.'

'Gaat het… goed met haar?' vroeg Mia, ook al was ze huiverig voor het antwoord. De Verzetsstrijdster had samengespand met Saur – een voormalige assistent uit Sarets lab – om in Florida een moordpoging te ondernemen op Korum. Nu zat ze in gevangenschap bij de K in afwachting van haar 'rehabilitatie'. Zover Mia begreep, kwam die behandeling erop neer dat het deel van Leslies karakter dat haar een gevaar voor de samenleving maakte (of eigenlijk: een gevaar voor de Krinar) veranderd moest worden. Rehabilitatie, het herprogrammeren van het brein, was de meest geavanceerde vorm van neurowetenschap die de Krinar hadden ontwikkeld, en bij het lab was Mia net begonnen het te bestuderen.

'Ik neem aan van wel,' zei Korum. Zijn gezichtsuitdrukking werd koel. Hij was duidelijk nog niet vergeten dat het meisje een pistool op Mia had gericht en dat ze ervoor verantwoordelijk was dat ze bijna was vermoord door Saur.

'Zou je dat alsjeblieft voor me willen achterhalen?' Om de een of andere reden voelde Mia zich verantwoordelijk voor wat er met Leslie was gebeurd, ook al had het meisje háár aangevallen. Ze kon het niet helpen dat ze de doodsangst op Leslies gezicht toen ze werd weggevoerd door de K-bewakers telkens weer voor zich zag. Hoe dwaas het meisje ook was geweest, ze verdiende het niet om slecht behandeld te worden, en Mia hoopte dat ze niet zou lijden tijdens de rehabilitatie.

Korum aarzelde en knikte toen. 'Goed, dat zal ik doen.' Maar hij spande zijn kaak aan en Mia zag dat hij weer terugdacht aan het voorval op het strand.

Om hem af te leiden gaf ze een kneepje in zijn hand en glimlachte ze naar hem. 'Dank je,' zei ze. 'Ik waardeer het echt heel erg.'

'Geen probleem, liefste,' zei hij. Zijn gezichtsuitdrukking verzachtte. 'Ik zou alles voor je doen, dat weet je.' Hij boog zich naar haar toe en streek met zijn lippen langs de hare; een vluchtig kusje.

'Wat zijn de bewakers eigenlijk?' vroeg Mia toen ze weer begonnen te lopen. 'Zijn ze een soort politie?'

'Zoiets,' zei Korum. 'Ze hebben overeenkomsten met jullie leger, politiemacht en inlichtingendiensten. Ze zijn de uitvoerende macht als het om onze wetten gaat, ze pakken criminelen en ze komen in actie als er een menselijke dreiging is. Onze maatschappij is inmiddels zo homogeen dat er op Krina geen oorlogen meer zijn zoals hier op aarde. Natuurlijk is er nog wel wat lokale rivaliteit, en er zijn altijd wel een paar gekken die het oneens zijn met wat de overheid doet, maar we hebben geen conflicten die een parate legermacht vereisen.'

'Dus jullie hebben onze planeet veroverd zonder leger?'

Korum lachte. 'Als je het zo wilt zien. Het merendeel van de Krinar-mannen die naar de aarde gingen, hebben een militaire training gekregen omdat we wel enig verzet verwachtten. Maar nee, we hadden inderdaad geen groot leger nodig om de aarde te veroveren. Het enige wat we nodig hadden, was onze technologie.'

'Vanzelfsprekend.' Mia deed haar best om niet verbitterd te klinken. Het feit dat ze zo van Korum hield, zorgde ervoor dat ze regelmatig vergat dat ze met de vijand in bed lag – ook al had de vijand geen kwaad in de zin, niet echt tenminste. Gesprekken zoals nu herinnerden haar eraan dat de Krinar met overmacht haar planeet hadden overmeesterd... en dat de man die van haar hield nou ook weer niet het beste met de mensheid voorhad.

'Geloof me, Mia, het was het beste,' zei Korum, alsof hij haar gedachten kon lezen. 'Jullie overheid kon alleen maar het onvermijdelijke accepteren, en door dat te doen, werd er zo min mogelijk bloed vergoten. Het zou veel erger zijn geweest als er een echte oorlog was ontstaan tussen onze soorten.'

Mia's mond vormde een strakke streep, maar ze knikte. Ze wist dat hij gelijk had. Het had geen zin om antipathie te koesteren jegens de Krinar en hun technologische superioriteit. De invasie was inderdaad zo snel en pijnloos mogelijk verlopen. Het feit dat ze überhaupt tot een invasie waren overgegaan was een ander verhaal, maar Mia had geen puf om die discussie aan te gaan. Ze had het Verzet al eens geholpen, ze had haar steentje bijgedragen en ze had er haar buik vol van.

'Mag ik je iets vragen?' zei Mia, terugdenkend aan die bizarre tijd dat ze Korum bespioneerde. 'Er is iets wat ik niet begrijp aan de plannen van de Kadebam. Zelfs als ze erin waren geslaagd alle Krinar van de aarde te verdrijven, zouden jullie mensen dan niet zijn teruggekomen met versterking? Ik weet dat ze van plan waren jou te vermoorden, maar hoe zit het met alle anderen? Ben jij de enige die in staat is om te reizen tussen de aarde en Krina?'

Korum keek haar geamuseerd aan. 'Nee, natuurlijk niet. Mijn bedrijf heeft zeer geavanceerde designs gemaakt voor schepen, maar de Krinar reisden al heen en weer naar de aarde voordat ik ook maar geboren was. Ik denk dat de Kadebam eropuit waren ons beschermingsveld in handen te krijgen.'

'Beschermingsveld?'

Hij knikte. 'Tot enkele tientallen jaren geleden was ruimtereizen grotendeels ongereguleerd. Iedereen kon zomaar overal naartoe reizen, zolang ze een schip hadden. Nu hebben we een veld dat de aarde beschermt tegen ongeautoriseerde reizigers, en een soortgelijk veld hebben we om Krina heen.'

'Ligt er een beschermingsveld om de aarde heen?' Mia keek verrast naar hem op.

'Om het hele zonnestelsel,' lichtte Korum toe. 'Het is niet echt een barrière, maar meer een verstoringsveld. Als het aanstaat, verstoort het onze schepen.'

'Waarom zou je iets willen dat je schepen kan ontregelen?'

'Om veiligheidsredenen willen we dat de Raad op de hoogte is van – en toestemming geeft voor – alle reizen tussen de aarde en Krina. Daarbij komt het van pas als er ander intelligent leven is in het universum. Mochten ze technologie hebben ontwikkeld die vergelijkbaar is met de onze, dan zullen de schilden ons bescherming bieden.'

Mia keek hem aan met een sarcastische blik. 'Zodat ze niet kunnen doen wat jullie hebben gedaan?'

'Precies.' Hij grijnsde onverbeterlijk naar haar, zodat Mia niet anders kon dan lachen.

'Oké,' zei ze. 'En wat gaan de Kadebam dan doen? Het beschermingsveld inzetten om de rest van de Krinar buiten te houden?'

'Ik denk het,' zei Korum glimlachend. 'Dat zou ik hebben gedaan als ik hen was.'

Ze liepen nog een paar minuten door en kwamen bij de oceaan. Zoals gewoonlijk was dit deel van het strand compleet verlaten. Er woonden maar vijfduizend K in de nederzetting in Costa Rica, dus er was meer dan genoeg ruimte voor iedereen, en de meeste Krinar waren het gewend om niet in elkaars 'territorium' te komen – ook al was er geen sprake van echte territoria. Omdat Korum ervan hield om avondwandelingen te maken op dit deel van het strand, bleven de andere K er weg.

'Heb je zin om te gaan zwemmen?' vroeg Mia. Ze liet zijn hand los en schopte haar schoenen uit om de watertemperatuur te voelen met haar teen. Die was perfect – precies koel genoeg om verfrissend te zijn.

Korum trok zijn shirt uit, waardoor zijn gebronsde, gespierde torso tevoorschijn kwam. 'Absoluut,' zei hij. Zijn ogen werden met de seconde goudkleuriger.

Glimlachend zette Mia achterwaarts een paar stappen van hem vandaan en ze trok langzaam haar jurk uit. Ze genoot van de manier waarop hij naar haar keek. Ze zag de erectie groeien in zijn short en als reactie daarop werden haar tepels hard. Zijn opwinding wond haar ook weer op. Het feit dat zij dit bij hem teweeg kon brengen door alleen maar haar kleren uit te trekken was geweldig – en ongelofelijk vleiend.

'Ben je me aan het plagen?' vroeg hij, met een diepe, gevaarlijk zachte stem.

Haar hart bonsde van opwinding. Mia knikte en zag zijn ogen smaller worden bij dat antwoord.

'Aha,' zei hij bedachtzaam. En voordat ze ook maar met haar ogen kon knipperen was hij al bij haar. Hij nam haar in zijn armen en liep met haar het water in.

Mia lachte, veilig in zijn armen, genietend van het koele water terwijl ze alsmaar dieper gingen. 'Is dit mijn straf?' vroeg ze grappend toen hij even bleef stilstaan om te wachten tot een hoge golf voorbij was.

'O, wil je soms straf?' mompelde hij, terwijl hij naar haar keek met een verhitte glans in zijn ogen.

Mia schudde grijnzend haar hoofd. 'Nee…'

'Ik denk van wel,' zei hij zachtjes. Hij verschoof haar iets in zijn armen zodat hij haar nog maar met één hand vasthield. Voordat Mia iets kon zeggen, gleed zijn andere hand onder haar badpak en zocht ermee naar haar kruis. Het kostte hem geen moeite om haar clit te vinden en tussen zijn vingers te nemen.

Ze kromde zich tegen hem aan, geschrokken, en toen deed hij het nog een keer, met zijn blik strak gevestigd op haar gezicht. 'Doet dat pijn?' vroeg hij. Zijn stem was als ruw fluweel. 'Of voelt het lekker?'

Mia hapte naar adem toen zijn vingers de druk opvoerden. 'Ik weet het niet…'

'Ik denk van wel,' fluisterde hij. 'Ik denk dat je het

heel goed weet…' Zijn vingers gleden naar binnen en rekten haar op.

'Korum, alsjeblieft…' Ze voelde hoe hij een van zijn vingers in haar bewoog en ermee tegen haar G-spot duwde.

'Je bent nat,' mompelde hij. 'Zo nat dat ik het zelfs hier in de oceaan kan voelen. Ik krijg zin om je hier en nu te neuken.'

'Doe dan,' hijgde Mia. Ze staarde hem aan. 'Neuk me.' Ze kwam nu al bijna klaar – het enige wat ze nodig had, was een klein duwtje om haar over het randje te krijgen.

Zijn ogen gingen nog helderder glanzen. 'Dat doe ik ook echt…' Binnen een paar seconden was ze naakt. De flarden van haar badpak dreven om hen heen. Met zijn short gebeurde hetzelfde. Daarna liet hij haar langs zijn lichaam naar beneden glijden en hij zette haar neer. Met haar armen om zijn hals geslagen drukte Mia zich tegen hem aan.

Haar borsten waren gevoelig en haar tepels al helemaal. Ze wreef ze langs zijn borst om tegemoet te komen aan het verlangen in haar lijf. Zijn erectie drukte tegen haar buik, groot en warm, en ze pulseerde van het verlangen om hem in haar te voelen.

Ze leunde naar voren en kuste hem op de lippen. Ze proefde het zout van de oceaan vermengd met Korums unieke, heerlijke smaak. Hij gromde en verdiepte de kus, en Mia zoog op zijn tong en streelde die met de hare. Tegelijkertijd deed ze haar hand onder water en omvatte ze met haar vingers zijn schacht. Die sprong op bij haar aanraking en zwol nog meer aan, en Korum ademde scherp in, tilde haar op en spreidde haar benen. Ze werden geraakt door een golf. Waterdruppeltjes spetterden in Mia's gezicht en ze kneep haar ogen dicht en omklemde Korums schouders met haar handen. Heel even duwde het puntje van zijn pik tegen haar opening, en toen stootte hij in één keer door.

Ze hapte naar adem toen hij binnendrong. De spieren in haar binnenste spanden zich aan omdat hij zo diep in haar was. Met haar benen om zijn middel geklemd hield ze hem vast, en ze genoot van het geweldige gevoel.

'Fuck zeg,' gromde hij. 'Je voelt zo fucking… geweldig…' Hij gaf bij ieder woord een stootje, waarbij zijn pelvis tegen haar clitoris drukte, en Mia schreeuwde het uit toen ze werd overvallen door een plotseling orgasme, waardoor ze samentrok om hem heen. Hij gromde weer en bleef in haar stoten. Ze werd keer op keer omhooggeduwd en gleed weer omlaag over zijn pik heen, in een onophoudelijk ritme dat haar tot nóg een orgasme leidde, slechts een paar minuten na het vorige. Dit keer deed hij met haar mee, en ze voelde zijn warme ejaculatie tot diep in haar buik.

Daarna dreven ze simpelweg samen op de golven heen en weer.

# HOOFDSTUK VIJF

De volgende ochtend was Mia weer in haar eentje in het lab. Saret was nog op reis en had haar geen feedback gestuurd, dus ze bleef zich verdiepen in andere projecten tot haar maag begon te rommelen om haar eraan te herinneren dat ze af en toe ook moest eten.

Ze stond op, rekte zich uit en vroeg om een populaire Krinar-stoofpot als lunch. Het intelligente labgebouw schotelde haar die vijf minuten later voor. Mia nam plaats aan een van de zwevende tafels om te eten.

Om de een of andere reden keerden haar gedachten telkens terug naar het gesprek dat ze gisteren met Korum had gehad en de Verzetsstrijder die ze had helpen oppakken. Leslies brein zou gemanipuleerd worden en Mia vroeg zich af hoe erg dat het meisje zou veranderen. Ze kon zich niet voorstellen hoe het zou zijn als iemand ging klooien met háár hersens, gevoelens en herinneringen, en ze vond het een vreselijk idee dat Leslie iets zo ingrijpends moest ondergaan. Er moest toch wel een betere manier zijn om haar van haar zinloze strijd tegen de Krinar af te brengen. Misschien kon iemand met haar praten en uitleggen dat de Krinar geen kwade bedoelingen hadden… Al was het ook mogelijk dat de haat van het meisje te diep zat om haar nog tot rationeel denken te krijgen.

Mia zuchtte, nam de laatste hap van haar eten en ging terug naar de dataopslag. Ze stond net op het punt om de gegevens over hersenontwikkeling bij kinderen tevoorschijn te halen toen ze stilhield. Ze herinnerde zich iets wat Adam ooit had laten vallen. Saur, de K die geprobeerd had Korum te vermoorden, was ooit een leerling geweest in dit lab, en hij scheen behoorlijk goed te zijn in breinmanipulatie. Als er hier oude projecten van hem lagen opgeslagen, zou die informatie haar misschien kunnen helpen begrijpen wat er met Leslie ging gebeuren.

Ze was ineens opgewonden. Mia zei tegen het opslagapparaat dat ze alle data wilde die Saur had ingevoerd. Er kwam heel veel tevoorschijn, maar ze had toch tijd genoeg.

Mia ging er eens goed voor zitten en dook toen in de geheimen van het verknoeide brein.

Vijf uur later stond ze weer op. Ze was ten diepste verward. Ze had pas een klein deel van Saurs werk gezien, maar niets had tot nu toe te maken met het uitwissen van herinneringen. Er waren veel aantekeningen en opnames over gedragsbeïnvloeding en het implanteren van herinneringen, maar het doelbewust uitwissen van herinneringen werd slechts heel kort genoemd.

Als Mia het goed begreep, had Saur zelfs nog nooit simulaties gedaan met het uitwissen van herinneringen, laat staan dat hij dit had uitgevoerd op levende subjecten.

Fronsend staarde Mia naar het dataopslagapparaat, verward door wat ze had ontdekt. Ze kreeg de puzzel niet kloppend. Als Saur niet wist hoe hij herinneringen moest uitwissen, dan had Saret dat toch wel tegen de Raad gezegd? Haar baas was altijd precies op de hoogte van wie aan welk project werkte; hij was degene die de opdrachten verdeelde.

Misschien had ze het mis. Misschien was er nog een andere dataopslag waar zij niet van op de hoogte was, waar andere projecten werden bewaard. Dat kon zijn, want Mia was hier nog relatief nieuw en wist niet volledig de weg.

Een andere mogelijkheid was dat Saur simpelweg niet de moeite had genomen om al zijn projecten aan de database toe te voegen. Adam had eens gezegd dat de overleden leerling een beetje vreemd was – een einzelgänger die met niemand kon opschieten. Het was niet ondenkbaar dat hij moeite had met het labprotocol.

Toch bleef Mia een onprettig gevoel houden in haar onderbuik, een knagend gevoel dat er iets niet klopte.

Ze moest hier met Korum over praten, liefst zo snel mogelijk.

Ze nam de tijd om Korum een kort holografisch bericht te sturen waarin ze hem liet weten dat ze over een paar minuten thuis zou zijn en liep naar een van de uitgangsmuren.

Net op het moment dat ze naar buiten wilde stappen, loste de muur voor haar op en kwam haar baas binnen.

'Hé, hallo daar,' zei Saret. Hij keek haar glimlachend aan. 'Ben je hier nu nog? Ik hoopte dat je wat welverdiende rust zou nemen nu wij er allemaal niet waren.'

Mia glimlachte naar hem terug en probeerde haar zenuwen niet te laten merken. 'Nee, ik was me aan het verdiepen in andere projecten van het lab,' zei ze. Het leek haar het beste om zo dicht mogelijk bij de waarheid te blijven. 'Dat van Aners is heel interessant. Je weet wel, over hersenontwikkeling bij kinderen.'

'Zeker.' Sarets glimlach veranderde, op een 'och meisje'-manier die haar niet echt beviel. 'Het zou een goed project zijn voor jou om in te stappen. Daar zullen we het later over hebben, als jij en Adam klaar zijn met jullie huidige werk.'

'Super!' Mia stopte de juiste hoeveelheid enthousiasme in haar stem en negeerde het feit dat haar handen klam waren geworden. 'Ik kijk ernaar uit. Nogmaals bedankt dat je me deze kans geeft.'

'Graag gedaan.' Sarets bruine ogen glansden en hij zette een paar stappen naar haar toe. Op een meter afstand bleef hij staan. 'Ik ben blij dat je het hier naar je zin hebt.'

Mia knikte en hield de glimlach op haar gezicht vast. Misschien was ze belachelijk bezig, maar ze kreeg vandaag bepaalde vibes van haar baas waar ze zich ongemakkelijk onder voelde. Het enige wat ze wilde, was naar huis gaan en met Korum praten over wat ze had ontdekt. Zeer waarschijnlijk was er een logische verklaring, maar omdat er ook een kleine kans was dat die logische verklaring er níét was, wilde ze zo snel mogelijk weg uit het lab. Het was bovendien de tweede keer dat Saret nogal… vreemd deed.

'Goed,' zei ze opgewekt en ze keek naar zijn gebruinde gezicht. 'Ik zou het op prijs stellen als je naar het verslag kijkt zo gauw je kunt. Dan ga ik nu maar. Tenzij je me nog ergens voor nodig hebt?'

Saret glimlachte weer. 'Ik heb je altijd nodig,' zei hij, met een ongewoon zachte klank in zijn stem. 'Maar je hebt ook je rust nodig…' Mia's hartslag versnelde toen hij nog dichterbij kwam, zijn blik ogenschijnlijk vastgeklonken aan haar ontblote schouder.

'Goed dan,' zei ze en ze zette een stap achteruit, 'tot snel.' Ze draaide zich om en liep naar de muur toe om naar buiten te gaan.

'Is er iets, Mia?' Saret stond ineens voor haar en versperde haar de weg. 'Je lijkt ergens ongerust over.'

Alle haartjes op Mia's lichaam stonden overenid. 'Sorry,' zei ze onoprecht en ze forceerde een lachje dat zelfs in haar eigen oren nep klonk. 'Ik overweeg naar New York te gaan om mijn huisgenootje op te zoeken, dat is alles.'

'O, is dat zo?' Saret hield zijn hoofd schuin. 'En wanneer ben je van plan te gaan?'

'Over niet al te lange tijd, in elk geval.' Mia vervloekte zichzelf dat ze dat eruit flapte en zo het gesprek verlengde. 'We zullen een dezer dagen vertrekken...'

'Waarom gedraag je je dan zo nerveus?' vroeg Saret met een beangstigende blik in zijn ogen. 'Is het omdat je iets hebt gezien wat je niet had moeten zien?'

Mia slikte. Er liep een koude rilling over haar ruggengraat. 'Ik weet niet waar je het over hebt...'

Saret glimlachte – de vriendelijke glimlach waardoor Mia hem voorheen aardig vond. 'Waarom ben je vandaag in de documentatie van Saur gedoken?' vroeg hij langs zijn neus weg. 'Weet je niet dat het tegen het protocol ingaat om te neuzen in de projecten van andere leerlingen?'

Mia schudde haar hoofd. Dat had ze inderdaad niet geweten. Ze staarde Saret aan met het gevoel alsof ze hem voor het eerst zag. Hij was een vriend van Korum. Waarom deed hij zo? Waarom had hij iedereen op het verkeerde been gezet als het ging om Saurs capaciteiten? En nog belangrijker: wat was hij van plan te doen om te voorkomen dat Mia het iedereen zou vertellen?

Ze dacht koortsachtig na en besefte dat ontkennen op dit punt zinloos was. Op de een of andere manier was Saret op de hoogte van wat ze had ontdekt. 'Waarom?' vroeg ze, met vaste stem ondanks het trillen van haar handen. 'Waarom heb je de Raad niet verteld dat Saur er helemaal niet toe in staat was?'

Sarets glimlach werd breder. 'Omdat het mij wel uitkwam dat ze dachten dat hij het wél kon,' legde hij uit, met iets van triomfantelijkheid in zijn blik. 'Ik was het niet van plan, maar het kwam me wel goed uit.'

Haar angst werd met de minuut groter. Mia deed een stap achteruit. Haar instinct schreeuwde dat ze hier weg moest, en wel nú. Misschien was er alsnog een goede verklaring voor wat Saret had gedaan, maar ze kon het er niet op wagen. Alle beleefdheid die ze nog had ging overboord en ze bracht haar polscomputer naar haar mond. 'Bel Kor…'

Maar ze kon haar bevel niet afmaken. Plotseling was zijn hand om haar pols en hij hield haar in een ijzeren greep. Zijn sterke vingers trokken het apparaatje van haar pols en vermorzelden het.

'Nee, meisje,' zei Saret zachtjes. Hij trok haar naar zich toe totdat ze plat tegen zijn gespierde lichaam was gedrukt. 'Je mag hem niet meer bellen. Begrepen?'

Overrompeld en verschrikt staarde Mia naar de K die de afgelopen maand haar baas en begeleider was geweest. Zijn hand draaide haar pols zodat ze zich niet meer kon bewegen. Tot haar afgrijzen voelde Mia dat hij hard was. Zijn erectie drukte dreigend in haar buik.

'Wat doe je?' fluisterde ze. Er kwam gal omhoog. 'Korum vermoordt je, dat weet je…'

Sarets ogen glinsterden. 'O, is dat zo? Ik zou het

leuk vinden om hem hier te zien. Het lab is in gereedheid gebracht voor hem.'

'Huh?' Hij bedoelde toch niet dat…

'Ik bedoel dat als jouw cheren arriveert, hem een leuke verrassing wacht,' zei Saret met een glimlachje. 'Want weet je, Mia, het is tijd dat je de waarheid ontdekt over je geliefde. Kom, laten we naar mijn kantoor gaan om te praten.'

Hij gaf haar geen keus en trok haar gewoon mee naar de ingang van zijn kantoor. De muur sloot zich achter hen. Ze viel bijna doordat hij haar zo hardhandig meesleurde, maar Saret ving haar op en hief haar omhoog in zijn armen.

'Geen zorgen,' zei hij geruststellend terwijl hij ging zitten op een van de zwevende planken met haar op zijn schoot, 'ik ben er voor je. Het komt allemaal goed,' voegde hij eraan toe, want blijkbaar voelde hij haar trillen van angst.

'Laat me los,' fluisterde Mia. Ze duwde uit alle macht tegen zijn borst. Zijn harde erectie duwde tegen haar dijen en haar maag draaide zich om. Haar stem schoot de hoogte in. 'Laat me nu meteen los!'

Hij reageerde niet. Zijn ogen werden donkerder terwijl hij haar aanstaarde. Zijn gezichtsuitdrukking was haast… verrukt, realiseerde Mia zich vol afgrijzen. Om de een of andere reden wilde hij haar, en er was niets wat ze kon doen om hem tegen te houden als hij besloot gehoor te geven aan dat verlangen.

'Je zei dat je me iets wilde vertellen over Korum,' zei

ze wanhopig. Haar stem was schril van de paniek. 'Wat is er met hem wat ik niet weet?'

Saret knipperde en kwam weer een beetje bij de les. 'O ja,' zei hij. Er verscheen een glimlach van zelfspot om zijn lippen. 'We zouden praten, hè? Dan kun je maar beter even gaan zitten…' Hij tilde haar van zijn schoot af en zette haar naast zich neer, met één hand nog altijd stevig om haar arm geklemd.

Mia probeerde meteen meer afstand tussen hen te creëren, maar daarop verstevigde hij zijn grip. Ze kon zich niet bewegen.

'Luister, Mia,' zei Saret met een kleine frons in zijn voorhoofd, 'ik weet dat je niet begrijpt waarom ik dit doe en dat het allemaal heel raar op je overkomt. Maar geloof me: het is voor je eigen bestwil – en het is zelfs het beste voor de hele mensheid. Wat jouw cheren van plan is, is vreselijk, en hij moet worden gestopt. Weet je waarvan hij de Ouderlingen wil overtuigen?'

Mia schudde haar hoofd. Haar maag keerde zich om toen zijn grip op haar arm wat verminderde en hij met zijn duim over haar huid wreef.

'Hij wil jullie de planeet afnemen. Heeft hij je dat verteld?'

'Nee,' wist Mia uit te brengen. Haar hart bonsde zo hevig dat ze haast niet in staat was te denken. Saret loog tegen haar. Dat moest wel.

'Hij is een machtsbelust monster,' zei Saret. Zijn gezichtstuitdrukking verhardde. 'Het was nog niet genoeg voor hem dat hij de hoogste rang had bereikt op Krina. Nee, Mia, liefje, hij wilde zijn macht uitbreiden naar een andere planeet – jullie planeet. Als hij er niet op had aangedrongen, waren we nooit naar de aarde gegaan. Hij is degene die de Ouderlingen heeft overtuigd van de noodzaak om jullie planeet in handen te krijgen, zodat we die konden bestendigen voor toekomstige generaties Krinar. En nu wil hij hem jullie helemaal afnemen. Begrijp je wat ik zeg?'

Mia knikte. Ze wilde hem aan de praat houden. Ze zou zo lang als nodig was naar zijn leugens luisteren, alles om de tijd te rekken. Over een paar minuten zou Korum erbij stilstaan dat ze niet naar huis was gekomen zoals ze had beloofd. Zou hij dan naar haar op zoek gaan? Zou hij dan in Sarets val lopen? *Laat hem alsjeblieft niks overkomen. Laat hem alsjeblieft niks overkomen.*

'Weet je, Mia,' ging Saret verder, 'het enige wat ik wil is het juiste doen voor jullie. Jullie zijn de grootste groep intelligente wezens die er bestaat. Ik wil de aarde bevrijden van de tirannie van Korum en de Raad. Ik wil jullie je planeet teruggeven.'

'Waarom? Wat is jou daaraan gelegen?' Was Saret een van de Kadebam? En als dat zo was, hoe was hij dan al die tijd onopgemerkt gebleven?

'Waarom? Omdat ik altijd iets groots heb willen bereiken.' Sarets stem was vol van nauwelijks onderdrukte opwinding. 'Alle bijdragen aan de maatschappij, dit alles' – hij maakte een weids gebaar dat het lab omvatte – 'verbleekt naast wat het betekent om miljarden intelligente wezens te bevrijden en een beter leven te geven. Een vredig leven, vrij van terreur.

Ik wil niet de geschiedenis in gaan als degene die een methode heeft bedacht om met herinneringen te knoeien, Mia. Ik wil degene zijn die vrede op aarde brengt.'

'Vrede op aarde?' Dat klonk haar krankzinnig in de oren. 'Maar we staan helemaal niet op voet van oorlog met de Krinar...'

'Het verjagen van de Krinar is nog maar het begin.' Saret lachte. 'Ik kan jullie ook een beter leven geven, Mia. Ik kan ervoor zorgen dat je niet die paar decennia van jullie leven hoeven besteden aan angst voor oorlog, schietpartijen, terroristische aanslagen... Ik kan jullie geven waar de mens al sinds het begin der tijden van droomt: een leven dat vrij is van angst en geweld. Zou je dat niet willen, Mia? Zou je dat niet wensen voor je soort?'

'Waar heb je het over?' Bestond er zoiets als geestesziekte onder de K? Zat ze hier opgesloten met een krankzinnige?

'Ik weet dat je het nu niet begrijpt, maar je zult het gaan begrijpen. Dat garandeer ik je.' Sarets gezicht gloeide haast van hartstocht. 'Als het moordcijfer wordt teruggebracht tot nul en oorlog tot het verleden behoort, zal jullie wereld begrijpen dat er een nieuwe tijd is aangebroken in de menselijke geschiedenis. En ze zullen mij ervoor bedanken.'

Mia staarde hem aan. Ze kon niet bevatten wat hij zei. Toen schoot haar een angstaanjagende en onwerkelijke gedachte te binnen. 'Saret,' zei ze langzaam, en ze keek de K die een van de grootste hersenwetenschappers was aan, 'heb je het over een soort breinmanipulatie bij mensen?' *Laat hem alsjeblieft in lachen uitbarsten en zeggen dat het niet waar is. Laat het alsjeblieft niet waar zijn.*

Saret glimlachte vergenoegd naar haar. Zijn hand streelde haar arm; ze kreeg er kippenvel van. 'Ja, liefje, dat is precies waar ik het over heb. Ik heb altijd geweten dat je pienter was voor een mens. De afgelopen paar jaar heb ik gewerkt aan het perfectioneren van een technologie, een manier om bepaalde neurale impulsen te monitoren en ook om de pijn- en genotreceptoren in de hersenen te stimuleren...'

Mia hield haar adem in. 'Bedoel je...' Ze haperde en moest opnieuw beginnen: 'Bedoel je dat je een manier hebt ontdekt om het brein over te nemen?'

Nu lachte Saret. Zijn bruine ogen twinkelden van plezier. 'Nee, natuurlijk niet. Je hebt inmiddels denk ik wel genoeg uitgeplozen om te weten dat dat niet mogelijk is. Wat mijn technologie mogelijk maakt, is om bepaalde gedragingen te sturen – om het brein licht te beïnvloeden, als het ware. Iedere keer dat iemand een gewelddadige gedachte krijgt, bijvoorbeeld, kan ik zorgen voor een pijnprikkel. Iedere keer dat ze mijn bevelen opvolgen, kan ik zorgen voor een genotsprikkel. Moet je je voorstellen: een hele planeet vol vreedzaam levende mensen. Zou je dat niet willen, Mia?'

Wat Mia wilde, was overgeven. 'Maar hoe? Hoe kun je zoiets op zo grote schaal doen?'

Saret grijnsde. Hij genoot zichtbaar van haar reactie. 'Nou,' zei hij, 'dat is de rol van Rafor en de rest van de Kadebam. Zoals je waarschijnlijk wel weet, was Rafor lang niet zo goed in technologische designs als jouw cheren, maar hij was goed genoeg om een hoge positie te bekleden in het bedrijf van zijn vader. Nadat Korum had gezorgd voor hun faillissement, zat die arme Rafor aan de grond. Omdat hij zijn rang kwijt was, wilde niemand hem meer aannemen als designer. Hij moest noodgedwongen bijbeunen in allerlei vakgebieden die hem lang niet zo boeiden als zijn oorspronkelijke werk. Hij kwam een paar jaar terug zelfs naar me toe om te vragen of hij als leerling aan de slag mocht in het lab. Ik heb natuurlijk geweigerd. Hij was lang niet goed genoeg om hier te werken. Jij trouwens ook niet, aangezien je een mens bent, maar jij had tenminste een passie voor het onderwerp. Zelfs dat had hij niet.' Saret grinnikte. 'Afijn, ik gaf hem toch een kans. Hij mocht me helpen bij een privéproject, om de nanocyten te ontwikkelen die ik nodig had om mijn plan ten uitvoer te brengen. Hij begreep meteen wat ik wilde bereiken en dat sloot goed aan bij zijn eigen sympathie voor mensen. Rafor heeft het heel goed gedaan. Zowel het nanodesign als het verspreidingssysteem.'

Mia luisterde aandachtig naar hem. Ze durfde haast niet eens te ademen. Wat hij haar nu vertelde was zo ongelofelijk – en zo angstaanjagend – dat ze het nauwelijks kon verwerken.

'Maar goed, Rafor heeft vreselijk gefaald op een

cruciaal punt van het plan,' ging Saret verder. 'Hij moest Korum en zijn kornuiten uit de weg ruimen, met behulp van het Verzet, maar in plaats daarvan werd hij gepakt.'

Mia slikte omdat haar keel droog was geworden. 'Dus heb je hun geheugen gewist,' gokte ze, en Saret knikte glimlachend.

'Ja. Ik had geen keus. Het was de enige manier om mezelf en de rest van het plan te beschermen. Daarbij heeft het de Kadebam geholpen in het proces.'

'Dus de Beschermer had gelijk: jij was het al die tijd…'

'Hij had deels gelijk.' Saret glimlachte vrolijk. 'Hij dacht dat ik hun geheugen had gewist om Korum te helpen, maar het tegendeel is waar. Het heeft jouw cheren juist behoorlijk in de knoei gebracht. Een prettige, zij het niet geheel bedoelde, bijwerking.'

'Waarom haat je hem zo? Hij ziet jou als een vriend…'

De donkerharige K lachte en gooide zijn hoofd achterover. 'Natuurlijk doet hij dat – daar heb ik wel voor gezorgd. Je moet wel heel dom zijn om Korum tegen je in het harnas te jagen. Ik heb gezien wat hij doet met degenen die hem in de weg staan, dus ik heb die fout nooit gemaakt.'

'Je maakt die fout nu,' bracht Mia voorzichtig naar voren. Ze keek naar de plek waar zijn vingers nog altijd om haar arm geklemd waren. Als Korum hier was, zou Saret al dood zijn. Als er één ding was wat ze had ontdekt, was het dat Korum ontzettend bezitterig was. Net als alle Krinar-mannen, trouwens.

'Omdat ik zijn geliefde charl aanraak?' zei Saret. Zijn ogen glansden met een mengeling van opwinding en een andere emotie, die ze niet precies kon plaatsen. 'Maak je geen zorgen, lieve Mia. Je zult niet lang meer de zijne zijn. Je zult binnenkort van hem af zijn. Zodra hij hier is…'

Mia's bloed verkilde. 'Ben je…' Ze moest even pauzeren omdat ze de woorden niet langs de brok in haar keel kreeg. 'Ben je van plan hem te vermoorden?' wist ze eindelijk uit te brengen.

'Zeer waarschijnlijk.' Saret glimlachte weer naar haar – de vriendelijke glimlach waardoor Mia het wilde uitschreeuwen van woede. 'Het zou denk ik het makkelijkste zijn. Ik zou ook kunnen proberen hem gevangen te nemen en hem dan dezelfde behandeling geven als Saur. Dat zou de ultieme uitkomst zijn: Korum onder mijn duim hebben.'

'Saur? Heb je het brein van Saur overgenomen?' Mia staarde hem aan met een angstig ongeloof. Had Saret zijn voormalige leerling gedwongen om hen aan te vallen in Ormond Beach?

'Nee.' Saret keek teleurgesteld omdat ze het niet leek te begrijpen. 'Ik zei net al dat iemands hersenen overnemen niet mogelijk is. Het is beïnvloeding. De technologie werkt heel subtiel. Het verandert mensen niet in hersenloze zombies, of wat jij je er ook bij voorstelt…'

'Maar heb je Saurs hersenen beïnvloed zodat hij Korum wilde vermoorden?'

'Ja,' gaf Saret toe met een trotse blik in zijn ogen. 'Het was niet makkelijk, geloof me. Alle Krinar hebben een afweersysteem tegen nanocyten. Dat is duizenden jaren geleden al ontwikkeld nadat iemand had getracht nanotechnologie in te zetten in een oorlog. Pas na tientallen fysieke injecties kon ik door Saurs afweer heen breken, en zelfs dan nog werkte het alleen omdat Saur zwakker was dan de meesten. Daarom wil ik dat de Krinar de aarde verlaten: ik kan ze niet effectief onder controle krijgen. Met mensen is dat veel makkelijker. Jullie hebben geen enkele bescherming. Het enige wat ik hoef te doen is de nanocyten in de lucht loslaten in de dichtstbevolkte gebieden, en dan komen ze vanzelf op de juiste plek terecht.'

Mia's hoofd tolde. 'Dus als ik het goed begrijp… probeer je je eigen soort te verdrijven zodat je de controle kunt krijgen – of nou ja, deels dan – over alle mensen op aarde?'

'Als je het zo uitdrukt, klinkt het inderdaad krankzinnig.' Saret glimlachte wrang. 'Maar goed, dat is wat ik probeer te doen, ja. Ik wil de mensheid naar de vrede leiden, Mia. Is dat nou echt zo verkeerd? Denk er eens over na. Zou je niet willen leven in een wereld waar je 's nachts over straat kunt zonder bang te hoeven zijn voor verkrachters en moordenaars? Waar seriemoordenaars alleen nog bestaan in horrorfilms, niet in het echte leven? Geen schietpartijen meer op high schools, geen terrorisme en oorlog… Klinkt dat niet als iets wat je zou willen?'

Mia staarde hem aan. Heel even leek het beeld dat hij schetste best aantrekkelijk. 'Natuurlijk,' zei ze. 'Maar wat jij voorstelt pleegt inbreuk op ons brein. Je wilt ons onze vrije wil ontnemen…'

'Vrije wil?' Saret trok zijn wenkbrauwen op. 'Hoe definieer je dat? Jullie zullen vrij zijn om te leven zoals jullie willen, om relaties aan te gaan met wie jullie maar willen, om te doen wat jullie maar willen… behalve moorden of geweldsdaden plegen.'

'En ze zullen jou aanbidden, zeker?' vroeg Mia met haar ogen tot spleetjes geknepen. 'Dat is wat je uiteindelijk wilt, toch? Een planeet vol marionetten die jou gehoorzamen?'

Saret lachte hoofdschuddend. 'Als je het zo zegt, klinkt het vreselijk. Maar nee, Mia, schattebout, dat is niet hoe ik het zie. De mensheid zal me aanbidden, oké – maar dat is terecht, want ik ben hun verlosser. Ik ben degene die ze uit hun lijden verlost, die hun planeet bevrijdt en vrede brengt.'

'En wat ben je van plan te doen met de rest van de Krinar hier?' vroeg Mia. De vraag kwam ineens bij haar op. 'Korum heeft je plan met het Verzet de kop ingedrukt en jullie zijn hier allemaal nog. Denk je niet dat ze het vreemd zouden vinden als de mensen plotseling vredig zouden samenleven? Als het moordcijfer van de ene dag op de andere naar nul ging?'

'Het zou niet van de ene op de andere dag

gebeuren,' zei Saret. 'Het brein beïnvloeden is een dagenlang, zo niet wekenlang proces. Maar uiteindelijk zouden ze het wel merken, ja – en daarom moet ik iedereen uit de Centers weg zien te krijgen en zorgen dat het beschermingsveld voorkomt dat er nieuwe bewoners binnenkomen.'

Mia ademde diep in. Ze moest slikken om te voorkomen dat ze zou overgeven. Hij bedoelde toch zeker niet… 'Iedereen wegkrijgen? Hoe?'

Hij zuchtte. 'Door ze te vermoorden natuurlijk.'

Alle kleur trok weg uit Mia's gezicht. 'Alle vijftigduizend Krinar vermoorden?' fluisterde ze. Ze kon niet bevatten hoe kwaadaardig je moest zijn om op zo grote schaal te moorden.

Saret haalde zijn schouders op. 'Het merendeel in elk geval. Sommigen zullen het overleven, maar de meesten zullen het loodje leggen.'

'Op welke manier?' Mia hoorde het hysterische randje aan haar eigen stem. 'Hoe kun je ooit zo grootschalig moorden?'

'Door gebruik te maken van hetzelfde nanowapen dat Rafor en het Verzet wilden inzetten,' legde Saret kalm uit. Hij keek haar aan. 'Het ontwerp dat Korum ons via jou heeft verstrekt was uiteraard niet bruikbaar, maar het leek genoeg op het echte wapen om het met een expert aan mijn zijde te perfectioneren. Het is nu bijna klaar; mijn mannetje legt er op dit moment de laatste hand aan.'

'Dus als ik het goed begrijp,' zei Mia, en ze staarde naar de psychopaat die naast haar zat, 'ben je van plan om vijftigduizend van je eigen soortgenoten te vermoorden om vrede op aarde te brengen. En je ziet niet in wat daar mis mee is?'

'Natuurlijk wel.' Saret fronste. 'Denk je dat ik uitkijk naar dat deel van het plan? Ik zou ze met alle liefde terugsturen naar Krina of ze onder controle houden als het kon. Maar dat kan niet. Het enige wat ik kan doen, is hun verdwijning zo pijnloos mogelijk maken. Ik weet dat het niet echt strookt met mijn pacifistische motieven, maar weet je, Mia, het welzijn van velen gaat boven de macht van een kleine groep. We hadden nooit naar jullie planeet moeten komen. De tomeloze ambitie van jouw cheren heeft ons hier gebracht. Nu moeten we wat we gedaan hebben goed maken, we moeten de prijs betalen voor wat we jullie soort hebben aangedaan...'

'Ga je mij ook vermoorden?' vroeg Mia. Haar angst nam af en maakte plaats voor een verdoofd gevoel. Wat hij van plan was, was zo verschrikkelijk dat ze het niet ten volle kon bevatten. 'Of wil je van mij een marionet maken? Dat is de reden waarom je me dit vertelt, hè? Omdat je toch niet bang bent dat ik iemand kan inlichten.'

Saret grijnsde, liet haar arm los en legde in plaats daarvan zijn hand op de hare. Zijn aanraking brandde op haar huid, waardoor ze besefte hoe ijskoud haar handen waren geworden. 'Het idee van jou als marionet is wel aanlokkelijk, moet ik zeggen,' zei hij. Zijn ogen werden weer donker. 'En misschien doe ik dat uiteindelijk ook wel... Maar ik wil in beginsel je brein niet te veel aantasten. Ik vind het wel leuk zoals je nu bent.'

'Wat ga je dan met me doen?' Mia's toon was haast ongeïnteresseerd. 'Als je me niet gaat vermoorden, tenminste.'

'Nee, ik vermoord je niet,' zei Saret geruststellend. 'Ik ga er alleen maar voor zorgen dat je je dit gesprek niet kunt herinneren – net zomin als de rest van de afgelopen maanden. Dat is het beste, geloof me. Ik weet dat je gehecht bent geraakt aan dat monster en je zou hem waarschijnlijk missen als hij verdween. Maar op deze manier ben je voor altijd bevrijd van zijn invloed. Het zal zijn alsof hij nooit in je leven is geweest.'

Mia staarde hem aan met een zuur brandende woede in haar maag. 'Je gaat Korum vermoorden en mijn herinneringen aan hem uitwissen?'

'Nee, lieve Mia,' zei Saret glimlachend. 'Zo wreed ben ik niet. Ik wis eerst jouw geheugen. Op die manier zul je geen gevoelens hebben bij zijn dood. Ik wil je niet traumatiseren, snap je. Pijnlijke herinneringen zijn het moeilijkst uit te wissen, en het laatste wat ik wil, is dat er in je onderbewuste nachtmerries broeien...'

'Je bent gestoord,' zei Mia. Ze werd met de seconde bozer en dat gevoel liet ze graag toe, want het hielp haar om helder te denken. 'Denk je echt dat je genadig bent als je mijn brein op die manier overrulet? En waarom ben je überhaupt zo met mij begaan? Je staat op het punt vijftigduizend Krinar te vermoorden, zonder scrupules, en ik ben niet meer dan Korums charl...'

'Weet je, ik heb mezelf hetzelfde afgevraagd.' Op Sarets voorhoofd verscheen een nadenkende frons. 'Je bent slechts een mensenmeisje – een mooi mensenmeisje, dat zeker, maar niet echt speciaal, om eerlijk te zijn. Ik begreep in het begin niet waarom Korum zo door jou geobsedeerd was. Maar toen gebeurde er iets grappigs, Mia…' Hij leunde naar voren, met een duistere twinkeling in zijn ogen. 'Ik begon jou zelf ook te willen.'

Hij pauzeerde even en ging toen verder, compleet voorbijgaand aan de afschuw op haar gezicht. 'Geloof me, het is een hel geweest om je constant te zien en te weten dat ik het recht niet had om je aan te raken, dat híj degene was die je iedere avond mee naar zijn bed nam. Maar nu wordt het anders. Als je wakker wordt, zal het zijn alsof hij nooit heeft bestaan… en je zult de mijne zijn, zoals je vanaf het begin al had moeten zijn.'

Mia voelde zich misselijk en vreselijk. Ze probeerde haar hand weg te trekken terwijl er gal omhoogkwam in haar keel. Hij hield haar nog heel even vast en liet toen los en keek glimlachend toe hoe ze opsprong als een geschrokken kat.

'Nooit,' zei ze ferm, en ze stapte achteruit richting de muur. 'Hoor je me? Ik weet niet wat je in je hoofd haalt, maar ik zal nooit vrijwillig met jou zijn. Je kunt me misschien onder dwang de jouwe maken, maar dat is het hoogst haalbare tussen ons, wat er ook gebeurt met mijn herinneringen.'

'Waarom?' vroeg Saret, nog altijd glimlachend. 'Denk je dat je van hem houdt? Wat weet een twintigjarige van de liefde? Hij heeft je verleid, Mia, meer niet. Als hij uit je leven is verdwenen, doe ik hetzelfde, en je zult net zoveel van mij houden als je van hem dacht te houden.'

Mia lachte hardop. Haar wanhoop maakte haar roekeloos. Het idee om Korum te vergeten en gedwongen het bed te delen met een massamoordenaar in de dop was zo afgrijselijk dat ze nog liever doodging. Misschien kon ze hem verleiden om haar te vermoorden. 'O, echt waar?' zei ze denigrerend. 'Ik voel me niet in het minst tot je aangetrokken, Saret. Ik vind je net zo aantrekkelijk als een bak hondenvoer. Korum daarentegen wilde ik meteen al – vanaf het moment dat ik hem zag. Maar jou niet. Jou heb ik nooit gewild. Begrijp je wat ik zeg?'

Terwijl ze praatte, zag ze Sarets glimlach verdwijnen en zijn gezichtsuitdrukking verstarren. 'Dat zullen we nog wel zien,' zei hij, en hij stond op en begon naar haar toe te lopen. 'Zodra je herinneringen uitgewist zijn, piep je wel anders. Geloof mij maar.'

'Nee!' schreeuwde Mia toen hij zijn handen naar haar uitstak. Zijn nagels kromden zich tot klauwen die over haar armen schraapten terwijl hij haar beetpakte. 'Laat me los, klootzak! Nee!'

Hij negeerde haar geschreeuw en geworstel, tilde haar op en droeg haar mee het kantoor uit, met zijn armen als ijzeren klemmen om haar lichaam. Zo liep hij met haar naar de achterkant van het lab, waar hij haar op een van de zwevende planken bij de muur parkeerde. Het intelligente oppervlak omhulde onmiddellijk haar armen en benen, waardoor ze zich niet kon bewegen terwijl Saret naar de muur reikte en een klein, wit apparaatje pakte.

'Nee!' Mia probeerde haar hoofd te draaien terwijl hij weer naar haar toe kwam. 'Nee! Niet doen!'

Saret pauzeerde even en keek naar haar. 'Het spijt me, Mia,' zei hij zachtjes. 'Ik wou dat het niet nodig was. Als ik je nu als eerste had ontmoet... Maar dit zal geen pijn doen, ik beloof het.' Nadat hij dat gezegd had, drukte hij met een vriendelijke glimlach het apparaatje tegen haar voorhoofd.

Die glimlach was het laatste wat Mia zag voor alles donker werd om haar heen.

# DEEL TWEE

## HOOFDSTUK ZES

*K*orum keek nog eens hoe laat het was.

Mia had al thuis moeten zijn. Hij had twintig minuten geleden een berichtje van haar gekregen en had onmiddellijk de testsessie met zijn ontwerpers afgebroken, want hij kon de wens om haar zo snel mogelijk weer te zien niet onderdrukken.

Terwijl hij op haar wachtte, had hij snel eten klaargemaakt: haar favoriete *shari*-salade en een champignon-aardappelrecept van haar moeder. Hij had Ella Stalis speciaal gevraagd naar het recept voor ze weggingen uit Florida, want hij wilde Mia ermee verrassen. Niets was zo mooi als haar gezicht vol blijdschap en opwinding zien wanneer hij zoiets deed. Haar blijdschap was voor hem het belangrijkste wat er bestond.

*Waar was ze?*

Licht geïrriteerd vroeg Korum zijn handpalmcomputer haar te lokaliseren. Het slimme apparaatje was gesynchroniseerd met zijn hersengolven, waardoor het haast was alsof het gewoon een onderdeel was van zijn brein. Niet alle Krinar vonden het een prettig idee om zo één te zijn met de techniek, dus velen kozen ervoor om nog altijd gebruik te maken van ouderwetse stemcommando's en losstaande apparatuur. Korum vond het idioot om zo wantrouwig te zijn, maar goed, hij had de computer dan ook zelf ontworpen, dus hij wist wat het ding kon en vooral niet kon. Veel soortgenoten van hem begrepen niet eens hoe de simpele menselijke apparaten werkten, en hadden ook geen enkele behoefte om zich daarin te verdiepen. Dat vond hij onvoorstelbaar.

Zodra hij de mentale zoekvraag had uitgestuurd, werd de plek waar ze zich bevond kristalhelder voor hem. Ze was nog steeds in het lab. De volgdeeltjes die hij ooit in haar handen had geïmplanteerd waren superhandig, zelfs nu ze niet meer samenspande met het Verzet.

Zijn lippen vormden een glimlach toen Korum dacht aan haar reactie als het ging over het beschijnen. Ze was dan net een boze kat, met kleine klauwtjes en haar haartjes rechtovereind. Als ze zo deed, wilde hij haar knuffelen en neuken tegelijkertijd – een verwarrende mix van verlangens die ze keer op keer in hem opriep.

Korum nam aan dat hij zich schuldig moest voelen dat hij haar had beschenen. En soms voelde hij zich ook echt bijna schuldig. Ze vond het niet leuk dat hij altijd wist waar ze zich bevond, en snapte niet dat hij het zo hard nodig had voor zijn gemoedsrust. Ze was zo kwetsbaar, zo menselijk… Als het aan hem lag, zou hij haar nooit uit het oog verliezen. Hij zou haar altijd dicht bij zich houden, zodat hij haar kon beschermen.

Maar hij wist dat ze dat niet wilde. Haar onafhankelijkheid was belangrijk voor haar en ze wilde een bijdrage leveren aan de maatschappij. Hij begreep dat en respecteerde haar erom, maar het maakte het niet makkelijker. Toen ze in New York waren – voordat hij haar de nanocyten had gegeven die haar minder kwetsbaar maakten – kon hij niet anders dan haar in haar eentje de straat op laten gaan, in een mensenstad waar zoiets onnozels als een auto-ongeluk genoeg zou zijn om haar voorgoed uit zijn leven te rukken. Daarom had hij haar indertijd altijd laten volgen door een bewaker, die nooit meer dan honderd meter van haar vandaan was. Natuurlijk had ze dat nooit gemerkt, en Korum was ook niet van plan het haar te vertellen. Het was voor haar eigen veiligheid. Zelfs toen al kon hij de gedachte niet verdragen dat haar iets kon overkomen.

Korum keek weer hoe laat het was. Er waren vijfentwintig minuten verstreken. Waarom was ze nog steeds op het lab? Was ze ergens door opgehouden? Als Saret haar weer liet overwerken, moest hij eens een hartig woordje met hem spreken. Inmiddels had Mia bewezen dat ze een goede kracht was, dus Korum wist zeker dat haar stage niet zomaar beëindigd zou worden als ze wat minder uren maakte.

Hij probeerde contact te leggen met het communicatieapparaatje dat hij voor haar had gemaakt; het apparaat dat zij haar polscomputer noemde. Tot zijn verbazing en toenemende ongerustheid kon hij er geen contact mee krijgen. Het was alsof er een groot niks was, waar er een digital signaal had moeten zijn.

Er was iets mis.

Korum wist het ineens met grote zekerheid. Hij hief zijn hand omhoog en staarde naar zijn handpalm. Met zijn ogen volgde hij de pulserende lichtjes onder zijn huid. Dit was een manier voor hem om te focussen, om specifieke neurale verbindingen te gebruiken die te complex waren voor dagelijks gebruik.

De verbinding die hij nu koos, was er een die hij al weken niet had gebruikt; niet meer sinds het Verzet was verslagen. Mia wist hier net zomin iets van, en ook hier was Korum niet van plan haar over te vertellen. Het was niet nodig, want hij gebruikte het apparaat niet meer om haar in de gaten te houden. De enige reden waarom ze het nog had, was omdat het vrij ingewikkeld was om het te verwijderen – én omdat hij het wel een prettig idee vond dat het er was in geval van nood.

Met zijn ogen strak op zijn handpalm gericht liet Korum een signaal uitgaan om het kleine opnameapparaatje in te schakelen dat verstopt zat onder Mia's linkeroorlel. Dit zou hem in staat stellen alles te horen wat er in haar buurt gebeurde en, nog belangrijker, om haar vitale functies te checken.

Zodra het apparaatje aanging, verdween er iets van spanning uit zijn spieren. Ze was in orde, haar hartslag was sterk en haar ademhaling gelijkmatig.

En toch... Korum fronste en luisterde aandachtig. Het was helemaal stil. Té stil. Als ze nog aan het werk was, zou ze moeten rondlopen, pratend tegen wie het ook was door wie ze werd opgehouden. In plaats daarvan leek het alsof ze nu sliep.

Alsof ze sliep, of... in coma was.

Zodra die mogelijkheid in zijn hoofd opkwam, wist hij dat hij op het juiste spoor zat. Maar waarom zou ze bewusteloos zijn? Dit raakte kant noch wal. En was dat...? Hij luisterde weer. Hoorde hij nu iemand anders om haar heen bewegen?

Zijn ongerustheid groeide uit tot volkomen paniek.

Korum stond op, beende naar de muur en verliet het huis. Toen stopte hij heel even om een transportmiddel te laten verschijnen, zo snel mogelijk. Terwijl de nanomachines het voor hem bouwden, doorzocht hij het archief van het opnameapparaatje. Al zijn apparaten werkten zo: zelfs als ze niet waren ingeschakeld, verzamelden ze data en sloegen die op.

Het duurde een seconde voor hij in het geheugen van het apparaatje zat. Hij ging erdoorheen tot hij gevonden had wat hij zocht, namelijk het exacte moment waarop Mia hem een bericht had gestuurd. In plaats van op de normale snelheid naar de opnames te luisteren, liet hij zijn computer een transcriptie genereren, die hij daarna in een paar seconden tijd las.

En terwijl tot Korum doordrong wat hij las, vulde elke cel in zijn lijf zich met een withete woede.

Hij kon niet bevatten hoe ernstig dit verraad was, en hoe intens kwaadaardig de man die hij al tweeduizend jaar als vriend beschouwde moest zijn. En Mia… Nee, daar mocht hij niet aan denken. Niet nu. Als hij wilde dat ze allemaal een kans maakten om te overleven, moest hij zich concentreren, en dus zijn woede en pijn onderdrukken.

Met alle wilskracht die hij had, schakelde Korum over naar de rationele aanpak en begon hij te bedenken hoe hij deze situatie het beste kon aanpakken.

Saret keek ongeduldig toe hoe Korum eindelijk het huis uit ging en het transportmiddel liet verschijnen. Nu zou zijn vijand op zoek gaan naar Mia, hopelijk met zo min mogelijk verdenkingen.

Natuurlijk moest hij hem niet onderschatten. Die klootzak van een Korum had altijd een nare verrassing in petto als je hem onderschatte. Maar toch: Korum had geen enkele reden om aan te nemen dat er iets niet in de haak was, en hij zou absoluut niet verwachten dat Saret hem zou doden.

Het kwam niet goed uit dat Mia vandaag die verslagen had ontdekt. Saret had altijd geweten dat er iemand kon gaan rondneuzen en dat dan aan het licht zou komen dat Saur niet zoveel kennis had van breinmanipulatie als algemeen werd aangenomen. Hij had de logbestanden moeten verplaatsen, maar goed, iedereen in het lab wist dat het niet was toegestaan om andermans werk te bekijken zonder Sarets expliciete toestemming.

Iedereen behalve één mensenmeisje, naar nu bleek.

Aan de andere kant: misschien had Saret op een bepaalde manier gewild dat ze erachter kwam. Hij had ervan genoten om zijn plan voor haar uit de doeken te doen en de emoties te zien op haar expressieve gezichtje. Ze had het natuurlijk niet helemaal kunnen bevatten. Ze zat nog te diep in Korums invloedssfeer om helder te denken.

Het had hem boos gemaakt toen ze zei dat ze zich niet tot hem aangetrokken voelde. Natuurlijk was dat een leugen, een manier om hem te verleiden iets stoms te doen. Hij was een Krinar-man in de bloei van zijn leven; hij wist dat mensenvrouwen hem aanbaden. En zij zou hem ook aanbidden, daar zou hij wel voor zorgen.

In het begin zou hij lief doen, heel anders dan Korum nadat hij haar had ontmoet. Saret had bij de rechtszitting een paar opnames gezien van hoe het ging in het begin van hun relatie, en die hadden hem niet gezind. Hoe zijn vijand haar destijds behandelde… Nee, Saret zou een betere cheren voor haar zijn, dat wist hij zeker.

Waar was Korum nou?

Fronsend keek Saret weer naar het beeld. Het leek erop dat zijn tegenstander niet echt haast maakte. In plaats van naar het lab te vliegen, stond Korum naast het schip een praatje te maken met een of andere Krinar-vrouw die Saret niet kende. Het leek haast wel alsof hij met haar… flirtte?

*Die klootzaak bedriegt Mia nu al.*

Nou ja, Korum zou hier snel genoeg zijn. En dan zou hij wel even staan kijken.

Saret had in het geheim de afgelopen paar jaar gewerkt aan het bouwen van een hightech fort in het lab. Alle Krinar-gebouwen waren sterk, sterk genoeg om een nucleaire ontploffing of een vulkaanuitbarsting te kunnen tegenhouden. Zijn lab ging nog een stap verder: de muren waren voorzien van wapens, zodat ze nadat Saret ze had geactiveerd eenieder zouden vermoorden die probeerde binnen te komen. Ze konden met geen enkele vorm van nanotechnologie doordrongen worden, omdat Saret dezelfde schilden had geïnstalleerd die werden gebruikt voor het verdedigen van de Centers.

Het was allemaal niet makkelijk geweest om te maken. Wapens waren niet vrij beschikbaar voor het grote publiek, en al zeker geen gespecialiseerde nanowapens zoals die hij had ingebouwd in zijn muren. Saret had zich genoodzaakt gezien om een heleboel gunsten te vragen en een groot deel van zijn geld erin te steken om het precies zo te krijgen als hij wilde. Het had nog meer gekost om het geheim te houden.

Maar nu zou het zich allemaal uitbetalen. Binnen een paar dagen zou het nanowapen dat hij op de Centers wilde afvuren gereed zijn. De verspreidingsapparaten met nanocyten waren al geïnstalleerd in alle belangrijke menselijke steden.

Hij hoefde nu alleen nog maar geduldig af te wachten.

Tien minuten later begon Sarets geduld op te raken. Waarom liet Korum nou zo lang op zich wachten? Had Saret onderschat hoe belangrijk het meisje voor zijn vijand was? Het leek erop dat die eikel nog steeds met die andere vrouw aan het flirten was. Daar stond hij, te lachen en haar arm aan te raken. Wat de fuck? Wat was er gebeurd met zijn liefde voor Mia? Was ze al die tijd niet meer dan een speeltje voor hem geweest?

Zodra die gedachte bij hem opkwam, schudde Saret zijn hoofd. Nee. Er speelde iets anders. Hij wist het ineens zeker.

Speelde Korum een spelletje met hem? Was wat hij nu zag een nepbeeld?

Hij kon onmogelijk zeker weten hoe het zat, want wat hij zag, zag er volstrekt echt uit. Maar Saret wist heel goed dat beeld kon bedriegen.

Hij moest de gedachte wel toelaten dat Korum had ontdekt dat er iets loos was.

Snel bewapende Saret zichzelf en hij trok een beschermend schild aan dat zijn hele lijf bedekte. Binnen de muren van het lab was hij nog steeds het veiligst, en hij was zonder meer van plan om zijn vijand hier te treffen, met het verdedigingsvoordeel aan Sarets kant. Hij was niet bang, ook al nam zijn hartslag toe bij het vooruitzicht van het gevecht.

Hij keek naar Mia om zich ervan te verzekeren dat ze nog altijd bewusteloos was. Ze lag vastgebonden op een brancard. Het zou kunnen dat ze snel weer wakker werd, en hij hoopte dat dan alle narigheid achter de rug was.

Saret negeerde de adrenaline die door hem heen raasde, ging naast haar zitten en streelde haar arm. Wat was haar bleke huid zacht en glad. Ze was zo mooi, met die donkere wimpers die over haar wangen uitwaaierden en haar zachte lippen een klein beetje van elkaar. Hoe heette dat mensensprookje ook alweer? Doornroosje? Maar nee, ze leek eigenlijk meer op Sneeuwwitje, vond Saret, met haar bleke huid en donkere haar.

Hij boog zich over haar heen en kuste haar lippen, waarbij hij ze heel zachtjes beroerde met zijn tong. Zoals hij al had verwacht, was ze verrukkelijk. Dit voorproefje was al genoeg om heel hard te worden. Als hij meer tijd had, zou hij haar hier en nu hebben genomen, of ze nou bewusteloos was of niet.

Maar hij had niet meer tijd. Hij moest gefocust blijven. Korum zou hier hoe dan ook snel zijn.

Saret stond weer op en liep naar het beeldscherm. Nu wist hij zeker dat wat hij zag een afleiding was.

Waar hing Korum uit?

Saret begon te ijsberen, want hij was te gespannen om te zitten.

Toen het twee minuten later begon, had hij het in eerste instantie niet eens door.

Het eerste signaal dat er iets gaande was, was een laag, brommend geluid. Het geluid leek de lucht te vullen en het volume steeg langzaam, totdat het voor zijn gevoelige Krinar-gehoor net een keiharde brul werd.

Toen begonnen de muren te smelten. Saret had zoiets nog nooit gezien: het materiaal dat een kernaanval moest kunnen overleven veranderde van boven naar beneden in vloeistof, alsof het gebouw van was was gemaakt.

Nu proefde Saret angst. Scherp en zuur kwam het omhoog vanuit zijn maag. Dit was niet de bedoeling. Hij moest hier veilig zijn, in zijn zorgvuldig gebouwde fort… maar hij was hier niet veilig. Saret kende geen wapen met dit effect – een wapen dat dezelfde schilden kon verwoesten die de kolonies beschermden – maar zijn ogen bedrogen hem niet. De muren waren letterlijk rondom hem aan het smelten.

Hij kon nog maar één ding doen: zich terugtrekken en een nieuw plan smeden. Heel even overwoog hij Mia mee te nemen, maar dat zou hem vertragen. Dat risico kon hij niet nemen. Hij moest haar maar een andere keer komen halen.

Met nog één laatste blik op het bewusteloze meisje op de brancard activeerde Saret de noodtunnel, en hij verdween door de vloer.

# HOOFDSTUK ZEVEN

'Hij moet gevonden worden. Koste wat kost. Begrepen?' Korum wist dat zijn stem scherp klonk, maar hij kon de woede die door zijn aderen raasde niet langer beheersen.

Alir, de leider van de beschermheren, knikte. 'We zorgen dat hij naar u toe komt,' beloofde hij. Zijn zwarte ogen stonden koud en uitdrukkingsloos.

'Mooi,' zei Korum.

Hij draaide zich om en liep terug naar de achterkant van de kamer, waar Ellet naast Mia zat en tests op haar uitvoerde.

Zodra hij naar haar toe kwam, keek de Krinar-vrouw op. Haar mooie gezicht zag er gespannen uit. 'Ze kan elk moment weer bijkomen,' zei Ellet zachtjes. 'Maar Korum, ik ben bang dat de schade onomkeerbaar is.'

'Wat bedoel je?' Hij wilde het niet geloven, kon het niet accepteren.

'De scan vertoont tekenen van trauma die passen bij geheugenverlies. Het spijt me zo…'

'Nee. Je hebt het mis, dat moet wel.' Hij balde zijn vuisten zo stevig dat zijn nagels in zijn huid drongen. 'We moeten iets kunnen doen…'

'Ik zal kijken,' zei Ellet, en ze stond op. 'Maar ik moet je nogmaals waarschuwen dat een zo ernstige beschadiging over het algemeen onomkeerbaar is.'

Korum zette een stap naar voren. 'Ik wil niet dat je ernaar kijkt, Ellet,' zei hij op vlakke toon. 'Ik wil dat je verdomme stopt met alles wat je aan het doen bent en haar geheugen terughaalt.'

Ellet fronste. 'Je weet dat ik mijn best doe…'

'Doe meer dan je best.' Korum wist dat hij niet rationeel deed, maar dat kon hem niet schelen. Hij had zich nog nooit zo gevoeld – zo ontzettend moordlustig. Hij wilde Saret aan stukken scheuren, hem stukje voor stukje uit elkaar trekken en het horen uitkrijsen van pijn. Hij wilde de man die hij ooit als een vriend had beschouwd ontdarmen zoals ze in de middeleeuwen deden en baden in zijn bloed.

Onder al die woede en verbittering vanwege het verraad ging Korum gebukt onder een zwaar, vreselijk schuldgevoel. Mia was het slachtoffer geworden van zijn falen. Hij had haar niet beschermd tegen het monster in hun midden. Hij was te goed van vertrouwen geweest. Zonder hem was ze nooit stage gaan lopen bij Saret en zou ze nooit zijn blootgesteld aan diens zieke verlangens.

Als hij haar niet had meegenomen naar Lenkarda, zou haar nooit iets zijn overkomen.

Hoe kon het dat hij het niet eerder had gezien? Hoe kon het dat hij die diepe haat niet had gevoeld? Zijn grootste vijand bleek een van zijn beste vrienden te zijn, en hij had het niet gemerkt tot het te laat was.

En nu zag hij de spijt op Ellets gezicht. Zij wist wat hij voelde voor Mia en kon wel raden wat er zich nu afspeelde in zijn hoofd. 'Dat zal ik doen, Korum,' zei ze geruststellend. 'Ik beloof je dat ik alles zal doen wat ik maar kan.'

Korum nam een diepe ademteug. Het was niet Ellets schuld dat zijn vriend de ergste psychopaat in de recente geschiedenis bleek te zijn. 'Dank je,' zei hij zachtjes.

Ellet glimlachte opgelucht. 'Je kunt haar nu mee naar huis nemen, als je wilt. Ze zal over een paar uur wakker worden, en dat kan net zo goed bij jou thuis. Hoe minder Krinar ze hoeft te zien als ze ontwaakt, hoe beter.'

Korum knikte. 'Zeker.' Hij boog zich over de zwevende brancard waarop Mia lag, nam haar voorzichtig in zijn armen en drukte haar zachtjes tegen zijn borst. Ze was zo licht, zo breekbaar in zijn armen. Het besef dat ze vandaag vermoord had kunnen worden gonsde als een gif door zijn aderen en brandde hem vanbinnen.

Saret zou boeten voor wat hij haar had aangedaan – voor wat hij van plan was geweest hen allemaal aan te doen. Daar zou Korum voor zorgen.

Mia liet een zachte, puffende ademhaling los en rimpelde haar neus. Met een van haar slanke handen veegde ze een donkere krul van haar wang. Haar ogen waren nog gesloten, maar het was duidelijk dat ze weer bij bewustzijn aan het komen was.

Zittend op de rand van haar bed keek Korum hoe ze langzaam wakker werd. Hij kon zijn ogen niet van haar losmaken. Met zijn verstand wist hij wel dat ze niet de allermooiste vrouw was die hij ooit had gezien, maar dat maakte niet uit. In zijn ogen was ze perfect. Hij hield van ieder klein detail, elk klein stukje van haar kleine lijf wond hem op. Zelfs nu ze hier roerloos lag in haar lichtroze jurk moest hij de drang onderdrukken om haar aan te raken, om haar dichter naar zich toe te trekken en diep in haar te dringen.

De vreemde mix van lust en tederheid die ze bij hem opriep, was iets wat hij nog nooit had ervaren. Zoals zoveel Krinar had Korum seks altijd gezien als een leuke tijdbesteding. De meeste relaties die hij had gehad waren simpel; iets dergelijks had hij een paar jaar terug met Ellet gehad, bijvoorbeeld. Hij vond vrouwen leuk en kon hun gezelschap ook buiten de slaapkamer waarderen, maar hij had nooit een vaste relatie gewild – hij had nooit de behoefte gehad een vrouw voor zichzelf te hebben.

Tot hij Mia ontmoette.

Op de een of andere manier maakte dit mensenmeisje zijn duisterste, primitiefste instincten los. Wat hij voor haar voelde, ging verder dan seksueel verlangen, verder dan een verlangen naar haar zachte lichaam. Wat hij echt wilde, was haar bezitten, was dat zij op elke denkbare manier de zijne was.

Dit was geen onbekend fenomeen onder de Krinar. In vroeger tijden moesten Krinar-mannen jagen en hun territorium beschermen – en dat ging ze een stuk beter af als ze een sterke verbintenis hadden met een partner. Destijds was het een simpele evolutionaire ontwikkeling geweest dat een man gefixeerd raakte op een vrouw. Diepgaander dan lust, sterker dan liefde – het was een krachtige combinatie van die twee dingen die ervoor zorgde dat een man zijn leven zou geven om zijn vrouw en hun nakomelingen te beschermen.

In de loop van de jaren, naarmate de Krinar-samenleving zich ontwikkelde, was een dergelijke verbintenis minder belangrijk geworden voor de overleving van de soort, en was de genetische neiging afgezwakt. Natuurlijk gebeurde het nog wel, maar het was vandaag de dag tamelijk zeldzaam – en daarom had Korum niet begrepen wat er met hem gebeurde toen hij Mia ontmoette.

Hij had niet begrepen waarom hij zich zo voelde. Het enige wat hij wist, was dat hij haar wilde – dat hij haar móést hebben. Zelfs haar terughoudende reactie in het begin had hem niet op andere gedachten gebracht. Integendeel, haar voorzichtigheid had hem geïntrigeerd en had de jagersinstincten losgemaakt die hij normaal gesproken makkelijk kon onderdrukken.

Hij had nog nooit zo achter iemand aan gezeten,

had nog nooit zoveel rekening gehouden met de behoeften van een vrouw, maar met Mia had hij zich erin vastgebeten. Hij had zich op haar gestort met alle intensiteit die hij in zich had en was alle besef van goed en kwaad uit het oog verloren. Binnen een week had hij gekregen wat hij wilde: Mia in zijn bed, in zijn appartement, waar hij haar kon nemen wanneer hij maar wilde.

Het had wel wat langer dan dat geduurd om haar liefde te krijgen.

Tot op de dag van vandaag borrelde er woede in zijn maag wanneer hij dacht aan haar betrokkenheid bij het Verzet. Rationeel wist hij dat hij haar niet kwalijk kon nemen dat ze had teruggevochten en dat ze hem in het begin niet had vertrouwd. Ze was nog maar een kind in vergelijking met hem. Hij had meer oog moeten hebben voor haar angst en had haar langzaam moeten verleiden in plaats van haar onder druk te zetten om een relatie met hem aan te gaan. Misschien zou ze dan niet hebben geloofd in de leugens die haar werden voorgeschoteld en zou ze hem niet hebben bedrogen.

Maar hij was ongeduldig geweest. De overweldigende emoties die door hem heen raasden, hadden hem roekeloos gemaakt, blind voor alles behalve zijn behoefte om haar te hebben. Wat was begonnen als een seksuele obsessie was in snel tempo veel diepgaander geworden, en Korum had niet geweten hoe hij daarmee om moest gaan. Hij had gehandeld uit pijn en woede en had haar tegen het

Verzet gebruikt als straf omdat ze hem had bespied. Wat hij had moeten doen, was simpelweg alles aan haar uitleggen en haar duidelijk maken wat hij verlangde.

Het feit dat ze nu van hem hield was een wonder, waar hij elke dag dankbaar voor was. En als ze het zich niet herinnerde wanneer ze weer wakker werd, zou hij die kans aangrijpen om opnieuw te beginnen, om goed te maken wat hij eerder fout had gedaan.

Linksom of rechtsom: Mia zou weer van hem houden.

Aan andere opties wilde hij niet denken.


Eindelijk gingen haar ogen open. Ze knipperde met haar ogen, waar een verbaasde blik in lag, en keek toen met open mond naar hem.

Korum streelde lief haar arm en glimlachte. 'Hallo liefste,' zei hij, bewust op een kalme toon. Hij wilde haar eigenlijk knuffelen, maar dat zou haar angstig maken als ze inderdaad haar geheugen kwijt was en hij nu een vreemde voor haar was.

Nu al hoorde hij haar hartslag versnellen en voelde hij de spanning die in haar spieren kwam bij het besef van wat er naast haar zat. Haar kleine, roze tong kwam een stukje uit haar mond en likte langs haar onderlip, een automatisme van haar dat hem gek maakte van verlangen. Hij zag de angst in haar ogen en het voelde als een messteek in zijn hart, een scherpe, snijdende pijn.

Ze trok haar arm terug en krabbelde achteruit, naar

de andere kant van het bed. 'Wat doe ik hier? Wie ben jij?'

Korum hoorde de paniek in haar stem en dwong zichzelf om rustig te blijven zitten en niet naar haar toe te bewegen.

'Ik ben Korum,' zei hij, en hij zocht naar een teken van herkenning op haar gezicht. Maar dat was er niet. Hij onderdrukte zijn teleurstelling en vroeg: 'Wat is het laatste wat je je herinnert, liefste?'

Ze slikte zichtbaar en nam nog meer afstand. 'Ik ben op de uni,' fluisterde ze. 'Ik ben bezig met een tentamen...'

'Wat voor tentamen, schat? Welk vak is het?' *Hoeveel geheugen had Saret wel niet gewist?*

'Kinder... kinderpsychologie,' antwoordde ze, met een licht trillende stem.

Korum ademde opgelucht uit. 'Dus het is het voorjaarssemester.' Ze was maar een paar maanden kwijt, niet jaren zoals hij even had gevreesd.

Ze knikte, maar ze zag er nog steeds doodsbang uit. 'Wat wil je van me? Waarom heb je me hierheen gebracht?' Hij hoorde de toenemende paniek in haar stem.

Korum zuchtte. Dit zou lastig worden. 'Het is zo ingewikkeld, Mia,' zei hij zachtjes. 'Zou je het op prijs stellen als ik het uitleg?'

Ze knikte weer. Haar blauwe ogen waren groot van angst.

'Kom dan hier, dan praten we,' zei hij, en hij zag haar weer gespannen reageren. 'Ik beloof dat ik je geen pijn zal doen. Kom gewoon hier naast me zitten.' Hij klopte op het bed. Hij had haar dichter bij zich nodig.

Ze aarzelde en hij zag de emoties over haar fijn gevormde gezicht flitsen. Hij zag het precies toen ze tot de conclusie kwam dat ze niets te verliezen had door dichter bij hem te komen. Hij was tenslotte een Krinar, hij was op drie meter afstand net zo gevaarlijk als direct naast haar.

Met trillend lichaam verplaatste ze zich langzaam in zijn richting, waarbij ze hem taxerend bleef bekijken. Toen ze dichtbij genoeg was, omvatte Korum haar hand met de zijne, en hij warmde haar koude huid op.

In eerste instantie trok ze zich even terug, maar toen bleef ze zitten, met haar blik strak op zijn gezicht gericht.

Korum glimlachte. Iets van de spanning in zijn lijf vloeide weg omdat ze hem toestond haar aan te raken. 'We zijn geliefden, Mia,' zei hij zachtjes, en hij lette goed op hoe ze reageerde. 'Je herinnert je mij niet omdat je een deel van je geheugen kwijt bent. Het is nu juni en we zijn in Lenkarda, ons Center in Costa Rica.'

Mia staarde naar de adembenemende Krinar die nu zachtjes haar hand streelde. Wat hij haar zojuist had verteld was waanzin, ze kon het niet bevatten. Ze waren geliefden? Ze was haar geheugen kwijt? Ondanks alle bizarre scenario's die door Mia's hoofd waren gegaan, was dit geen moment in haar opgekomen.

Haalde hij een geintje met haar uit? En zo ja, waarom? Wat was het echte verhaal?

Mia probeerde haar paniek lang genoeg te onderdrukken om na te kunnen denken, maar het was alsof ze watten in haar hoofd had. Zelfs recente dingen zoals *spring break* en haar tentamens waren wazig, alsof ze heel lang geleden waren in plaats van de afgelopen weken.

'Je gelooft me niet, hè?' vroeg de K. Zijn amberkleurige ogen namen haar op met een unheimisch makende warmte.

'Nee, natuurlijk niet.' Haar stem klonk verrassend kalm. Mia vond van zichzelf dat ze best goed omging met wat er op haar bord werd gegooid. Ze schreeuwde en huilde niet; ze voerde een gesprek met een alien die haar hoogstwaarschijnlijk had ontvoerd. Een alien die misschien mensenbloed dronk. En die alien streelde nu haar pols op een manier waardoor er vreemd genoeg een opgewonden kriebel in haar buik ontstond.

Waarom was ze niet banger voor hem? Met alles wat ze wist over zijn soort, zou ze nu moeten vrezen voor haar leven.

Maar dat was niet het geval.

Ze was in paniek omdat ze niet wist waar ze was en hoe ze hier was gekomen – en waarom ze bij een K was die beweerde haar geliefde te zijn – maar ze was niet écht bang. Sterker nog, ze vond zijn aanwezigheid vreemd genoeg geruststellend, en zijn aanraking was zowel geruststellend als opwindend. Had hij iets met haar gedaan waardoor ze zo op hem reageerde?

'Natuurlijk niet,' herhaalde hij met een begripvolle glimlach. 'Hoe zou je zoiets ongelofelijks kunnen denken zonder bewijs?'

Mia knikte. Ze kon haar blik niet losmaken van die glimlach. Het kuiltje in zijn linkerwang fascineerde haar. Het was zo jongensachtig, zo in tegenspraak met de rest van zijn voorkomen.

'Goed, liefste.' Zijn stem klonk ontstellend teder. 'Ik zal je bewijs geven.' Hij bleef haar hand vasthouden en knikte naar de zijkant, waar zomaar ineens een driedimensionaal hologram in het luchtledige verscheen.

Mia snakte naar adem van schrik, en toen zag ze dat het een beeld was van haarzelf en de K die naast haar zat. Ze liepen op het strand, praatten met elkaar en lachten. De K tilde het meisje op, zo moeiteloos dat het leek alsof ze van veertjes gemaakt was. Ze lachte weer en sloeg haar armen om zijn nek, waarna ze hem kuste met zoveel passie dat Mia's wangen warm werden.

'Wat is dat? Waar heb je die video vandaan?' Mia voelde dat ze ongenadig bloosde toen de K het meisje terug kuste, waarna hij één hand verplaatste naar onder haar jurk.

'Een satellietopname,' zei de K genaamd Korum. Hij keek haar aan met een gouden gloed in zijn ogen. Om de een of andere reden voelde Mia dat die blik haar opwond. Haar hart ging sneller kloppen en haar tepels werden hard onder de dunne stof van haar jurk. Ze wilde wanhopig graag dat de K het niet merkte, want het zou gênant zijn – en misschien ook gevaarlijk – als hij wist hoeveel hij met haar deed.

En toen besefte ze wat hij net had gezegd. 'Wacht even, werden we bespioneerd door een satelliet?'

'Onze satellieten nemen altijd alles op,' legde hij uit, en zijn sensuele lippen vormden een glimlach. 'Maar geen zorgen, liefste. Alleen onze computers zien deze beelden, tenzij iemand ze speciaal opvraagt – zoals ik heb gedaan.'

Mia's hartslag nam toe, en nu van ongerustheid. 'Wil je zeggen dat we nooit privacy krijgen van jullie?'

'Natuurlijk niet,' zei de K simpelweg. 'En van jullie eigen overheid ook niet. Dat weet je toch wel?'

Mia knipperde met haar ogen. Ze wist het inderdaad. GPS en mobiele telefoons hadden het praktisch onmogelijk gemaakt om je ergens te verstoppen, en ze wist dat er meerdere overheidsinstanties waren die de middelen hadden om terroristen en andere criminelen hoe dan ook op te sporen. Maar zij was een brave burger, dus ze had nooit veel gedachten besteed aan het feit dat alles wat ze deed – van internetten tot telefoontjes plegen – indien nodig kon worden gemonitord. Ze had het gewoon geaccepteerd als iets wat bij het leven in de eenentwintigste eeuw hoorde. Maar om de een of andere reden vond ze het idee dat Krinar-satellieten haar constant volgden behoorlijk verontrustend.

Ze fronste, en besefte toen dat ze reageerde alsof ze aannam dat het beeld dat haar getoond werd echt was. Daar kon ze helemaal niet zeker van zijn. De Krinar waren zo geavanceerd dat het kinderspel zou zijn om elk videobeeld in elkaar te zetten dat ze maar wilden, 3D of niet.

'Hoe kan ik weten dat je dit niet hebt verzonnen?' vroeg ze, en ze gebaarde naar het beeld, waar het stel nu volledig opging in het zoenen. Haar blos werd dieper en Mia keek weer weg.

'Natuurlijk kun je dat niet zeker weten,' zei de Krinar. 'Ik zou het allemaal kunnen verzinnen als ik wilde. Ik heb nog honderden andere opnames, en het is het slimst als je ze geen van alle voor waar aanneemt.'

Mia lachte zenuwachtig, verrast door zijn eerlijkheid. 'Oké, maar hoe kun je het dan bewijzen?' Ze kon niet geloven dat ze zelfs maar in overweging nam dat het echt kon zijn. Hoe kon een rationeel persoon dit geloven? Ze zou het toch wel onthouden hebben als ze seks had gehad met een woest aantrekkelijke alien? Of als ze überhaupt seks had gehad?

De K glimlachte weer. 'Er zijn meerdere manieren,' zei hij. 'Laten we beginnen met het feit dat jij me nu kunt verstaan, ook al spreek ik in het Krinar tegen je.'

Mia staarde hem geschokt aan. Ze had hem absoluut verstaan, en ze had inderdaad gemerkt dat hij die laatste zin tegen haar zei in een taal die ze nooit eerder had gehoord. 'Wacht even, wát?' Haar woorden kwamen er in diezelfde taal uit. 'Je spreekt Krinar tegen me?'

'Ja, en jij geeft nu ook antwoord in het Krinar,' zei hij, en zijn glimlach werd breder. 'En nu spreek ik Italiaans tegen je. Je verstaat me nog steeds, toch?'

Mia knikte. Haar hoofd tolde van de onwaarschijnlijkheid van dit alles.

'Dat komt omdat je een klein implantaat hebt dat fungeert als vertaalmachine,' zei de K, in het Engels ditmaal. 'Ik heb het je gegeven zodra we hier aankwamen, in Lenkarda. Het stelt je in staat om elke taal te spreken en verstaan, zowel menselijk als Krinar.'

'Maar...' Mia wist niet waar ze het zoeken moest.

'Hoe kan ik weten dat je me dat machientje niet net hebt gegeven? En wacht even: zei je net dat het juni is? Mijn meest recente herinnering is in maart. Hoe kan ik zoveel van mijn geheugen kwijt zijn? Dit raakt kant noch wal…'

De K zuchtte en bracht zijn hand naar haar gezicht om zachtjes een losgeraakte krul achter haar oor te doen. 'Ik weet het, Mia,' zei hij zachtjes. 'Ik weet dat dit lastig zal worden om te accepteren. Ik zal je een verhaal vertellen en daarna zal ik je laten zien dat ik niet lieg. Oké?'

'Oké,' zei Mia, betoverd door de warme uitdrukking op zijn prachtige gezicht. Hoe kon iemand die zo adembenemend knap was haar vriendje zijn? Misschien was dit allemaal een zeer realistische droom. Zou het kunnen dat ze sliep en dat haar onderbewuste deze prachtige man had bedacht? Als hij inderdaad haar vriend was, dan was ze de grootste geluksvogel ter wereld – al geloofde ze nog steeds niet dat dat echt mogelijk was.

'Goed,' zei hij, met die gouden schittering in zijn ogen. 'Ik zal je ons verhaal vertellen vanaf het begin…'

De daaropvolgende twintig minuten luisterde Mia met ingehouden adem naar het verhaal van hun kennismaking in april en de tumultueuze tijd die erop volgde. Toen hij haar uitlegde dat ze betrokken was geraakt bij het Verzet, viel Mia's mond open.

'Bespioneerde ik je?' Waar had ze in vredesnaam het lef vandaan gehaald om dat te doen? Hoewel hij nu zachtaardig tegen haar deed, voelde Mia wel aan dat deze K gevaarlijk kon zijn als je hem tegen de haren in streek. Zijn soort stond in het algemeen niet bekend om hun vergevende aard. Hun gewelddadigheid was ruimschoots aangetoond tijdens de gevechten van de Great Panic.

'Ja,' zei de K bevestigend, en zijn kaak verstrakte iets. 'Maar ik zat ook fout, want ik wist dat je het deed en gaf je foutieve informatie.'

Mia keek hem ongelovig aan. 'En toch zijn we een stel? Na alles wat er gebeurd is?'

'We zijn meer dan zomaar een stel, Mia. Je bent mijn charl.'

'Wat is dat?'

'Het is ons woord voor wat jij van me bent. De beste omschrijving is "menselijke partner".'

'Een echtgenote?' Mia hoorde haar eigen stem overslaan van ongeloof.

Hij glimlachte. 'Niet echt, maar zo ongeveer kun je het wel zien, inderdaad.'

Mia staarde hem aan. 'Maar je zei net dat ik je heb ontmoet in april en dat het nu pas juni is. Hoe konden we zo snel trouwen?'

Hij aarzelde even. 'Zo werkt het niet, liefste. Een relatie tussen een charl en cheren kent geen officiële ceremonie.'

'Hoe werkt het dan wél? In welk opzicht is dit anders dan gewoon een vriendje en vriendinnetje zijn?' Ze kon zich nog steeds niet voorstellen dat deze goddelijke creatie haar vriendje was, laat staan haar echtgenoot. Haar hoofd kon het allemaal niet bevatten.

'Het is anders, Mia, omdat ik een gewoon vriendinnetje niet zou kunnen geven wat ik jou heb gegeven,' zei hij zachtjes. 'Door jou mijn charl te maken, heb ik je helemaal in onze wereld geïntegreerd, met alles wat dat inhoudt.'

Mia's hart begon weer sneller te kloppen. 'Wat houdt het dan in?'

'Een veel langere levensduur,' fluisterde hij. 'Niet meer vatbaar zijn voor veroudering en ziekte. Onsterfelijkheid, zoals jullie het noemen.'

Korum zag dat haar ogen groter werden, op haar gezicht streden scepsis en opwinding om voorrang. De krul die hij net achter haar oor had gestopt sprong weer los, wilde niet worden beteugeld. Hij hield van die eigenwijze krul, die altijd zijn vingers naar haar toe lokte, om de zachte, dikke haardos aan te raken.

Hij was tot nu toe zowel verrast door als blij met haar reactie. Ze was van nature voorzichtig, dus enige terughoudendheid had hij wel verwacht, maar ze was veel minder bang dan hij had gedacht. Ze kromp niet ineen onder zijn aanraking en ze leek geen bezwaar te hebben tegen zijn nabijheid. Op de een of andere manier, leek het, had ze nog wel herinneringen aan hem in haar lichaam opgeslagen, ook al was ze hem met haar hoofd vergeten.

'Heb je het vermogen om mensen onsterfelijk te

maken?' vroeg ze. Een kleine frons verscheen in haar gladde voorhoofd.

Korum zuchtte. Hij wilde niet weer dit hele verhaal moeten vertellen. 'Ja,' zei hij geduldig. 'Maar niet alle mensen. Alleen degenen die deel gaan uitmaken van onze maatschappij. Ik ben op dit moment echter bezig met het aanvragen van een uitzondering voor je ouders en zus…'

'Ken je hen?' onderbrak ze hem. 'Heb je mijn familie ontmoet?'

'Ja en ja,' zei Korum bevestigend. Hij was voor het eerst sinds dit gebeurd was blij met de timing van haar geheugenverlies. Het zou veel lastiger zijn geweest als het gebeurd was vóór hun tripje naar Florida. 'En dat is ook de reden waarom je zult gaan begrijpen dat ik de waarheid vertel, liefste. Je zult erover praten met Marisa en je ouders.'

Mia zag eruit alsof ze dat niet kon bevatten, maar toen werd haar gezichtsuitdrukking vrolijk. Korum wist waarom: ze kon het idee niet aan dat ze gescheiden zou worden van de mensen van wie ze hield.

Haar sterke binding met haar familie was een van Mia's zwakheden, en in het verleden had Korum niet geaarzeld om die te gebruiken om haar nog dichter bij hem te brengen. Het was verrassend makkelijk geweest om haar ouders en zus voor zich te winnen. Hij had zorgvuldig onderzoek gedaan naar wie ze waren voordat ze elkaar ontmoetten, en toen had hij zich precies zo gedragen als hij dacht dat zij wilden, waarop zij weer precies zo hadden gereageerd als hij wilde. Hun wantrouwen verdween als sneeuw voor de zon toen ze zagen dat Mia gelukkig en geliefd was.

En dat maakt Mia nog gelukkiger en nog meer de zijne.

Linksom of rechtsom wist Korum dat hij alles zou doen om het zo te houden. Ze kon het zich nu misschien nog niet herinneren, maar ooit had ze van hem gehouden, en dat zou ze weer gaan doen. Op dit moment moest hij echter aan haar bewijzen dat hij niet gek was en dat hij haar niet voor de gek hield.

'Gebruik dit maar,' zei hij, en hij gaf haar de nieuwe polscomputer die hij een paar uur geleden had gemaakt. Hij had er een visuele component aan toegevoegd zodat het nog makkelijker voor haar was om in contact te blijven met haar familie. Het kostte een minuut om Mia uit te leggen hoe ze het apparaatje moest gebruiken en toen kon ze haar ouders bellen via Skype. Haar moeders stem en gezicht verschenen in de ruimte.

Korum glimlachte, liep de kamer door en ging zitten in de hoek, zodat Mia en haar moeder wat privacy hadden. Hij kon desondanks nog steeds alles horen wat ze bespraken, en hij luisterde met veel belangstelling.

Zoals gewoonlijk was zijn charl heel bezorgd om haar ouders. Ze wilde hen niet van streek maken. In plaats van te laten merken dat ze haar geheugen kwijt was, hield Mia het gesprek luchtig en algemeen. Ze informeerde naar de gezondheid van haar ouders en vroeg hoe het met Marisa ging. Korum luisterde met een grijns hoe Ella Stalis nietsvermoedend vertelde over het laatste nieuws omtrent Marisa's zwangerschap (drie pond aangekomen!) en hoe fijn ze het vond dat Mia en Korum in de buurt waren.

Hoewel de zwangerschap van haar zus voor Mia een enorme verrassing moest zijn, speelde ze het goed mee door er oohs en aahs in te gooien op de juiste momenten, alsof er niets aan de hand was. Ze speelde het zelfs klaar om te lachen en te beloven dat ze snel weer langs zou komen, alsof ze zich de vorige keer gewoon herinnerde. Korum kon niet anders dan haar hierom bewonderen. Hij wist hoe verloren en nerveus ze moest zijn, en hij vond haar kalmte meer dan indrukwekkend.

Mia rondde het gesprek af en keek naar hem. 'Wil je deze terug?' vroeg ze weifelend. Ze doelde op de polscomputer.

'Nee, je mag hem houden.' Korum stond op en liep naar haar toe. 'Hielp dit? Geloof je me nu?'

'Ik weet het niet,' fluisterde ze, en hij zag de pijn en verwarring op haar gezicht. 'Als dit allemaal waar is, wat is er dan gebeurd? Hoe ben ik een zo belangrijk deel van mijn leven kwijtgeraakt? Heb ik een ongeluk gehad of zoiets?'

'Zoiets.' Korum wilde de woest makende gedachten aan Sarets verraad het liefst niet toelaten. Het laatste wat hij nu moest doen, was haar angst aanjagen. In plaats daarvan streelde hij haar wang en hij genoot van het gevoel van haar zachte huid onder zijn vingers.

Ze knipperde met haar ogen naar hem. Haar dikke wimpers gingen op en neer als donkere waaiers. Tot zijn grote tevredenheid kromp ze niet ineen omdat hij haar aanraakte. Sterker nog, ze leek iets zijn kant op te bewegen, alsof ook zij verlangde naar fysieke nabijheid.

Hij kon het niet langer tegenhouden. Korum boog zijn hoofd en kuste haar, terwijl hij haar gezicht zachtjes in beide handen hield. Eén kusje maar, zei hij tegen zichzelf, één klein kusje…

Ze reageerde eerst verstijfd, met haar lippen op elkaar geduwd om het binnendringen van zijn tong tegen te houden. Hij voelde haar hart hevig tekeergaan in haar borstkas en voelde haar kortstondige paniek, en toen werden haar lippen zachter en gingen ze een stukje van elkaar. Ze duwde met haar handen zachtjes tegen zijn borst, alsof ze niet kon besluiten of ze hem wilde wegduwen of naar zich toe trekken.

Haar reactie, toen die eindelijk kwam, was veel voorzichtiger dan gewoonlijk, maar het was genoeg om hem tot waanzin te drijven. Haar smaak, haar geur, ze waren bedwelmend, alsof er een drug door zijn aderen stroomde. Hij verdiepte de kus zonder dat hij het doorhad en er gleed een hand omlaag over haar rug om haar dichter naar zich toe te trekken. Zijn pik was zo hard dat het voelde alsof hij ging ontploffen.

Haar zachte gekreun bracht hem weer bij zijn positieven. Hij tilde zijn hoofd op en keek haar aan, met een gejaagde, onregelmatige ademhaling.

Haar bleke wangen waren rood en haar lippen gezwollen. Hij rook haar verlangen, voelde de hitte van haar huid komen, en hij wist dat als hij nu zijn hand tussen haar benen bracht, dat ze nat en geil zou zijn, dat haar lichaam klaar voor hem was. Maar haar hoofd, dat was een heel ander verhaal, besefte Korum. De blik in haar ogen was er een van angst en verwarring.

Zijn eigen lichaam zat vol onvervulde verlangens, maar Korum onderdrukte die, want hij wist dat dat nu het beste was. 'Het spijt me,' zei hij, en hij dwong zichzelf om haar los te laten. 'Ik wilde dit niet zo snel al doen...'

Ze zette een paar stappen achteruit en staarde naar hem. Haar borstkas ging op en neer en hij zag haar harde tepels onder haar jurkje. Korum slikte bij de herinnering aan die roze tepels, hoe ze smaakten in zijn mond, hoe ze heen en weer schoten onder zijn tong.

*Nee, nee, niet aan denken nu.* Hij keek weer naar haar gezicht en zei: 'Ik weet dat je hier nog niet klaar voor bent, liefste. Ik zal je geen pijn doen, ik beloof het...' En hij meende het. Hij zou nog liever een been laten afhakken dan haar een trauma aandoen terwijl ze zo kwetsbaar was.

Ze beet op haar lip en knikte. Ze sloeg haar armen over elkaar voor haar borst, een defensief gebaar dat bij Korum een diep gevoel van spijt teweegbracht. Hij haatte het soms dat hij zo kon worden meegesleept door zijn lust als hij bij haar was. Ze was zo klein, zo delicaat, haar lichaam was niet opgewassen tegen wat hij ervan verlangde. Hoe voorzichtig hij ook probeerde te doen, hij wist dat hij niet altijd de tederste minnaar was. Zijn overweldigende verlangen naar haar was constant in strijd met zijn zelfbeheersing.

'Wat is er gebeurd?' vroeg ze weer, en ze keek hem nog steeds peilend aan. 'Waarom herinner ik me jou niet, en waarom herinner ik me niet dat mijn zus zwanger is, en alles? Hoe kan ik twee maanden van mijn leven zijn kwijtgeraakt?'

Korum ademde diep in en probeerde de woede te onderdrukken die nog altijd in zijn aderen borrelde bij de gedachte aan Saret. 'Iemand die ik kende en vertrouwde – een man die heel lang heeft gedaan alsof hij mijn vriend was – heeft je dit aangedaan,' zei hij op vlakke toon. 'Deze persoon heeft een deel van je geheugen gewist om wraak op mij te nemen… en omdat hij jou ook wilde.'

'Echt?' Haar ogen werden groot. 'Een andere K?'

'Ja, een andere Krinar,' bevestigde Korum voordat hij verderging met de complete uitleg, beginnend bij Mia's stage en eindigend met Sarets verraad. Hij wilde haar niet te veel tegelijk geven om te verwerken, dus hij verzachtte het stuk over Sarets plan met de mensheid, en legde ook niet precies alles uit over de politiek van de Raad. Ze hoefde niet alles tegelijk te weten. Het was nu al bijna te veel voor haar, zag hij. Hij wilde zijn armen om haar heen slaan en haar vasthouden, haar kalmeren, maar hij wist dat ze hem op dit moment niet zou toelaten – niet na de manier waarop hij haar net had belaagd.

Het beste wat hij nu kon doen, besloot hij, was haar

tijd geven. Tijd en ruimte om alles wat ze had gehoord te verwerken.

'Ik moet nu gaan,' zei Korum. Zijn hart kneep pijnlijk samen bij de opgeluchte blik in haar ogen. 'Ik moet wat zaken regelen. Rust jij maar wat uit, als je wilt. Ik ben over een paar uur terug en dan kunnen we samen lunchen. Als je voor die tijd honger hebt, hoef je alleen maar hardop te zeggen wat je wilt eten, en dan komt het naar je toe. Tenzij je nu al honger hebt?'

Ze schudde haar hoofd en haar donkere krullen dansten over haar schouders. 'Nee, dank je.'

'Uitstekend. Voel je vrij om het huis te verkennen als je wilt. Ik kan me voorstellen dat alles er nu raar uit zal zien voor je, maar het werkt vrij intuïtief, dus je komt er wel uit.' Hij glimlachte bij de herinnering aan Mia's waardering voor dat aspect van Lenkarda. 'Alle meubilair vormt zich naar je lichaam, dus schrik daar niet van. Het huis luistert naar je en daarom kun je het vragen om eten en alles wat je verder maar nodig hebt.'

'Oké,' zei ze, en ze glimlachte naar hem. 'Dank je wel.'

Korum bleef nog heel even staan om die glimlach in zich op te nemen. Toen liep hij weg, zodat zij in alle rust de indrukken en informatie kon verwerken.

# HOOFDSTUK NEGEN

Na het verlaten van het huis maakte Korum vlug een klein vliegtuigje en hij ging naar een klein, rond gebouw in het hart van het Center – de plek waar de reguliere vergaderingen van de Raad plaatsvonden.

Hij liep naar binnen en groette de andere Raadsleden, maar Loris en enkele andere opponenten van hem kregen slechts een koel knikje. Hoewel iedereen de mogelijkheid had om de vergadering virtueel bij te wonen, hadden alle Raadsleden die op aarde woonden er vandaag voor gekozen om in levenden lijve aanwezig te zijn, en dat had natuurlijk te maken met het belangrijke onderwerp.

Korum ging zitten op een van de zwevende zetels en bestudeerde de gezichten van de andere Raadsleden om te zien in wat voor stemming iedereen was. Wat hij had gedaan bij Sarets lab moest hen wel bang hebben gemaakt, hun vertrouwen in de ondoordringbaarheid van de Centers aan het wankelen hebben gebracht. Sommige Raadsleden zagen de noodzaak niet in van technologische vooruitgang. Zij hielden vast aan wat ze kenden in plaats van met hun tijd mee te gaan.

'Welkom, Korum,' zei Arus, die zich tot hem wendde. 'Ik ben blij dat je erbij kunt zijn vandaag. Gaat het goed met Mia?'

'Ja, dank je wel,' zei Korum. Hij waardeerde het dat Arus zich erom bekommerde. Als iemand begreep wat hij voor Mia voelde, was hat Arus wel, wiens toewijding aan zijn eigen charl algemeen bekend was. Hoewel ze het niet altijd met elkaar eens waren, had Korum respect voor de ambassadeur en vond hij hem zelfs tot op zekere hoogte aardig.

Arus maakte een klein knikje. 'Fijn. Ik ben blij dat te horen. Delia maakte zich erge zorgen toen ze ervan hoorde.'

'Laat Delia alsjeblieft weten dat ze meer dan welkom is om langs te komen,' zei Korum zachtjes. Hij was zich ervan bewust dat de hele Raad naar hen keek. 'Ik denk dat Mia het erg zou waarderen.'

Vanuit zijn ooghoeken zag Korum een grijns op Loris' gezicht. Zijn vijand sinds jaar en dag genoot zichtbaar van de hele situatie – zowel van het feit dat Korum voor een mensenmeisje was gevallen als van het hele debacle met Saret. Er schoot weer een withete woede door Korums aderen, maar hij liet het niet zien op zijn gezicht. Hij zorgde dat zijn gezichtsuitdrukking licht geamuseerd bleef. Loris mocht nog even zijn plezier hebben – de zogenaamde Beschermer zou niet lang meer in de Raad zetelen, aangezien zijn zoon nu vrijwel zeker terecht zou worden gesteld.

'Goed, we hebben vandaag veel te bespreken.' Voret, een van de oudste Raadsleden, opende de vergadering. 'We hebben bericht ontvangen dat alle verspreidingsapparaten van Saret zijn gevonden en onschadelijk gemaakt, omdat Korum ons er gelukkig op tijd voor heeft gewaarschuwd. Klaarblijkelijk was het de bedoeling dat ze gelijktijdig in werking werden gesteld over tweeëndertig uur van nu. We hebben ook de ontwerper gevonden die het nanowapen had. Hij was in Thailand en is inmiddels gearresteerd. Het wapen was al helemaal af, en Alir denkt dat Saret van plan was het te gebruiken kort nadat hij erin was geslaagd de breincontroleapparaatjes te verspreiden onder de menselijke bevolking. Arus, jij hebt gesproken met de Verenigde Naties?'

'Ja. Ik heb slechts in het kort aan ze uitgelegd wat er aan de hand is,' antwoordde de ambassadeur. 'Ze hebben hun handen al meer dan vol met het vervolgen van de militaire kopstukken die het Verzet hebben bijgestaan, en het is niet nodig om ze op dit moment bang te maken. Ze hoeven alleen te weten dat Saret vrij rondloopt zodat hun diensten een oogje in het zeil kunnen houden. Ik heb niet meer details verstrekt dan dat hij gevaarlijk is en onmiddellijk moet worden opgepakt.'

'Uitstekend,' zei Voret. 'Je hebt juist gehandeld. Ze vertrouwen ons nu al niet, en als ze op de hoogte zouden zijn van de kans dat we met hun hersenen kunnen knoeien, zouden ze waarschijnlijk weer in paniek raken.'

'En terecht ook,' zei Korum, denkend aan Sarets krankzinnige plan. 'Als hij Saur zover heeft gekregen dat hij mij aanviel, moet je je dan eens voorstellen wat hij zou kunnen doen met een menselijk brein.'

'Inderdaad,' zei Voret, en Korum zag dat hij zich schrap zette om het onderwerp aan te snijden dat de Raad vandaag waarschijnlijk het meest zou bezighouden. 'Dan over de andere dingen die er gisteren zijn gebeurd…'

'Ja?' zei Korum toen Vorets stem wegstierf. Hij wist precies waar dit heen ging, maar hij wilde het hem horen zeggen.

Voret keek hem ongemakkelijk aan. 'Korum, we hebben allemaal de beelden gezien van wat er is voorgevallen, en sommige dingen zijn op z'n zachtst gezegd… verontrustend.'

Korum glimlachte. Dit verbaasde hem niks. 'Welk deel verontrustte je het meest, Voret?' vroeg hij. 'Was dat het feit dat Saret van plan was ons allemaal uit te roeien om zijn missie van een grote menselijke mindfuck te laten slagen? Of vind je het vooral zo schokkend dat niemand iets doorhad?'

Voret fronste. 'Je weet dat ik het heb over het feit dat je in staat was om de schilden van het lab te doorbreken. We zullen de hele situatie met Saret op een later moment bespreken, als we meer informatie hebben, maar eerst moeten we vaststellen dat we hier in onze Centers nog veilig zijn. Heb je een wapen ontwikkeld dat door onze schilden heen kan?'

'Ja,' zei Korum. Hij genoot van de geschokte gezichten van enkele Raadsleden. 'Maar maak je geen zorgen, ik heb ook betere schilden ontwikkeld. Ze zitten allebei nog in de testfase, daarom wist nog niemand ervan.'

'En je hebt dat wapen gisteren gebruikt?' vroeg Arus met opgetrokken wenkbrauwen.

'Ja. Ik had geen keus toen ik erachter kwam hoe Saret het lab had beveiligd.'

'Hoe ben je daarachter gekomen?' vroeg Voret.

'Door het labgebouw te scannen. Zodra ik doorhad wat Saret beoogde, kon ik wel raden dat hij de boel daar stevig beveiligd had. En dat was ook zo. Ik leidde hem af door hem een beeld voor te schotelen van mijzelf drie jaar geleden en heb de tijd benut om het wapen te bouwen op basis van mijn experimentele ontwerp.'

Vorets frons werd dieper. 'En wanneer was je van plan ons te vertellen over die nieuwe ontwerpen van je?'

'Zodra ze klaar waren voor gebruik,' zei Korum onaangedaan. Voret en de anderen vergaten soms dat Korum niet verplicht was om informatie te delen met de Raad. Hij koos ervoor dat te doen omdat het alle Krinar ten goede kwam, maar hij zag het niet zitten om de Raad bij ieder project om toestemming en goedkeuring te vragen.

'Is het mogelijk dat er iemand anders toegang krijgt

tot dit wapen?' vroeg Arus, die begreep waar het echt om ging. 'Korum, weet je zeker dat niemand anders het ontwerp heeft?'

'Ik ben de enige,' zei Korum. Hij begreep waar de ambassadeur zich zorgen over maakte. 'Geen van mijn ontwerpers is betrokken geweest bij dit project, en niemand heeft toegang tot de bestanden.'

'Zelfs je charl niet?' Dat was Loris, en zijn stem droop zowat van het sarcasme. 'Weet je zeker dat zij de data niet kan ontvreemden en ermee naar het Verzet gaan?'

Korum wierp hem een sardonische blik toe. 'Nee, Loris. Dat kan ze niet. En trouwens, wat zou het Verzet met deze informatie moeten zonder de hulp van je zoon? We weten allemaal hoe hard ze hem nodig hadden… en hoe hard Saret hem nodig had.'

Loris stond langzaam op. Zijn gezicht werd duister van woede. 'Dat waren allemaal leugens! Niemand gelooft toch maar een seconde dat…'

'O, echt?' zei Korum koeltjes, en hij keek de zwartharige Krinar geringschattend aan. 'We hebben allemaal die opname gezien en hebben Saret horen uitleggen welke rol Rafor speelde in de plannen. Je zoon is net zo schuldig als Saret zelf, en hij zal ook aldus worden gestraft.'

Loris' handen balden zich tot vuisten, zijn knokkels werden wit. 'Saret was jóúw vriend,' siste hij, kennelijk niet langer in staat zich te beheersen. 'Het zou net zo goed kunnen dat jij degene bent die overal achter zit en dat je nu alleen maar wacht op het juiste moment om je nieuwe wapen op ons los te laten…'

'Genoeg, Loris!' Arus' stem doorkliefde de lucht als een zweepslag. In de stilte die volgde, ging de ambassadeur op kalmere toon verder: 'We begrijpen dat je je zoon beschermt, maar helaas komt er hoe langer hoe meer bewijs tegen hem. Gezien deze nieuwe informatie zullen we morgen nog een zitting bijeen moeten roepen. Misschien wel de laatste…'

Nu trilde Loris van woede. 'Krijg de tering, Arus. En krijg allemaal de tering. Rafor is geen verrader. Hij daar' – hij wees naar Korum – 'is hier de enige verrader, en jullie willen het allemaal niet zien!'

'De enige hier die zijn ogen sluit voor de waarheid ben jij, Loris,' zei Korum kalm, terwijl hij toekeek hoe zijn rivaal voor zijn ogen uiteen rafelde. 'En morgen, als de Raad de Kadebam schuldig bevindt, zal de hele wereld op de hoogte zijn van jouw falen.'

Instinctief draaide Korum zich weg en beschermde hij zijn hoofd en keel. Toen Loris hem raakte, was het tegen zijn schouder, en Korum kon zijn elleboog in Loris' zij planten terwijl ze samen op de vloer vielen en naar het midden van de ruimte rolden.

De harde vloer schraapte langs zijn huid en Korum voelde zijn woede een nieuw hoogtepunt bereiken. Elke cel in zijn lichaam raakte bevangen door bloeddorstigheid. Zijn vingers krulden zich tot klauwen die Loris' arm openhaalden, waarbij er een brok spierweefsel en pezen meekwam. Tegelijkertijd haakte hij een arm om Loris' nek, een van de *defrebs*-bewegingen voor gevorderden, en hij opende zijn mond om zijn tanden in Loris' nek te zetten.

'Genoeg! Zo is het genoeg!' Sterke handen trokken hen uit elkaar en elk naar een andere kant van de ruimte. Hij was nog rationeel genoeg om te begrijpen wat er gebeurde, dus Korum protesteerde niet toen Arus en een andere Krinar zijn armen vasthielden om te voorkomen dat hij verder zou gaan met het gevecht. Loris daarentegen was helemaal de weg kwijt; hij schreeuwde en spartelde terwijl twee andere Raadsleden hem tegen de muur geduwd hielden. Uiteindelijk raakte hij uitgeput. Hijgend keek hij vol haat naar Korum. Zijn arm hing er bloederig bij, maar begon te genezen.

'Jullie kunnen me nu wel loslaten,' zei Korum. Zijn ademhaling werd rustiger. Hij keek naar de twee mannen die hem in de houdgreep hielden.

'Sorry, Korum,' zei Arus. Zijn lippen vormden een klein glimlachje toen hij Korums arm losliet en een stap naar achteren deed. 'Ik kon je hem niet laten vermoorden.'

Voret volgde Arums voorbeeld en liet Korums andere arm los.

'Geen probleem,' zei Korum. Hij veegde zijn bloederige hand af aan zijn shirt. 'We zullen dit voortzetten in de Arena. Want dat was het toch, Loris? Een uitdaging?'

De zwartharige Beschermer staarde hem aan. Zijn borst ging op en neer van woede. 'Ja,' zei hij tussen opeengeklemde kaken. 'Zo kun je het noemen ja, een uitdaging.'

'Goed,' zei Korum met een grote, bloeddorstige glimlach. 'Uitdaging geaccepteerd.' Hij had al heel lang niet lekker in de Arena gevochten en hij voelde zijn bloed al sneller stromen van opwinding.

'Loris, dat is geen goed idee,' zei Arus. Hij zette een paar stappen in diens richting. Het verbaasde Korum niet dat Arus zich erom bekommerde. Loris en de ambassadeur konden doorgaans goed met elkaar door een deur, en hadden zich zelfs meer dan eens samen tegen Korum en Saret verzet. Korum kon zich voorstellen dat dit voor Arus erg lastig was, dat hij zich moest scharen aan de kant van zijn voormalige opponent, tegen een man die hij als bondgenoot had beschouwd.

Loris lachte verbitterd. 'O echt, Arus? Geen goed idee?'

Arus keek hem blanco aan. 'Hij is heel bekwaam in *defrebs*. Wanneer heb jij voor het laatst gevochten?'

Loris trok zijn bovenlip minachtend op. 'Ja, fuck jou, Arus. Jij denkt dat ik een softie ben? Ik heb meer slachtoffers gemaakt in de Arena dan deze klootzak.'

'Dan is de uitdaging bij dezen officieel.' Voret stapte naar voren en sprak op officiële toon. 'Aangezien morgen de rechtszaak plaatsvindt, zal het gevecht in de Arena de dag erna om twaalf uur worden uitgevochten.'

En daarmee kwam de Raadsvergadering ten einde.

Mia zat op bed en staarde voor zich uit naar het groene bos achter de doorzichtige muur. Ze was onsterfelijk en ze had een K-vriendje dat eigenlijk meer een soort echtgenoot was, maar ook weer niet helemaal.

Het was zo ongelofelijk dat ze het niet kon bevatten. Haar gedachten schoten alle kanten op.

Nadat de K was weggegaan, had ze zowel Marisa als Jessie gebeld. Ze had nog meer bevestiging nodig van de bizarre dingen die hij beweerde. Haar zus en vriendin waren blij geweest van haar te horen, en beiden waren in de loop van het gesprek over Korum begonnen. Marisa hield maar niet op over haar zwangerschap en hoeveel beter ze zich voelde doordat Korum haar had geholpen samen met iemand die Ellet heette, en Jessie had haar gevraagd of ze al had besloten wanneer ze met Korum langskwam om haar op te zoeken.

Nog steeds in shock had Mia haar een vaag antwoord gegeven – iets als dat ze het daar nog met Korum over moest hebben – en had ze beleefd geluisterd naar haar zus die vertelde over haar echo. Tot haar opluchting leken ze allebei niet te merken dat er iets aan de hand was, dat de Mia die ze vandaag te spreken kregen anders was dan anders.

Ze wist niet waarom ze zo aarzelde om de waarheid te vertellen over wat er met haar gebeurd was, maar het was zo. Ze wilde niet dat haar familie en vrienden zich zorgen maakten, natuurlijk, maar het was ook haast alsof ze zich… schaamde.

Hoe had dit haar kunnen gebeuren? Hoe kon het dat haar hele familie haar alienvriend kende terwijl hij voor haar een vreemde was? Hoe kon het dat ze was vergeten dat ze had gevreeën met zo'n uitzonderlijk wezen? Toen hij haar had gekust, had haar lichaam gereageerd op een manier die Mia nooit eerder had meegemaakt – tenminste niet voor zover ze zich herinnerde. Het was bijna beangstigend, hoe ze in zijn armen de controle over zichzelf was kwijtgeraakt. Als hij was doorgegaan met zoenen in plaats van zich terug te trekken, had ze met gemak met hem in bed kunnen belanden – zij, die zich niet kon herinneren dat ze met een jongen ooit verder was gegaan dan een paar keer zoenen.

Haar vreemde reactie op dit alles bleef haar maar bezighouden. Hij was buitenaards – lid van een andere soort – en toch flipte ze niet bij het nieuws dat hij haar geliefde was. Ze geloofde hem nu zelfs, na slechts een paar gesprekjes met haar familie en Jessie. In theorie kon hij nog steeds liegen; haar familie kon bedreigd zijn of gehersenspoeld om te zeggen wat ze zeiden. Het kon zelfs zijn dat hij ze had vervangen door robots. Het was niet alsof Mia onwetend was van waar de K toe in staat waren.

En toch… geloofde ze hem. Iets in haar leek hem op een bepaald niveau te herkennen, zelfs al kon ze zich hem niet bewust herinneren. Ze was opgelucht geweest toen hij wegging zodat zij tijd had om alles te overdenken, maar nu merkte ze dat ze hem miste en dat ze naar zijn nabijheid verlangde. Het was niet logisch, maar het was zo: ze had deze vreemde harder nodig dan de mensen die ze al haar hele leven kende.

Alles wat hij haar tot nu toe had verteld was een warboel in haar hoofd. Het Verzet, menselijke sympathisanten onder de K, zij die hem bespioneerde – het klonk allemaal meer als een film dan als iets wat haar echt was overkomen. Waarom zou ze zoiets doms hebben gedaan? Hoe kon het zijn dat ze iets anders had verlangd dan deze adembenemende man, of hij nou een alien was of niet?

Ze zuchtte gefrustreerd en keek naar haar handen, nog steeds proberend chocola te maken van dit alles. Waarom zou ze het Verzet hebben geholpen? Ze had nooit gedacht dat het zin had om te vechten tegen de K, niet sinds ze hun planeet hadden overgenomen en de mensen min of meer met rust lieten.

Toch had ze het klaarblijkelijk tegen de K opgenomen – of ze had in elk geval een poging gedaan om degenen te helpen die dat deden. Als ze Korum moest geloven, was die poging op niets uitgelopen.

Aan de andere kant: misschien moest ze hem niet vertrouwen. Oké, hij deed aardig tegen haar, en haar familie leek hem te mogen, maar ze had geen idee wat zijn ware aard was. Wat als ze iemand vertrouwde die niet te vertrouwen was? Ze wist wat de K uiteindelijk van de mensen wilden. Er gingen geruchten dat ze bloed dronken. Het kon net zo goed zo zijn dat Korum haar geheugen had gewist omdat hij wilde dat ze iets vreselijks over hem vergat.

Haar hoofd begon pijn te doen van al dat geprakkiseer, dus Mia stond op en begon te ijsberen. Haar omgeving was vreemd en onwezenlijk voor haar, en toch voelde ze zich hier op haar gemak. Ze had de rest van het huis al verkend en had versteld gestaan van de zwevende objecten die fungeerden als tafels, stoelen en banken. Een hele verbetering ten opzichte van mensenmeubilair. Ze vond het huis ook esthetisch fraai, met de transparante wanden en plafonds en de minimalistische inrichting.

Kon een gevaarlijke gek in zo'n mooi, vredig huis wonen?

Zodra die gedachte door haar hoofd ging, moest Mia hardop lachen. Ze kon het niet helpen. Ze deed belachelijk, en ze wist het. Er was geen enkele reden om dit soort dingen te denken. Tot nog toe was Korum alleen maar vriendelijk voor haar geweest.

Ze keek er zelfs naar uit om meer tijd met hem door te brengen en alles terug te krijgen wat er uit haar geheugen was verdwenen.

Na wat een eeuwigheid leek, hoorde Mia eindelijk rumoer in de woonkamer. Ze kwam de slaapkamer uit en zag dat de K – of Korum, zoals ze hem nu in haar hoofd noemde – net was binnengekomen door wat zo te zien een opening was in een van de muren. Terwijl

Mia keek, sloot de opening zich weer en werd hij weer onderdeel van de transparante muur.

Toen hij haar zag, leek hij oprecht blij. 'Hallo, liefste.' Hij glimlachte breed naar haar en het kuiltje in zijn linkerwang kwam tevoorschijn. Mia wilde dat kuiltje een kusje geven. Ze wilde hem sowieso overal kusjes geven en ze wilde aan hem likken, om erachter te komen of die goud glanzende huid net zo lekker smaakte als hij eruitzag.

*Wow, dit is dus lust.* Ze schudde in gedachten haar hoofd om hoe bizar dit was en beantwoordde zijn glimlach. 'Hoi.'

'Sorry dat het zo lang duurde,' zei hij, en hij liep door de kamer naar de keukenhoek. 'De Raadsvergadering was wat intensiever dan verwacht. Je zult wel omkomen van de honger…'

'Het gaat wel,' zei Mia terwijl ze hem naar de keuken volgde, 'maar ik zou wel wat lusten. Ga je iets bestellen?' Ze was meer dan nieuwsgierig hoe de Krinar aan eten kwamen. Het was ook geruststellend dat hij van plan was te eten, in plaats van iets engs zoals het drinken van mensenbloed. Ze moest hem daar op een bepaald moment echt naar vragen. Hopelijk was het hele verhaal niet meer dan een wild gerucht.

'Ik wilde eigenlijk gaan koken,' zei hij, 'maar bestellen zal denk ik sneller gaan. Hier, ga zitten terwijl het huis ons eten klaarmaakt.'

Mia ging maar al te graag op een van de zwevende planken zitten. 'Je kookt dus ook zelf?' vroeg ze, en ze nam hem vol fascinatie in zich op terwijl hij tegenover haar plaatsnam.

Hij glimlachte. 'Ja. Het is een hobby.'

Ze glimlachte terug, zowel geïntrigeerd als gerustgesteld. Haar verdenkingen leken nu nog belachelijker. Tot dusverre was haar K-vriendje een droomman, en ze kon niet wachten om hem beter te leren kennen. Ze had zoveel vragen dat ze niet eens wist waar ze moest beginnen.

'Heb je de rest van je familie nog gesproken?' vroeg hij met een glimlachje dat zei: ik zie al aan je dat het antwoord ja is.

'Ik heb Marisa en Jessie gesproken,' gaf Mia toe.

'En? Geloof je me nu?'

Ze haalde haar schouders op. 'Ik neem aan dat je die gesprekken ook had kunnen faken als je wilde, maar ik weet niet waarom je dat zou doen. De logische conclusie is dat je me inderdaad de waarheid vertelt – ook al vind ik dat nog steeds ongelofelijk.'

Hij grinnikte. 'Ik weet het, liefste. Geloof me, ik begrijp het echt.'

'Dus, wat gaan we nu doen?' vroeg ze. Ze kon haar blik niet losweken van die prachtige lach. 'Hoe ziet onze toekomst eruit?'

'We gaan elkaar opnieuw leren kennen,' zei hij, en hij keek haar serieus aan. 'In de tussentijd onderzoek ik of er een manier is om je geheugenverlies ongedaan te maken.'

Mia's hart maakte een sprongetje. 'Zou dat kunnen?'

'Dat weet ik nu nog niet,' gaf hij toe. 'Maar dat betekent niet dat het onmogelijk is – en als het nu nog niet kan, komt er in de toekomst misschien een manier.'

'Ah, ik snap het.' Mia moest veel moeite doen om haar teleurstelling te verbergen. 'Kun je me in dat geval iets over jezelf vertellen? Ik zou je echt graag beter leren kennen.'

'Natuurlijk, liefste, heel graag,' zei hij zachtjes.

En tijdens het heerlijke eten hoorde Mia alles over wat hij voor rol had in de Raad van de Krinar, over zijn passie voor technologie en over het feit dat hij veel ouder was dan ze had kunnen vermoeden. Terwijl ze praatten, voelde Mia dat ze steeds meer voor hem viel. Ze wilde toegeven aan de verleiding van zijn lach, zijn aanraking, de warmte in zijn blik als hij naar haar keek. Hij was een prachtige en fascinerende man, en ze kon het niet helpen dat ze jaloers was op het meisje dat ze was geweest – het meisje dat hem vanaf het begin had gekend, het meisje van wie hij hield.

Geheugenverlies of niet, ze kon volledig begrijpen waarom ze voor hem was gevallen – en ze kon zich ook met gemak voorstellen dat de geschiedenis zich zou herhalen.

Tijdens de lunch keek Korum naar haar geanimeerde gezicht. Hij genoot van de verlegen, maar bewonderende blikken die ze op hem wierp terwijl ze praatten. De chemie tussen hen was onverminderd en hij twijfelde er niet aan dat hij haar opnieuw zou kunnen verleiden. Misschien zelfs vanavond al – hoewel ze daar mogelijkerwijs nog niet klaar voor was.

Ditmaal was Korum vastbesloten dat hij Mia niet zijn bed in zou dwingen als zij het nog niet wilde. Toen ze elkaar de eerste keer hadden ontmoet, was zijn verlangen naar haar zo sterk geweest dat hij zijn zelfbeheersing had verloren en zich had gedragen op een manier die hij normaal gesproken verfoeide. Hij wilde niet dezelfde fout weer maken, hoe hard zijn pik ook riep dat ze de zijne was – dat ze hem toebehoorde en dat hij het recht had om haar te nemen, haar genot te geven, wanneer hij maar wilde. Er dansten expliciete beelden door zijn hoofd terwijl hij toekeek hoe ze met smaak at. Hij stelde zich voor hoe haar zachte lippen zich om zijn vlees sloten in plaats van om het fruit dat ze at.

Het hielp ook niet dat hij nog vol zat met adrenaline van Loris' aanval. Vechten deed een schepje boven op zijn toch al hoge libido; de verhoogde agressie vertaalde zich in een primitieve aandrang om te neuken. Zo ging het altijd met Krinar-mannen – en trouwens ook met mensenmannen, voor zover hij wist. Geweld en seks waren al sinds het begin der tijden met elkaar verbonden. Ze appelleerden allebei aan dezelfde mannelijke drang om te domineren en overwinnen.

Maar hoe sterk zijn lichaam het ook eiste, Korum wilde haar niet pushen. Ze reageerde zo goed op de hele situatie, keek hem nieuwsgierig en verlangend aan in plaats van bang. Als hij maar geduld had, zou ze uit zichzelf naar hem toe komen, gedreven door dezelfde behoefte als hij onderhuids voelde broeien.

Dus tijdens de lunch hield Korum zichzelf strak aangelijnd. Hij raakte Mia niet eens aan, omdat anders weleens zijn goede bedoelingen overboord konden gaan. Hij vertelde haar meer over de nanocyten in haar lichaam en liet haar wat voorbeelden zien van Krinar-technologie door een zilveren kopje te maken van nano's en het vervolgens weer te laten oplossen. Hij vertelde haar ook over haar stage en over de bijdrage die ze al begon te leveren aan de Krinar-maatschappij. Ze keek heel blij bij die gedachte en dat deed hem goed.

Tegen het eind van hun maaltijd samen, tijdens het

toetje – een schaal vol verse mango met pistachesaus – merkte Korum dat Mia een tikje nerveus leek, alsof haar iets dwarszat. Hij kon het niet langer tegenhouden: hij reikte over de tafel heen naar haar hand en masseerde haar handpalm lichtjes met zijn duim.

'Is er iets wat je me wilt vragen, liefste?' zei hij met een bemoedigende glimlach, en hij zag hoe een mooie blos zich verspreidde over haar wangen.

'Eh, misschien wel...' De kleur op haar wangen werd nog roder. 'Oké, je zult me waarschijnlijk uitlachen dat ik dit vraag, maar ik moet het gewoon weten...' Ze slikte. 'Is het waar dat jullie bloed drinken?'

Haar onschuldige vraag bracht bij hem teweeg dat zijn pik zo hard werd dat het bijna pijn deed. Korum onderdrukte een grommend geluid. Ze wist natuurlijk niet dat mensenbloed en seksueel genot in de beleving van de moderne Krinar onlosmakelijk met elkaar verbonden waren en dat het aansnijden van dit onderwerp gelijkstond aan vragen of hij haar wilde neuken. Zelfs de beste seks verbleekte in vergelijking met de extase van de combinatie bloed drinken en geslachtsgemeenschap.

'Er zit een kern van waarheid in,' zei Korum voorzichtig. Hij was blij dat ze zijn superstijve pik niet kon zien. 'Ooit was het nodig voor onze overleving, maar dat is nu niet meer aan de orde.' Hij probeerde zijn overweldigende drang om haar te pakken de kop in te drukken terwijl hij het lange verhaal vertelde van de evolutie van de Krinar en hoe daarmee hun relatie tot mensen veranderde.

'Dus nu drinken jullie bloed voor jullie genot?' vroeg Mia, en ze staarde naar hem met een geschokte, maar toch ook geïntrigeerde gezichtsuitdrukking.

'Ja.' Korum hoopte dat ze dit onderwerp nu zou loslaten voordat hij helemaal gek werd.

Dat deed ze niet. In plaats daarvan keek ze hem aan, met rode wangen en met ogen die straalden van nieuwsgierigheid en nog iets anders. 'Heb jij…' Ze pauzeerde even om haar lippen te bevochtigen. 'Heb jij ooit mijn bloed gedronken?'

Korum had het gevoel dat hij letterlijk uit elkaar kon knallen. Iets van dat gevoel was hoogstwaarschijnlijk op zijn gezicht te zijn, want ze slikte zenuwachtig en trok haar hand los uit zijn greep. *Slimme meid.*

Er viel een ongemakkelijke stilte en toen vroeg ze aarzelend: 'Waarom doen je ogen dat? Goudkleuriger worden, bedoel ik… Is dat iets van de Krinar?'

Korum nam een diepe, kalmerende ademteug. Toen hij eenmaal redelijk zeker wist dat hij haar niet zou bespringen, zei hij: 'Nee, het is gewoon een genetisch dingetje. Het komt vaker voor in mijn regio op Krina. Mijn moeder heeft het ook, en mijn opa had het.'

'Je opa?'

Korum knikte. 'Hij kwam om het leven in een gevecht toen mijn moeder ongeveer zo oud was als ik.'

'En je oma en je andere grootouders?'

'Mijn oma van moederskant is omgekomen bij een

tragisch ongeval toen ze een van de asteroïden in een naburig zonnestelsel onderzocht. Sommigen dachten zelfs dat het zelfmoord was, aangezien het een paar jaar na mijn opa's dood was. De ouders van mijn vader zijn kort nadat hij was geboren uit elkaar gegaan – sommige stellen doen dat nadat ze kinderen hebben gekregen. Klaarblijkelijk wilde mijn oma niet meer met hem verder, terwijl mijn opa dat wel wilde. Hij eindigde in de Arena met de man die zij als geliefde had uitgekozen. Mijn opa heeft dat niet overleefd en kort daarna heeft mijn oma zelfmoord gepleegd omdat ze niet kon leven met het schuldgevoel. Geen vrolijk verhaal.'

Haar ogen stonden meelevend. 'Wat spijt me dat voor je…'

'Het is al goed, mijn liefste. Het is allemaal gebeurd voordat ik geboren werd. Niet leuk, maar de dood is een tragedie die iedereen overkomt op een bepaald moment. Mensen zien ons als onsterfelijk omdat we niet verouderen, maar we zijn nog altijd levende wezens en we kunnen vermoord worden, hoe geavanceerd onze technologie ook is en hoe snel we ook helen. Daarom staan in onze samenleving de Ouderen zo hoog in aanzien: omdat het vrijwel onmogelijk is om zo lang te leven.'

'Je hebt het eerder gehad over de Ouderen.' Mia was duidelijk gefascineerd. 'Wie zijn ze? Zijn zij de heersers van Krina?'

'Nee.' Korum schudde zijn hoofd. 'Ze zijn niet de baas in de zin dat ze politiek bedrijven of iets in die geest. Dat doet de Raad, die houdt zich bezig met zulke zaken. De Ouderen bieden begeleiding en bepalen de koers voor onze gehele soort.'

'Ah, ik snap het.' Ze keek even nadenken voor zich uit. 'Hoe oud zijn ze dan?'

'Ik geloof dat de jongste meer dan een miljoen jaar oud is volgens jullie telling,' zei Korum. Hij glimlachte bij de verbazing op haar gezicht. 'En de oudste is iets van tien miljoen jaar oud.'

Ze staarde hem aan. 'Wow…'

'Inderdaad,' zei Korum, genietend van haar reactie.

Toen de lunch achter de rug was, maakten ze een lange strandwandeling waarbij ze nog meer praatten. Korum hield haar hand vast terwijl ze op hun gemak over het zand liepen. Hij genoot van het gevoel van haar kleine vingers die zo vol vertrouwen in zijn hand lagen.

Hij was eerst bang geweest dat haar geheugenverlies zou betekenen dat ze een paar maanden helemaal over moesten doen; dat ze weer bang voor hem zou zijn. Maar het leek erop dat ze hem ergens diep vanbinnen nog steeds kende – dat ze misschien zelfs nog steeds van hem hield. Haar kalme acceptatie van de situatie was verrassend en bemoedigend, vooral omdat er geen garantie was dat de schade die Saret had aangericht ooit ongedaan kon worden gemaakt.

Na de Raadsvergadering was Korum naar Ellet toe

gegaan in de hoop dat de expert op het gebied van menselijke biologie al wat verder was gekomen in haar zoektocht naar een oplossing. Hoewel het menselijk brein niet haar aandachtsvlak was, had Korum gehoopt dat ze ideeën zou opdoen uit onderzoeken naar dat onderwerp. Tot zijn grote teleurstelling was Ellet niets bruikbaars tegengekomen nadat ze contact had gelegd met tientallen Krinar-wetenschappers op beide planeten. Ze had ook met de breinexperts van de andere Centers gepraat. Voor zover ze wist, was er geen manier om iemands geheugen terug te halen nadat het was uitgewist op de manier die Saret had toegepast.

'Waarom zijn jullie naar de aarde gekomen?' vroeg Mia terwijl ze gingen zitten op een lage rotsformatie. Voor hen lag een zeearm, waardoor ze niet verder konden lopen, maar die wel een prachtig gezicht was. 'Je hebt me verteld hoe jullie het leven hier hebben gecreëerd en in feite de mensheid hebben geschapen, maar waarom zouden jullie hier met ons samen gaan leven? Uit wat je verteld hebt, begrijp ik dat Krina een heel mooie plek is. Waarom zou je daar weggaan?'

'Onze zon is een oudere ster,' legde Korum uit, zoals hij al ooit eerder had gedaan. 'Over honderd miljoen jaar zal die opbranden en dan hebben wij een andere plek nodig om te leven. De aarde spreekt ons aan, om logische redenen.'

Ze fronste, waarbij er rimpeltjes in haar voorhoofd kwamen die hij ontzettend schattig vond. 'Maar dat duurt nog zo lang... Waarom zijn jullie dan nu al gekomen? Waarom hebben jullie niet nog iets van negentig miljoen jaar gewacht?'

Korum zuchtte omdat hij zich hun vorige discussie over dit onderwerp herinnerde. 'Jouw soort is heel destructief bezig op deze planeet, liefste. We wilden zorgen dat we een bewoonbare planeet tot onze beschikking zouden hebben op het moment dat we hem nodig hebben.' Dat was het officiële verhaal. Het volledige verhaal was ingewikkeld en hij was er nog niet klaar voor om dat met Mia te delen.

Haar frons werd dieper. Ze vond het overduidelijk niet leuk om dat te horen, maar goed, zijn charl voelde zich ook nogal geroepen om haar soort te verdedigen wanneer hij er kritiek op uitte. Hij kon haar dat niet kwalijk nemen. Zij was loyaal aan haar soort en hij aan de zijne.

'Dus als jullie zon begint op te branden, komen alle Krinar naar de aarde?' vroeg ze met haar ogen iets samengeknepen.

'Zeer waarschijnlijk,' zei Korum. Hij hoopte eigenlijk dat het niet zover zou komen, maar dat kon hij haar niet vertellen.

'Wat gebeurt er dan met ons? De mensen, bedoel ik? Willen jullie echt naast elkaar leven? Zou de planeet dan niet overbevolkt raken?'

Korum aarzelde even. Ze stelde allemaal rake vragen en hij wilde niet tegen haar liegen, maar hij kon haar ook nog niet de waarheid vertellen. Het laatste wat ze konden gebruiken was dat er geruchten de wereld in kwamen en dat de mensen weer in paniek raakten.

'Niet per se,' zei hij halfslachtig. 'En trouwens, daar hoeven we ons nog lang niet druk over te maken.'

Ze keek hem aan, overduidelijk om te peilen in hoeverre ze hem kon vertrouwen. Korum kon de radertjes in haar hoofd praktisch zién draaien. Hij vond dat mooi aan haar: haar onbeschroomde nieuwsgierigheid, de logische manier waarop ze dingen bekeek. Ze was jong en naïef, maar ze was ook zeer intelligent, en hij twijfelde er niet aan dat ze op een dag een belangrijke bijdrage zou leveren aan de samenleving.

Maar voor nu leek het hem beter om haar af te leiden van deze specifieke vragen. Hij glimlachte en streek een haarlok uit haar gezicht. 'Wat vind je tot nu toe van Lenkarda? Begin je je al wat meer op je gemak te voelen, of is het nog steeds allemaal heel vreemd voor je?'

Ze glimlachte voorzichtig naar hem. 'Ik weet het eerlijk gezegd niet. Het is niet zo vreemd voor me als het zou moeten zijn. Ik herinner me niets van hier, maar het is alsof ik het in zekere zin toch ken. En hetzelfde geldt voor jou…'

'Ik ben een stuk meubilair voor je?' plaagde Korum, en hij zag hoe haar glimlach een volledige lach werd.

'Ja, inderdaad.' Ze lachte wrang. 'Ik begrijp niet hoe dit allemaal kan, maar je bent lang niet zo eng als je zou moeten zijn. Niets van dit alles jaagt me angst aan.'

Korum voelde zijn borstkas uitzetten en hij

stroomde vol met iets wat verdacht veel leek op vreugde. 'Dat is geweldig, liefste,' zei hij, en hij streelde haar zachte wang. 'Je hoeft niet bang voor me te zijn. Ik zou je nooit pijn doen. Je bent alles voor me, je bent mijn hele wereld. Ik zou nog liever doodgaan dan jou iets aandoen. Geloof me, je hoeft nergens bang voor te zijn…'

Terwijl hij praatte, zag hij dat haar glimlach wegstierf en plaatsmaakte voor een vreemd kwetsbare gezichtsuitdrukking. 'Hou je…' Ze slikte, en haar keel bewoog. 'Hou je van mij?'

'Ja,' zei Korum zonder aarzelen. 'Meer dan ik ooit van iemand heb gehouden.'

'Maar waarom?' Ze leek oprecht in de war. 'Ik ben maar gewoon een mens, en jij bent…' Ze stopte en haar wangen werden weer donkerroze.

'Ik ben wat?' vroeg Korum. Hij wilde meer van die mooie blos zien. Waarom hij die precies zo aantrekkelijk vond, wist hij niet, maar hij raakte er altijd weer opgewonden van. Maar goed, zelfs haar ademhaling wond hem op, dus het was niet zo gek dat haar rode wangen onweerstaanbaar voor hem waren.

Haar gezicht kleurde nog verder. 'Je bent een woest aantrekkelijke K die al sinds mensenheugenis bestaat,' fluisterde ze. 'Wat kun jij in godsnaam zien in mij?'

Korum schudde glimlachend zijn hoofd. Zijn lieve schat had nooit begrepen waarom ze zo aantrekkelijk was, zag van zichzelf niet hoe verleidelijk ze was voor mannen van beide soorten. Alles aan haar, van haar zachte, dikke krullen tot de romigheid van haar huid, leek gemaakt te zijn om aan te raken. Ze was misschien geen standaard schoonheid, maar op haar eigen delicate manier was ze prachtig, met haar grote, blauwe ogen en haar donkere haar.

Terugkijkend had Korum beter moeten weten. Hij had haar nooit zo nauw moeten laten samenwerken met een alleenstaande man. Hij kon het Saret niet kwalijk nemen dat die haar wilde, dat hij verlangde naar een meisje door wie hijzelf ook geobsedeerd was. Hij kon zijn voormalige vriend wel iets aandoen om wat hij had gedaan, maar hij begreep wel – op z'n minst deels – waaróm Saret het had gedaan. Als de rollen omgedraaid waren, en Mia iemand anders charl was, wist Korum niet hoe ver hij zou zijn gegaan om haar voor zich te winnen, hoeveel grenzen hij zou hebben overschreden om haar in zijn bezit te krijgen.

Natuurlijk was haar fysieke aantrekkelijkheid nu nog slechts een deel van wat ze voor hem betekende. Hij pakte weer haar hand vast. 'Jij bent de vrouw van wie ik houd,' zei hij. Hij deed niet langer moeite om zijn gevoelens te verbergen. 'Ik zie een prachtige, slimme meid die moedig is en die strijdt voor waar ze in gelooft. Ik zie iemand die door het vuur zal gaan voor degenen van wie ze houdt. Ik zie degene zonder wie ik niet kan leven, degene die elk moment van mijn bestaan mooier maakt en die me gelukkiger maakt dan ik ooit in mijn leven ben geweest.'

Mia ademde diep in. Haar ogen werden vochtig. 'O, Korum…' Haar slanke vingers bewogen in zijn hand. 'Korum, ik weet niet wat ik moet zeggen…'

'Je hoeft niets te zeggen,' zei hij, de pijn negerend die haar afwijzing hem deed. 'Ik weet dat ik voor jou nog altijd een vreemde ben. Ik verwacht niet van je dat je hetzelfde voor me voelt als voorheen. Nog niet, althans...'

Ze knikte en er rolde een traan over haar gezicht. 'Ik haat dit,' biechtte ze op, en heel even brak haar stem. 'Ik haat het dat zo'n groot deel van mijn leven is verdwenen, dat ik alles kwijt ben wat ons hier heeft gebracht. Ik heb je nodig, maar ik ken je niet, en het drijft me tot waanzin. Ik hield ook van jou, hè? Ondanks alles wat er tussen ons was gebeurd waren we verliefd, toch?'

'Ja,' zei Korum. Zijn grip om haar hand verstevigde. 'Ja, we waren dolverliefd.' Hij kon zich niet meer inhouden; hij sloeg een arm om haar rug en trok haar naar zich toe. Ze legde haar gezicht tegen zijn schouder en hij voelde haar tranen op zijn blote huid. De zoete geur van haar haar plaagde zijn neus en haar nabijheid maakte zijn pik weer keihard.

*Wees toch niet zo'n beest. Ze heeft steun nodig,* zei Korum tegen zichzelf. Hij negeerde de lust die door zijn lichaam raasde en liet Mia uithuilen, want hij wist dat ze dit nodig had.

Na een minuutje trok ze zich terug en ze keek naar hem door haar betraande ogen. 'Sorry,' fluisterde ze, 'ik heb je helemaal onder gesnotterd...'

Korum veegde glimlachend met zijn knokkels haar tranen van haar wangen. 'Je mag me altijd onder snotteren.' Haar tranen waren net zo waardevol voor hem als haar glimlach. Hij vond het vreselijk om haar verdriet te zien, maar hij vond het heerlijk om haar vast te houden, vond het fijn dat hij degene was die haar kon troosten, die haar pijn kon wegnemen.

Ook al was hij vaak degene die die pijn had veroorzaakt.

ZE BRACHTEN DE REST VAN DE DAG SAMEN DOOR OP HET STRAND. Korum legde geduldig alles uit wat Mia ooit had geweten maar nu was vergeten over de Krinar. Hij vertelde haar over bloedverslaving en xeno's, de Viering van de Zevenenveertig en het belang van rangen en standen in de Krinar-maatschappij. Ze luisterde aandachtig en stelde vragen, waar Korum graag antwoord op gaf, want hij wist hoeveel ze moest inhalen.

'Kennen jullie ook geld? Hoe werkt jullie economie?' Haar ogen stonden levendig en nieuwsgierig terwijl ze tijdens het avondeten verder praatten.

'Ja, we kennen zeker geld.' Korum nam een hap van zijn noodles met pindasmaak. 'We werken en worden betaald voor wat we bijdragen aan de samenleving. Hoe groter de bijdrage, hoe groter de beloning, ongeacht je werkveld. Maar voor ons is geld niet net zo belangrijk als voor mensen. Onze economie is een soort mix tussen kapitalisme en socialisme. Iedereen kan er zeker van zijn dat aan zijn basisbehoeften wordt voldaan. Op Krina bestaan dakloosheid en honger niet. Zelfs de grootste slampamper heeft er een goed leven. Maar om iets méér te hebben dan eten, onderdak en dagelijkse benodigdheden, moet je iets productiefs doen met je leven – je moet op de een of andere manier een bijdrage leveren aan de maatschappij.'

Ze keek heel geïnteresseerd, dus Korum ging verder: 'De financiële beloning is echter slechts een deel van de reden waarom we werken. De belangrijkste motivatie is de wens om gerespecteerd te worden, om bekend te staan om wat je hebt bereikt. Er zijn maar weinig Krinar die door het leven willen gaan als iemand op wie wordt neergekeken. Een lage sociale rang hebben betekent dat je een buitenbeentje bent. Iemand die nog nooit in zijn leven iets nuttigs heeft gedaan, zal uiteindelijk minachtend worden behandeld. Een hoge status is belangrijker dan geld – alhoewel beide vaak hand in hand gaan.'

'Dus rijke Krinar hebben een hoge status, en vice versa?' vroeg Mia.

'Niet per se. Je kunt ook rijk zijn vanuit een erfenis, bijvoorbeeld, maar dat betekent nog niet dat je een hoge status hebt. Rafor, de zoon van Loris, is daar een goed voorbeeld van. Hij heeft dankzij zijn vader alle geld dat hij maar nodig kan hebben, maar zijn status is zwak. Status kun je alleen op persoonlijke titel verdienen – of kwijtraken.'

Mia zag er verward uit. 'Wacht even, hoe kun je door je eigen daden je status kwijtraken?'

'Op meerdere manieren,' zei Korum. 'Een misdaad

plegen, natuurlijk. Of iets oneerzaams doen, zoals vreemdgaan. Je kunt je status ook verliezen doordat je in iets belangrijks niet slaagt. Loris heeft dat risico genomen door de rol van Beschermer voor zijn zoon en de Kadebam op zich te nemen. Als ze schuldig worden bevonden, zal zijn status veel lager zijn en zal hij niet langer deel uitmaken van de Raad. Daarom heeft hij me uitgedaagd om naar de Arena te komen – omdat hij nog maar weinig te verliezen heeft.'

Haar ogen werden groot. 'Hoe bedoel je, hij heeft je uitgedaagd?'

Korum aarzelde. Misschien had hij dit Mia nog niet moeten vertellen, maar nu was het te laat. 'Weet je nog dat ik je eerder vandaag vertelde over de Arena?' vroeg hij.

'Je zei dat het een plek was waar onoplosbare conflicten worden uitgevochten...' Er verscheen een kleine frons op haar gezicht.

'Klopt,' zei Korum. 'En dat hebben Loris en ik: een onoplosbaar meningsverschil. Ik vind zijn zoon een verrader en een uitvreter, en hij is het daar niet mee eens.'

'Dus hij heeft je uitgedaagd tot een gevecht? Maar ik dacht dat je zei dat die gevechten gevaarlijk zijn...'

'Dat zijn ze ook.' Korum glimlachte bij het vooruitzicht. De opwinding gierde door zijn aderen. Hij had dit af en toe nodig: het gevaar, de adrenaline, de rauwe, fysieke uitdaging van het neerhalen van een tegenstander. Hoezeer hij er ook van genoot om te vechten in defrebs-wedstrijden, hij wist altijd dat het maar een spel was, dat iedereen zou weglopen met hooguit een paar schrammetjes en blauwe plekken. Die garantie kreeg je niet in de Arena, en daarom was het zo bloedstollend.

'Dus je zou vermoord kunnen worden?' Mia's ogen werden vochtig en Korum besefte dat ze die gedachte vreselijk vond. Hij had hier duidelijk nog niet over moeten beginnen.

'Er is een kleine kans,' zei hij voorzichtig, want hij wilde haar niet nog meer overstuur maken. 'Hoewel doden officieel niet is toegestaan, wordt het doorgaans wel vergeven als het gebeurt in het heetst van de Arena-strijd. Maar je hoeft je geen zorgen te maken, liefste, ik kan heel goed voor mezelf zorgen.'

Ze leek niet overtuigd. 'Je zei dat hij je haat.' Haar stem bibberde een beetje. 'Zou hij dan niet proberen je te vermoorden?'

'Dat kan hij zeker proberen,' zei Korum, 'maar ik ga het niet laten gebeuren. Je hoeft je echt geen zorgen te maken...'

'Is hij geen goede vechter?'

'Jawel,' gaf Korum toe. 'Vroeger tenminste. Ik weet niet hoe hij nu presteert.'

'Doe het niet,' zei ze, en ze pakte zijn hand over de tafel heen. 'Alsjeblieft, Korum, ga niet vechten...'

'Mia...' Hij zuchtte en legde zijn hand op de hare. 'Luister, liefste. Als je eenmaal bent uitgedaagd, kun je er niet meer onderuit. Ik kan niet weigeren, en Loris net zomin. We zitten er allebei aan vast. Snap je?'

'Nee,' zei ze koppig, 'ik snap er niks van. Ik wil niet dat je je leven waagt…'

'Het is niet zo'n groot risico als je denkt,' zei Korum. 'Toen hij me vandaag aanviel, had ik binnen tien seconden toegang tot zijn nek. Als dat een Arenagevecht was geweest, had hij op dat moment al verloren.' Het was net zo waarschijnlijk dat Loris dan dood was geweest, maar dat wilde Korum haar niet vertellen. Mensenvrouwen en geweld waren over het algemeen niet zo'n goede match, en al helemaal niet als de vrouw in kwestie een meisje was dat was opgegroeid in een beschermde omgeving.

'Wanneer gaat het gevecht plaatsvinden?' Ze leek nog steeds ontdaan.

Korum zuchtte. Hij had hier echt niet over moeten beginnen. 'Overmorgen,' zei hij. 'Twaalf uur 's middags.'

Mia stond in de ronde douchecel en liet de waterstralen die van alle kanten kwamen elke centimeter van haar lichaam schoonspoelen. Onder normale omstandigheden zou ze het een coole belevenis hebben gevonden om een douche te nemen in een alienhuis. Zoals alles in deze woning was het een slimme douche, die zich automatisch aanpaste aan haar wensen. Het enige wat Mia hoefde te doen was daar staan en zich door de geweldige technologie laten wassen, scrubben en masseren. Het was heerlijk ontspannend – althans, dat zou het zijn geweest als ze in staat was om haar hersenen uit te schakelen en niet na te denken over wat Korum haar tijdens het eten had verteld.

Hij had het gevaar van het gevecht dat hij aanging gebagatelliseerd, maar Mia voelde zich er stukken minder zeker over. Toen hij de uitdaging had laten vallen, was haar bloed koud geworden van angst en was haar netvlies overspoeld met beelden van rondvliegende ledematen. Wat als Korum iets overkwam? Hij was niet echt onsterfelijk; hij kon worden gedood, net als zijn opa.

De gedachte dat Korum dood kon gaan was ondraaglijk, onvoorstelbaar. Het maakte niet uit dat Mia hem in haar hoofd pas een dag kende – hérkende.

Deze dag was de beste van haar leven zover ze het nu wist.

Tijd doorbrengen met Korum was geweldig. Ze had zich nog nooit zo met iemand verbonden gevoeld, had zich nog nooit zo levendig gevoeld in de aanwezigheid van een man. Dit ging verder dan seksueel verlangen, verder dan fysieke behoefte. Het was alsof ieder klein deeltje van haar ernaar verlangde om met hem samen te zijn, om hem in zich op te zuigen. Ze wilde hem zo wanhopig graag dat ze er niets van begreep, ze wilde hem zo vurig dat de intensiteit van het gevoel haar haast bang maakte.

Ergens in haar achterhoofd wist Mia dat ze zich irrationeel gedroeg. Ze was niet zichzelf. Een normaal mens zou Korum in deze situatie vragen haar terug te brengen naar huis, naar New York of Florida, waar ze vrede zou kunnen krijgen met het geheugenverlies en langzamerhand haar normale leven weer kon oppakken. Ze zou niet moeten willen vasthouden aan een buitenaards wezen, zou zich niet zo kalm moeten voelen bij het feit dat ze in zijn huis woonde, gescheiden van alles en iedereen waar ze herinneringen aan had.

En toch wilde ze hem dat niet vragen. Ze wilde er niet aan denken dat ze bij hem weg zou gaan. Mia twijfelde er niet aan dat haar studiegenoten psychologie haar zoals ze nu was een geweldig studieobject zouden vinden. Ze zouden zich kunnen uitleven bij het analyseren van haar vreemde reactie, het gemak waarmee ze had geaccepteerd dat ze zo ongezond afhankelijk was van een man die ze nog maar zo kort kende. Maar het deed haar niks. Het enige wat ze wist, was dat ze Korum nodig had – en hij leek haar ook nodig te hebben.

Had haar voormalige baas Saret geweten dat het zo zou werken? Had hij beseft dat het uitwissen van haar geheugen niet zou verwoesten wat het was dat haar en Korum met elkaar verbond? Mia betwijfelde het. Als het waar was wat Korum had verteld over Sarets bedoelingen, zou de breinexpert onaangenaam verrast zijn door haar voortgaande relatie met Korum en haar gebrek aan interesse in hem.

Na het douchen stapte Mia uit de ronde cel. Ze liet het water van haar lichaam op de vreemde, sponsachtige vloer druipen die haar voeten masseerde. Korum had uitgelegd dat ze daar alleen maar hoefde te staan en alles aan de badkamer kon overlaten, en Mia geloofde hem op zijn woord.

En inderdaad werd haar lichaam snel gedroogd door warme lucht, terwijl een kleine tornado om haar hoofd heen golfde om haar haar te drogen en haar mond te vullen met een verfrissend schone smaak. Tegen de tijd dat het klaar was, was Mia van top tot teen droog. Haar krullen vielen prachtig in model, alsof ze net uit een dure kapsalon stapte. Haar mond voelde aan alsof ze net haar tanden had gepoetst.

*Te gek.*

Het enige wat ze nu nog hoefde te doen, was zich aankleden. Ze trok een dikke, zachte badjas aan die Korum haar eerder had gegeven, keek in een spiegelende muur en zag de schittering in haar ogen en de blos op haar wangen. Haar hart bonsde vol verwachting en het leek alsof er een hele kolonie vlinders rondfladderde in haar buik.

Als er ook maar een geringe kans was dat ze overmorgen Korum zou verliezen, dan waren alle momenten die ze samen hadden waardevol. En hoe bang het idee haar ook maakte, Mia wilde haar geliefde volledig leren kennen – ze wilde opnieuw ervaren wat ze was vergeten.

Ze wilde met Korum naar bed.

KORUM ZAT OP DE RAND VAN HET BED TE WACHTEN TOT MIA KLAAR WAS MET DOUCHEN. Hij had zelf al gedoucht en had zich afgetrokken om de scherpe randjes van de lust af te halen die hem al de hele dag hard maakte.

Zoveel tijd met haar doorbrengen, haar aanraken, haar ruiken, had hem gek gemaakt. Onder normale omstandigheden zouden ze het op het strand een paar keer hebben gedaan, en als ze thuiskwamen voorafgaand aan het avondeten. In plaats daarvan moest hij het doen met een paar lichte aanrakingen en liefkozingen die zijn verlangen alleen maar heviger maakten, zijn huid lieten prikken en zijn pik deden opzwellen. Als hij niet zou hebben gemasturbeerd onder de douche, zou het een reëel risico zijn dat hij haar vanavond besprong. Alsnog voelde Korum zich onrustig, en hij hoopte wat van zijn overtollige energie kwijt te raken met een defrebs-sessie in de vroege ochtend – of in de nacht, zoals de mensen het tijdvak van drie tot vier uur 's ochtends zagen.

Het was nu al na elf uur 's avonds, het tijdstip dat Mia normaal gesproken naar bed ging. Korum was zelf totaal niet moe, maar hij wilde haar instoppen en vasthouden tot ze in slaap viel – ook al zou het een kwelling zijn. Het was belangrijk dat ze aan hem gewend raakte, dat ze zich prettig voelde bij zijn aanraking… want hij wist niet hoeveel langer hij nog zonder seks met haar kon.

Om zichzelf af te leiden keek hij naar zijn handpalm en hij stuurde een mentaal verzoek om updates over de zoektocht naar Saret. Er waren sporen van hem aangetroffen in Duitsland, maar vervolgens was hij weer spoorloos verdwenen. Hoe hij zich ook bewoog, hij kreeg het voor elkaar om grotendeels buiten beeld te blijven van de Krinar-satellieten en andere apparatuur – iets wat Korum met tegenzin bewonderde, ook al maakte de gedachte dat Saret vrij rondliep hem furieus.

'Wat ben je aan het doen?' Mia's zacht uitgesproken vraag deed hem opkijken.

Korum glimlachte toen hij haar daar zag staan, met blote voeten en met de badjas om haar slanke lijf. Ze friemelde nerveus met haar handen. 'Ik ben even wat aan het nakijken,' zei hij. 'Heb je lekker gedoucht?'

Ze bevochtigde haar lippen en trok zo zijn aandacht naar haar mond. 'Heerlijk,' zei ze. 'Je douche is net zo geweldig als alles in dit huis.'

'Mooi,' zei Korum, en hij nam haar aandachtig in zich op. Joeg het haar angst aan om met hem samen in de buurt van een bed te zijn? Hij verzachtte zijn toon en zei: 'Ga maar lekker slapen, liefste. Je hebt een lange dag gehad, je zult wel doodop zijn.'

Ze knikte onzeker en stapte op hem af. Haar bewegingen waren onbewust sensueel, zoals hij van haar gewend was. Korum ging verzitten en tilde zijn knie ietsje op om zijn erectie te verbergen.

Toen ze nog maar een halve meter van hem af stond, hoorde hij haar versnelde hartslag. Een warme, vrouwelijke geur bereikte zijn neus, en er werd nog meer bloed naar zijn kruis gepompt.

Ze was niet bang, besefte Korum. Ze was geil.


Hij durfde haast niet te ademen toen hij haar hand pakte en haar dichter naar zich toe trok tot ze naast hem op bed zat. Bij dat gebaar hoorde hij haar hartslag nog meer versnellen, en op haar gezicht was een mengeling te zien van terughoudendheid en opwinding.

'Mia,' vroeg hij zachtjes, 'weet je het zeker?'

Ze knikte, en haar zachte lippen trilden. 'Ja,' fluisterde ze, 'ik weet het zeker…'

Zijn lichaam reageerde met een pijnlijke intensiteit op haar woorden, zijn pik werd nog harder en zijn ballen stonden strakgespannen. Maar toen hij naar haar toe leunde om haar te kussen, deed hij het zacht en teder – zoals hij vond dat de eerste keer moest zijn.

Die andere eerste keer had zij ook het initiatief genomen, maar ze had het gedaan als een soort uitdaging, met de bedoeling haar onafhankelijkheid te versterken en hem op een bepaalde manier betaald te zetten hoe hij haar behandeld had. Het had hem niet uitgemaakt, hij was gewoon blij om haar daar te hebben, in zijn appartement, in zijn bed. En in zijn haast om haar te nemen had hij haar pijn gedaan. Hij had zich door haar maagdelijkheid heen geramd als een wild beest.

Dit was zijn kans om het goed te maken. Ze was weer een maagd, in haar hoofd althans. En Korum nam zich heilig voor om haar geen pijn te doen vanavond. Hij zou haar alleen genot geven.

Hij kuste haar zachtjes, eerst met alleen zijn lippen, waarbij hij haar haar en rug rustig streelde. Ze smaakte fris en zoet; haar geur was vertrouwd en opwindend. Ze bracht haar handen omhoog en legde ze in zijn nek, waarbij ze haar vingers door zijn haar liet gaan. Er gingen rillingen van genot over zijn ruggengraat. Hij wilde de kus nog niet verdiepen, dus Korum bracht zijn lippen naar haar wang en daarna naar haar kaaklijn, waar hij haar gevoelige huid proefde.

Ze kreunde en legde haar hoofd in haar nek, waardoor haar bleke hals vol in het zicht kwam, en Korum kuste haar daar ook, de aanvechting onderdrukkend om haar bloed te nemen. Hij zou het doen, maar niet vandaag, niet tijdens deze eerste keer.

Voorzichtig, om haar niet te laten schrikken, trok hij aan haar badjas, die openviel terwijl hij haar bleef kussen. Zijn mond ging naar haar sleutelbeen en vervolgens omlaag.

Haar lichaam was prachtig. Het was slank, met rondingen op de juiste plaatsen. Haar huid was glad en zacht en ontzettend fijn om aan te raken. Korum liet zijn hand langzaam over haar borsten en platte buik gaan, vol verrukking. Zijn handpalm kon bijna haar hele ribbenkast bedekken, zijn huid stak donker af bij haar bleke perfectie.

Hij zag haar hartslag in haar hals, hoorde haar gejaagde ademhaling, en wist dat ze net zo zenuwachtig was als opgewonden. Korum keek op en zag dat ze naar hem staarde. Haar gezicht was rood en haar lippen waren een stukje geopend.

'Ik hou van je, Mia,' mompelde hij. Hij reikte omhoog om die weerbarstige krul uit haar gezicht te strijken. 'Dat weet je toch?'

Ze knikte verlegen, hem nog steeds aankijkend met haar grote, blauwe ogen. Die ogen maakten dat hij draken voor haar zou willen doden; hij zou iedereen die haar pijn deed helemaal uit elkaar scheuren.

'Wees niet bang, liefste,' zei hij, en hij liet een arm onder haar knieën glijden en sloeg een andere om haar rug. Hij tilde haar op en zette haar voorzichtig midden op het bed. 'Ik zal zorgen dat je het fijn hebt, ik beloof het…' Hij trok zich even terug en deed zijn shirt en korte broek uit, zodat zijn erectie eruit sprong.

Voordat ze de kans kreeg om meer te zien dan een voorzichtige blik, klom Korum al boven op haar. Hij kuste haar hals en schouder weer tot ze een zacht kreuntje liet horen. Toen begon hij langzaam een spoor van kusjes te trekken over haar lichaam, het pulseren van zijn pik nog even negerend. Er zou een tijd komen dat hij haar weer hard en snel nam, maar vanavond niet. Vanavond draaide het om haar.

Hij omvatte haar borst en genoot van de stevigheid en van de manier waarop haar tepel hard werd onder zijn hand. Haar borsten waren niet groot, maar ze waren perfect van vorm, precies passend bij haar slanke bouw. Hij boog zijn hoofd erheen en proefde haar tepel, maakte een omtrekkende beweging met zijn tong en zoog er toen krachtig aan.

Ze kreunde weer en kromde zich naar hem toe, en hij herhaalde het bij de andere borst. Hij genoot ervan hoe haar tepels eruitzagen na die behandeling: roze en glanzend.

Nu was haar buik aan de beurt. Hij kuste de zachte huid, tongde haar navel en voelde de spieren in haar onderbuik weer aanspannen terwijl hij met zijn mond lager en lager ging. Haar benen waren tegen elkaar aan gedrukt, dus Korum trok haar dijen uit elkaar. Er kwam een kinkje in haar ademhaling. Hij keek naar haar vochtige lippen en de donkere haartjes erboven.

Zoals alles aan haar lichaam was ook Mia's kutje klein en delicaat, het heerlijkste wat hij ooit had geproefd.

Hij bracht zijn hoofd erheen, rook haar bedwelmende geur en likte toen zachtjes het gebied rondom haar clitoris. Hij plaagde haar en liet haar opwinding langzaam toenemen. Terwijl hij verderging, hoorde hij bij iedere keer dat zijn tong haar gevoelige plekje naderde haar adem stokken, en hij voelde hoe ze haar heupen naar hem omhoogduwde. Hij wist dat ze heel dicht bij een orgasme kwam, maar hij was er nog niet klaar voor om haar over het randje te laten gaan.

Met zijn hand dichterbij kon hij zijn wijsvinger langzaam in haar vochtige, gladde kutje laten glijden, en hij rekte haar voorzichtig uit om haar klaar te maken voor hem. Ze was zo klein vanbinnen dat ze zelfs om zijn vinger heen strak voelde, en Korum moest een gekwelde grom onderdrukken toen zijn pik tegen de lakens duwde van opwinding.

Ze kreunde het uit terwijl zijn vinger dieper gleed en tegen het plekje duwde waar ze altijd zo van genoot, en toen voelde Korum haar samentrekken; ze pulseerde om zijn vinger terwijl ze haar ontlading kreeg.

Hij kon niet langer wachten. Hij klom boven op haar, waarbij hij haar met zijn knie wijd bleef duwen. Steunend op één elleboog gebruikte hij zijn andere hand om zichzelf naar haar smalle opening te begeleiden, en hij liet zijn eikel naar binnen glijden, waarna hij pauzeerde om haar te laten wennen aan zijn grootte.

Bij zijn binnenkomst ademde ze scherp in en ze pakte zijn schouders vast en keek naar hem op. Zijn hele lijf verkrampte van de moeite die het kostte om zo ingehouden te werk te gaan. Korum begon zichzelf dieper naar binnen te duwen, langzaam en geleidelijk zodat het haar geen pijn deed. Terwijl zijn pik dieper ging, zweette hij over zijn hele lijf, en zijn ademhaling werd onregelmatiger. Ze was warm, nat en strak – Korum had het gevoel alsof hij elk moment kon exploderen.

Hij wendde al zijn wilskracht aan om nog een keer te pauzeren toen hij helemaal in haar was, zodat ze kon wennen aan het gevoel van hem diep in haar. 'Gaat het?' vroeg hij in een grommende fluistering, en hij keek naar haar.

Ze bevochtigde haar lippen. 'Ja.'

'Mooi,' hijgde Korum. Hij wist niet of hij in staat zou zijn geweest te stoppen als het nodig was. Hij stond op het punt klaar te komen, zijn ballen stonden zo strak en zijn ruggengraat tintelde van de spanning die vlak voor een orgasme kwam.

Maar hij wilde nog niet klaarkomen. Niet voordat hij haar nog wat meer genot had gegeven. Hij bracht zijn rechterhand tussen hen in naar haar clitoris en stimuleerde die met zijn vingers. Tegelijkertijd begon hij in haar te bewegen, zich terugtrekkend en weer terug naar binnen duwend.

Ze kreunde weer en haar vingers klemden zich steviger om zijn schouders, waarbij ze haar scherpe nagels in zijn huid dreef. Hij voelde de hitte van haar af slaan, hoorde haar ademhaling veranderen, en wist dat ze bijna kwam. Eindelijk liet hij zijn zelfbeheersing varen. Hij begon op verhoogd tempo te stoten, steeds verder richting zijn orgasme, en elke spier in zijn lijf trilde van de intensiteit van wat hij voelde. Plotseling schreeuwde ze het uit, haar binnenste spieren klemden zich om zijn pik, en hij kwam met een oerkreet klaar, waarbij zijn zaad er in meerdere krachtige stralen uit kwam.

Toen het voorbij was, rolde Korum van Mia af en ging op zijn rug liggen. Hij trok haar boven op zich zodat ze deels op zijn borst lag. Ze ademden allebei hevig en hun lichamen waren loom en zweterig.

Korum wist dat hij iets moest zeggen, maar hij kon zijn gedachten niet op een rijtje krijgen. Dit wat hij met Mia beleefde, was meer dan gewoon seks. Hij had nooit geweten dat hij een vrouw zó sterk kon willen, dat hij zoveel genot zou kunnen halen uit simpel neuken.

Hij was absoluut niet onervaren. Hij leefde al vele eeuwen en had alle soorten seks geprobeerd. Onder de Krinar werd dat niet veroordeeld, sterker nog, vrijgezellen werden gestimuleerd om te experimenteren wat ze maar wilden.

Toch kon Korum zich niets herinneren wat in de buurt kwam van het diepgaande genot dat hij beleefde met Mia. Hij had zich altijd afgevraagd hoe koppels – of mannen met een charl – hun leven lang monogaam bleven. Het idee dat er geen variatie meer zou zijn had hem vreemd geleken en onnatuurlijk. Maar sinds hij Mia kende, kon hij zich niet meer voorstellen dat hij met een andere vrouw ging. Zij was de enige die hij wilde, de hele tijd, altijd.

Zijn ademhaling kalmeerde eindelijk en Korum keek naar het hoofd vol krullen op zijn borst. Hij streelde tevreden haar haar en glimlachte toen hij een gaap hoorde.

'Wil je je snel wassen en dan gaan slapen?' mompelde hij. Hij glimlachte nog steeds toen ze opkeek.

Ze keek hem heerlijk slaperig aan en gaapte weer. 'Ja, dat zou fijn zijn...'

Korum lachte zachtjes, sloeg zijn armen om haar heen en stond op om haar naar de douche te tillen. Hij hield haar vast en stapte met haar naar binnen, waarna hij in gedachten een bevel deed om het water aan te zetten. Twee minuten later waren ze schoon en droog. Korum droeg haar terug naar bed, genietend van hoe vol vertrouwen ze hem bleef omhelzen.

Hij legde haar terug op bed, ging naast haar liggen en trok haar in zijn armen, zodat ze lepeltje lepeltje kwamen te liggen. Hij sloot zijn ogen, compleet ontspannen, en liet zich door haar regelmatige ademhaling in slaap sussen.

# HOOFDSTUK TWAALF

Toen ze de volgende ochtend langzaam wakker werd, rekte Mia zich uit en ze glimlachte bij de herinnering aan de nacht. De hele belevenis was geweldig geweest, als iets uit een droom. Was dit hoe seks ging? Of was het specifiek de seks met Korum die zo was?

Na die eerste keer had hij haar in de loop van de nacht nog een keer genomen; hij had haar wakker gemaakt door bij haar binnen te dringen. Op de een of andere manier was ze al nat geweest, en ze was binnen een kwartier klaargekomen – iets waarvan ze had verwacht dat het niet zo makkelijk ging, aangezien ze na de vorige keer zo intens tevreden was geweest.

Maar ze was kennelijk net zo onverzadigbaar als hij.

Grijnzend als de Cheshire Cat stond Mia op. Ze trok een perzikkleurig zomerjurkje aan en voltooide haar ochtendroutine in de badkamer. Korum was al weg, dus ze vroeg het huis om een ontbijtje, dat super smaakte, en krulde zich toen op op een van de zwevende planken die als bank fungeerde. 'Iets te lezen, graag,' zei ze, en ze lachte toen een ultradun apparaat naar haar toe zweefde vanuit een van de muren.

Gisteren, toen Korum haar had verteld over haar stage in het hersenlab, had hij gezegd dat ze op deze tablet las over dingen die met haar werk te maken hadden. Mia was er heel nieuwsgierig naar. Ze probeerde zich voor te stellen hoe ze een rol vervulde in de Krinar-maatschappij, terwijl ze nu zo weinig wist van hun technologie en wetenschap. Korum had haar uitgelegd dat veel kennis aan haar was overgedragen op dezelfde manier als het ging bij Krinar-kinderen, en ze hoopte stiekem dat ze iets daarvan had behouden ondanks haar geheugenverlies. Ze voelde zich in elk geval meer op haar gemak in Lenkarda dan te verwachten zou zijn, en ze wist vrij zeker dat de dingen die zij wist over de werking van de hersenen verder gingen dan wat ze op de universiteit had geleerd.

Ze gebruikte een spraakcommando om een van de documenten te openen, ging lekker zitten en begon alles wat ze geheel of gedeeltelijk was vergeten opnieuw te leren.

'De Raad is tot een conclusie gekomen.'

Arus' woorden galmden door de grote ruimte waar het publieke deel van de zitting plaatsvond. Bijna iedere Krinar op aarde – en ook nog veel bewoners van Krina – waren hierbij, virtueel dan wel in levenden lijve.

Korum leunde naar voren, wachtend op de woorden die het lot van de verraders zouden bezegelen. Hij zag Loris voor hem staan, rechtovereind, geheel in het zwart gekleed. De vuisten van de Beschermer waren strakgespannen, zijn knokkels zagen bijna wit, terwijl hij zich voorbereidde op het horen van het vonnis.

'Rafor, Kian, Leris, Poren, Saod, Kula en Reana,' zei Arus met heldere stem, 'de Raad heeft jullie schuldig bevonden van samenspannen met het menselijke Verzet in de aanval op de Centers, waarmee jullie de levens van vijftigduizend medeburgers in gevaar hebben gebracht. Jullie worden ook schuldig bevonden aan het verbreken van het non-interventiemandaat door de Krinar-technologie met het eerder genoemde Verzet te delen. Daarbovenop oordeelt de Raad dat jij, Rafor, schuldig bent aan het helpen en opjutten van Saret in zijn plan om een massamoord te plegen en illegaal menselijke hersenen te manipuleren.'

De Beschermer trok wit weg en de Kadebam zagen eruit alsof ze een stomp in hun maag hadden gekregen. Er ging een gemompel door het publiek, dat wegstierf toen de toeschouwers stilvielen om de rest te horen.

'De straf voor de genoemde misdaden is complete rehabilitatie.'

Korum leunde naar achteren en luisterde naar de reactie van het publiek. Hij voelde medelijden met

Loris, die zijn enige zoon was kwijtgeraakt. Hoe vaak ze ook met elkaar waren gebotst, het was niet Loris' schuld dat Rafor een mislukking en een crimineel was. Korum kon het Loris niet kwalijk nemen dat hij getracht had zijn kind te verdedigen, ook al verdiende dat kind het niet.

Maar Korum had geen spijt van de rol die hij had gespeeld in de veroordeling. Rafor en zijn vrienden hadden gekregen wat ze verdienden: een vrijwel complete uitwissing van hun persoonlijkheid. Ze waren te gevaarlijk om slechts gedeeltelijk gerehabiliteerd te worden, en hun misdaden waren te ernstig om te vergeven. Als er één ding was wat Korum verachtte, dan was het iemand die zijn eigen soort wilde schaden om zelf meer macht te verkrijgen – precies wat deze verraders hadden gedaan.

Het moment van medelijden met Loris ging voorbij toen de Beschermer zich omdraaide en Korum hatelijk aankeek. Alle kleur was uit Loris' gezicht weggetrokken onder de gebronsde boventoon van zijn huid, en in zijn ogen schitterde iets wat verdacht veel leek op gekte. Het was de blik van iemand die niets meer te verliezen had, en Korum begreep dat zijn rivaal alles zou doen om hem morgen in mootjes te hakken. Natuurlijk was Korum niet van plan dat te laten gebeuren. Hij wilde Loris niet vermoorden, maar hij zou doen wat nodig was om zichzelf te verdedigen.

Nadat het publiek was gekalmeerd, werden de Kadebam weggevoerd, en Korum stond op en liep naar de uitgang. Hij wilde nu naar Mia, maar dat kon nog niet.

Hij moest eerst contact opnemen met de Ouderen om het project voortgang te geven, en om te horen hoe het ervoor stond met zijn verzoek tot onsterfelijkheid voor Mia's ouders.

'Je hebt bezoek, Mia.'

Ze schrok op van de onbekende vrouwenstem die door het huis galmde en stopte met lezen. Door de transparante muur heen zag ze buiten een jonge mensenvrouw staan. Ze ademde opgelucht uit en besefte dat het het huis was dat haar had laten weten dat ze bezoek had.

'Ah,' zei Mia, alsof ze het volkomen gewend was te worden aangesproken door alientechnologie. 'Kun je haar alsjeblieft binnenlaten?'

'Ja, Mia,' zei het huis, en de muur loste op waar de vrouw stond om een doorgang te vormen.

Mia stond op van de zwevende plank en glimlachte naar het donkerharige meisje dat sierlijk door de opening stapte.

'Hoi,' zei Mia. Ze besefte dat ze waarschijnlijk iemand begroette die ze al eerder had ontmoet.

'Hoi Mia,' zei het meisje met een lieve glimlach. 'Ik weet dat je je me niet herinnert, maar ik ben Delia. We hebben elkaar een paar keer ontmoet. Ik ben ook iemands charl hier in Lenkarda.'

'Leuk om je opnieuw te ontmoeten, Delia.' Mia was blij dat haar bezoek op de hoogte was van wat haar was overkomen. 'Bij voorbaat mijn excuses dat ik je niet herken…'

'Dat is niet jouw schuld,' onderbrak Delia haar. Haar grote, bruine ogen keken haar meelevend aan. 'Hoe kun je voor zoiets je excuses aanbieden? Ik ben langsgekomen om te zien of het een beetje met je gaat na wat er gebeurd is. Het moet vreselijk zijn om wakker te worden en niet te weten waar je bent en hoe je er bent gekomen…'

Mia nam het meisje in zich op. Delia was een stille schoonheid met een volwassen manier van doen die in tegenspraak was met haar jeugdige uiterlijk. 'Dank je, Delia,' zei ze. 'Het gaat eigenlijk verrassend goed met me. Ik weet niet hoe het kan, maar ik lijk best goed met de situatie om te kunnen gaan.'

'En Korum?'

Mia keek haar vragend aan. 'Wat is er met hem?'

'Doet hij…' Delia aarzelde even. 'Doet hij aardig tegen je?'

'Natuurlijk.' Mia fronste. 'Waarom zou hij niet aardig doen? Hij is toch mijn cheren?'

Delia keek haar stralend aan. 'Natuurlijk. Ik was net op weg naar de waterval waar we elkaar hebben ontmoet. Zou je mee willen? Het is een prachtige plek. Ik weet niet of Korum je al mee daarheen heeft genomen…'

'Nee,' zei Mia, 'en ik zou het heel leuk vinden.' Ze was nieuwsgierig naar dit meisje, deze andere charl, en ze hoopte dat ze meer zou kunnen ontdekken over Lenkarda en haar leven hier zoals het geweest was.

'Top,' zei Delia glimlachend. 'Laten we gaan.'


De wandeling naar de waterval duurde iets meer dan twintig minuten. Terwijl ze door het bos liepen, vroeg Mia naar Delia's verhaal. Ze wilde weten hoe ze een charl was geworden. Mia luisterde geschokt en gefascineerd naar hoe Delia met Arus had kennisgemaakt aan de Griekse kust, bijna drieëntwintig eeuwen geleden, en hoe hun leven sindsdien was gegaan.

'Toen ik voor het eerst op Krina kwam, werden mensen heel anders behandeld dan vandaag de dag,' legde Delia uit. 'Tweeduizend jaar geleden dachten veel Krinar nog dat we niet meer waren dan primaten. We hadden geen enkele technologie ontwikkeld en onze maatschappij was primitief ingericht. Sommigen, zoals Arus, begrepen dat we niet zo heel anders waren dan zij, maar de meesten wilden er niet aan dat wij net zo intelligent waren. Die houding is tot op de dag van vandaag tot op zekere hoogte aan de orde, maar de snelle ontwikkeling op aarde in de afgelopen eeuwen heeft wel grote indruk gemaakt op veel Krinar.'

'Zagen ze ons als een soort apen?' Mia fronste. Ze vond dat helemaal niet leuk om te horen.

Delia knikte. 'Zoiets ja. Ik kan het ze niet echt kwalijk nemen. Zij hebben ons tenslotte gecreëerd en ons gemaakt tot wat we vandaag de dag zijn.'

'Hoe hebben ze dat gedaan?' vroeg Mia. Ze vroeg zich dat al een tijdje af. 'Ik bedoel, de Krinar kunnen haast doorgaan voor mensen, en andersom. Qua uiterlijk lijkt het alsof ze een andere mensensoort zijn, in plaats van een compleet andere soort. Ik weet dat ze onze evolutie hebben gestuurd, maar het is alsnog best vreemd...'

'Zo vreemd is het niet,' zei Delia. 'Ze hebben miljoenen jaren met onze genen geknoeid om de eigenschappen te onderdrukken die ons een ander uiterlijk hadden kunnen geven dan zijzelf. Ze hebben subtiele variaties toegestaan – oogkleur, huidtype en haarkleur – maar ze hebben ervoor gezorgd dat we verder vooral heel veel op ze lijken. Dat is een verzoek geweest van hun Ouderen, geloof ik.'

Mia keek weg en overdacht even wat ze gehoord had terwijl ze doorliepen door het bos. 'Wat denk je dat ze op dit moment met ons willen?' vroeg ze toen ze bij de waterval waren aangekomen.

'De Krinar?' Delia ging zitten op een grasstrook nabij het water en wendde zich tot Mia.

'Hun Ouderen,' verduidelijkte Mia terwijl ze naast haar ging zitten.

'Wie zal het zeggen.' Delia haalde haar schouders op. 'Zelfs de Raad weet niet precies wat hen drijft. Ze worden beschouwd als een soort goden, ook al zijn de Krinar niet in traditionele zin religieus.'

'Ik snap het.' Mia liet alles wat ze gehoord had door haar hoofd gaan. 'Hoe zien de Krinar ons nu dan? Korum heeft me verteld dat ik in een van hun labs mocht werken. Dat zouden ze toch niet doen als ze vonden dat ik slechts een ongebruikelijk intelligente aap was. En ze trouwen met ons…'

'Trouwen?' Delia keek verbaasd naar haar. 'Wat bedoel je?'

'Dat is toch wat het inhoudt als je een charl bent? Alsof je met een van hen getrouwd bent, minus de officiële ceremonie.' Die indruk had Mia gisteren gekregen uit het gesprek met Korum.

Delia keek haar bedachtzaam aan. 'Ik denk dat je het zo wel kunt zien, ja,' zei ze langzaam. 'Het lijkt wel op het huwelijk uit vroeger tijden.'

'Vroeger?'

'Ja, voor jouw tijd bedoel ik. Toen een vrouw wettelijk aan haar man toebehoorde.'

'Wat bedoel je daarmee?'

'Volgens de Krinar-wet is een charl het bezit van haar cheren, Mia. We hebben hier niet echt rechten. Heeft Korum je dat niet verteld?'

Mia schudde haar hoofd. Ze voelde haar borst samentrekken. 'Wil je zeggen dat we hun… slaven zijn?'

Delia glimlachte. 'Nee. De Krinar geloven niet in slavernij, zeker niet zoals het in mijn tijd gangbaar was. De meeste charls worden door hun cheren heel goed behandeld. Ze zien ons echt als hun menselijke partner. Maar het is niet de gelijkwaardige relatie waar een modern meisje zoals jij aan gewend is.'

Mia staarde haar aan. 'Waarin verschilt het dan?'

'Nou, een Krinar heeft bijvoorbeeld geen toestemming nodig om je tot zijn charl te maken.

Arus heeft mij gevraagd, maar veel cherens doen dat niet.'

'Heeft Korum mij gevraagd?' Mia hield haar adem in terwijl ze het antwoord op die vraag afwachtte.

'Dat weet ik niet,' zei Delia spijtig. 'Ik ben niet zo close met jou dat ik de ins en outs van je relatie weet. Maar op basis van wat ik van Korum weet – en ook gezien het feit dat jij het Verzet hebt geholpen – denk ik niet dat hij zoveel heeft gemaald om jouw gevoelens als hij had moeten doen.'

Mia fronste. 'Wat bedoel je, wat weet je over Korum?'

Delia keek haar aan alsof ze afwoog of ze verder moest gaan of niet. 'Jouw cheren is een heel machtige, heel ambitieuze man,' zei ze uiteindelijk. 'Velen in de Raad hebben de indruk dat hij contact heeft met de Ouderen. Hij staat erom bekend dat hij autocratisch en meedogenloos te werk gaat als hij iets tegen iemand heeft. Daarom maakte ik me in het begin zorgen om jou: ik dacht niet dat Korum een liefdevolle cheren was. Maar ik denk nu dat ik het mis had. Je leek heel gelukkig met hem voordat je geheugenverlies optrad. De laatste keer dat we elkaar hebben gezien, was op het verjaardagsfeestje van Maria. Je straalde. En zelfs in een positie waarin de meeste vrouwen zich verloren en geïntimideerd zouden voelen, ziet het ernaar uit dat jij het nu best goed doet. Dat moet wel dankzij Korum zijn.'

Mia keek naar Delia en vroeg zich af of ze iets voor haar achterhield. 'Je mag mijn cheren niet, hè?'

'Ik ken hem niet persoonlijk,' zei Delia voorzichtig. 'Ik weet alleen dat Arus en hij flink met elkaar hebben gebotst in het verleden. Maar ik ben blij dat hij goed is voor jou. Toen ik je voor het eerst ontmoette, leek je me zo jong en kwetsbaar. Daarom maakte ik me zorgen om je. Nu zie ik dat je sterker bent dan ik dacht. Misschien heb je zelfs een goede invloed op Korum. Arus denkt dat je cheren echt van je houdt. Dat is iets waar we Korum nooit toe in staat hadden geacht.'

'Ah.' Mia ademde diep in en keek weg, terwijl ze probeerde te verwerken wat ze had gehoord. Misschien was haar dwaze gedachte over Korum als kwaadaardig iemand toch niet zo vergezocht als het leek. Niet voor het eerst wilde ze dat ze zich de afgelopen maanden kon herinneren zodat ze meer inzicht had in haar complexe relatie. Wat was Korum precies van haar? Wat betekende het om zijn charl te zijn? En welke Korum was de echte? De tedere minnaar van gisteravond, of het meedogenloze Raadslid dat Delia had beschreven?

Misschien was hij allebei. Mia overpeinsde die mogelijkheid even. Ja, ze kon wel begrijpen hoe dat mogelijk was. Tenslotte had Korum haar zelf verteld hoe hij haar in het verleden had gebruikt om het Verzet te verslaan. Toch leek hij op dit moment oprecht van haar te houden – Mia voelde zich warm worden vanbinnen bij die gedachte.

Ze wendde zich weer tot de Griekse vrouw. 'Delia,' zei ze zachtjes. Ze wilde het hebben over iets wat haar al sinds gisteren dwarszat. 'Weet jij wat er gebeurt tijdens een Arena-gevecht?'

'Ja.' Delia keek haar meelevend aan. 'Heb je gehoord over de uitdaging van Loris?'

'Korum heeft me er gisteren over verteld,' zei Mia. 'Heb je ooit zo'n gevecht gezien? Zijn er vaak gevechten?'

'Ze komen niet meer zo vaak voor als vroeger, maar nog steeds regelmatig. Er zijn doorgaans een paar gevechten per jaar, soms iets meer.'

'En hoe gevaarlijk zijn ze?'

Delia aarzelde even. 'Arena-gevechten zijn de grootste doodsoorzaak onder de Krinar,' zei ze toen. 'Gevolgd door verschillende soorten ongevallen.'

Mia voelde zich alsof ze een stomp in haar maag had gekregen. 'Gaat er altijd iemand dood in zo'n gevecht?'

'Nee, niet altijd. Soms kan de winnaar zich beheersen en op tijd stoppen. Maar de meeste Krinar-mannen hebben hun instincten niet zo goed onder controle in het heetst van de strijd.' Ze vertelde het op een toon waardoor het leek alsof het haar niet zoveel deed.

Mia slikte. 'Aha.'

'Maar om je andere vraag te beantwoorden: ik denk dat de houding van de Krinar ten opzichte van de mensen wel aan het veranderen is,' zei Delia. 'Tweeduizend jaar geleden was het idee dat een mens in een Krinar-lab werkte ondenkbaar. Ze zijn ver gekomen sinds die tijd, en ik zie dat het elke dag beter wordt. Nu zien ze in dat we echt een verwante soort zijn, dat we de potentie hebben om net zoveel te bereiken als zij hebben gedaan.'

'Ze denken dus niet meer dat we apen zijn?' zei Mia, slechts half voor de grap.

Delia glimlachte. 'Sommigen zullen dat nooit anders gaan zien, denk ik. Maar het is niet meer de algemene consensus. En hoe meer er relaties zoals die van jou en mij zijn, hoe meer mensen geaccepteerd zullen worden in de Krinar-maatschappij.' Ze wachtte even voor ze verderging: 'Dus je hoeft de Krinar niet te bestrijden om de mensen te helpen. Je hoeft alleen maar te zorgen dat er een verliefd op je wordt.'

Vijfenzeventighonderd kilometer verderop stond Saret op en hij glimlachte naar het naakte mensenmeisje dat opgekruld in zijn bed lag. Ze was petite, slechts iets meer dan één meter vijftig lang, en haar donkerbruine haar viel in zachte golven om haar slanke gezicht. Op haar bruine ogen na leek ze heel veel op Mia. Hij had haar gisteren in Parijs gevonden.

Ze staarde naar hem en hij zag de angst en haat op haar gezichtje. Het kwam slecht uit dat ze verloofd was toen hij haar ontmoet had; ze zou volgende maand trouwen. Daarom had ze niet echt opengestaan voor zijn aandacht, en hij had geen tijd om haar uitgebreid te veroveren.

Het was verkeerd van hem geweest om haar mee te

nemen, natuurlijk. Dat wist Saret heus wel. Maar op dit punt maakte het niet meer uit. Iedereen zag hem toch al als een monster, dus een mens ontvoeren was slechts een kleinigheid. Hij had van haar gedronken tijdens de seks, dus hij wist dat zij ook had genoten. Ze was Mia niet, maar hij had het lekker gevonden om haar te neuken en zich ondertussen voor te stellen dat het slanke lichaam in zijn armen de vrouw was die hij echt wilde.

Saret wist dat hij zich niet lang meer kon verbergen. Het was een kwestie van tijd voor hij gevangen werd genomen. Nu hij de tijd had om na te denken, realiseerde hij zich dat Korum had geweten wat hij kon verwachten. Het was eigenlijk heel simpel. Zijn vijand had zijn charl nauwlettender in de gaten gehouden dan hij tegen Saret had gezegd. Terugkijkend had Saret dit moeten zien aankomen. Het was zijn eigen schuld; door zijn obsessie met Mia had hij Korum onderschat.

Sinds die vreselijke dag had hij zich schuilgehouden met verschillende vermommingen, maar hij voelde dat het niet veel langer meer ging. Gisteren had hij een risico genomen door verbinding te maken met het Krinar-netwerk. Hij had geprobeerd zijn identiteit te verbergen, maar hij wist zeker dat Korum uiteindelijk zijn sporen zou vinden op het web. Toch had hij het niet kunnen laten. Hij móést weten wat er gaande was in Lenkarda en of de Raad op de hoogte was van zijn plan.

Wat hij had ontdekt, had hem boos gemaakt en opgewonden tegelijk. Boos omdat zijn zorgvuldig geplaatste nanoverspreiders allemaal al gevonden waren en onschadelijk gemaakt. En opgewonden omdat hij eindelijk wist hoe hij voor eens en voor altijd van Korum af kon komen.

Het aankomende gevecht van zijn rivaal zou het laatste zijn.

Daar zou Saret voor zorgen.

# HOOFDSTUK DERTIEN

Het eerste wat Korum zag toen hij binnenkwam, was Mia die opgekruld op de grote plank zat en opging in iets wat ze las op haar tablet.

Bij zijn binnenkomst keek ze naar hem op en ze glimlachte. Haar gezicht lichtte op van blijdschap. 'Hoi,' zei ze. 'Hoe was je dag?'

Korum voelde een golf vertedering, ook al reageerde zijn lichaam verder op de voorspelbare manier op haar nabijheid. 'Hallo liefste,' zei hij, en hij stapte op haar af en boog zich naar haar toe voor een kusje. Hij had de hele dag aan haar gedacht, had ieder moment van de voorgaande nacht talloze malen in zijn hoofd afgespeeld. Hij kon niet wachten om haar opnieuw te laten kennismaken met het genot van het liefdesspel en om haar heerlijke lichaam keer op keer te proeven.

Hij wilde het rustig aan doen, maar op het moment

dat zijn lippen de hare raakten en haar slanke armen naar hem omhoog reikten en zijn nek omvatten, verdampten al zijn goede voornemens meteen. Haar mond was zacht en zoet en hij verdiepte de kus. Haar geur was warm en vrouwelijk. Hij hoorde dat haar ademhaling toenam, rook haar verlangen, voelde hoe haar lichaam zich naar hem toe kromde… en zijn bloed kookte zowat in zijn aderen.

Zonder enige bewuste gedachte gingen zijn handen naar haar jurk en hij scheurde de fragiele stof uit elkaar om haar delicate huid te ontbloten. Ze hapte naar adem en hij voelde hoe ze haar nagels in de huid van zijn nek duwde terwijl hij zoog op het gevoelige plekje bij haar schouder. Haar hartslag bereikte een nieuwe piek en ze kreunde toen zijn hand naar haar dijen ging, ze uit elkaar duwde om haar smalle opening te bereiken.

Ze was warm en vochtig om zijn vingers heen, en Korum moest zijn laatste beetje zelfbeheersing aanspreken om haar tot een orgasme te brengen door ritmisch met zijn duim tegen haar clit te duwen. Zodra ze met een zacht kreunen klaarkwam, wist hij dat hij het niet langer uithield. Hij scheurde zijn eigen kleren van zijn lijf, pakte haar benen beet en trok haar naar zich toe tot alleen nog haar bovenlichaam op de zwevende plank lag. Toen duwde hij zich met één krachtige stoot in haar.

Ze kreunde het uit en haar lichaam spande zich aan. Korum gromde toen haar binnenste spieren om hem heen samentrokken zodat hij niet verder naar binnen kon. Haar ogen schoten open en ze keek naar hem.

Korum hield haar blik vast, wetende dat ze het duistere verlangen op zijn gezicht kon zien. Zijn pik klopte binnen in haar knusse kutje, en het was niet genoeg. Het beest in hem moest haar bezitten op een niveau verder dan het seksuele. Hij moest in haar lichaam én in haar geest binnendringen.

'Je bent van mij,' fluisterde hij grommend. Hij besefte haast niet wat hij zei. 'Begrijp je dat?'

Ze staarde hem alleen maar aan, met rode wangen en met haar lippen een stukje van elkaar. Korum voelde zijn lichaamstemperatuur stijgen. Er ging een golf van bezitterigheid door hem heen. Zijn billen spanden aan terwijl hij nog dieper in haar duwde, haar dijen wijd houdend om de penetratie te vergemakkelijken. Ze hapte weer naar adem en op haar gezicht was een mengeling te zien van pijn en genot, en hij hoorde dat haar adem stokte in haar keel.

Hij leunde naar voren, liet een van haar benen los en legde een arm onder haar onderrug om haar dichter naar zich toe te trekken. Zijn andere hand zocht zich een weg naar haar haar en hij hield haar hoofd achterover zodat haar slanke hals ontbloot was. 'Zeg het, Mia,' beval hij, gedreven door een primitieve behoefte om haar te claimen. 'Zeg dat je van mij bent.'

'Ik…' Het scheen haar moeite te kosten om dit te zeggen. Haar blauwe ogen waren bevangen door een emotie die hij niet kon plaatsen, en de drang om haar te domineren werd nog sterker. Hij boog zijn hoofd en nam haar mond in een woeste kus, terwijl zijn hand naar haar schaamlippen gleed en zijn duim hard op haar clitoris drukte. Haar binnenste spande zich weer aan om zijn pik alsof hij werd omklemd door een vuist, en ze kreunde in zijn mond.

'Je bent van mij,' herhaalde hij, en hij nam even wat afstand en ze knikte, naar hem starend met gezwollen, glanzende lippen.

'Zeg het,' beval hij.

'Ik ben van jou.' Haar fluistering was bijna niet te horen, maar voor nu gaf het hem wat hij nodig had.

Hij kuste haar weer, zachter dit keer, zelfs terwijl hij op een soepel, regelmatig tempo begon te stoten. Zijn ballen stonden strak en er ging puur genot door zijn aderen, allemaal dankzij het meisje in zijn armen. Korum deed zijn ogen dicht en liet de gevoelens door zich heen stromen, genietend van haar smaak, van het gevoel van haar zachte huid onder zijn vingers... dit alles terwijl haar lichaam zich om zijn pik bleef aanspannen.

En net toen hij dacht dat het genot té intens werd, voelde hij haar onder zich met een zacht kreunen verkrampen, en hij kwam ook.

Een paar uur later werd Korum wakker met het vertrouwde gevoel van Mia's lichaam tegen het zijne. Haar ademhaling was zachtjes en regelmatig, waardoor hij wist dat ze diep sliep, afgepeigerd door de seks. Hij had het dit keer voor elkaar gekregen seks te hebben zonder haar bloed te drinken omdat hij het redelijk recent nog had gedaan, maar hij had de verleiding niet kunnen weerstaan om haar in de loop van de nacht een paar keer te nemen.

Soms vroeg hij zich af of dit normaal was; hoe hevig hij constant naar haar verlangde. Hij had altijd een hoog libido gehad, maar hij had nooit de aandrang gevoeld om één en dezelfde vrouw keer op keer te nemen. Van Mia kon hij simpelweg geen genoeg krijgen, en hij wist niet of hij het wel zo fijn vond dat hij zo afhankelijk was van een mensenmeisje.

Zijn obsessie met haar zat hem om meerdere redenen dwars. Hoe gelukkig hij haar ook maakte, zijn gevoelens voor haar waren beangstigend. Als hij haar ooit kwijtraakte… Korum kon het niet aan om aan die mogelijkheid te denken, die ervoor zorgde dat er een loden gewicht op zijn borst kwam waardoor hij haast geen adem meer kreeg.

Korum maakte zich langzaam van haar los en stond op, zo zachtjes mogelijk zodat ze niet wakker werd. Ze had veel meer slaap nodig dan een Krinar, en hij zorgde er altijd voor dat ze die rust ook echt kreeg. Zelfs met de nanocyten in haar lichaam was ze nog steeds veel te kwetsbaar voor zijn gemoedsrust. Als het aan hem lag, ging ze nooit ergens in haar eentje heen, zou ze altijd veilig aan zijn zijde blijven.

Maar Korum wist dat ze het verschrikkelijk zou vinden als hij haar vrijheid te veel beteugelde. Nu al had ze een broertje dood aan de veiligheidsmaatregelen die hij had genomen. Ze beschouwde de trackingapparaatjes als een schending van haar privacy en had ten onrechte de indruk dat hij haar wilde controleren, terwijl het hem ging om haar veiligheid en welbevinden.

Het was al vijf uur 's morgens – een latertje voor zijn doen. Normaal gesproken zou hij op dit tijdstip al ruimschoots aan het werk zijn, maar hij was pas drie uur geleden in slaap gevallen omdat hij zo lang wakker was gebleven om het met Mia te doen. Hij had nog meer van haar nodig dan anders doordat hij zo rusteloos was vanwege het aanstaande gevecht.

Hij was niet bang. Het vooruitzicht van gevaar wond hem juist op. Zo was het altijd geweest. Zelfs in zijn jonge jaren al had hij soms gevechten opgezocht alleen maar om die adrenaline te voelen. Naarmate hij ouder werd, had hij dat deel van zijn natuur leren onderdrukken en had hij zich gericht op sporten om van zijn overtollige energie af te komen. Dientengevolge had hij al acht jaar niet echt gevochten, op de aanval door Saur in Florida na.

Hij maakte zich wel zorgen dat Mia naar de Arena zou komen. Het zou er afgeladen vol zijn; bijna elke Krinar op aarde zou erbij willen zijn. Op Krina zou iedereen virtueel het gevecht volgen. Het idee dat zij daar in haar eentje was, gaf hem een ongerust gevoel, ook al wist hij dat er weinig concreet gevaar was. Het gevecht zou plaatshebben in Lenkarda, terwijl Saret ergens in de mensenwereld was.

Toch zou Korum hebben gezorgd dat ze niet kwam, ware het niet dat dat gelijk zou staan aan haar publiekelijk beledigen. Arena-gevechten waren een van de belangrijkste en interessantste onderdelen van het Krinar-leven, en iedereen – ook charls – werd geacht er te zijn. Mia moedwillig buitensluiten zou overkomen alsof Korum haar ergens voor strafte, wat absoluut niet het geval was.

Hij dacht erop door en besloot dat hij twee bewaarders zou regelen die een oogje in het zeil zouden houden. Hij zou ook regelen dat ze naast Delia zat, voor het geval ze de aanwezigheid van een oudere vriendin met meer levenservaring nodig had. Op die manier zou Korum zich geen zorgen over haar hoeven maken tijdens het gevecht – en zou hij zich volledig kunnen concentreren op zijn tegenstander. Eén moment van afleiding kon in de Arena al dodelijk zijn.

Ondertussen had hij nog een paar uur te gaan tot het zover was. Het beste wat hij nu kon doen, was zijn ontwerpers vragen hoever ze waren met het prototype van de nieuwe schildtechnologie die hij had ontwikkeld. Voret en de andere Raadsleden maakten zich begrijpelijkerwijs zorgen over het gebruik van de oude schilden, dus het project had een hoge prioriteit gekregen.

Korum wierp nog één blik op zijn slapende charl en verliet het huis.

# HOOFDSTUK VEERTIEN

ia wachtte tot Delia haar zou komen oppikken. Haar voet tikte in een nerveus ritme op de grond. Ze werd bijna misselijk van het vooruitzicht van het gevecht en ze was blij dat de andere charl naast haar zou zitten op de tribune.

Om zichzelf af te leiden ademde Mia diep in en ze keek naar het glanzende materiaal van haar witte jurk. Korum had die vanmorgen voor haar klaargelegd en ze nam aan dat het de bedoeling was dat ze hem naar de Arena droeg. Anders dan de gebruikelijke lichte, luchtige Krinar-kleding was deze outfit gemaakt van een stijve, dikke stof die nauw om haar lichaam sloot. Er kwam een lichte glans af, net als van haar sandalen. Korum had haar ook een mooie ketting gegeven. Als Mia niet beter wist, zou ze denken dat ze zich kleedde voor haar eigen bruiloft.

Ze had Korum deze ochtend niet gezien, maar hij had haar wel gebeld en beloofd dat ze elkaar in de

Arena zouden zien voor het gevecht begon. In zijn stem klonk een nauwelijks onderdrukte opwinding door, waardoor ze begreep dat hij uitkeek naar dit barbaarse ritueel.

Het was nog steeds ongelofelijk voor haar dat ze na slechts een paar dagen al zo op hem ingespeeld was. Ze kon zijn gemoedstoestand aanvoelen, zijn emoties herkennen. Ze kon zelfs soms voorspellen hoe hij zou reageren. Toen hij gisteravond thuiskwam, had ze precies geweten wat er zou gebeuren toen ze haar armen om hem heen sloeg en een onschuldige kus liet uitgroeien tot meer. Ze had heel erg genoten van hun eerste nacht samen, maar het was duidelijk dat Korum zich erg moest inhouden, dat hij zijn best deed om voorzichtig met haar om te gaan vanwege haar 'onervarenheid'. Hoewel ze het lief van hem vond, vond ze het ook jammer. Gisteravond had ze geen zin gehad in lief en teder. Ze wilde hem wild en losgeslagen, wilde dat zijn ware natuur naar buiten kwam.

Zijn bezitterigheid maakte haar zowel bang als opgewonden. Als zij hem niet zo sterk wilde, zou zijn vurigheid haar angst hebben aangejaagd. Ze zou teruggedeinsd zijn voor de manier waarop hij van haar verlangde dat ze hem alles gaf. Ze vroeg zich af wat er zou gebeuren als ze ooit probeerde hem te verlaten. Zou hij haar laten gaan, of zou hij haar tegenhouden? Zou hij haar kúnnen tegenhouden? Als ze Delia mocht geloven, hadden mensen heel weinig rechten in de Krinar-maatschappij, en dat zat Mia dwars.

Natuurlijk deed het er nu allemaal niet toe, in het

licht van het aanstaande gevecht. Ze keek ongeduldig naar haar polscomputer en zag dat het al tien over halftwaalf was. Waar bleef Delia? Het wachten duurde langer dan goed was voor Mia's hart.

Twee minuten later zag ze eindelijk een klein personenvliegtuig landen naast het huis. Delia stapte eruit en zwaaide naar haar. Mia glimlachte opgelucht, blij om de andere vrouw te zien. Arus' charl droeg een jurk die leek op die van Mia. Ze zag er prachtig uit. Haar donkere haar was steil en glad en er zaten bijzondere juwelen in verweven.

Mia liep vlug het huis uit en stapte op de Griekse af. 'Dank je wel dat je me komt ophalen,' zei ze.

'Maar natuurlijk,' zei Delia. 'Ik zou het zelfs gedaan hebben als Korum het me niet had gevraagd. Je zult wel doodsangsten uitstaan nu.'

'Ja, vreselijk,' gaf Mia toe. 'Het voelt alsof ik moet overgeven wanneer ik eraan denk.'

Delia glimlachte. 'Ik zie het. Kom, stap in, dan gaan we.'

'Heeft Arus ooit een Arena-gevecht gedaan?' vroeg Mia terwijl ze achter Delia aan in het vliegtuigje stapte en plaatsnam op een van de zwevende stoelen.

'Een paar keer,' zei Delia, en ze keek Mia begrijpend aan. 'En elke keer dacht ik dat ik een hartaanval zou krijgen. Geloof me, ik weet precies wat je doormaakt.'

'Het was voor jou vast nog erger,' zei Mia. 'Ik ken Korum pas een paar dagen.' Hoewel het net zo goed een paar jaar kon zijn, als ze afging op de verlammende angst om hem te verliezen.

Mia ademde diep in en probeerde kalmer te worden door om zich heen te kijken. Ze had nog nooit in een alienvliegtuig gezeten – althans niet dat ze zich kon herinneren. Tot haar verbazing zag ze dat het interieur van het vliegtuigje veel leek op de binnenkant van Korums huis: lichte tinten, transparante wanden, zwevende stoelen. Er was geen zichtbare 'technologie', zoals ze het gewend was in de mensenwereld. Alles leek zonder moeite te werken, bijna alsof er magie in het spel was.

Terwijl ze opstegen, zag Mia het groene bos door de transparante vloer. In de verte glinsterde de blauwe Stille Oceaan in het heldere zonlicht. Het was een prachtige dag en onder andere omstandigheden zou Mia heel erg hebben genoten van deze vlucht. Maar nu kon ze alleen maar denken aan wat haar te wachten stond.

Er kwam nog een vraag bij haar op. Ze keek Delia aan. 'Hoelang duurt zo'n gevecht normaal gesproken?' vroeg ze, want ze stelde zich ineens voor dat het vierentwintig uur lang bloed en verderf zou zijn.

'Kan een paar minuten zijn, kan ook een paar uur duren,' zei de Griekse. 'Het hangt ervan af hoezeer ze aan elkaar gewaagd zijn. Er is ook een korte ceremonie voor het begint en erna nog een lange, waarin de winnaar zijn overwinning viert.'

'Op welke manier?'

Delia glimlachte en er verscheen een ondeugende twinkeling in haar bruine ogen. 'Nou, een ongebonden man kiest gewoonlijk een of meerdere ongebonden vrouwen met wie hij gemeenschap heeft in een *shatela*, een tentachtig ding in het midden van de Arena. Een gebonden man doet datzelfde, maar dan met zijn partner.'

Seks in het openbaar? Meende Delia dit serieus? Mia voelde dat haar gezicht rood werd. 'En mannen met een charl?'

Delia lachte. 'Dat wisselt. Arus houdt rekening met mijn menselijke gevoeligheden, dus hij kust me doorgaans alleen in de Arena en dan vieren we het thuis verder. Maar er zijn ook mannen die hun charl net zo behandelen als een Krinar-vrouw.'

'Dus als Korum wint, zou het kunnen dat hij onder ieders ogen seks met me wil hebben?'

'Zou kunnen,' zei Delia grinnikend. 'Ze zullen je niet echt zien, want het gebeurt in de shatela. Ze kunnen je alleen horen.'

'O, super. Dan is het helemaal goed,' mompelde Mia. Ze herinnerde zich wat Korum had verteld over de Viering van de Zevenenveertig en hoe blij ze was geweest dat zij, als mens, niet werd geacht deel te nemen aan dit exhibitionistische spektakel. Maar nu leek het erop dat ze er niet onderuit kon – tenzij Korum rekening zou houden met haar 'menselijke gevoeligheden'. Nóg iets waarover ze zich zorgen kon maken tijdens het gevecht.

Voordat ze hier verder over na kon denken, landde hun vliegtuigje in een bosrijke omgeving.

'We zijn er,' zei Delia, en ze stond op.

Mia stond ook op en liep achter haar aan het

vliegtuigje uit. Het leek erop dat ze echt midden in het bos waren. 'Wat is dit voor plek?'

Delia draaide zich naar haar om en Mia zag tot haar schrik een opgewonden schittering in haar ogen. 'De Arena,' zei ze, en ze gebaarde naar een heuvel recht voor hen.

Mia trok haar wenkbrauwen op, maar zei niets terwijl ze omhoogliepen. Ze hoorde een ruisend geluid in de verte, alsof er een heel grote waterval was. Was er een rivier in de buurt van de Arena? Ze liep voorzichtig om niet in aanraking te komen met insecten of wat er ook maar verder in de Costa Ricaanse jungle leefde. Haar dunne sandalen waren niet echt geschikt als wandelschoenen, en Mia hoopte maar dat ze niet zou worden gebeten of gestoken voor ze bij het gevecht aankwam. Als ze het zich goed herinnerde, leefden er in dit gebied vogelspinnen. Ze scheen nu wel immuun te zijn voor zulke gevaren, dankzij de nanocyten in haar lichaam die eventuele celschade snel konden herstellen, dus dat was mooi meegenomen.

Terwijl ze verder de heuvel op liepen, realiseerde Mia zich dat het geluid dat ze hoorde het gedempte gejuich van een publiek was. Ergens in de buurt waren duizenden K bijeengekomen om het gevecht te zien. Delia rende het laatste stukje van de heuvel op met haar Krinar-achtige elegantie. Blijkbaar kon zij ook niet wachten. 'Hier is het,' zei ze, terwijl ze zich naar Mia toe draaide.

Met bonzend hart en bezwete handpalmen haastte

Mia zich naar de andere charl toe. Toen ze boven was, bleef ze stokstijf stilstaan.

Ze had nog nooit zoiets gezien als de groene vallei waar ze nu voor stond. Duizenden, nee, tienduizenden Krinar hadden zich er verzameld. De lange aliens met hun gouden huid waren gekleed in verblindend witte kleding die glinsterde in het zonlicht. Hoewel het merendeel op de grond stond, waren er ook een paar die hadden plaatsgenomen op zwevende zittingen die in cirkels om het midden heen waren geplaatst. Het leek net een rond footballveld, alleen zweefden de toeschouwers in de lucht in plaats van dat ze op plastic stoelen op een betonnen ondergrond zaten. Eigenlijk leek het op een oud Romeins amfitheater, maar dan in hightech uitvoering. Ook het spektakel dat er zou plaatsvinden paste vooral in zo'n setting, bedacht Mia.

'Mia! Daar ben je!'

Ze draaide zich naar rechts en zag Korum aan komen lopen. Hij had zijn normale kleren aan, een lichtgekleurd shirt en shorts. Hij kwam dichterbij, trok haar naar zich toe voor een snelle knuffel en gaf een kusje op haar voorhoofd. 'Hoe gaat het, liefste?' vroeg hij, en hij keek naar haar met een warme glimlach.

Mia voelde dat haar hart sneller ging kloppen in zijn nabijheid. 'Het gaat goed. Ben je klaar voor het gevecht?'

'Natuurlijk.' Hij streelde haar wang en wendde zich toen tot Delia. 'Dank je wel dat je Mia hierheen hebt gebracht,' zei hij, en hij glimlachte naar haar. Hij had zijn linkerarm nog steeds om Mia heen geslagen en hield haar tegen zich aan geklemd.

'Met genoegen,' zei Delia, en ze gaf Korum een koninklijk knikje. 'Ik laat jullie even alleen. Mia, als je klaar bent, kom dan alsjeblieft bij me zitten. We zijn daar.' Ze wees naar twee zwevende stoelen vlak bij de open ruimte.

'Ik breng haar er zo heen,' beloofde Korum. Hij leek de vormelijkheid van Delia wel amusant te vinden.

Zo gauw Delia in het publiek was verdwenen, boog hij zijn hoofd en trok hij Mia naar zich toe voor een diepere kus. Met een van zijn handen hield hij haar hoofd vast en met de andere drukte hij haar onderlichaam tegen het zijne. Ze voelde zijn harde erectie tegen haar onderbuik duwen en voelde zijn sterke armen om haar heen, en er stroomde een hitte door haar lijf die zich concentreerde in het gevoelige plekje tussen haar benen. Zijn lippen en tong plaagden en liefkoosden haar mond, gaven haar genot, aten haar haast op, totdat ze helemaal was vergeten dat het om hen heen stikte van de toeschouwers omdat ze zo opging in het zoenen.

Toen hij haar eindelijk losliet, hield ze zich wanhopig aan hem vast, ongeacht deze publieke plek.

'Fuck,' zei hij met een grauwend geluid, en hij keek naar haar met zijn heldere goudkleurige ogen. 'Ik kan niet wachten tot dit gevecht achter de rug is. Je maakt me soms helemaal gek, weet je dat?'

Mia likte haar lippen en proefde hem nog. Ze was

zo opgewonden dat ze het haast niet kon hebben. Haar heupen bewogen alsof ze een wil van zichzelf hadden tegen hem aan. Toen hoorde ze een stemmetje in haar achterhoofd dat door haar mist van verlangen heen kwam.

Ze duwde tegen zijn borst om wat afstand te creëren zodat ze kon nadenken. 'Delia zei…' Mia aarzelde; ze wist niet hoe ze het moest uitdrukken. 'Delia zei dat de winnaar het viert met eh…'

'Met seks?' vulde Korum aan, en zijn ogen vulden zich met een gouden glans. 'Heeft ze je dat verteld?'

Mia knikte met rode wangen.

Korum deed een stapje naar achteren, maar hield haar alsnog dichtbij. 'Dat is waar,' zei hij met een lage, hese stem. 'Als ik win, wordt er van me verwacht dat ik het op die manier vier. Vind je dat vervelend?'

Mia staarde hem aan. 'Bedoel je dat je… het in het openbaar met me wilt doen?'

'Het is niet echt in het openbaar, liefste,' zei hij, en hij trok een mondhoek omhoog. 'We doen het in een shatela, die er speciaal voor ontworpen is. En ja, ik zou dat heel graag willen. Jouw mooie lijf zou mijn beloning zijn.'

KORUM ZAG HAAR PUPILLEN GROTER WORDEN, waardoor haar blauwe ogen donkerder leken. Haar ademhaling was onrustig en haar wangen waren prachtig roze. Ze was opgewonden, bijna net zo erg als hij. Als het gevecht nu al achter de rug was, wist hij zeker dat ze niet zou protesteren als hij haar meenam naar de shatela, haar die strakke jurk uittrok en zijn pik tussen haar dijen duwde. Hij vond het een lekker idee dat hij haar ten overstaan van iedereen zou nemen; het appelleerde aan iets primitiefs diep in hem.

'Korum, ik…'

'Sst,' zei hij, en hij bracht zijn vinger naar haar lippen op een manier zoals hij mensen had zien doen. 'Maak je geen zorgen. Ik zal je niet dwingen om iets te doen wat je niet wilt.'

En dat meende hij. Hij had haar niet gekust met de bedoeling iets te bewijzen, maar uit haar reactie bleek duidelijk dat ze heel gevoelig was voor zijn aanrakingen. Ondanks haar geheugenverlies was ze nog net zo sterk tot hem aangetrokken als voorheen – een besef dat hem vervulde met diepe tevredenheid. Hij zou haar nooit dwingen, maar de kans was ook niet groot dat dat nodig was. Hij vermoedde dat zijn kleine charl avontuurlijker was dan ze zelf dacht.

Ze keek hem nog steeds op haar hoede aan, dus hij boog zijn hoofd en kuste haar heerlijke lippen opnieuw. Slechts een kort kusje ditmaal, een zachte aanraking van hun lippen. Zijn lichaam schreeuwde om meer, om haar nu te nemen, maar er was geen tijd voor. Hij moest zich klaarmaken voor het gevecht.

Maar zelfs een klein kusje was op dit moment genoeg om haar af te leiden. Haar ogen werden weer zacht, wazig van verlangen. Korum moest zichzelf dwingen om weg te kijken zodat hij zichzelf weer onder controle kreeg.

'Kom,' zei hij schor, 'ga op je plek zitten. Ik moet nu gaan, maar ik wil graag dat je veilig bij Delia bent voor ik de ring in ga.'

'Natuurlijk.' Ze leek weer zenuwachtig te worden en er trok wat kleur uit haar gezicht. 'Begint het om twaalf uur precies?'

'Ja,' zei Korum. Hij pakte haar hand en begon haar naar de tribune te leiden. 'Het is punctueel, dus we hebben nog exact tien minuten tot de ceremonie begint.'

Ze liepen naar de voorste rij, waar Delia en Arus al zaten. Er was één zwevende plank vrij naast Delia en daar bracht Korum Mia naartoe. Terwijl ze eraan kwamen, ging de menigte uit elkaar om hen erdoor te laten. Bekenden van Korum knikten hem beleefd toe toen hij passeerde, terwijl anderen hem en zijn charl met onbeschaamde nieuwsgierigheid aanstaarden. Het maakte Korum niets uit. Hij was een Raadslid met een zekere reputatie, dus hij was gewend aan dergelijke aandacht. Mia was ook een bekende persoon geworden na de geruchten over haar betrokkenheid bij het Verzet. De Krinar beschouwden staren niet als iets onbeleefds. Integendeel: het was een teken van respect als je zonder omhaal naar iemand keek.

'O, mooi,' zei Delia toen Mia ging zitten. 'Ik was bang dat je het niet zou redden voor het gevecht van start ging.'

'Geen zorgen, we zijn er,' zei Mia licht blozend.

Korum onderdrukte een glimlach, want hij wist dat ze zich schaamde voor hun zoenpartij en plein public. Zijn lieve schatje was zo ongerept. Hij genoot net zoveel van haar verlegenheid als hij ervan genoot om haar ervan af te helpen.

Arus keek Korum aan. 'We zullen goed voor Mia zorgen, dat beloof ik. Je hoeft je over haar geen zorgen te maken.'

'Dank je,' zei Korum, blij dat zijn collega-Raadslid zijn onuitgesproken bezorgdheid begreep. Ook al wist hij dat het veilig was, hij voelde zich toch niet op zijn gemak bij het achterlaten van zijn liefje. Wat Saret had gedaan had een onuitwisbare indruk op hem gemaakt en hij wist dat het hard werken zou worden om over zijn angst haar te verliezen heen te komen.

Om hen heen gingen andere Krinar op hun zwevende planken zitten. De gangen en het veld kwamen vrij. Nog maar vijf minuten tot de ceremonie zou beginnen, en Korum moest nog beginnen zich mentaal en fysiek voor te bereiden op wat komen ging.

'Ik moet gaan,' zei hij met tegenzin. Hij zag dat Mia's ogen volliepen toen hij dat zei.

'Doe voorzichtig,' fluisterde ze, en ze keek naar hem omhoog. 'Alsjeblieft, Korum, doe voorzichtig.' Ze sloeg haar armen om zijn middel en hield hem een paar seconden lang stevig vast.

Korum knuffelde haar terug en maakte zich toen voorzichtig los uit haar omhelzing. 'Ik hou van je,' zei hij, en hij glimlachte nog een laatste keer naar haar.

'Ik hou ook van jou,' fluisterde Mia toen hij begon weg te lopen.

Korum bleef even staan. Hij kon zijn oren haast niet geloven. Toen hij naar haar omkeek, zag hij dat er tranen glinsterden in haar ogen. Hij wilde haar vastpakken en vragen of ze het meende, maar er was geen tijd meer. In plaats daarvan glimlachte hij zo breed als hij kon naar haar en daarna liep hij verder naar een klein gebouwtje aan de andere kant van de Arena.

De ceremonie ging bijna beginnen.

MIA ZAT OP HAAR ZWEVENDE STOEL MET EEN GEVOEL ALSOF HAAR HART IN EEN BANKSCHROEF ZAT. Ondanks al Korums geruststellende woorden wist ze dat de kans dat ze hem net voor het laatst had aangeraakt niet denkbeeldig was.

Het was zo'n vreselijke gedachte dat ze heel even geen adem kreeg.

'Mia? Luister naar me, Mia. Het komt goed met hem, oké?' zei de kalmerende stem van Delia.

Mia knipperde met haar ogen om scherp te stellen op de andere charl. 'Weet ik,' zei ze met een overtuiging die ze niet voelde. 'Natuurlijk weet ik dat.'

De Krinar-man die naast Delia zat, glimlachte ook naar haar. 'Het is echt zo, Mia,' zei hij met een diepe, zachte stem. 'Jouw cheren is hier heel goed in. Hij heeft nog nooit een gevecht verloren. Ik ben trouwens Arus. Wij hebben elkaar niet eerder ontmoet.'

'Hoi,' zei Mia en ze stak hem haar hand toe. 'Leuk je te ontmoeten.'

Arus' glimlach werd breder. 'Ik mag je hand niet schudden, helaas,' zei hij vriendelijk. 'Ik zou niet willen dat ik de volgende ben die het daar moet opnemen tegen Korum.'

'Ah, ja.' Mia trok haar hand terug, licht beschaamd. 'Het spijt me, dat was ik vergeten. Korum heeft me gisteren wel wat verteld over hoe het bij jullie gaat.'

'Dat maakt niet uit,' zei Delia. 'Ik ben onder de indruk van hoe snel je je alles opnieuw eigen maakt. Het duurde heel lang voordat ik zo ingeburgerd was als jij nu lijkt te zijn.'

'Ik snap zelf ook niet hoe dat kan,' gaf Mia toe. 'Misschien herinner ik me dingen op een onderbewust niveau.'

'Je lijkt ook al sterke gevoelens voor Korum te hebben,' zei Arus. Zijn donkere ogen namen haar taxerend in zich op. 'Zeker sterker dan gewoon zou zijn in deze situatie. Ik vraag me af waarom. Ik ben geen breinexpert, maar dit lijkt nogal buitengewoon.'

'Echt waar?' Mia fronste verwonderd. 'Ik dacht dat het misschien niet mogelijk was om iemands geheugen helemaal effectief te wissen…'

'In principe wel,' zei Arus. 'Als het een gebruikelijke wisprocedure was, zou je terug moeten zijn naar de persoon die je een paar maanden geleden was, en zou er niets zijn blijven hangen van onze wereld en Korum.

Het feit dat je je zo snel aanpast is op z'n zachtst gezegd… interessant.'

Mia keek hem aan en vroeg zich af wat het allemaal te betekenen had. Sinds ze wakker was geworden in Lenkarda, waren haar gevoelens en de manier waarop ze op dingen reageerde opmerkelijk. Was het mogelijk dat Saret een fout had gemaakt en er toch niet in was geslaagd haar herinneringen helemaal uit te wissen?

Er klonk een luide bel die Mia uit haar gedachten trok.

De ceremonie ging beginnen.

Een lange Krinar-man in een ongewone blauwe outfit liep een van de trappetjes aan de rand van de Arena op en liep naar het midden van het veld.

'Dat is Voret,' fluisterde Delia, die even naar Mia toe leunde. 'Hij is een van de oudste Raadsleden.'

Mia knikte, maar hield haar blik gericht op wat er op het veld gebeurde.

'Bewoners van de aarde en kijkers op Krina,' zei Voret. Zijn diepe stem vulde het hele amfitheater. 'Welkom bij het eeuwenoude ritueel van de Arena-uitdaging. Zoals jullie allen weten vindt er vandaag een gevecht plaats tussen twee gewaardeerde Raadsleden: Loris en Korum. De aanleiding voor deze uitdaging is een geschil dat alleen met bloed kan worden beslecht.'

Voret hief zijn arm en er leek een blauw licht uit zijn vingertoppen te stralen, dat een grote 3D-afbeelding vormde die in het luchtledige zweefde. Het was een vreemdsoortig bos, met groene, gele, rode en oranje planten. 'Generaties lang zijn we samengekomen in de Arena om het uitvechten van dergelijke meningsverschillen te aanschouwen. Het is allemaal begonnen na de Grote Oorlog, toen we elkaar bijna afslachtten na het uitsterven van de *lonar*, de bron van ons leven-gevende bloed. Destijds was geweld aan de orde van de dag, en dat zou nog steeds zo zijn geweest als de Arena-gevechten niet bestonden.'

De zwevende afbeelding veranderde, alsof een camera inzoomde op een deel van het alienbos. Mia staarde er vol fascinatie naar terwijl een Krinar-man in beeld kwam, gekleed in bruine lappen, die zich door de bomen bewoog met een snelheid waar Tarzan jaloers op zou zijn. Onder hem scharrelden er duizenden mensachtige wezens over de grond. Hun lichamen waren bedekt met niets anders dan lang, blond haar. Dat moesten wel de lonar zijn, begreep Mia toen ze de jagersblik in de ogen van de Krinar-man boven hen zag. Hij was niet zo mooi als de moderne K: zijn gelaatstrekken waren grover en niet zo symmetrisch, maar hij had al wel het donkere haar en de goudkleurige huid die bij de K hoorden.

'We hebben ons ontwikkeld door te jagen,' echode Vorets stem door de Arena. 'We hebben geweld nodig. We snakken ernaar. Om een vredige samenleving te blijven, hebben we een uitlaatklep nodig – een manier om geschillen te beslechten die anders zouden leiden tot grotere conflicten of zelfs oorlog. De Arena is die uitlaatklep.'

De Krinar in beeld sprong op de grond voor de ongewapende Ionar. Ze schreeuwden het uit van angst; hun geschreeuw klonk aapachtig. Toen draaiden ze zich om om weg te rennen, maar het was te laat. Een van hen – een vrouwelijke Ionar – was al te pakken genomen door de K, en hij sneed met zijn scherpe tanden haar hals open. Helderrood bloed sijpelde over haar nek en borst en stak scherp af bij haar blonde vacht.

'Het uitsterven van de Ionar had ons bijna kapotgemaakt. Het feit dat we als soort hebben overleefd, is te danken aan de heroïsche wetenschappers die te midden van chaos en oorlog een alternatief voor bloed ontdekten.'

De afbeelding veranderde, zodat nu niet langer het bos en de Krinar die zich voedde met een weerloze vrouw te zien waren. Nu werden er drie mannelijke K met goede genen getoond, hoewel hun harde gelaatstrekken nog steeds meer op de prehistorische jager leken dan de beeldschone Krinar die Mia omringden.

'In de Arena eren we allen die vóór ons zijn geweest, en degenen die na ons zullen komen. Dit gewelddadige ritueel is een eerbetoon aan de vrede, en aan de wetten die de vrede mogelijk maken.'

Nu werd hetzelfde kleurrijke bos vertoond als eerder, maar nu stond het vol met moderne Krinar-huizen. Er liep een stel door het bos, een K-man en -vrouw, gekleed in de lichte gewaden die Mia kende. Ze zagen er mooi en gelukkig uit zoals ze daar hand in hand liepen. Het beeld bleef nog even te zien en verdween toen knipperend uit de lucht, waarna alleen Voret nog in het midden van de Arena stond.

Hij bleef nog even stil en toen schalde zijn stem weer: 'Nu is het tijd om de vechters erbij te halen. Loris en Korum, betreed alsjeblieft de Arena.'

Mia hield haar adem in toen de twee K tevoorschijn kwamen; Korum uit een gebouwtje rechts van haar en Loris van links. In plaats van de gewoonlijke Krinar-kleding – of de stijve, witte kleding van de toeschouwers – droegen ze ieder een kuitlange broek in de kleur van vers bloed. Hun voeten en borstkassen waren ontbloot, en versierd met vegen rode verf.

Mia slikte om haar droge keel te smeren en staarde vol fascinatie naar haar vriend. Hij zag er geweldig uit – en heel erg wild. Op de voorste rij kon ze de geelgouden kleur van zijn ogen goed zien, die helder afstak tegen de gebronsde tint van zijn huid. Het feit dat hij halfnaakt was, accentueerde zijn lichamelijke kracht. Zijn spieren bewogen onder zijn huid terwijl hij liep en zijn postuur was elegant en bedreigend tegelijkertijd.

De andere Krinar was iets van vijf centimeter langer en ietsje steviger gebouwd. De uitdrukking op zijn havikachtige gezicht was duister en vol haat.

De twee strijders liepen naar de in blauw gehulde K in het midden van de Arena en bleven op een meter afstand respectvol staan. Voret wendde zich tot Loris en zei: 'Loris, jij hebt besloten Korum vandaag uit te dagen. Klopt dat?'

'Ja,' zei de Krinar, en zijn ogen schitterden net zo verwachtingsvol als die van Korum.

Voret knikte, kennelijk tevredengesteld. Hij wendde zich tot Korum en vroeg: 'Ga je de uitdaging van Loris aan?'

'Ja,' antwoordde Korum.

'Laat het gevecht dan beginnen.'

Korum keek hoe Voret zijn handen ophief – het startsignaal. Op hetzelfde moment werd de zwevende plank onder Vorets voeten geactiveerd zodat het Raadslid hoog de lucht boven de Arena in werd getild. Dit was de enige manier waarop de Bemiddelaar – de rol die Voret vandaag vervulde – in veiligheid kon blijven tijdens het gevecht.

Met zijn ogen gefixeerd op zijn tegenstander begon Korum langzaam cirkelende bewegingen om Loris heen te maken, op zoek naar het beste moment om toe te slaan. Hij voelde zijn hartslag versnellen en zijn bloed sneller door zijn aderen stromen. Zijn brein was helder en scherp, geheel gefocust op zijn tegenstander. Zo ging het altijd als hij de Arena in stapte: de adrenaline verhoogde zijn concentratie en verbeterde zijn reflexen. Ergens in zijn achterhoofd was hij zich ervan bewust dat Mia nu naar hem keek. Hij voelde haar blik op zijn huid, en dat prikkelde hem nog meer dan het gevecht an sich.

Loris reageerde door ook een langzame, cirkelende beweging te maken. Zijn donkere ogen stonden vol haat. Korum glimlachte naar hem om hem nog verder op te jutten. Dit was een van de basisregels van defrebs: wie het hoofd koel houdt, wint. Toen Loris hem aanviel in de Raadszaal, was het een eitje voor Korum om hem eronder te krijgen – juist omdat de Beschermer zich had laten meeslepen in agressie.

Een glimlach: zo simpel, maar het werkte. Loris' kaak spande zich aan, het spiertje bij zijn oor trilde. En toen sloeg hij toe. Zijn rechterarm zwenkte uit met een dodelijk wapen in zijn vingers.

Korum kon de aanval met gemak ontwijken door op het laatste moment zijn lichaam weg te draaien. Tegelijkertijd schopte hij met zijn voet tegen Loris' knie, met zoveel kracht dat Korum het gewricht hoorde breken.

Loris schreeuwde het uit van de pijn en strompelde achteruit, en Korum sprong boven op hem. Het momentum van zijn sprong bracht de Beschermer naar de grond. Een lijf-tot-lijfgevecht was gevaarlijk, maar hij kon het risico wel nemen nu zijn tegenstander deels kreupel was, ook al was dat maar tijdelijk. Hij ramde zijn vuist in Loris' gezicht, en toen nog een keer, met bliksemsnelle bewegingen. Met zijn knie gaf hij ram na ram in Loris' zij om zijn interne organen schade toe te brengen.

Dit zou geen lang gevecht worden.

Het was zelfs zo gemakkelijk om van de Beschermer te winnen dat Korum dacht dat hij het zou kunnen vermijden om hem te vermoorden.

TWEE RIJEN VAN MIA VANDAAN WACHTTE SARET ZIJN MOMENT AF OM TOE TE SLAAN. Al zijn aandacht was gericht op de uitdagers in de ring. Het was riskant om zo dicht bij de vloer te zijn, maar dit maakte zijn kans op succes groter – én hij was op deze manier ook dicht bij Mia, om haar mee te grissen als die kans zich voordeed.

Natuurlijk had hij bij het kiezen van zijn plaats niet geweten dat Korums charl zo goed bewaakt zou worden. Ze zat naast Arus, en er waren ook nog twee bewaarders in haar buurt. Saret had ze eerder al opgemerkt. Ze probeerden op te gaan in de menigte, maar hun scherpe blik verried de ware reden van hun aanwezigheid: ze moesten Mia beschermen.

Saret vroeg zich af of Korum iets vermoedde, of dat hij gewoon paranoïde was als het om zijn charl ging. Hoe dan ook leek het erop dat Mia op dit moment niet binnen zijn bereik was – tenminste niet zolang Korum nog leefde. Als zijn vijand uit de weg was, zou het een ander verhaal zijn. Tenzij een andere invloedrijke Krinar haar uitkoos als charl, zou ze worden weggevoerd naar Krina, waar Saret haar de zijne kon maken onder zijn andere identiteit.

Hij had al sinds enkele eeuwen belangstelling voor

wisselende identiteiten; ver voor hij was begonnen met het uitwerken van zijn plannen voor de mensheid. Hij had destijds de opdracht gekregen om een crimineel te rehabiliteren die een meester was in vermommingen; hij had drie verschillende identiteiten tegelijk, compleet met verschillende fysieke verschijningsvormen, papieren en een na te trekken levensloop. Saret was er zo door gefascineerd geraakt dat hij urenlang met de crimineel had gepraat over deze kunst. De man had hem met genoegen alles verteld wat hij wilde weten in ruil voor een minder ingrijpende rehabilitatie dan hij had moeten krijgen.

Sarets tweede identiteit was begonnen als grapje, om te zien of hij ermee weg kon komen in hun technologisch zo geavanceerde samenleving. Tot zijn verbazing had hij gemerkt dat dat inderdaad kon. Het enige wat hij nodig had waren de juiste tools, kennis van verschillende overheidsdatabases, en een paar eeuwen om een overtuigend karakter neer te zetten.

Saret de breinexpert werd nu als crimineel beschouwd. Juron daarentegen was een keurige burger van Krina die op dit moment een individuele ruimtereis maakte in het zonnestelsel waar hun planeet deel van uitmaakte. Juron zou degene zijn die Mia tot zijn charl nam.

Het enige wat Saret hoefde te doen, was nu Korum doden. Dan kon hij dat deel van zijn plan tenminste afvinken. Daarna zou hij opnieuw proberen vrede op aarde te brengen.

Zijn huidige vermomming was een andere

identiteit die hij hier op aarde aan het vormgeven was. Het was niet zo'n waterdichte alias als Juron, maar goed genoeg om hem door alle beveiligingschecks van Lenkarda te krijgen om het gevecht bij te wonen. Niemand vermoedde op dit moment dat de man die zo dicht bij de ring zat, een van de meest gezochte Krinar in het universum was.

Saret wierp weer een blik op Mia en keek toen weg. Hij kon niet het risico nemen openlijk naar haar te staren, ook al deden velen het. Zij had niks door; haar aandacht was volledig gericht op het gevecht. Saret vloekte binnensmonds. Het leek erop dat zijn actie niet de gewenste uitwerking had. Ze raakte weer gehecht aan die klootzak.

Dat was echt erg vervelend. Nu zou ze overstuur zijn wanneer hij doodging.

Saret hief langzaam zijn hand omhoog, richtte op de ring en wachtte zijn moment af. Toen Korum boven op Loris sprong, was het moment daar.

Hij ademde diep in en activeerde het wapen.

KORUM HIEF ZIJN VUIST VOOR NOG EEN WELGEMIKTE VUISTSLAG, en op dat moment bevroor zijn arm in de lucht.

Een pijngolf ging vanuit zijn nek door zijn hele lijf. Zijn ledematen voelden ontilbaar zwaar aan en zijn spieren trilden van de moeite om zichzelf overeind te houden.

*Een simpele stun gun.* Korum wist het zeker. Er waren scanners bij de Arena die wapens moesten ondervangen, maar dit wapen maakte gebruik van een verouderde, simpele technologie – die van een afstand veel lastiger te detecteren was.

Hij pakte in een reflex zijn nek beet en voelde hoe hij van Loris' lichaam af gleed. Zijn rug raakte de grond en hij lag er hulpeloos bij. Een paar seconden kon hij zich niet bewegen. Het publiek dacht natuurlijk dat Loris hem in deze positie had gekregen, want niet iedereen zou meteen begrijpen wat de ware toedracht was.

Ondanks het gevaar – of misschien juist wel daarom – werkten Korums hersenen perfect. Hij overzag de situatie glashelder. Er was maar één iemand die het risico zou nemen om dit te doen.

Saret was in de Arena.

Hij was achter in de nek geraakt. Korum wist hoe een stun gun werkte; hij had dit prikkende gevoel eerder meegemaakt. Net als een menselijk schietwapen moest ook dit wapen vanuit een bepaalde hoek worden gericht.

En die hoek kon hij berekenen.

Korum negeerde de pijn en verzwakking in zijn lijf en gaf zijn interne computer een opdracht… en toen wist hij het.

Zijn vijand bevond zich op enkele passen van Mia.

Angst, scherpe en verlammende angst, kroop door Korums aderen, gevolgd door een woede die zo intens was dat zijn hele lichaam ervan trilde.

Hij kon zichzelf op dit moment niet meer redden, maar hij zou verdomme niet nog een keer Mia aan haar lot overlaten.

Korum deed zijn ogen dicht en focuste zich op een verbinding met de bewaarders via een privécommunicatienetwerk.

Mia onderdrukte een kreet toen ze Korum zijn nek zag vastpakken en toen van Loris af zag glijden. Tot aan dit moment had hij onverslaanbaar geleken, alsof hij de situatie geheel onder controle had. Ze was zelfs al wat gaan ontspannen, haar angst was weggeëbd en ze had met plezier gekeken naar hoe moeiteloos het hem afging. Zijn skills in de Arena waren echt indrukwekkend.

Maar toen ineens was alles veranderd.

*Wat was er gebeurd?* Ze zag dat Korum zijn nek vasthield alsof hij ergens door was gebeten. Hij leek versuft, verslapt.

*Wat de fuck was er gebeurd?*

Ze zag dat Loris opstond. Hij had alweer wat van zijn beweeglijkheid terug; zijn Krinar-lichaam herstelde snel van de verwondingen die Korum had toegebracht.

En Korum lag daar nog altijd, alsof hij zich niet kon bewegen. Zelfs zijn ogen waren gesloten, waardoor hij zijn tegenstander niet kon zien.

'Nee!' Mia hoorde haar eigen stem door de Arena

schallen. Delia greep haar arm beet zodat ze niet zou opspringen van haar plek terwijl Loris in de aanval ging op Korums verzwakte lichaam.

Ze zag de vreugde op Loris' gezicht terwijl hij telkens opnieuw sloeg, rook de ijzergeur van het bloed dat hun beschilderde lichamen helderder rood kleurde.

Het was Korums bloed.

'Nee!' Nog een getergde kreet kwam uit haar keel. Het ziekmakende geluid van een vuist die tegen vlees slaat, telkens opnieuw. 'Nee, stop!' Mia trok haar arm uit Delia's greep en sprong op.

'Mia, niet doen! Je kunt niet het gevecht verstoren...' De Griekse probeerde haar weer vast te grijpen, maar Mia sloeg haar weg als een vlieg. Ze moest en zou de ring in gaan.

Het lukte haar om twee stappen te zetten voordat een stalen arm zich om haar middel wond en tegen een hard mannenlijf aan trok. Mia klauwde naar die arm; het enige waar ze nog aan kon denken, was de slachting die voor haar ogen plaatsvond. 'Stop het gevecht! Het is doorgestoken kaart! Zie je dit dan niet? Hij kan niet vechten! Hij wordt erin geluisd!' De arm ging alleen nog maar strakker om haar heen. 'Laat me los! Laat me los, klootzak!'

Mia was zich er vaag van bewust dat ze gilde als een keukenmeid, alles roepend wat er in haar opkwam, en het kon haar niks schelen. Arus hield haar vast en ze probeerde uit alle macht aan zijn greep te ontsnappen. Het was onmogelijk om van een Krinar te winnen, maar dat deed er niet toe.

Ze was de rationaliteit ver voorbij.

KORUM VOELDE LORIS' vuist keer op keer neerkomen. Zijn lichaam trilde van pijn terwijl de geklauwde vingers van de Beschermer stukken vlees uit hem reten.

Gesterkt door Korums zwakte, nam Loris nu de tijd om hem te martelen voor hij hem de genadeklap zou geven. De pijn was schokkend en misselijkmakend, maar Korum vocht tegen het duister dat hem dreigde te verzwelgen, want hij wist dat dan alles verloren zou zijn. Hij was zich er vaag van bewust dat zijn nieren en milt beschadigd waren en dat zijn ribben vermorzeld waren en zijn linkersleutelbeen gebroken, maar dat maakte niet uit, want hij voelde dat het effect van de stun gun begon uit te werken.

Op de achtergrond hoorde hij Mia schreeuwen en janken. De pijn in haar stem brak zijn hart. Met elke seconde die verstreek, werd de zwakte die hem had overmand minder. Zijn lichaam begon weer enigszins normaal te functioneren.

Hij moest nog heel even overleven. Nog heel even, en dan zou hij weer een kans hebben, in plaats van hier te liggen als een willoos stuk vlees.

Nu was hij echter nog te zwak. Op dit moment terugvechten zou dodelijk zijn. Loris was met hem aan het spelen, voerde een showtje op. Hij probeerde zijn stand terug te krijgen door zijn vechtkunst te vertonen.

Maar als Korum ook maar enigszins liet merken dat er kracht terugkwam, zou Loris onmiddellijk zijn keel te pakken nemen.

Dus incasseerde Korum de trappen en kreunde hij niet eens terwijl Loris hem keer op keer schopte. Hij negeerde de pijn van brekende botten en scheurende spieren en pezen. Het enige waar hij zich op richtte, was bij bewustzijn blijven.

Toen Loris eindelijk naar zijn keel wilde gaan, verzamelde Korum alle kracht in zijn beschadigde lichaam… en liet hij zijn woede de regie overnemen.

Zijn linkerarm – het enige ledemaat dat nog een beetje functioneerde – sloeg hij met een dodelijke grip om Loris' keel, om de Beschermer dichterbij te trekken. En voordat zijn tegenstander kon reageren zette Korum zijn tanden al in Loris' vlees. Hij beet door zijn ruggengraat heen en verbrak de verbinding met het brein.

Bloed spoot alle kanten op: in Korums ogen, zijn haar, zijn mond… Hij zat onder het bloed, de smaak en geur ervan overspoelden hem en versterkten de inktzwarte woede die door zijn aderen schoot. Hij kon niet meer denken: hij wilde alleen maar meer en meer bloed. Hij liet zijn tanden weer in Loris' keel zakken en trok die aan stukken tot er niets meer over was.

# HOOFDSTUK ZESTIEN

Saret keek geschokt en ongelovig toe hoe Loris' hoofd over het veld rolde. De donkere ogen van het Raadslid staarden nietsziend in de verte, zijn mond hing scheef en zat onder het bloed.

Om hem heen ging het publiek uit z'n dak. Mensen stonden op hun zittingen en in de gangen te schreeuwen en stampen. Korums naam werd keer op keer gescandeerd en het maakte Saret misselijk.

Hij moest hier weg. Nu, voordat het te laat was. Hij zou later wel analyseren wat er mis was gegaan. Het enige wat nu telde, was dat hij hier wegkwam.

Hij stond op en voegde zich bij de joelende menigte in het gangpad. Vanuit zijn ooghoek zag hij dat Mia zich probeerde los te worstelen uit Arus' greep zodat ze naar haar liefje toe kon gaan. Saret wilde haar wanhopig graag oppakken en meenemen, maar ze werd hier te streng bewaakt. Het moest een andere keer.

Hij baande zich een weg door de menigte naar de uitgang en deed zijn best om geen aandacht te trekken. Hij was er bijna toen hij ineens een schokgolf door zijn lijf voelde gaan.

Meteen zakte hij ineen op de vloer.

KORUM WIST NIET HOELANG HIJ IN DIE WOESTE RAZERNIJ BLEEF HANGEN. Misschien een paar minuten, misschien urenlang. Tegen de tijd dat hij weer helder kon nadenken, lag Loris' hoofd een paar meter van zijn lichaam vandaan. Zijn ogen waren doods en zijn nek zag eruit alsof een wild dier zich erop had uitgeleefd.

Dood. Zijn tegenstander was dood.

Korums lijf deed overal pijn en hij voelde weer hoe het duister hem probeerde op te slokken, maar de wetenschap dat er nog losse eindjes waren, hield hem overeind.

Zijn grootste vijand was niet degene die hier op het veld lag. Het was degene die zich schuilhield in het publiek – en Mia liep nog steeds gevaar.

Kreunend van de pijn wist Korum op handen en knieën overeind te komen. Zijn spieren trilden van de inspanning. Hij was zich er vaag van bewust dat het publiek voor hem juichte en dat Voret hem officieel uitriep tot winnaar.

Dat deed er nu allemaal niet toe. Het enige waar hij aan kon denken was Mia, en dat hij bij haar moest komen voordat Saret er was. Korums lichaam was zich aan het herstellen, maar het ging traag. Hij vervloekte zichzelf toen zijn verbrijzelde bovenbenen hem niet konden dragen. Hij zakte in elkaar toen hij probeerde op te staan.

'We hebben hem. Maak je geen zorgen, ze is veilig.' Sterke handen trokken hem ineens omhoog, overeind. Het was Alir, de leider van de bewaarders.

Korums hoofd tolde en zijn maag draaide zich om van misselijkheid omdat zijn gehavende lichaam protesteerde tegen de verticale houding. 'Waar is hij nu?' wist hij uit te brengen met een schorre, haveloze stem.

'Daar.' Alir wees met zijn linkerhand naar de uitgang terwijl hij Korum met zijn rechterhand ondersteunde.

Korum keek met tot spleetjes geknepen ogen in die richting omdat de zon verblindend fel scheen. Toen zijn zicht scherp was, zag hij een onbekende Krinar die door drie mannen werd vastgehouden. De man zag er totaal anders uit dan Saret. Zijn ogen waren groter en zijn kin prominenter.

'Hij is heel goed vermomd,' zei Alir, die begreep welke vraag er in Korum opkwam. 'Zelfs de buitenste DNA-laag is anders. Daarom hadden we hem niet eerder opgemerkt. Maar de coördinaten van de schutter klopten precies met waar deze man stond, en een check van zijn interne DNA toont aan dat het inderdaad Saret is.'

Intense opluchting vermengde zich met bittere spijt. Korum wist niet wat hij van deze gang van zaken moest denken. Hij had degene willen zijn die Saret te pakken kreeg, om hem te straffen voor wat hij Mia had aangedaan. Maar nu was zijn voormalige beste vriend in de handen van de wetsdienaren. Hoe graag Korum hem ook wilde vermoorden, Saret zou nu officieel berecht worden.

'Korum!' Mia's stem bereikte zijn oren en trok hem uit zijn duistere gedachten. Hij keek op en zag haar tengere figuur door het veld rennen, met haar donkere haar wapperend achter haar aan. De blijdschap die hem vervulde bij deze aanblik zorgde ervoor dat hij meteen alles over Saret en diens verraad vergat, en alleen nog maar gericht was op het meisje van wie hij hield.

Toen stond ze naast hem, en hij zag dat ze bleek was en trilde. Haar jurk was op een plek gescheurd. Haar mooie gezicht was nat van de tranen. Ze bracht een bleke arm naar hem omhoog. Haar hand aarzelde alsof ze niet zeker wist of ze hem kon aanraken. 'Je leeft,' fluisterde ze, en hij hoorde een ongelovige ondertoon in haar stem. 'O mijn god, Korum, je hebt het overleefd…'

Korum realiseerde zich wat ze zag. Hij zat onder het bloed, zowel dat van hemzelf als dat van Loris. Hij proefde de ijzerachtige smaak op zijn tong, rook het om zich heen, en hij wist dat het overal zat op zijn haar, zijn gezicht en zijn mond.

Fuck. Hij moest eruitzien als iets uit een nachtmerrie, vooral met de stukken van zijn eigen lijf waar Loris hem had opengereten, die nu aan het herstellen waren.

Hij herinnerde zich haar reactie op Saurs stoffelijk overschot op het strand en maakte zichzelf inwendig uit voor ezel omdat hij Mia hiermee had geconfronteerd. Mede hierom had hij gehoopt dat hij Loris in leven kon laten – omdat hij niet wilde dat zijn liefje een trauma zou oplopen doordat ze hem bruut iemand zag vermoorden. Dit had een makkelijk gevecht moeten zijn, waarin Korum zich had kunnen inhouden, zonder toe te geven aan de primitieve instincten van zijn soort. Als Saret zich er niet mee had bemoeid, had Korum zijn tegenstander makkelijk kunnen overmeesteren en zou hij hem gratie hebben verleend. Maar in plaats daarvan was hij wild en onbehouwen geweest, als een gekooid dier.

Zijn benen konden alweer wat meer hebben, dus Korum liet zich loslaten door Alir en trok voorzichtig Mia naar zich toe. Hij wist dat er een kans bestond dat hij haar nu zou afstoten, maar hij had haar nodig. Hij had het nodig om haar zachtheid te voelen, om haar schone, zoete geur te ruiken.

Tot zijn verbazing sloeg ze haar armen om hem heen en hield ze hem zo stevig vast dat ze zijn nog gevoelige ribben pijn deed. Ze trilde; haar slanke lichaam bibberde in zijn omhelzing.

'Het is al goed, liefste,' mompelde hij. Er vloeide wat spanning uit hem weg nu hij begreep dat ze niet bang was om hem aan te raken. 'Het komt goed…'

'Ik dacht…' Met haar gezicht tegen zijn schouder gedrukt was haar stem haast niet te verstaan. Haar handen waren ijzig koud op de blote huid van zijn rug.

'Ik dacht dat hij je had vermoord… O god, Korum, ik dacht dat je dood was…'

'Nee,' zei hij sussend. Haar bezorgdheid om hem deed hem goed. 'Nee, liefste, dat heeft hij niet gedaan. Het is nu voorbij…'

Er welde een snik op uit haar keel. 'Hij heeft je pijn gedaan. Ik zag dat hij je pijn deed, de hele tijd. Korum, hij was je aan het vermoorden…'

'Het is al goed, ik ben in orde,' fluisterde Korum. Zijn hart kneep zich pijnlijk samen door de angst in haar stem. 'Het komt goed. Het spijt me dat je daar getuige van moest zijn. Het had niet zo moeten gaan, geloof me…'

Ze ademde beverig in en trok zich terug om naar hem te kijken. Haar ogen waren rood, haar wimpers donker en samengeklonterd door de tranen. 'Wat gebeurde er? Ik zag dat je viel en toen leek het alsof je helemaal niet meer kon vechten. Heeft Loris valsgespeeld? Heeft hij iets gedaan wat we niet konden zien?'

'Het was Loris niet,' legde Korum uit, terwijl hij probeerde de woede uit zijn stem te weren. 'Het was Saret. Hij stond in het publiek, een paar meter bij jou vandaan. Hij heeft me geraakt met een stun gun, dus ik kon me niet bewegen.'

Ze hapte naar adem. 'Heeft híj geprobeerd je te vermoorden? Was er daarom daarnet zoveel commotie? Ik lette niet echt op…'

'Ja,' zei Korum. 'Ik heb de bewaarders op hem af gestuurd zodra ik begreep wat er gebeurde.'

'Heb jij de bewaarders gestuurd? Hoe dan?'

'Weet je nog dat ik zei dat ik een ingebouwde computer heb?' vroeg Korum.

Mia knikte en staarde hem aan. Ze zag er nog steeds witjes uit, al begon ze wel minder te trillen.

'Met die computer kon ik contact met ze leggen.'

Ze knipperde met haar ogen en hij zag dat ze niet kon verwerken wat hij zei. Haar hoofd zat nog steeds vol met wat er gebeurd was.

Alir kwam voor hem staan. 'De overwinningsceremonie gaat beginnen,' zei hij zacht. 'Kun je deelnemen?'

Korum dacht daar een moment over na, met Mia tegen zich aan gedrukt, en knikte toen naar Alir. 'Dat moet wel lukken.' Hij had nog steeds pijn, maar het was de pijn van genezing. Zijn lichaam was zichzelf van binnenuit aan het repareren, zijn cellen waren aan het regenereren. Over nog een paar minuten zou alles weer bijna hersteld zijn.

Natuurlijk zou na alles wat er gebeurd was een normale ceremonie waarin hij voor de ogen van alle publiek zijn charl claimde niet aan de orde zijn. Ook al begon zijn herstellende lijf op te warmen voor het idee, Korum wist hoe hij er nu uitzag. Hij was vies en zweterig en zat onder het bloed – niet bepaald aantrekkelijk voor een mensenmeisje. Ze had net ook een enorme shock te verduren gekregen, en het laatste wat ze nu nodig had waren ongewenste seksuele toespelingen van een man die ze waarschijnlijk zag als een woeste moordenaar.

Alir knikte respectvol en liep het veld af met de ferme passen van een strijder; zijn lange, breed gebouwde lijf straalde immens veel kracht uit. Korum had de afgelopen jaren meerdere malen een potje defrebs tegen hem gespeeld, en hij had meer dan eens verloren. De bewaarders waren uitstekende vechters. Hun beroep vereiste dat ze in topvorm waren, en Korum was blij dat hij het nog nooit tegen een van hen had hoeven opnemen in de Arena.

'Het enige wat je nu hoeft te doen, is bij me blijven,' zei Korum toen Alir wat verder weg was. 'Onder deze omstandigheden duurt de ceremonie niet lang.'

'Omdat je gewond bent?' vroeg ze, en hij hoorde hoeveel pijn haar dat deed.

'Nee, dat komt wel goed. Maar jij bent nog niet klaar voor een feestje,' zei Korum zachtjes. 'Wat wij moeten doen, is naar huis gaan.'

Toen de ceremonie begon, probeerde Mia zich erop te concentreren, maar haar gedachten bleven haar de gruwelijke beelden van het gevecht voorschotelen.

*Flits*: Korum die op de grond lag, onbeweeglijk.

*Flits*: bloed dat alle kanten op spoot. Die akelig genietende blik in Loris' ogen.

*Flits*: Korum die terugkwam met de snelheid van een cobra. De plotse angst op het gezicht van de andere K.

*Flits*: nog meer bloed.

*Flits*: Loris' hoofd dat van zijn romp werd gerukt.

*Nee, stop!* Mia wilde schreeuwen, maar ze waren in het openbaar, dus dat kon niet. Ze mocht Korum niet zo beschamen. Hij hield haar hand nu vast en ze stonden op een groot, zwevend platform midden in de Arena. Dezelfde Krinar die de openingsceremonie had verzorgd, vertelde nu weer iets anders over de geschiedenis van de Arena-gevechten. Zijn woorden gingen langs haar heen. Het hele gebeuren had iets surrealistisch; Mia bleef maar het gevoel houden dat ze gevangenzat in een droom – of eigenlijk een nachtmerrie.

Alleen Korums hand voelde echt. Ze wilde in zijn armen wegkruipen en nooit meer tevoorschijn komen. Toen hij haar daarnet had vastgehouden, had ze iets van de angst voelen wegebben, maar nu had ze het weer ijskoud en stond ze te klappertanden onder de warme Costa Ricaanse zon.

Hij leefde. Mia kon het nog altijd niet geloven. Het moest wel een soort wonder zijn. Hoe kon iemand zulke ernstige verwondingen overleven? Ze wist dat de Krinar sneller heelden dan mensen, maar Korum was bijna letterlijk uit elkaar gerukt. Er was zoveel bloed. O god, al dat bloed.

Mia slikte nadrukkelijk om haar misselijkheid te onderdrukken. Als ze nooit meer de kleur rood zou hoeven zien, zou ze ervoor tekenen. Geen wonder dat de Krinar in het dagelijks leven de voorkeur gaven aan lichte tinten: ze hadden waarschijnlijk het contrast nodig met de gewelddadigheid van de Arena.

Korum was vandaag bijna doodgegaan. Haar alienvriend, die zo sterk was, zo schijnbaar onverslaanbaar, was bijna ten dood gebracht door verraad. Een paar angstige momenten lang was Mia bang geweest dat hij écht dood was – en toen ze dat dacht, wilde zij ook dood. Het voelde alsof haar hart open werd gerukt, alsof elke klap tegen Korums lijf ook haar ziel een aframmeling gaf. Ze had nog nooit zo geleden, en ze wilde het nooit meer ervaren.

Ze was zich er vaag van bewust dat Voret klaar was met zijn toespraak en zich nu rechtstreeks tot Korum richtte om te vragen of hij de viering wilde. Ze zag dat Korum zijn hoofd wilde gaan schudden, en toen werd ze ergens door bevangen. Puur op instinct leunde ze naar hem toe en ze fluisterde in zijn oor: 'Ik wil je, Korum. Alsjeblieft, Korum, ik wil je.'

Hij draaide zijn hoofd om om haar aan te kijken. Zijn gezichtsuitdrukking was ongelovig en ze gaf een kneepje in zijn hand om hem te verzekeren dat het goed was, dat hij het kon vieren zoals hun soort gewend was.

Of het nou goed was of niet, ze had hem op dit moment nodig, en dat was het enige wat telde.

Mia zag dat zijn pupillen groot werden en zijn irissen een diepere gouden kleur kregen. Met al dat bloed en vuil op hem zag hij eruit als een wildeman, als een van die prehistorische jagers die Voret aan het begin van de ceremonie had laten zien. Ze wilde hem zo sterk, ze smachtte naar hem. Haar lichaam had behoefte om het leven te voelen in de basaalste vorm.

Hij aarzelde even en staarde haar aan. Toen legde hij een hand op haar wang. 'Mia…'

'Alsjeblieft, Korum.' Ze hield zijn blik vast, want dan kon hij in haar ogen zien dat ze het meende. Ze had het nodig om zijn aanraking te voelen, zodat hij haar de horror van het afgelopen uur kon doen vergeten.

Zijn ogen schitterden toen hij naar haar toe leunde en fluisterde: 'Je weet niet wat je zegt, liefste. Ik kan op dit moment niet… teder zijn.'

Mia slikte. De spieren in haar binnenste spanden zich aan bij zijn woorden. 'Dat wil ik ook niet.'

Hij keek haar nog een paar seconden aan en ze zag zijn hartslag kloppen in zijn gespierde hals. Toen, alsof hij zich niet langer kon inhouden, boog hij zijn hoofd en kuste haar. Hij sloeg zijn armen om haar heen en trok haar op zijn schoot.

Op de achtergrond hoorde Mia het publiek joelen, juichen en stampen, maar het ging langs haar heen. Het enige wat haar echt bezighield, was zijn mond die de hare verslond, zijn erectie die tegen haar billen duwde, zijn sterke handen die op en neer over haar rug wreven. Ze proefde vaag iets van bloed en dat had haar moeten afstoten, maar in plaats daarvan wond het haar nog meer op. De man die haar nu zoende was een jager, een killer – en ze wilde hem precies zoals hij was, zonder scrupules.

Hij keek haar heel even aan. Zijn ademhaling ging zwaar en zijn huid kreeg een verhitte kleur onder de vegen viezigheid en bloed. Om hen heen ging het publiek uit zijn dak en hun namen werden geschreeuwd. Mia bedacht ineens dat het zo moest voelen om een rockster te zijn, omringd door krijsende fans.

Alsof die gedachte werd omgezet in de realiteit klonk er ineens muziek, met noten die zo diep weergalmden dat ze tot in haar botten vibreerden. De muziek was atonaal en aritmisch. Het had dissonant moeten klinken, onprettig, maar het droeg juist bij aan de pulserende hitte tussen hun lichamen. Haar huid voelde strakker en haar hart ging sneller kloppen.

Korum reageerde er ook op. Zijn pik werd nog harder, duwde nog dwingender tegen de zachtheid van haar billen. Hij hield haar nog steeds vast, stond op en begon naar een tentachtig ding te lopen midden in de Arena. Hij droeg haar als een trofee.

Mia hield zich aan hem vast. Ze voelde zich bijna bedwelmd. Haar hoofd tolde en alles leek onecht, alsof het in een droom gebeurde. De psychologiestudent in haar herkende dat dit de manier was waarop haar hersenen reageerden op het trauma en dat ze niet helder kon denken, maar dat maakte niet uit. Ze verging van het verlangen, en Korum was wat ze nodig had.

Ze bereikten de tent en hij zette haar op haar voeten, maar hield haar tegen zich aan gedrukt. In plaats van dat zij naar binnen gingen, leek de tent zich om hen heen te vormen. Ze werden grotendeels aan het zicht van het publiek onttrokken. Mia was zich er vaag van bewust dat de wanden flinterdun waren en dat er duizenden nieuwsgierige Krinar-ogen op hen gericht waren, maar het drong niet helemaal tot haar door. Ze hadden iets van privacy nu, en dat vond ze goed genoeg.

Zodra de wanden van de tent stopten met bewegen, deed Korum een stap achteruit om haar uit zijn omhelzing los te laten. 'Doe je jurk uit.' Zijn stem was ongewoon rauw en ze zag de spanning in zijn sterke schouders. Zijn ogen waren felgeel en hij zag er wild uit, meer beest dan man. 'Doe uit, Mia.'

Ze gehoorzaamde en trok de jurk vlug uit. Haar opwinding was vermengd met een klein scheutje angst. Hij had haar nog niet eens aangeraakt en ze zag dat hij nu al de controle over zichzelf verloor.

Voordat de jurk ook maar de vloer raakte, was hij al bij haar. Een van zijn handen gleed tussen haar benen en de andere greep haar haar beet. Zijn mond belandde op de hare terwijl hij een vinger naar binnen duwde, haar smalle opening in. Hij ging ruw en verwoed te werk, en Mia realiseerde zich dat hij niet had gelogen toen hij zei dat hij niet in staat was om teder te doen. Ze was nat, maar haar spieren spanden zich toch aan. Haar lichaam verzette zich tegen de agressieve penetratie.

Plotseling trok hij zijn vinger terug en gebruikte hij de hand die haar haar vasthad om haar op haar knieën te duwen. Steentjes en gruis prikten in de zachte huid van haar knieën. 'Zuigen,' zei hij op harde toon, en hij trok de voorkant van zijn broek open. 'Ik wil je mond nu meteen.'

Zijn erectie sprong tevoorschijn en schampte haar wang. Mia deed haar mond open en liet hem binnen, en hij kreunde toen haar lippen zich om zijn eikel sloten. Hij smaakte zoutig, er zat al wat voorvocht op. Ze liet haar tong om zijn schacht glijden, een imitatie van wat ze weleens had gezien in een pornofilm. Er kwam een geluid uit zijn keel dat leek op een grom en zijn vuist greep haar haar nog steviger vast om haar hoofd op zijn plek te houden terwijl hij met zijn heupen begon te bewegen om haar mond te neuken met zijn pik.

Mia focuste zich op haar ademhaling zodat ze niet zou stikken terwijl bijna zijn hele pik in haar mond werd geduwd, tot diep in haar keel. Hij stootte telkens opnieuw en toen kwam hij, met een harde kreun. Zijn zaad schoot er in warme, zoutige scheuten uit. Toen hij klaar was, trok hij zich langzaam terug. Zijn pik was nog steeds half hard.

Mia slikte, likte langs haar lippen en keek naar hem omhoog. Ze was op een vreemde manier opgewonden door wat er net was gebeurd. Hem zo bevredigen wond haar op, bijna alsof hij haar ook had aangeraakt.

Hij hield haar blik vast en ze zag dat zijn ogen nog steeds zo helder waren, dat zijn verlangen onverminderd groot was. Zijn pik roerde zich weer, werd voor haar ogen harder. Eén orgasme had het randje eraf gehaald, maar meer ook niet, realiseerde ze zich toen hij haar overeind trok.

Toen hij haar weer aanraakte, deed hij het zachtaardiger. Zijn verlangen was iets meer onder controle. Zijn handen en mond gingen over haar hele lichaam en streelden elke centimeter van haar huid. Mia deed haar ogen dicht. Er ontsnapten kleine kreuntjes uit haar keel toen de prettige spanning in haar buik begon te groeien. Toen knielde hij voor haar neer, zijn gezicht op heuphoogte, zijn handen op de zachte rondingen van haar billen. Hij bracht haar met één hand naar zich toe en gebruikte de andere om haar met één vinger te penetreren, veel voorzichtiger ditmaal. Tegelijkertijd dook hij met zijn mond in de zachte krullen bij haar dijen en liet hij zijn tong tussen haar lippen glijden om haar clit te likken.

Mia schrok door de hoeveelheid sensaties die ineens door haar heen gingen. Haar hele lichaam spande zich aan toen zijn vinger een gevoelig plekje diep in haar raakte. Ze voelde de druk toenemen en haar knieën begonnen te trillen; haar benen konden ineens haast niet meer haar gewicht dragen. Als hij niet die vinger in haar had gehad en zijn hand op haar kont, zou ze zijn omgevallen.

'Kom voor me klaar,' fluisterde hij. Zijn hete adem gleed over haar kutje en ze deed wat hij zei; zijn woorden hielpen haar over het randje. Alles in haar spande zich aan en liet toen los. Het genot was zo sterk dat het voelde alsof haar zenuwuiteinden een voor een ontploften.

Toen de pulserende bewegingen voorbij waren, liet hij zijn vinger uit haar glijden en trok hij haar weer omlaag. Nu zaten ze allebei geknield op de grond. Hij keek haar aan, bracht zijn hand naar zijn mond en likte langzaam zijn vinger af – de vinger die net nog in haar was. 'Je smaakt heerlijk,' mompelde hij. Zijn ogen waren hongerig en haar mond werd droog. 'Ik wil je keer op keer neuken, alleen maar om dit te kunnen proeven.'

Mia ademde schokkerig in. Het verlangen groeide alweer snel tot grote hoogte.

Voor ze iets kon zeggen, ging hij op de grond liggen, tilde haar op en zette haar op zich neer. Zijn pik was weer keihard en stond recht omhoog. 'Berijd me, Mia,' zei hij, en hij keek haar aan met half geloken ogen.

'Ja,' fluisterde ze. 'Dat doe ik.' Ze pakte zijn dikke pik met haar rechterhand vast en begeleidde hem naar haar opening. Toen de grote eikel begon binnen te komen, deed ze haar ogen dicht en liet ze zich langzaam op hem zakken om hen allebei te plagen. Als beloning kwam er een lage kreun uit zijn mond.

Zodra hij er helemaal in zat, deed ze haar ogen weer open en ontmoette ze zijn vurige blik. Met al dat vuil en bloed op zijn gezicht zag hij er gevaarlijk uit, wreed zelfs. Ze had bijna letterlijk seks met een tijger – een jager die haar in een oogwenk uiteen kon rijten. Maar ze was niet bang. Ze vond het opwindend, het droeg nog meer bij aan het verlangen dat door haar aderen stroomde.

Ze begon te bewegen en hield haar ogen op hem gericht. Ze zag zweetpareltjes op zijn voorhoofd ontstaan en er trok een spiertje in zijn kaak omdat hij zich blijkbaar moest inhouden, wat veel moeite kostte. Zijn handen omklemden haar heupen, hij drukte zijn vingers in haar zachte vlees, en toen tilde hij haar op en neer op zijn pik, waarbij hij met iedere stoot dieper ging.

De spanning in haar nam weer toe en Mia gooide haar hoofd achterover. Ze had haar mond open in een geluidloze schreeuw. Een krachtig orgasme schoot door haar lichaam terwijl Korum bleef versnellen en versnellen om zelf ook te ontladen. Toen hij kwam, versterkten de stuwende bewegingen van zijn bekken haar naschokken, en raakte ze compleet verzadigd. Zwaar ademend liet ze zich tegen zijn borst vallen. Haar spieren waren zo slap als spaghetti en haar hoofd dacht niks meer.

Ze was zo ontspannen dat ze niet eens reageerde toen hij haar omhoogtrok en haar hals naar zijn mond bracht. Pas toen ze een vreemde, snijdende pijn voelde, realiseerde Mia zich wat er gebeurde… en haar wereld veranderde in een extase van bloed en seks.

# DEEL DRIE

# HOOFDSTUK ZEVENTIEN

Korum werd wakker met het ongebruikelijke gevoel van harde grond onder hem. Voordat hij zijn ogen opendeed, herinnerde hij zich alweer wat er was gebeurd – en ook dat Mia er vrijwillig aan had meegedaan.

Hij voelde haar lichte gewicht op zijn arm, hoorde haar zachte ademhaling en wist dat ze diep in slaap was, uitgeput door de dubbele afmatting van het gevecht en de viering. Korum ging voorzichtig verliggen zodat hij zijn arm onder haar vandaan kon halen en legde haar hoofd op de grond. Toen stond hij op en maakte hij voor hen allebei nieuwe kleren. Een korte broek voor hem en een badjas voor Mia – precies genoeg om een beetje gekleed te zijn als er nog toeschouwers in de Arena waren.

Hij had honger en dorst, maar verder voelde hij zich geweldig. Zijn lichaam zinderde van de energie.

Wetenschappers zeiden dat er geen fysieke noodzaak was om bloed te drinken nu hun genen verbeterd waren, maar velen op Krina vonden dat er toch nog iets uit te halen was. Korum wist niet zeker of hij dat geloofde, maar hij wist wel dat hij zich bijna nooit zo intens tevreden voelde als nadat hij van Mia had gedronken.

Met de badjas in zijn handen ging hij naast haar zitten en hij bekeek haar een paar seconden. Hij genoot van de aanblik van haar naakte lichaam. Hij kreeg bijna nooit de kans om haar op deze manier te bekijken; meestal was zijn verlangen naar haar te groot; hij kon niet naar haar naakte lichaam kijken zonder haar meteen te willen neuken. Zelfs nu, na de marathon van gisteravond, voelde hij nog hoe het verlangen in hem zich roerde – alhoewel het een stuk milder was dan anders.

Ze lag op haar rug, met één slanke arm over haar hoofd en de andere op haar ribben. Gefascineerd door haar borsten streelde Korum één van die bleke bollingen, en hij glimlachte toen haar tepel er hard door werd. Haar huid was zachter dan alles wat hij kende en de zijdeachtige textuur trok zijn vingers altijd weer aan.

Hij wikkelde haar in de zachte badjas en tilde haar op. Ze bewoog niet eens; ze sliep zo diep dat ze bijna bewusteloos leek. Zo ging het altijd nadat hij haar bloed had gedronken: haar mensenlijf moest herstellen van de overvloed aan sensaties.

En het zijne ook, al ging dat iets makkelijker. Korum kon nu wel begrijpen hoe anderen verslaafd waren geraakt aan hun charl: Mia's bloed was een krachtige verleiding voor hem en had een sterker effect dan welke drug dan ook. Hij vond vroeger altijd dat bloedverslaafden zwak waren, maar nu vroeg Korum zich af of er echt zoveel verschil was tussen fysieke en geestelijke verslaving. Hij kon zich niet voorstellen dat hij Mia nog meer nodig had dan nu al het geval was.

Hij droeg haar de shatela uit en liep naar het gras waar hij zijn transportvliegtuigje had achtergelaten. Hij had het niet uit elkaar gehaald, dus het stond op hem te wachten.

Hij keek om zich heen en zag dat de Arena helemaal leeg was. Het was vroeg in de ochtend; de zon begon net op te komen. Grijnzend besefte Korum dat hij veel langer in de shatela was geweest dan anders. Het was de eerste keer dat hij de viering deed met een mens, en het was veruit de beste ervaring ooit.

Ze kwamen aan bij het transportvliegtuigje en Korum gaf een mentaal commando dat het ze naar huis moest brengen. Een minuut later liepen ze er binnen. Mia sliep nog steeds in zijn armen.

Zodra ze binnen waren, ging Korum gelijk naar de schoonkamer – de badkamer, zoals mensen het noemden. Hij zat nog steeds onder het vuil en opgedroogd bloed en verschaald zweet. Mia had er ook wat van op haar lijf; er zaten donkere vegen op haar bleke huid.

Na weer een mentaal commando ging het water aan. De warme stralen masseerden zachtjes hun lijf en spoelden alle sporen van gisteren weg. Korum vond dit fijn: het gaf zowel rust als nieuwe energie. Een paar minuten later waren Mia en hij allebei droog en schoon, en hij droeg haar naar bed, want hij wist dat ze nog meer slaap nodig had. Ze was zo moe dat ze niet eens wakker was geworden tijdens het schonen.

Korum legde haar op bed, liet het intelligente materiaal om haar heen vormen en toen legde hij een zacht laken over haar heen, want hij wist dat ze daarvan hield. Hij gaf een kus op haar voorhoofd en keek nog eenmaal naar het meisje van wie hij hield. Daarna ging hij weg om aan zijn dag te beginnen.

'Hɪᴊ ᴡᴇɪɢᴇʀᴛ ᴍᴇᴛ ᴏɴs ᴛᴇ ᴘʀᴀᴛᴇɴ,' zei Alir tegen Korum terwijl ze naar de andere kant van het bureau van de bewaarders liepen. 'Hij wil alleen met jou praten.'

'O ja?' zei Korum, die geen moeite deed om het sarcasme uit zijn stem te weren. 'En wat geeft hem het idee dat hij het recht heeft om zulke eisen te stellen?'

Alir haalde zijn schouders op. 'Ik heb geen idee. Maar hij lijkt ervan overtuigd te zijn dat jij zult willen horen wat hij te zeggen heeft. Hij zegt dat het iets met Mia te maken heeft.'

Korums handen balden zich tot vuisten toen de naam van zijn charl werd genoemd. Het feit dat Saret over haar durfde te beginnen…

'Het verslag voor de Ouderen is af,' veranderde Alir van onderwerp. 'Zou je het willen accorderen?'

'Ja,' zei Korum. 'Stuur maar op. Ik laat het ook langs de Raad gaan.'

Alir knikte. 'Doe ik.'

Ze hadden hun bestemming bereikt, en Alir stopte voor hij naar binnen ging. 'Wil je me erbij hebben?'

'Nee.' Dat wist Korum heel zeker. 'Ik wil in mijn eentje met hem praten.'

'Dan is hij voor jou.' Alir draaide zich om en liep weg.

Korum wachtte tot de leider van de bewaarders helemaal uit het zicht was. Toen deed hij een stap naar voren, naar de muur die zijn vijand aan het zicht onttrok. De muur ging open en vormde een doorgang. Korum stapte naar binnen.

Saret zat op een zwevende plank met een criminelenband om zijn nek. Korum glimlachte toen hij dat zag. Hij herinnerde zich een discussie met Saret, enkele eeuwen geleden, over het gebruik van die banden. Saret vond ze vernederend en onnodig. Korum was het daarmee oneens: hij vond de banden een deel van de straf voor criminelen.

Het deed hem genoegen om Saret er nu een te zien dragen, vooral in het licht van zijn mening erover.

'Ik zie dat je vermomming weg is,' zei Korum, kijkend naar de Saret die hij kende. 'Een beetje een misrekening, hè?'

Saret glimlachte kil naar hem. 'Blijkbaar. Ik had onderschat hoe erg Loris je haat. Als ik wist dat hij zo lang zou wachten om je te vermoorden, zou ik je twee keer hebben geraakt.'

'Ach ja, je leert met vallen en opstaan,' zei Korum. 'Zo zeggen de mensen dat toch?'

'Ja.' Er schitterde iets duisters in Sarets ogen.

Korum keek hem spottend aan en ging op een andere zwevende plank zitten met zijn benen omhoog om zijn gebrek aan respect te benadrukken. 'Je wilde met me praten,' zei hij koeltjes. 'Dus brand los.'

'Goed,' zei Saret. 'Doe ik. Hoe gaat het trouwens met Mia? Ze leek gisteren nogal overstuur.'

Korum voelde woede opborrelen, maar hij hield een kalme, geamuseerde blik vast. 'Klopt. Maar ze is nu weer blij, dat kun je je denk ik wel voorstellen.'

'Natuurlijk,' zei Saret. 'En ze gaat zo goed om met het leven hier, hè? Het is bijna alsof ze niet haar hele geheugen kwijt is. Alsof ze je op een bepaald niveau nog kende. En ze accepteert alles zo makkelijk. Ze raakt niet uit het veld geslagen. Ongelofelijk toch?'

Korum bevroor even. Er ging een rilling over zijn ruggengraat. De enige manier waarop Saret dit kon weten…

'Ja,' zei Saret. 'Ik zie dat je het doorhebt. Ik heb opnieuw een misrekening gemaakt, zie je. Mia had met mij moeten zijn, niet met jou.'

'Wat heb je haar aangedaan?' vroeg Korum zachtjes. De haartjes in zijn nek gingen rechtovereind staan.

Saret lachte. 'Niks vreselijks, geloof me. Ik heb alleen maar gezorgd dat ze vatbaar zou zijn voor de verleiding. Ze is nog steeds grotendeels zichzelf.'

'Wat heb je gedaan!' Zonder te beseffen wat hij deed, stond Korum op en klemde hij zijn hand om Sarets nek.

Saret maakte een stikgeluid en trok aan Korums vingers, en Korum dwong zichzelf om hem los te laten en een stap naar achteren te doen. Hij trilde van woede en hij wist dat hij Saret zou vermoorden als hij niet wat fysieke afstand van hem nam.

'Het is een procedure die "verzachting" heet,' zei Saret, wrijvend over zijn nek. Zijn stem was rasperig doordat Korum zijn luchtpijp had gekneusd. 'Het is een nieuw procedé dat ik speciaal heb ontwikkeld voor mensen. Verzachting betekent dat je niet meer zo snel bang wordt. Het betekent ook dat je meer openstaat voor nieuwe ideeën, nieuwe indrukken.' Saret liet een pauze vallen voor dramatisch effect. 'Nieuwe verbintenissen. Iemand die verzacht is, is op zoek naar iets – of liever gezegd iemand – om zich mee te verbinden.'

Korum staarde Saret aan. Er stroomde ijs door zijn aderen.

'En dat kan iedereen zijn, snap je. Ik had het moeten zijn, maar in plaats daarvan werd jij het.'

*Je liegt*. Korum wilde het uitschreeuwen, wilde ontkennen wat hij had gehoord, maar hij kon het niet. Het klonk te logisch. Het meisje dat hij in New York had ontmoet, had niet alles met zoveel gemak geaccepteerd, had hem niet in haar bed gevraagd nadat ze hem pas een dag kende. Ze zou bang zijn geweest en wantrouwig, en hij had helemaal opnieuw haar vertrouwen en liefde moeten verdienen. Nu leek ze hem geweldig te vinden zonder dat hij daar enige moeite voor had gedaan.

Maar ze hield niet van hem. Niet écht. Haar gevoelens voor hem waren een farce. Dit alles was niet echt. Haar gedrag, haar kennelijke liefde voor hem – het kwam allemaal alleen maar doordat Saret met haar hersenen had gerommeld.

'Bestaan haar herinneringen nog?' Korum dekte de pijn vanbinnen toe, zodat die niet zijn denkvermogen kon verstoren. 'Of heb je ze echt gewist?'

Saret grijnsde, zichtbaar blij met de vraag. 'Nee, de herinneringen zijn weg. Het lijkt erop dat ze er nog zijn omdat ze alles absorbeert als een spons en supersnel leert. Ze zal zich al snel nog meer thuis voelen dan voorheen – als het niet al zover is.'

'Kun je het niet ongedaan maken?' Korum wist dat het zinloos was, maar hij moest het vragen.

'Wat, het verzachten of het geheugenverlies?'

'Allebei. Een van beide.'

Sarets grijns werd groter. 'Nee. En zelfs als ik het kon, zou ik het niet doen. Je hebt haar nu misschien, maar je zult haar nooit écht hebben. Je zult nooit weten of iets wat ze voor je voelt echt is, of dat ze hetzelfde zou hebben gevoeld voor een andere man die bij haar was op het moment dat ze ontwaakte.'

Korum keek naar de man die hij ooit als een vriend had beschouwd. Herinneringen aan hun gelukkige, zorgeloze jeugd gingen door zijn hoofd en lieten een bittere nasmaak achter. 'Waarom?' fluisterde hij.

'Waarom ik je haat?' Saret trok zijn wenkbrauwen op. 'Of waarom ik dit alles heb gedaan?'

Korum bleef hem alleen maar strak aankijken.

'Het antwoord op beide vragen is hetzelfde,' zei Saret. Zijn grijns ebde weg. 'Ik was het beu om altijd in je schaduw te staan. Wat ik ook bereikte, hoe hoog ik ook opklom, ik was altijd slechts Korums vriendje. Korum de uitvinder, Korum de ontwerper, Korum die ons naar de aarde heeft gebracht. Je ambitie kende geen grenzen – en mijn haat net zomin.'

'Toch heb je me ondersteund,' zei Korum. De pijn van het verraad was nog in de verte, bereikte hem niet helemaal. 'Je stond altijd aan mijn kant in de Raad. Je hebt me geholpen om hierheen te gaan, naar de aarde.'

'Ja,' zei Saret. 'Omdat ik wist dat het zinloos was om iets anders te doen. Zelfs de Ouderen dansen tegenwoordig naar je pijpen.'

Korum ging daar niet op in. Hij keek Saret alleen maar minachtend aan. 'Dus al jouw grootse plannen voor de mensen, je verlangen naar vrede op aarde, komt slechts voort uit miezerige jaloezie?'

'Nee,' zei Saret met samengeknepen ogen. 'Ik zag een manier om de loop van de geschiedenis te veranderen en greep die kans aan. Wat kan er een grotere prestatie zijn dan vrede brengen op een hele planeet? Denk je dat er ook maar één gadget is dat het daarbij haalt?'

'Een prestatie die vijftigduizend Krinar het leven zou kosten,' zei Korum.

'Ja,' zei Saret, en hij was zo brutaal om even

berouwvol te kijken. 'Dat zou minder zijn geweest. Onvermijdelijk, maar niet leuk.'

'Niet leuk?' Korum kon zijn oren niet geloven. 'Wat is er mis met jou, Saret? Hoe ben je zo geworden?'

Nu begon Saret boos te kijken. 'Wat is er mis met míj? Dat vraag je me terwijl je daar staat met Loris' bloed aan je handen? Denk je dat er iets mis is met mij als ik het leven van miljarden mensen wil verbeteren door een paar duizend Krinar op te offeren? Hoeveel Krinar heb jij vermoord in de Arena, Korum? Twintig, dertig? En van hoeveel mensen kleeft er bloed aan jouw handen? Denk je dat ik niet weet hoe jij geniet van moorden, net als de rest van je krankzinnige soort?'

Korum staarde naar hem en probeerde deze man, die hij al zijn hele leven kende, te begrijpen. 'Je hebt het mis,' zei hij zachtjes. 'Ik geniet niet van moorden. Ik wilde Loris gisteren niet afslachten – en ik zou dat ook niet hebben gedaan als jij je er niet mee had bemoeid. Ik vind de gevechten fijn, maar niet het resultaat. Zo krankzinnig is onze soort, wat jij wel weet, want jij bent de breinexpert. We houden van gevaar en geweld, we verlangen ernaar, maar we hoeven niet te moorden.'

'En toch doen we het,' zei Saret. 'Je kunt jezelf wel voor de gek houden, maar het komt erop neer dat we moordenaars zijn. We kwamen naar de aarde en tijdens de Great Panic stierven er duizenden mensen. En wat jij nu wilt doen, zal leiden tot nog meer slachtoffers. Ze zal je dat niet vergeven, weet je.'

'Zorgt jouw procedé er niet voor dat het goed komt?' vroeg Korum met een bitter lachje. 'Zal ze niet ondanks alles van me houden?'

Saret schudde zijn hoofd. 'Nee. Als het te ver gaat, verandert haar liefde in haat. Wacht maar af.'

# HOOFDSTUK ACHTTIEN

ia werd gillend wakker. Haar hart bonkte hevig en haar huid zat onder het koude zweet.

In haar droom was Korums lichaam volledig door de mangel gehaald en dreef hij in een rivier van bloed. Ze had geprobeerd hem uit die rivier te redden, hem op de oever te trekken, maar het was haar niet gelukt. De stroming was te sterk en hij werd uit haar handen getrokken en weggevoerd naar de waterval, waar het water zo donker was als opgedroogd bloed.

Mia ging overeind zitten en probeerde haar ademhaling onder controle te krijgen. Het was maar een nare droom. Korum had het gevecht gewonnen. Hij was veilig.

Veilig en helemaal hersteld, als ze moest afgaan op de viering van gisteren.

Bij de herinnering aan hoe hersteld hij was, voelde Mia zich meteen weer beter. Het uithoudingsvermogen van haar vriend was letterlijk niet van deze wereld. Het genot dat hij haar had gegeven was ongelofelijk, bijna meer dan ze aankon. Ze had zich nog nooit zo in extase gevoeld als toen hij haar had gebeten; ze had zich nooit kunnen voorstellen dat dit bestond.

Glimlachend stapte ze uit bed en ze ging naar de douche. Het gevecht was achter de rug, Saret was gevangengenomen en ze had niets meer te vrezen.

Zij en Korum waren eindelijk veilig.

Ze neuriede een deuntje terwijl ze de douchecel zijn werk liet doen en stond na te denken over haar vriend – en hoe onmisbaar hij weer voor haar was geworden.

Toen ze schoon en droog was, liep ze naar de keuken en liet ze het huis een ontbijt voor haar klaarmaken. Afgaand op de informatie op haar tablet, moest haar labpartner Adam deze week terugkomen van zijn week vakantie. Dat betekende dat Mia opnieuw alles kon leren wat ze was vergeten over haar stage.

Het lab zou niet open zijn na de recente gebeurtenissen, maar ze hoopte dat er een manier was om over het brein te blijven leren. Het onderwerp fascineerde haar nu meer dan ooit.

Korum liep zonder doel langs de kust van de oceaan en liet het ruisen van de golven de kakofonie in zijn hoofd overstemmen. Voor het eerst in zijn leven voelde hij zich compleet verloren. Verloren, hopeloos en boos.

Zijn woede was grotendeels gericht tegen zichzelf, al was er ook een gezond deel gereserveerd voor Saret. Korum had zichzelf niet eerder toegestaan om na te denken over het verraad van zijn vriend, hij was vooral gericht op Mia en haar geheugenverlies. Daarna had het gevecht al zijn aandacht vereist. Nu leidde niets hem echter meer af van het feit dat een man die hij als vriend had beschouwd, zijn grootste vijand was geworden.

Korum wist dat niet iedereen hem mocht. Het was iets wat hem eerder niet dwars had gezeten. Hij werd gerespecteerd en gevreesd, maar er waren maar een paar individuen die hij als vrienden beschouwde. De meesten van hen waren op Krina, druk met hun leven en carrière aldaar. Saret was de enige die met hem mee naar de aarde was gereisd.

Als kind al was Korum altijd zelfredzaam. Hij had zijn interesse in ontwerpen vroeg ontdekt en die passie had zijn levensloop bepaald, totdat hij Mia ontmoette. Nu had hij twee passies: zijn werk en zijn charl. Hij was geen einzelgänger, maar hij had weinig behoefte aan gezelschap. Anders dan veel anderen was Korum graag op zichzelf – of nu alleen met Mia. Dat had hij net zo lief als een grote groep om zich heen.

Sarets verraad was op meerdere manieren verschrikkelijk. Korum had Saret vertrouwd, hij had hem jarenlang alles verteld wat hem bezighield, zijn doelen en dromen. Ze hadden als kind samen gespeeld, hadden als puberjongens hun seksuele veroveringen besproken, en hadden als Raadsleden vaak samengewerkt om doelen te bereiken. Wanneer was Saret hem gaan haten? Of was het altijd zo geweest en had Korum het simpelweg niet gezien? Kon hij ooit nog een vriend vertrouwen, of waren ze allemaal zoals Saret en wachtten ze het moment af waarop ze hem onderuit konden halen?

Deze gedachten waren zowel pijnlijk als verontrustend. Het zat niet in Korums aard om aan zichzelf te twijfelen, maar hij kon niet anders dan zich afvragen of hij dit over zichzelf had afgeroepen. Hij wist dat hij hard en arrogant kon zijn, zelfs meedogenloos als het ging om het bereiken van zijn doelen. Had hij iets gedaan waardoor Saret hem zo erg haatte? Of was het simpelweg jaloezie, zoals Saret zelf had laten doorschemeren?

Hij kwam bij de zeearm waar hij een tijdje terug met Mia op de rotsen had gezeten, trok zijn kleren uit en liep het water in om af te koelen. De oceaan had altijd een therapeutische uitwerking op hem. De kracht van de golven trok hem aan en hij vond het vooral fijn als er een sterke stroming stond, zoals nu met hoogtij het geval was. Het tilde hem op en droeg hem dieper het water in, en Korum liet het gebeuren. Hij liet zich door het water meevoeren tot de kust een paar kilometer ver was. Toen begon hij terug te zwemmen, wat door de stroming een prettige uitdaging was. Het hielp om zijn hoofd leeg te maken en hij voelde zich ietsje beter toen hij eindelijk het water uit kwam.

Hij ging op de rotsen zitten en liet zijn blote huid in de zon baden zodat hij weer warm werd. Het ergste aan Sarets verraad was niet wat het voor Korum betekende, maar wat het voor Mia betekende. Zij was niet alleen haar herinneringen kwijt, maar ook haar keuzevrijheid. Wat ze ook voor Korum voelde, het was onvrijwillig. Het kwam voort uit de 'verzachting' die Saret op haar had uitgevoerd. Korums lieve, mooie meisje was niet de persoon die ze ooit was geweest. Er was met haar hoofd geknoeid en dat was onvergeeflijk.

Hier was ze bang voor geweest, herinnerde Korum zich. Toen ze aankwam in Lenkarda was ze huiverig geweest voor het taalimplantaat, voor alientechnologie in haar brein. Korum had het destijds amusant gevonden, maar het bleek dat ze gelijk had. Saret was gevaarlijk.

En Korum had haar niet weten te beschermen. Die gedachte knaagde aan hem, holde hem uit. Hij, die nog nooit had gefaald, was er niet in geslaagd degene die het meest voor hem betekende te beschermen. Zou Mia hem dat ooit kunnen vergeven? En zo ja, hoe zou hij dan nog kunnen weten dat haar gevoelens oprecht waren? Als hij Saret mocht geloven, zou ze alles veel te makkelijk accepteren. Haar reacties zouden heel anders zijn dan eerst.

Korum stond op, trok zijn kleren aan en begon naar huis te lopen. Het zou een lange wandeling worden, maar hij had geen haast. Mia was daar en voor het eerst in zijn leven keek hij er niet heel erg naar uit om haar te zien.

Hij zou haar moeten vertellen wat hij vandaag had

ontdekt. Ze zou het willen weten, zou haar eigen keuze willen maken op basis van deze informatie.

En als ze ervoor koos om hem te verlaten, zou hij haar moeten laten gaan.

Ook al kon hij het niet aan.

Mia stapte het huis uit en liep naar het transportvliegtuigje dat op haar wachtte. Ze had Adam een berichtje gestuurd via haar polscomputer en hij had gezegd dat hij haar wel wilde zien. Hij stuurde zijn kleine vliegtuigje om haar op te pikken en naar het lab te brengen.

Mia stapte in en ging op een van de zwevende planken zitten, die zich naar haar lichaam vormde. Ze was al zo gewend aan de K-technologie dat ze niet eens meer hoefde na te denken over hoe het allemaal werkte – het begon heel natuurlijk te voelen.

Ze was benieuwd naar haar voormalige labpartner en vond het interessant om dat deel van haar leven in Lenkarda te herontdekken. Ze had een paar opnames gezien waarin Adam iets uitlegde en ze was onder de indruk van zijn intelligentie en zijn vermogen om ingewikkelde onderwerpen in simpele taal uit te leggen.

Twee minuten later landde ze op een open plek voor een middelgroot gebouw dat eruitzag alsof er iets heftigs had plaatsgevonden. De muren waren deels weg, alsof ze gesmolten waren, maar het interieur zag er intact uit.

Adam stond op haar te wachten. Toen Mia uit het vliegtuigje stapte, glimlachte hij – een oprechte glimlach die zijn mooie gezicht nog knapper maakte. Zijn tint was typisch voor de K: donker haar, donkere ogen en die prachtig gebronsde huid.

'Hallo daar, partner,' zei hij. Er verschenen kraaienpootjes in zijn ooghoeken. 'Ik hoor dat onze baas een Dr. Evil is gebleken die zijn kunstjes op jou heeft uitgeprobeerd.'

Mia grijnsde. Ze mocht deze Krinar meteen. 'Ja, dat klopt. Je gaat een weekje weg en dit is wat er gebeurt.'

'Dus je herinnert je me niet?' vroeg hij, met een serieuzere gezichtsuitdrukking. 'Hoeveel heeft hij uitgewist?'

'Toen ik een paar dagen geleden wakker werd, waren mijn recentste herinneringen aan de maand maart,' legde Mia uit, en de kaak van de K verstrakte.

'Die klootzak,' zei Adam, met boosheid in zijn stem. 'Het spijt me vreselijk, Mia. Ik wou dat ik er was geweest…'

Mia wuifde het weg. 'Doe niet zo gek. Niemand vermoedde iets. Hij was veel te gewiekst. Het lukte hem zelfs om gisteren bij het gevecht binnen te komen en Korum haast te vermoorden.'

'Ja, dat heb ik ook gehoord,' zei Adam. 'Ik heb de beelden vanmorgen gezien.'

'Ah.' Mia probeerde niet te blozen. Als hij het

gevecht had gezien, had hij misschien ook de viering gezien.

'Wil je naar binnen gaan?' vroeg Adam, en hij gebaarde naar het gehavende gebouw. 'Ik denk dat we veel bestanden en gegevens kunnen vinden. Ik heb met de andere leerlingen overlegd en zij vinden het goed.'

'Ja,' zei Mia snel, blij met het andere onderwerp.

Ze liepen naar het gebouw en stapten door een opening in een van de muren. Het normale mechanisme van verdwijnende muren leek niet meer te werken, wat geen wonder was gezien de staat van het gebouw. Gelukkig maakte dat ook niet uit: het was een gatenkaas waardoor ze sowieso naar binnen konden stappen.

'Wat gaat er gebeuren met het lab?' vroeg Mia toen ze binnen waren. 'Wat is het protocol in een situatie als deze?'

Adam haalde zijn schouders op. 'Er is geen protocol. Dit lab is van Saret, dus officieel breken we nu in. Maar ik denk dat het nu misschien van de overheid is, aangezien Saret een crimineel is. Ik weet niet echt hoe dat werkt. Mijn gok is dat de informatie zal worden verplaatst naar de labs in andere Centers. En misschien zal een andere breinexpert een nieuw lab openen in Lenkarda.'

'En jij? Waarom laten ze jou niet het lab overnemen?'

'Mij?' Adam trok zijn wenkbrauwen op. 'Ik ben te jong en onervaren naar hun mening.'

'O.' Mia keek hem verbaasd aan. Hij leek een man in

de bloei van zijn leven, net als Korum. 'Hoe oud ben je dan?'

'Ah, dat is waar ook. Ik vergat alweer dat jij je dit allemaal niet herinnert.' Adam glimlachte. 'Ik ben achtentwintig, maar een paar jaar ouder dan jij. Ik ben pas net in het Center aangekomen. Ik ben in een mensenfamilie opgegroeid, namelijk.'

'Echt waar?' Mia's ogen werden groot. 'Hoe kan dat?'

'Ik ben als kind geadopteerd,' zei Adam. 'Zullen we door Sarets bestanden heen gaan en kijken of er iets nuttigs tussen zit? Misschien kunnen we iets ontdekken over wat er met jou is gebeurd.'

Mia wilde nog veel meer weten over Adams achtergrond, maar hij leek niet in de stemming om erover te praten, dus richtte ze zich op wat haar hier te doen stond. Adam liet haar zien hoe de labapparatuur werkte en ze begonnen door bergen vol informatie te spitten op zoek naar iets wat met de werking van het geheugen te maken had.

Zes uur later stond Mia op en wreef ze over haar nek. Haar hersenen voelden alsof ze op het punt stonden te ontploffen van alle informatie die ze erin had gestopt. Adam was nog net zo gefocust als toen ze begonnen; hij ging door bestand na bestand zonder een spoortje vermoeidheid.

Hij hoorde Mia bewegen en keek op van de afbeelding die hij aan het bestuderen was. 'Je moet maar eens naar huis gaan, Mia,' zei hij met een glimlach. 'Het wordt al laat. Ik werk nog heel even door en dan ga ik ook.'

Mia aarzelde. 'Weet je het zeker?' Ze was mentaal uitgeput en ze had honger, maar ze voelde zich schuldig om Adam in zijn eentje achter te laten.

'Natuurlijk,' zei Adam. 'Ga nu maar. Je hebt vandaag genoeg gedaan.'

KORUM IJSBEERDE DOOR DE WOONKAMER. Hij was te nerveus om stil te zitten. Toen hij een uur geleden een leeg huis had aangetroffen, was zijn eerste gedachte dat er iets was gebeurd met Mia – dat Saret toch een manier had gevonden om haar te pakken te krijgen.

Natuurlijk was dat niet het geval. Hij had snel gecheckt waar ze was en toen had hij de satellietbeelden opgevraagd waarop hij haar buiten Sarets lab zag praten met Adam, een paar uur geleden. Toch hadden die paar seconden waarin hij zich zorgen over haar maakte hem tot op het bot verkild.

Nu moest hij de drang onderdrukken om naar het lab te gaan en Mia gelijk op te halen. Hij wilde haar vasthouden en de warmte van haar lichaam in zijn armen voelen, misschien wel voor het allerlaatst. Zodra hij haar had verteld wat er met haar gebeurd was, zou het volkomen redelijk zijn als ze besloot hem te verlaten. Hoe vreselijk het ook was dat ze haar geheugen was kwijtgeraakt, het was nog veel erger dat er zo met haar vrije wil was gerommeld. Nu zou ze nooit weten of wat ze voelde voor Korum – of wat ze voelde voor wat of wie dan ook – echt was, of het gevolg van Sarets invasie van haar hersenen.

Het was verleidelijk om het haar niet te vertellen. Hij kon haar laten doorgaan in zalige onwetendheid, blij met haar leven zoals het nu was. Niemand anders dan Saret en Korum wist wat er gebeurd was. Hij kon haar in zijn leven houden en ze zou van hem houden – en hij zou de enige zijn die wist dat haar liefde niet oprecht was.

Een paar maanden geleden zou Korum zonder aarzelen voor deze optie hebben gekozen. Hij wilde haar en hij nam haar simpelweg tot de zijne, zonder zich druk te maken over wat zij wilde. Als hij toen met dit dilemma was geconfronteerd, zou het een simpele beslissing zijn geweest: hij zou haar houden en daarmee basta. Maar hij kon dat niet meer. Hij kon haar niet meer behandelen als een kind of huisdier, zoals ze hem eens voor de voeten had geworpen. Hij wilde dat ze bleef, maar het moest uit vrije wil zijn – ook al was die vrije wil niet meer volledig intact.

Nee, hij moest het haar vertellen, en snel ook.

Eindelijk zag Korum buiten een vliegtuigje landen. Mia stapte uit en het vliegtuigje steeg weer op, terug naar waar het vandaan kwam.

Ondanks zijn mismoedige bui kon Korum niet anders dan glimlachen toen ze het huis binnenkwam. Ze droeg een crèmekleurige jurk waarin haar rug grotendeels bloot was en haar donkere haar was opgestoken in een dikke, rommelige knot. Het was verrassend sexy hoe haar nek erdoor ontbloot werd en zijn aandacht werd getrokken door haar elegante hals.

'Schatje, ik ben thuis,' zei ze met een brede grijns.

Korum kon zich niet inhouden. Hij lachte en tilde haar op om haar te zoenen.

Toen hij haar weer neerzette, was haar glimlach haast verblindend. Ze keek naar hem alsof hij haar hele wereld was – en Korums hart voelde alsof het in een miljoen stukjes uiteen zou spatten.

'Hoe was je dag, liefste?' vroeg hij met zijn handen om haar taille.

'Geweldig,' zei ze, nog altijd met een brede glimlach. 'Ik heb Adam weer ontmoet. Hij is superaardig. Ik vind hem echt heel tof.'

Korum voelde een golf jaloezie, maar hij drukte die weg. Hij wilde niet toegeven aan die dwaze emotie. Mia had Adam altijd gemogen, maar zover hij wist, waren die gevoelens geheel platonisch. Daarbij had de jonge K al een ander mens. Dat had Korum ontdekt toen hij Adam had nagetrokken, vlak nadat Mia met hem was gaan samenwerken.

'We hebben Sarets bestanden doorgespit,' zei Mia. Haar ogen glansden van opwinding. 'Adam denkt dat we op die manier iets nuttigs zouden kunnen ontdekken over wat er met mij is gebeurd.'

Op dat moment rammelde haar maag. Haar wangen werden rood en Korum moest lachen. 'Ik geloof dat er iemand honger heeft,' plaagde hij.

'Betrapt,' zei ze lachend.

Korum liet haar los en liep naar de keuken. Een paar minuten later stonden er sandwiches met gegrilde groenten en een miso-avocadodip voor hun neus.

Mia at haar eten vlug op, net als hij. Hij kon wel wat op nadat hij zo intensief had gezwommen. Als toetje liet Korum het huis een kiwi-mangotaart maken met een korst van macadamianoten, en thee voor Mia.

Terwijl ze genoten van het lekkere eten, pakte Korum over de tafel heen haar hand vast en streelde hij haar handpalm met zijn duim. 'Mia,' zei hij zachtjes, 'ik moet je iets vertellen.'

Ze bevroor even, kennelijk hoorde ze de serieuze toon in zijn stem. 'Wat dan?'

'Ik heb vandaag met Saret gepraat,' zei Korum, en zijn vingers klemden zich om haar hand. 'Hij heeft niet alleen je geheugen uitgewist. Hij heeft ook iets gedaan waardoor je meer… openstaat voor nieuwe dingen.'

MIA STAARDE NAAR HAAR VRIEND. Ze kon niet zo goed verwerken wat hij haar vertelde. 'Wat betekent dat?'

'Hij noemde het "verzachting",' zei Korum met een grimmige gezichtsuitdrukking. 'Dat heeft hij gedaan om jou open te stellen voor nieuwe indrukken. Als hij de waarheid spreekt, dan betekent het dat je niet zo snel meer bang wordt als voorheen en dat je dingen makkelijker accepteert.'

Mia fronste. 'Ik snap het niet. Wat zou Saret hieraan hebben?'

'Je staat niet alleen meer open voor nieuwe indrukken – wat verklaart waarom je zo makkelijk acclimatiseert – maar ook voor nieuwe verbintenissen.' Korums kaak spande zich aan van boosheid.

'Nieuwe verbintenissen?' En toen snapte ze het ineens. 'Hij dacht dat ik voor hem zou vallen? Dat is krankzinnig!' Ze lachte, zodat hij met haar mee zou kunnen lachen.

Maar dat deed hij niet, en haar lach ebde ook weg. 'Wacht even,' zei ze langzaam. 'Zeg je nu wat ik denk dat je zegt?'

'Het spijt me, Mia. Ik wou echt dat het niet waar was.'

Ze schudde haar hoofd en trok haar hand uit de zijne om op te staan. 'Maar dat slaat nergens op,' zei ze. 'Bedoel je te zeggen dat ik niet mezelf ben? Dat alles wat ik denk en voel het gevolg is van iets wat een gevaarlijke gek met me gedaan heeft? Dat wat ik voor jóú voel ook niet echt is?'

Korum stond ook op. 'Het is allemaal mijn schuld,' zei hij. Zijn stem klonk zwaar van schuldgevoel. 'Ik had er moeten zijn. Ik had je moeten beschermen…'

'Nee.' Dat weigerde Mia te geloven. 'Hoe kun je weten of het waar is? Zou het niet logisch zijn als hij dit verzon?'

'Jawel,' zei Korum. 'Het zou heel goed kunnen. En daarom moet ik je meenemen naar het breinlab in Arizona. We gaan er morgen heen.'

'Maar je denkt niet dat hij liegt, hè.'

'Nee.' Korum keek haar getergd aan. 'Ik denk dat het waar is.'

'Waarom?' fluisterde Mia. Haar stem was onvast.

'Omdat je niet helemaal jezelf bent geweest, liefste,' zei hij zachtjes. 'De verschillen zijn subtiel, maar ze zijn er. Jij hebt het toch ook gemerkt?'

Mia zoog haar adem naar binnen. Ja. Natuurlijk had ze het gemerkt. Ze had zich afgevraagd hoe het kon dat ze zo makkelijk meeging in haar nieuwe leven, nota bene in een aliennederzetting met een vriend die ze pas net kende. En die ze nu al net zo hard nodig had als voedsel en ademhalen.

'Zou er niet een andere verklaring kunnen zijn?' Mia wist dat ze zich vastklampte aan een strohalm, maar het alternatief was te veel om te verwerken. 'Wat als mijn herinneringen niet echt weg zijn? Wat als ze nog bestaan, ergens diep verborgen? Dat zou alles verklaren: waarom ik me hier zo goed voel, waarom ik zo snel leer, waarom ik voor je ben gevallen...'

Korum deed even zijn ogen dicht. Toen hij ze weer opendeed, was zijn blik leeg. 'Nee, Mia. Je bent niet voor me gevallen. Je kent me amper.'

'Maar ik herinner me je op een bepaald niveau...'

Hij ademde diep in. 'Nee, liefste. Ellet heeft je gecheckt voordat je ontwaakte en de schade die was toegebracht, klopt met de mate van geheugenverlies. Ik zou echt willen dat het anders was, geloof me.'

Mia knipperde met haar ogen en slikte moeizaam om de brok in haar keel weg te krijgen. Hij zag haar als beschadigde waar. Defect. Niet in staat om echte emoties te voelen. 'Dus… wat nu?'

'Het is aan jou,' zei Korum op ongewoon vlakke toon. 'Je kunt bij mij blijven of teruggaan naar je oude leven.'

'Teruggaan naar mijn oude leven?' Ze kreeg het bijna niet over haar lippen. 'W-wil je dat ik ga?'

'Wat? Nee!' Hij keek geschokt bij dat idee. 'Natuurlijk wil ik niet dat je gaat. Je bent mijn hele leven, snap je dat niet?'

Mia trilde bijna van opluchting. Hij wilde haar nog steeds, ook al was ze beschadigd.

'Je bent ook mijn hele leven,' zei ze. 'Ik weet dat je denkt dat hoe ik nu doe het gevolg is van wat Saret heeft gedaan, maar dat geloof ik niet. Ik hield voorheen van je, ondanks alles wat er tussen ons was gebeurd, en ik ben in de afgelopen dagen opnieuw voor je gevallen. Je denkt misschien dat het niet echt is, maar ik ken mezelf. Ja, ik heb gemerkt dat ik op sommige dingen anders reageer dan ik van mezelf zou verwachten, maar wat geeft het? Is het niet handig dat ik me zo makkelijk kan aanpassen? Ik voel me hier in Lenkarda net zo goed als in New York. Ook als dat een gevolg is van wat Saret heeft gedaan, is het nog steeds een feit dat ík op dit moment zo ben – dat dit mijn gevoelens en gedachten zijn. Het maakt mijn emoties niet minder sterk… of minder echt.'

Terwijl ze praatte, begon de spanning op zijn gezicht minder te worden. 'Weet je het zeker, Mia?'

vroeg hij. Zijn ogen vulden zich met de gouden warmte die ze kende. 'Is dit echt wat jij wilt?'

'Met jou zijn? Ja!' Mia was nog nooit ergens zo zeker van geweest. Het idee om hem te verlaten, terug naar huis te gaan en hem nooit meer te zien, was ondraaglijk. Toen ze had gedacht dat hij dood was, wilde zij ook dood. Het leven was niks waard zonder Korum.

'Dan doen we dat.' Zijn stem klonk ruw en zijn handen trokken haar snel in zijn armen.

Zijn mond was wild, alsof hij haar wilde opeten, en Mia reageerde met hetzelfde vuur, dezelfde honger. Ze verlangde naar zijn aanraking, zijn omhelzing. De schokkende extase van hun liefdesspel na het Arena-gevecht had haar uitgeput, en toch wilde ze alweer meer. Meer Korum, meer van zijn magie.

Zijn handen waren overal op haar lijf, trokken haar jurk eraf en lieten die in stukken op de vloer vallen. Zijn eigen kleding moest hetzelfde lot ondergaan. Voordat ze met haar ogen kon knipperen was ze tegen de muur gedrukt en werden haar benen gespreid terwijl hij haar optilde en zijn erectie tegen haar ontblote kutje duwde.

'Fuck,' gromde hij. Zijn blik was gepijnigd, zijn ademhaling ruw en onregelmatig. 'Ik móét in je, Mia. Nu.'

'Ja,' fluisterde ze, en ze hield zijn vurige blik vast. 'Ja… alsjeblieft…'

Alsof ze hem toestemming had gegeven, dook hij in haar. Zijn schacht was enorm dik en groot, ze werd opgerekt en tot alle randen gevuld. Mia schreeuwde het uit. De genotpijn van de manier waarop hij haar pakte was ongelofelijk. De manier waarop hij haar vasthield maakte haar volledig open voor hem, en ze kon niets doen om te sturen hoe diep hij in haar kon dringen. Hij ging zo diep dat ze hem tegen haar baarmoeder voelde drukken en ze spande haar spieren aan in een zinloze poging hem terug te duwen.

Hij pauzeerde even om haar op adem te laten komen en begon toen in haar te stoten, waarbij hij haar tegen de muur duwde. Mia kreunde, haar lichaam overweldigd door de sensaties. Er was geen langzame opbouw, geen geleidelijke overgang van ongemak naar genot – in plaats daarvan werd ze plotseling overvallen door haar orgasme, waarbij haar binnenste spieren zich ineens om zijn pik heen spanden.

Hij kreunde en versnelde het tempo nog meer, en zij kwam nogmaals schreeuwend klaar. Ze kon haar lichamelijke reactie niet sturen. Haar huid gloeide en ze hijgde, happend naar adem, maar hij was meedogenloos en stuwde haar een paar minuten later naar een derde orgasme.

En net toen Mia dacht dat ze het niet meer aankon, kwam hij met een wilde kreet klaar, zijn hoofd achterover en zijn pik heel diep in haar binnenste.

De volgende ochtend wachtte Korum vol

ONGEDULD TERWIJL HARON, de breinexpert van het Center in Arizona, Mia zorgvuldig onderzocht.

Ze lag op een zwevend bed met haar ogen dicht en een ontspannen gezicht. Ze had een roesje gekregen zodat het makkelijker was om haar brein uitgebreid te onderzoeken. Haron streek haar haar naar achteren om haar voorhoofd te ontbloten zodat hij daar zijn hulpmiddelen kon plaatsen.

Korum had hem toestemming gegeven om haar aan te raken, maar hij voelde alsnog een bezitterige woede opwellen. Hetzelfde had hij gevoeld toen hij hoorde dat Arus haar tijdens het gevecht had vastgehouden, ook al wist hij dat het voor Mia's bestwil was. Dit territoriale instinct was primitief en volstrekt irrationeel, maar Korum kon het niet helpen. Als het om Mia ging, was hij zo ontwikkeld als een amoebe.

Tegen de tijd dat het onderzoek achter de rug was, was Korum in een kutstemming. 'Nou?' zei hij zodra Haron zijn spullen had opgeborgen.

De breinexpert haalde zijn brede schouders op. 'Ik weet het niet,' zei hij, en hij keek Korum vragend aan. 'Haar hersenen zijn gezond, maar het is wel te zien dat er recent een stuk geheugen is gewist. Er is ook nog iets anders, iets wat ik niet eerder heb gezien.'

'De verzachting,' zei Korum. 'Zou dat het kunnen zijn?' Hij had Haron verteld wat Saret beweerde, en de breinexpert was geïntrigeerd geweest.

'Zou kunnen,' zei Haron. 'Ik heb echt nog nooit zoiets gezien. Als Saret beweert dat hij het heeft uitgevonden, zou dat het verklaren.' Het klonk bewonderend en dat maakte Korum weer boos.

'Kun je het oplossen?' Korum wist het antwoord al, maar hij moest de vraag stellen.

Haron schudde zijn hoofd. 'Ik denk van niet. Niet zonder het risico te lopen dat we nog meer schade toebrengen. Als we hier iets nieuws bedenken, testen we het uitgebreid in een simulatie voordat we het op levende subjecten gaan loslaten. Ik zou het wel kunnen proberen, natuurlijk, als je wilt...'

'Nee.' Zo'n risico kon Korum niet nemen met Mia. 'Laat maar.'

Terwijl hun vliegtuig terugvloog naar Lenkarda, hield Korum haar op schoot. Ze was wakker en een beetje groggy, en ze leek het wel fijn te vinden om gewoon zo te zitten, met haar hoofd tegen zijn schouder. Hij streelde haar haar, genietend van het gevoel van haar zachte krullen onder zijn vingertoppen.

Hun gesprek gisteren was heel anders gegaan dan hij had gevreesd. Mia was geschokt en kon niet geloven wat Saret had gedaan, maar wat ze nog het allerergst vond, was het idee om hem te verlaten. Korum was daar blij om. Hij was zo enorm blij en opgelucht dat ze wilde blijven. Hij wist niet wat hij zou hebben gedaan als ze weg wilde. Hij wilde graag geloven dat hij haar zou hebben laten gaan, maar diep vanbinnen wist hij dat het tegendeel waar was. Hij kon de gedachte niet aan om ook maar een dag van haar gescheiden te zijn, dus hoe moest hij een leven zonder haar overleven?

Dat kon hij niet. Zo simpel was het. Hij zou het hebben geprobeerd als zij dat wilde, maar de mislukkingskans was groot. Korum maakte zich geen illusies over zichzelf. Hij was niet altruïstisch ingesteld. Hij zou het een tijdje hebben volgehouden – uit schuldgevoel over wat hij haar had laten overkomen, en uit het verlangen om zijn fouten goed te maken – maar uiteindelijk zou hij haar zijn gaan zoeken.

Ze bewoog in zijn armen en haalde hem uit zijn overpeinzing. Ze keek naar hem op met een slaperige glimlach. 'Waar gaan we naartoe?'

'Naar huis, liefste,' antwoordde Korum. Het laatste restje van zijn zwaarmoedige bui verdween toen hij haar mooie gezicht zag. Hoe graag hij ook wilde dat het mogelijk was om Sarets procedure ongedaan te maken en zijn mooie schepsel terug te hebben zoals ze was, hij was hoe dan ook heel blij met haar. Ook al hield ze nu niet oprecht van hem, hij hoopte dat die gevoelens weer zouden groeien.

En Korum zou ervoor zorgen dat haar liefde niet omsloeg in haat als ze de waarheid ontdekte over zijn plannen.

# HOOFDSTUK NEGENTIEN

*E*r vloog een maand voorbij. Korum was drukker dan normaal nu zijn ontwerpers de nieuwe schilden voor de Centers afrondden en de Raad moest besluiten over Sarets straf.

Na meerdere samenkomsten was duidelijk dat een berechting zoals die van de Kadebam in dit geval niet mogelijk was. Saret was een Raadslid geweest, dus niemand was echt onpartijdig en de emoties liepen hoog op. Korum was niet de enige die Saret als een vriend had gezien. De breinexpert was alom geliefd, dankzij zijn schijnbaar relaxte karakter en zijn vriendelijke manier van doen. De omvang van zijn masterplan was ongelofelijk en zelfs complete rehabilitatie werd een te milde straf bevonden. Uiteindelijk vroeg de Raad de Ouderen om het te bepalen – een initiatief waarin Korum het voortouw nam omdat hij ook andere dingen te bespreken had met de Ouderen.

Met alles wat er gaande was boven op zijn normale werk, kreeg Korum nauwelijks slaap – hij wilde namelijk ook nog zo veel mogelijk tijd doorbrengen met zijn charl. Mia's gevoelens voor hem leken met de dag sterker te worden en Korum twijfelde niet meer aan de oprechtheid ervan. Zoals ze had gezegd was dit haar nieuwe zelf, na wat Saret had gedaan – en dat moesten ze allebei accepteren.

Een pluspunt was dat Korum zich bleef verbazen over hoe goed Mia overal mee omging... en hoe zelfstandig ze begon te worden.

Voor haar geheugenverlies liep ze niet graag in haar eentje rond in Lenkarda. Ze was een beetje bang voor zijn soort en hun technologie vond ze intimiderend. Ze ging alleen naar het lab en hij had haar meegenomen naar een paar mooie plekken; verder was ze thuisgebleven. Haar vrije tijd was toen ook beperkter, omdat Saret zijn leerlingen volgens een zwaar rooster liet werken. Maar nu zij en Adam het grotendeels zelf bepaalden, kwam Korum erachter dat zijn charl avontuurlijk was aangelegd en elke gelegenheid aangreep om iets nieuws te beleven.

Ze ging een keer zwemmen in de oceaan, op een dag waarop de stroming niet zo sterk was. Toch voelde Korum – die eraan gewend was geraakt elk uur te checken waar ze zich bevond – zijn bloed bevriezen toen hij zag dat ze driehonderd meter van de kust was. Hij was er gelijk heen gegaan, maar had toen gezien dat ze gewoon lekker aan het zwemmen was. Tegen de tijd dat ze het water uit kwam, had hij zichzelf genoeg gekalmeerd om op rustige toon te vertellen dat deze plek vrij gevaarlijk was, en had zij beloofd dat ze voortaan voorzichtiger zou zijn. Toch had hij nog een paar dagen last gehad van de angst die hij had gevoeld.

Haar andere excursies waren minder gevaarlijk. Ze hield van wandelen en vond het leuk om met haar polscomputer foto's te maken van de dieren die hier leefden: brulapen, leguanen en sommige grote insecten. Ze stuurde die foto's naar haar familie zodat ze iets konden meekrijgen van haar leven hier.

Ze kreeg ook steeds beter contact met Delia. Met haar ging ze 's ochtends wandelen op het strand. Korum moedigde de vriendschap aan. Hij vond het fijn dat ze andere contacten had in Lenkarda. Maria kwam soms ook langs en Korum nodigde haar en Arman een paar keer uit voor het eten.

Hun grootste onenigheid ging over Mia's status als charl. 'Begrijp je niet hoe dat voor me voelt, dat ik wettelijk jouw bezit ben alleen omdat ik een mens ben en omdat jij het zo bepaalt?' zei ze een keer. 'Zie je niet in hoe barbaars dat is?'

Dat zag Korum helemaal niet. Ja, ze was van hem – het was aan hem om haar te beschermen, om haar lief te hebben en om haar te koesteren. Een charl was een levenslange verantwoordelijkheid. Volgens de Krinar-wetten was Korum verantwoordelijk voor Mia's daden. Als ze ooit het mandaat zou schenden, bijvoorbeeld, zou hij degene zijn die zich moest verantwoorden bij de Ouderen. Mia zou nooit meer een normaal mens zijn nu ze nanocyten in haar lichaam had. Zelfs als ze hem verliet, zou Korum altijd naar haar moeten omkijken om er zeker van te zijn dat ze geen informatie over de Krinar naar buiten bracht. Een charl was slaaf noch huisdier, en de meeste cheren zagen hen als hun menselijke partner – iets wat Mia niet leek te kunnen bevatten.

'Hoe kan ik je partner zijn als ik geen rechten heb?' vroeg ze. Haar koppigheid zorgde ervoor dat Korum haar over de knie wilde leggen om tikken op haar mooie kontje te geven. 'Ik heb er nooit mee ingestemd om jouw partner te zijn, of je charl. Toch? En daarbij, we kunnen geen kinderen met elkaar krijgen...'

Tegen dat laatste kon Korum niets inbrengen en haar issues met de rol van charl bleven onopgelost. Ze hingen boven hun hoofd en kwamen soms naar boven in verhitte discussies – alhoewel die minder frequent werden naarmate hun relatie zich ontwikkelde.

Omdat hij zag dat Mia steeds vertrouwder raakte met de Krinar-technologie, gaf Korum haar een eigen fabricator, een apparaat waarmee ze dingen kon maken. Het was een geavanceerdere versie van de fabricator die hij voor Maria's verjaardag had gemaakt. Deze was krachtig genoeg om alles te maken wat Mia in de loop van een dag nodig had, inclusief een vliegtuigje.

Ze was onnoemelijk blij geweest met het cadeau.

'Dank je wel! O mijn god, Korum, onwijs bedankt! Dit is geweldig!' Ze bedolf hem onder de kusjes, haar ogen glansden en haar lichaam trilde van opwinding. Een paar uur lang speelde ze non-stop met haar nieuwe apparaat, het ene na het andere ding maakte ze en haalde ze weer uit elkaar, terwijl Korum met heel veel plezier naar haar keek.

Kort daarna besloot Mia naar New York te gaan – in een vliegtuigje dat ze zelf had gebouwd. Korum had haar het ontwerp ervoor gegeven; het was iets ingewikkelder dan het vervoermiddel dat ze gebruikten in het Center. Ze maakte het terwijl hij glimlachend toekeek, trots op hoeveel ze al had geleerd.

Ze gingen samen naar New York, want Korum wilde haar niet in haar eentje zo ver laten reizen. Hij wist dat het onlogisch was: ze had jaren in die mensenstad gewoond voordat ze elkaar hadden ontmoet en dat was haar prima afgegaan, en Saret en het Verzet vormden nu geen bedreiging meer. Toch kon hij de irrationele angst dat haar iets zou overkomen niet van zich afzetten. Hij had uiteindelijk de keus: of met haar meegaan, of haar verbieden om te gaan. Korum wist dat ze hem die tweede optie niet in dank zou afnemen.

Op de ochtend van hun tripje gebruikte Mia haar fabricator om mensenkleren voor hen te maken.

'Hmm, eens zien,' zei ze met een grijns. 'Wat vind je van een roze T-shirt?'

'Waarom niet.' Korum onderdrukte een lachje bij haar verbaasde blik. 'Ik vind roze prachtig.' Zijn soort associeerde kleuren niet met geslacht, en hij vond alle pasteltinten mooi. Hij wist dat ze had gehoopt dat hij zou tegensputteren als ze hem in een vrouwelijke outfit hees, maar het kon hem niks schelen – zolang ze hem maar geen rok liet aantrekken. Hij zou een grens trekken bij een rok.

'Bah,' zei ze, 'geen lol aan met jou.' Toch maakte ze een roze T-shirt, dat Korum zonder aarzelen aantrok. Gelukkig was de spijkerbroek die ze hem gaf een standaard donkerblauw exemplaar.

'Weet je,' zei ze bedachtzaam toen ze allebei aangekleed waren, 'roze staat je serieus goed.'

Korum lachte. 'Nou, dank je wel, liefste. Dat is vleiend.' Ze zag er zelf ontzettend sexy uit in een strakke spijkerbroek, enkellaarsjes met hoge hakken en een zilverkleurige tanktop die haar gebruinde armen en schouders bloot liet. Nu ze nanocyten in haar lichaam had, had Mia veel meer uithoudingsvermogen voor fysieke activiteiten. Haar voorliefde voor wandelen en zwemmen had wonderen gedaan voor haar lichaam. Korum had haar altijd al onweerstaanbaar gevonden, maar nu kon hij zijn ogen – en handen – helemaal niet meer van haar afhouden.

'Heb je Jessie laten weten dat we landen op haar dak?' vroeg ze toen ze het voertuig betraden.

'Ja. Ze weet dat we komen en heeft zelfs toestemming gekregen van de huisbaas.'

Om tijd te besparen hadden ze besloten gelijk naar Jessie te gaan in plaats van naar een van de speciale Krinar-landingsplaatsen. Het idee achter deze plaatsen was dat de stadsbewoners zo min mogelijk overlast zouden ervaren. Tot op de dag van vandaag was het zien van een Krinar-voertuig vaak de aanleiding voor auto-ongevallen. Blijkbaar waren angstige menselijke chauffeurs niet meer zo alert achter het stuur. Omdat Korum een Raadslid was, kon hij wel onder de richtlijn voor landingen uitkomen, maar hij probeerde het toch te vermijden om in grote steden zoals New York lukraak ergens te landen.

Jessie begroette hen op het dak toen ze geland waren. Ze stond daar met een jonge mensenman die wel Edgar moest zijn, haar nieuwe vriendje. Korum herinnerde zich dat hij hem eerder had gezien, bij de nachtclub waar Mia met een andere man danste. Dat was niet een van Korums beste herinneringen.

Desondanks glimlachte hij naar Jessie en Edgar. Hij wilde graag aardig gevonden worden. Hij wist dat Mia's voormalige huisgenootje zich zorgen om haar maakte. Jessie had het hobbelige begin van zijn relatie met Mia meegemaakt en daarom was hij niet echt haar favoriete persoon – iets waar Korum vandaag verandering in wilde brengen.

Mia glimlachte ook, en hij zag dat ze oprecht blij was om haar vriendin te zien. Ze was ook zenuwachtig, te oordelen naar hoe strak ze zijn hand omklemde. Om de een of andere reden had ze haar vrienden en familie niet verteld over haar geheugenverlies. Toen Korum haar daarnaar vroeg, had ze een vaag antwoord gegeven, iets als dat ze niet wilde dat ze zich zorgen zouden maken. Daar moest hij het mee doen.

'Mia!' Jessie vloog op haar af zodra ze uit het

voertuig stapten en ze omhelsden elkaar, lachend en gillend.

Korum grinnikte om hun uitbundige hereniging en deed een stap naar voren, waarbij hij Edgar zijn hand toestak als menselijke begroeting. 'Hallo. Volgens mij hebben wij elkaar nog niet officieel ontmoet.'

'Nee, klopt,' zei Edgar droogjes, en hij schudde hem de hand. 'De laatste keer dat ik jou zag, wurgde je mijn vriend Peter. Het was niet echt het moment.'

'Ja,' zei Korum, en hij kneep zijn ogen ietsje toe. Hoe durfde deze mensenman hem aan die dag te herinneren! Peter had geluk gehad dat Korum zichzelf zo goed in bedwang had. Elke keer dat hij terugdacht aan die jongen die Mia zoende, werd hij rood van woede. *Doe aardig*, hielp hij zichzelf herinneren, en hij keek wat vriendelijker. Toen stuurde hij het gesprek naar een onderwerp dat de mens zeker weten zou interesseren: 'Dus jij bent acteur?'

'Ja.' Edgar hapte. 'Ik zit in een nieuwe serie op CBS, *The Vortex*. Misschien heb je er wel van gehoord?'

'Ik heb alle afleveringen gezien,' zei Korum. 'Ik ben fan. Ongelofelijk wat er vorige week gebeurde! Ik had nooit verwacht dat Eva's zus ineens zou opduiken.'

Edgars ogen begonnen te twinkelen. 'Wow! Je volgt het? Is het populair onder de K?'

Het was populair onder één specifieke K die moest kijken ter voorbereiding op dit tripje. 'Ja,' zei Korum. 'Wij genieten net zo van entertainment als mensen.'

Mia was klaar met het knuffelen van Jessie en stapte

nu ook op Edgar af. 'Hoi Edgar,' zei ze. 'Wat leuk om je weer te zien.'

Korum verborg een glimlachje. Liegbeestje. Ze herinnerde zich deze vent helemaal niet, maar ze deed best overtuigend alsof. Edgar was hier vandaag niet de enige acteur.

'Hoi Korum,' zei Jessie, met een wantrouwige blik in haar mooie ogen. Korum zuchtte inwendig. Deze vriendin van Mia zou het moeilijkst voor zich te winnen zijn. Hij zag het in de koppige manier waarop ze haar kin een stukje hief terwijl ze hem aankeek. Ze verachtte hem omdat hij Mia had meegenomen – en omdat hij haar in het begin op een niet al te nette manier had behandeld.

Het was maar goed dat Korum nooit een uitdaging uit de weg ging. 'Hoi Jessie,' zei hij met een warme glimlach.

Ze gingen naar binnen, naar het appartement dat Jessie eerst deelde met Mia. Korum wist dat er meer studenten van NYU in dit gebouw woonden omdat het zo dicht bij de campus was en omdat de huur voor New Yorkse begrippen meeviel, maar hij had altijd gevonden dat het onbewoonbaar was. De verf in de gangen bladderde af en hij rook de rotting in de oude, muffe muren. Toen hij Mia had ontmoet, kon hij niet wachten om haar hier weg te halen en mee te nemen naar zijn mooie penthouse.

Jessie had een schaal met rauwkost en wat chips klaargezet, en ze gingen met z'n vieren zitten in de woonkamer. Korum was van plan ze straks uit te nodigen om te gaan eten in een restaurant, maar op dit moment was deze plek prima.

Korum ging bewust naast de gastvrouw zitten. Mia ging aan de andere kant van Jessie zitten en Edgar zakte onderuit op een zitzak tegenover Korum. Een paar biertjes later was alle ongemakkelijkheid verdwenen en liep het gesprek soepel. Voor een paar jonge mensen waren Mia's vrienden opmerkelijk interessant, en Korum merkte dat hij het onverwacht naar zijn zin had. Jessie en Edgar pasten heel leuk bij elkaar, ze maakten onderlinge grapjes en plaagden elkaar, en hij zag dat Mia's gespannenheid wegtrok nu niemand leek te merken dat ze leed aan geheugenverlies.

Toen iedereen ontspannen was, begon Korum zijn charmeoffensief voor Jessie. Hij begon door te informeren naar haar zomer en luisterde aandachtig terwijl ze vertelde over haar stage bij een grote farmaceut. Korum wist dit allemaal al, want hij had research gedaan voorafgaand aan zijn komst naar New York. Maar hij wist ook dat mensen het prettig vonden om over zichzelf te praten, dus hij bleef Jessie vragen stellen. Ondertussen liet Edgar aan de andere kant van de kamer Mia de posters van zijn tv-serie zien.

'Zou je bij dit bedrijf in dienst willen gaan?' vroeg Korum, en Jessie knikte met een hoopvolle blik in haar ogen.

'Iedereen zou er wel willen werken, iedereen die geen geneeskunde gaat studeren tenminste,' zei ze. 'Omdat ik eerst research wil doen, zou dit de perfecte plek zijn. Het is niet makkelijk om er binnen te komen, dat spreekt voor zich. Ze nemen tien keer zoveel stagiairs aan als ze uiteindelijk fulltime onderzoeksassistenten nodig hebben, dus een stage is geen garantie dat je wordt aangenomen.'

En ineens wist Korum wat hij moest doen. 'Maak je geen zorgen,' zei hij. 'Ik zal een goed woordje voor je doen bij het management.'

'Echt?' Jessie keek hem verbaasd aan. 'Ken jij het management van Biogem?'

'Ja,' zei Korum. Het was niet echt een leugen, want hij zou zorgen dat hij ze heel snel leerde kennen.

'Wauw. Dat hoef je niet te doen, Korum,' protesteerde ze halfslachtig, maar Korum merkte dat ze het wel degelijk wilde. Deze onderzoeksplek was haar doel, en hij reikte hem haar aan op een presenteerblaadje.

'Ik doe het graag,' zei hij. 'Het is duidelijk dat je deze kans verdient en ik weet zeker dat Mia het je ook honderd procent gunt.'

Jessie glimlachte onzeker. 'Nou, in dat geval: dank je wel. Alle hulp is welkom.'

En zo was operatie-Jessie geslaagd.

Toen ze niet meer genoeg hadden aan bier en snacks, gingen ze de stad in om te eten. Korum nam ze mee naar een nieuw Frans restaurant dat goede recensies had en dat erom bekendstond dat ze tegen astronomische prijzen traditionele vleesgerechten serveerden. Hij hield zelf vast aan zijn gebruikelijke plantaardige dieet, maar Mia en haar vrienden bestelden alle drie iets dierlijks. Korum vond het niet erg dat ze dit eens in de zoveel tijd deden. De Krinar maakten zich vooral druk over de gevolgen die het voormalige menselijke eetpatroon had voor het milieu, en zo nu en dan vlees eten was lang niet zo slecht voor de planeet als de manier waarop ze vroeger vlees naar binnen schoven.

Na het eten gingen ze wat met elkaar drinken. Korum liep onopvallend samen met Edgar naar de bar, want hij kon zich voorstellen dat de vrouwen wat privacy wilden. Ze lieten Mia en Jessie alleen achter aan het tafeltje bij het raam. Korum hield ze wel in het oog zodat ze niet door iemand zouden worden lastiggevallen, maar verder richtte hij zich nu op Edgar.

'Beoefen je ook een sport?' vroeg hij hem toen hun biertjes er waren. Dit was een van de vele dingen die de Krinar en de mensen gemeen hadden: hun liefde voor spelletjes waar fysieke kracht en wendbaarheid een grote rol in speelden.

De acteur knikte. 'Op de uni voetbalde ik en nu doe ik dat nog weleens voor de lol. Ik ben sinds kort ook aan het boksen om in vorm te raken voor mijn volgende rol.'

'O, echt?' zei Korum. 'Vertel me er alles over.'

MIA GLIMLACHTE BIJ ZICHZELF TOEN ZE KORUM EN EDGAR AAN DE BAR ZAG ZITTEN. Ze wist precies wat hij deed en waarom: haar vriend wilde haar en Jessie wat tijd met elkaar geven.

'Wow, Mia,' zei Jessie zodra ze hun cocktails hadden. 'Ik moet zeggen dat ik begin te begrijpen waarom je voor hem bent gevallen. Hij is veel toffer dan ik dacht.'

Mia glimlachte. 'Ja, hij is te gek.' Ze had geen idee hoe Korum het had gedaan toen ze elkaar ontmoetten, maar ze had wel zo haar vermoedens op basis van wat hij haar had verteld – en van wat ze had gezien in zijn omgang met anderen. De liefde van haar leven was zeker weten niet iemand die ze tegen zich wilde hebben.

'Jij komt ook anders op me over,' zei Jessie. 'Sterker en zelfverzekerder… en zelfs mooier. Wat hij ook doet, het lijkt een goede uitwerking te hebben.'

'Hij maakt me gelukkig,' vertrouwde Mia haar toe. 'O, Jessie, ik ben zo gelukkig met hem. Ik had nooit gedacht dat ik zo verliefd kon zijn. Het is alsof ik in een sprookje leef.'

'Compleet met een buitenaardse prins op het witte paard?'

Mia lachte. 'Waarom niet.' Korum was niet bepaald prinselijk, maar dat wilde ze Jessie niet vertellen. Ze vond het fijn dat er nu een vriendelijke toon was gezet tussen Korum en haar beste vriendin, en ze was niet van plan daar iets aan te veranderen.

Nee, ze wist best dat Korum verre van perfect was. Ze hield van hem, maar ze was niet blind voor zijn mindere eigenschappen. Hij was extreem bezitterig, paranoïde als het om haar veiligheid ging, en soms ook manipulatief. Ze had wel gemerkt hoe hij zich op Jessie stortte om haar voor zich te winnen. Het had nog gewerkt ook: haar voormalige huisgenootje leek nu veel positiever over hem te denken.

'Vind je het niet lastig dat hij veel ouder is?' vroeg Jessie met een nieuwsgierige blik in haar ogen. 'Edgar is zesentwintig en hij plaagt me ermee dat ik zo jong ben. Ik kan me niet voorstellen hoe het moet zijn om samen te zijn met iemand van Korums leeftijd…'

'Hij is niet zo oud voor Krinar-begrippen,' zei Mia glimlachend. 'Er zijn er die nog veel, véél ouder zijn. Maar inderdaad, soms is het leeftijdsverschil wel een uitdaging. Ik heb weleens het gevoel dat hij me schattig en naïef vindt. Hij geeft me niet het gevoel dat ik dom ben of zoiets, maar ik weet wel dat hij me erg jong vindt.'

'Behandelt hij je niet als een kind?'

'Nee.' Mia schudde haar hoofd. 'Dat niet. Hij is overdreven beschermend, maar dat is alles.'

Jessie keek haar bedachtzaam aan. 'Denk je dat deze relatie stand zal houden?' vroeg ze met een kleine frons in haar voorhoofd. 'Ik bedoel met een trouwerij en de hele mikmak? Hoe zou dat überhaupt moeten werken? De K verouderen niet zoals wij, en jij wordt een oud dametje…'

Mia nam een grote slok van haar cocktail en moest hoesten omdat hij in haar luchtpijp belandde. 'Eh, ik weet niet of we al zover zijn,' zei ze toen ze eindelijk was bijgekomen. Korum had haar op het hart gedrukt dat niemand buiten Lenkarda mocht weten dat ze langer zou leven. Het had iets te maken met een mandaat van de Ouderen. Mia vond het vervelend dat ze hier niet over mocht praten, maar ze zou zich eraan houden. Korum had haar verteld dat het geheugen van mensen die te veel wisten werd uitgewist. Mia zou haar vrienden en familie dat nooit willen aandoen.

'Maar uiteindelijk?' drong Jessie aan. 'Heb je daarover nagedacht? Als jullie samen blijven, wat gebeurt er dan als je ouder wordt? En kun je kinderen met hem krijgen?'

Mia haalde haar schouders op. 'Dat zien we dan wel weer.' Ze wilde nu niet nadenken over kinderen. Het was het enige onderwerp dat gegarandeerd haar humeur verpestte. De verschillen in DNA tussen mensen en Krinar waren te groot om biologisch nageslacht te krijgen – wat logisch was, maar toch nogal kut voelde.

'En jij,' zei Mia om van onderwerp te veranderen, 'hoe gaat het tussen jou en Edgar? Hoe serieus wordt het tussen jullie?'

Jessies glimlach straalde als de zon. 'Ik heb vorige week zijn ouders ontmoet,' zei ze. 'En volgende week gaat hij de mijne ontmoeten.'

'Wow, Jessie, dat is een enorme stap!' Zover Mia wist was dit de eerste keer dat Jessie een jongen ging voorstellen aan haar ouders. Hoewel Jessies ouders al heel lang in de VS woonden, hielden ze toch nog vast aan sommige traditionele normen en waarden uit China. Een vriendje mee naar huis brengen was een serieuze zaak, en het vriendje moest zich voorbereiden op onverbloemde vragen naar zijn carrière en toekomstplannen.

'Ja,' zei Jessie wrang. 'Ik heb Edgar gewaarschuwd dat hij gefileerd wordt, maar hij vindt het oké.'

Plotseling voelde Mia een lichte aanraking op haar blote arm. 'Mag ik iets te drinken voor jullie kopen?' vroeg een onbekende mannenstem, en Mia keek op naar een mooie man met donker haar die zo te zien eind twintig was.

'We zijn hier met onze vriendjes,' zei Jessie vlug met een zenuwachtige ondertoon in haar stem.

'Oké, geen probleem,' zei de man, en hij verdween weer in de menigte.

Mia keek met opgetrokken wenkbrauwen naar Jessie. Ze had hem ongewoon bot afgewezen en ze begreep niet waarom. En toen zag ze waar Jessie naar keek.

Korum staarde naar hen met een gespannen kaaklijn en intens goudkleurige ogen. Mia glimlachte en zwaaide naar hem om de spanning te verlichten. Ze wist dat hij het niet fijn vond als andere mannen haar aanraakten, maar dit was onschuldig.

'Hij gaat toch niet weer flippen?' vroeg Jessie angstig.

'Wat? Nee, natuurlijk niet,' zei Mia automatisch, maar toen herinnerde ze zich dat Korum haar had verteld over een incident in een nachtclub in het begin van hun relatie. Hij had gezegd dat zij en Jessie samen uit waren en dat een gast haar had gezoend. Afgaand op Jessies reactie begreep Mia nu dat Korums reactie daarop wat heftiger was geweest dan hij had verteld.

'Hmm,' zei Jessie twijfelachtig.

'Echt,' zei Mia vol vertrouwen, en ze keek Korum recht aan. Ze wist dat hij haar kon horen.

Hij staarde naar haar terug. In zijn ogen waren nog steeds die gevaarlijke gouden spikkels te zien, maar een mondhoek ging omhoog en er verscheen een minimaal glimlachje op zijn gezicht. Mia bleef hem aankijken en het glimlachje werd een brede lach, waardoor zijn gezicht niet langer gewoon knap was, maar buitenaards sexy. Toen keek hij weg en ging hij verder met zijn gesprek met Edgar alsof er niets was gebeurd.

'Holy shit,' zei Jessie met grote ogen. 'Je hebt het gedaan! Mia, je hebt het gewoon voor elkaar gekregen!'

'Wat precies?'

'Je hebt een K getemd.'

Twee weken na het tripje naar New York merkte Mia aan zichzelf dat ze haar nieuwe leven heerlijk vond. Ze overwoog zelfs om niet terug te gaan voor het laatste jaar aan de uni.

Lenkarda was een paradijsje. De zomer was het regenseizoen, met zonnige ochtenden en in de middag tropische buien. Door al die regen werd het er overdadig groen. De watervallen en rivieren stroomden sneller dan ooit. Mia ging in de ochtend vaak wandelen in het bos en maakte foto's van de dieren, en in de middag werkte ze in het lab met Adam.

Haron, de breinexpert uit Arizona, had Sarets lab nu overgenomen als tijdelijke oplossing om het open te houden. Er werd te veel belangrijk onderzoek verricht om het te sluiten. Mia had de K voor het eerst ontmoet toen ze naar Arizona gingen, en ze wist niet of ze hem wel zo leuk vond. Ze had het gevoel dat hij haar vooral zag als een interessant geval om wat er met haar gebeurd was. Toch vond hij het goed dat ze in het lab bleef werken en hij liet haar en Adam grotendeels met rust – dat vond ze wel zo fijn.

Met elke dag die verstreek, begon Mia meer van haar leven in Lenkarda te houden. Haar vriendschap met Delia werd hechter en ze gingen vaak samen zwemmen of snorkelen – iets wat hun cherens allebei geruststelde. 'Nu kan Delia tenminste om hulp schreeuwen als er iets gebeurt, en andersom,' zei Korum op een avond toen ze in bed lagen. 'En zij weet waar je beter niet kunt zwemmen.'

Korums beschermingsdrang dreef haar soms tot waanzin. Toen ze daarover haar beklag deed bij Delia, moest die lachen. 'Wen er maar aan. Arus is precies hetzelfde, geloof me. Je zou denken dat hij na zoveel eeuwen samen wel weet dat ik voor mezelf kan zorgen, maar nee. Als het aan hem lag, zou ik nooit zonder hem het huis uit gaan.'

'Hoe ga je daarmee om?' vroeg Mia, kijkend naar haar handen. Ze wist dat daar iets in zat waarmee Korum haar kon volgen, en ze haatte het. Toen ze had ontdekt dat ze was beschenen – nadat ze Korum had gevraagd hoe het kon dat hij altijd precies wist waar ze uithing – was ze kwaad geworden en had ze hem verzocht het onmiddellijk ongedaan te maken. Dat weigerde hij met het excuus dat hij moest weten dat ze veilig was. Het leidde tot een verhitte discussie die eindige in verhitte seks. Nu was er dus niks veranderd, maar Mia zou zodra ze de kans kreeg die onderhuidse trackers verwijderen.

Delia haalde haar slanke schouders op. 'Ik weet het niet,' zei ze. 'Ik weet dat Arus van me houdt en bang is om me kwijt te raken. Hij heeft mij net zo hard nodig als ik hem – en daar probeer ik rekening mee te houden. We hebben geleerd dat het waardevol is om compromissen te sluiten, en zo zal het voor jou en Korum ook gaan.'

Het was met Delia alsof ze een mentor en vriendin had tegelijkertijd. Soms was ze zo wijs en mysterieus als een sfinx, maar op andere momenten was ze gewoon een meisje van Mia's leeftijd, zo speels als een tiener. Deze ongebruikelijke combinatie was onder de Krinar niet zo vreemd, merkte Mia. Ze leefden heel lang, maar ze voelden zich niet oud. Lichamelijk waren ze na tienduizend jaar nog net zo fit als toen ze twintig waren, en iedereen leefde zo lang, dus ze hoefden niet om te gaan met het verlies van dierbaren.

'Weet je, jij bent helemaal geen onsterfelijk type,' zei Mia een keer na een bijzonder fijne speelsessie in hun antizwaartekrachtruimte. 'Zou je niet humeurig moeten zijn in plaats van zo'n levensgenieter?'

Korum had zijn witte tanden bloot gegrijnsd. 'Hoe kan ik het leven haten als ik jou heb?' zei hij, en hij draaide haar rond in de kamer.

Toen hij haar eindelijk had neergezet, was Mia buiten adem van het lachen.

'Het leven is er om van te genieten, liefste,' zei hij, en hij bleef haar vasthouden, met een onverwacht serieuze blik in zijn ogen. 'Daarom hou ik zoveel van jou. Ik geniet van jou, Mia – jij maakt ieder moment van mijn bestaan mooier. Je glimlach, je lach, zelfs je koppigheid... alles aan jou maakt me gelukkiger dan ooit tevoren. Zelfs als we niet fysiek bij elkaar zijn, ben ik blij als ik aan je denk, omdat ik weet dat je er bent als ik thuiskom en dat ik je dan weer kan vasthouden, voelen' – zijn ogen schitterden – 'en neuken.'

Mia staarde naar hem terwijl haar tepels harder werden en haar huid tintelde van opwinding.

'Ja,' zei hij met een diepe, zoetgevooisde stem, 'laten we dat laatste vooral niet vergeten. Ik geniet heel erg van het neuken met jou. Ik geniet van de manier waarop je kreunt als ik diep in je ben, ik geniet van de kleur op je wangen als je opgewonden bent... Ik geniet van je geur en je smaak. Ik wil je opeten als een toetje...' Hij ging met zijn hand tussen haar benen en vouwde met zijn vingers haar schaamlippen open om haar daar te strelen en haar vocht uit te smeren. 'Je kutje is zoeter dan welke soort fruit dan ook,' fluisterde hij, en hij ging op zijn knieën zitten en tilde haar jurk omhoog, 'heerlijker dan chocola...'

Mia kwam al bijna klaar bij de eerste aanraking door zijn tong. Kreunend begroef ze haar vingers in zijn haar en ze hield zich stevig aan hem vast terwijl hij haar met zijn behendige tong naar een orgasme bracht, haar zoveel genot gaf dat ze in een miljoen stukjes uit elkaar spatte.

∼

'Zeg dat nog eens,' zei Korum en hij keek Ellet strak aan.

'Ik denk dat ik iemand heb gevonden die ongedaan kan maken wat Saret Mia heeft aangedaan,' herhaalde Ellet. Ze sloeg haar lange benen over elkaar. Ze zaten in Ellets lab, waar Korum Mia destijds ook naartoe had gebracht nadat hij haar uit Sarets lab had gered.

'Wie dan?'

'Een leerling van het lab in Baranil. Kennelijk heeft ze een manier ontdekt om vrijwel elke procedure die op een brein is uitgevoerd ongedaan te maken. Het is allemaal nog vertrouwelijk, daarom wisten we dit eerder niet. Je kunt je wel voorstellen wat voor implicaties dat heeft. Iedereen die ooit gerehabiliteerd is, zal dit willen.'

'Het lab in Baranil,' zei Korum. 'Op Krina.'

'Ja.'

'Aha.' Korum stond op en begon te ijsberen.

'Is het eigenlijk nog wel nodig?' vroeg Ellet, en ze keek hem met haar grote, donkere ogen aan. 'Mia lijkt best gelukkig… en jij ook.' Haar stem had een zwaarmoedige ondertoon.

Korum keek haar aan. Hoewel ze ooit samen waren geweest, had hij geen diepe gevoelens voor Ellet – en hij had altijd aangenomen dat het andersom net zo was.

Als om zijn onuitgesproken vraag te beantwoorden, glimlachte Ellet. 'Ik ben blij voor je,' zei ze zachtjes. 'Echt waar. Wat jij en ik hebben gehad ligt ver achter me. Ik had gewoon nooit gedacht dat het een mensenmeisje zou zijn dat je dit gevoel zou geven.'

Korum zuchtte en haalde een hand door zijn haar. 'Ik ook niet, Ellet, geloof me. Het is voor mij ook een schok.'

'Ik geloof je zeker,' zei Ellet glimlachend. Ze was heel mooi, dat zag Korum wel op een objectieve manier, maar haar uiterlijk liet hem koud. Elke vrouw legde hij automatisch langs de meetlat van hoe prachtig hij Mia vond, en bij haar haalde niemand het. Nog een bijeffect van zijn obsessie met zijn charl.

'Kun je me in contact brengen met deze leerling?' vroeg Korum, terugkerend naar het onderwerp van gesprek. 'Ik zou haar graag willen spreken.'


Na het gesprek met Ellet ging Korum naar zijn eigen lab, waar zijn ontwerpers werkten. Hoewel ze allemaal op afstand konden werken en elkaar dan konden zien in een virtuele omgeving, was het voor het creatieve proces toch beter om fysiek op dezelfde plek te zijn. Het leidde ook tot een hechter team en meer innovatie.

Bij binnenkomst van het grote, crèmekleurige gebouw groette Korum Rezav, een van zijn belangrijkste ontwerpers, en hij ging zijn kantoortje binnen, een privéruimte waar hij vaak het beste kon werken. De afgelopen week was rustig geweest en zijn medewerkers hadden wat welverdiende rust kunnen pakken na het harde werk van vorige maand, toen de schilden moesten worden afgerond. Normaal gesproken zou dit een perfect moment zijn geweest voor Korum om aan zijn eigen ontwerpen te werken, maar de afgelopen weken waren verre van normaal.

Hij zorgde dat er niemand zijn kantoor kon binnenkomen, zette een virtual reality-apparaatje tegen zijn slaap en deed zijn ogen dicht. Toen hij ze weer opendeed, stond hij aan de oever van een brede rivier, omringd door het groen, rood en goud van de bomen en planten op Krina.

De zon scheen fel en het was nog heter dan op aarde bij de evenaar. Korum voelde de zonnestralen op zijn blote armen en genoot van het gevoel. Hij ademde diep in en liet zijn longen vollopen met pure, schone lucht en het zware aroma van bloeiende planten.

'Heel anders dan op de aarde, hè?' zei een diepe stem aan zijn rechterkant, en Korum draaide zich om en zag Lahur op twee meter afstand staan. Hij had de Oudere niet horen aankomen – maar er was dan ook niemand die zo kon bewegen als Lahur. De oeroude Krinar was de ultieme jager, met een legendarische kracht en snelheid.

'Ja,' zei Korum. 'Heel anders.' Als er één ding was dat hij had geleerd van zijn recente onderonsjes met de Ouderen, was het dat het het beste was om zo min mogelijk te zeggen. Lahur – de oudste van hen allemaal – hield van stilte en leek onnodig gebabbel af te keuren.

Het feit dat Lahur überhaupt met Korum praatte, was ongelofelijk. Korum kende de Ouderen, want hij had ze vaak om advies gevraagd in Raadszaken. Maar hij had alleen met ze gecommuniceerd via de officiële kanalen, en de Ouderen ontmoetten de Raadsleden vrijwel nooit persoonlijk – noch virtueel, noch in de echte wereld. Dus toen Korum hen had benaderd met zijn verzoek voor Mia, had hij niet verwacht dat het zo serieus zou worden opgepakt, en al helemaal niet dat hij een virtuele ontmoeting aangeboden zou krijgen.

Een virtuele ontmoeting die op de een of andere manier was uitgegroeid tot een hele reeks gesprekken.

Lahur staarde hem aan met donkere ogen. Net als Korum was hij op de natuurlijke manier verwekt, niet in een lab, en zijn asymmetrische trekken leken meer op die van de vroegere Krinar dan wat tegenwoordig normaal was.

'We hebben je verzoek in overweging genomen,' zei de Oudere, met zijn blik strak op Korum gericht.

Korum zei niets, hij knikte alleen licht. Geduld was hier de sleutel. Geduld en respect.

'Je wilt dat de familie van je charl onderdeel wordt van onze samenleving. Dat zij ook onze lange levensduur krijgen.'

Korum bleef stil en hield Lahurs blik vast.

'We zullen je verzoek niet inwilligen.'

Korum deed zijn best om zijn teleurstelling te verbergen. 'Waarom niet?' vroeg hij kalm. 'Het gaat maar om een paar mensen. Wat kan het voor kwaad als zij naar Lenkarda komen en deel uitmaken van het leven van mijn charl?'

Lahurs ogen werden donker, bijna pikzwart. 'Neem je het voor ze op?'

'Nee,' zei Korum afgemeten, zonder te laten merken dat zijn hartslag versnelde. 'Ik neem het voor haar op – voor Mia.'

Lahur staarde hem aan. 'Waarom? Wat maakt een van die schepselen zo belangrijk voor jou?'

'Dat is nu eenmaal zo,' zei Korum. 'Ze betekent alles voor me.' Hij wist dat wat hij nu deed gelijkstond aan Lahur zijn blote hals aanbieden, maar het maakte hem niks uit. Het was geen geheim dat Mia zijn zwakke plek was, en proberen dat te verbergen voor een tien miljoen jaar oude man was net zo zinloos als met je hoofd tegen een muur beuken.

Tot Korums grote verbazing verscheen er een glimlachje om Lahurs lippen en werd zijn gezichtsuitdrukking wat zachter. 'Goed,' zei de Oudere. 'Je hebt me overtuigd. Ik zal je één kans geven om de rest ook te overtuigen. Neem de mensen hier mee naartoe en laat ze hun eigen argumenten aandragen.' Hij pauzeerde even om zijn woorden tot Korum te laten doordringen. 'Ik wil die Mia van jou weleens ontmoeten.'

'Wat is er?' vroeg Mia voor de tweede keer toen Korum stilviel alsof hij helemaal opging in gedachten.

Ze waren op het strand voor een laat diner, een romantisch uitje dat Korum de dag ervoor had geopperd. Mia had verwacht dat hij overdreven zou uitpakken… en ze had gelijk. Om hen heen zweefden er honderden kleine lichtjes in de lucht, een soort mix van sterren en vuurvliegjes. De zon was al onder en deze lichtjes, samen met de nieuwe maan, waren het enige licht.

Als avondeten had Korum allemaal kleine hapjes klaargemaakt, vooral fingerfood. Het varieerde van kleine sandwiches met heerlijke artisjokpasta tot exotische vruchten die Mia nog nooit had geproefd. Het was een picknick met koninklijke allure. Mia had er enorm van genoten – totdat ze merkte dat Korum er met zijn gedachten niet bij was.

'Waarom denk je dat er iets aan de hand is?' vroeg hij en hij vormde met zijn lippen een sensueel glimlachje, maar Mia trapte er niet in. Hij zat ergens mee.

'Denk je niet dat ik het ondertussen wel doorheb als je iets dwarszit?' Ze hield haar hoofd schuin en staarde naar haar geliefde. Hij was soms nog steeds een raadsel voor haar, maar ze leerde hem met de dag beter kennen.

Hij keek haar aan met een bijna… berekenende blik. 'Je hebt gelijk, liefste,' zei hij uiteindelijk. 'Er is iets waarover ik met je moet praten.'

Mia slikte. De vorige keer dat Korum ergens met haar over moest praten, had ze te horen gekregen dat er met haar hoofd was geknoeid. Wat kon het deze keer zijn?

'Maak je geen zorgen,' zei Korum, die het blijkbaar wel begreep. 'Het is juist goed nieuws.'

'Wat dan?' Mia kon het onprettige gevoel nog niet van zich afzetten.

'We hebben iemand gevonden op Krina die Sarets procedure ongedaan kan maken,' zei Korum en hij keek haar nauwlettend aan. 'Ze kan alles terugdraaien wat hij heeft gedaan – ook het geheugenverlies.'

'O mijn god…' Mia wist niet wat ze moest zeggen. 'Maar Korum, dat is geweldig!'

Hij glimlachte. 'Inderdaad. En er is nog iets.'

'Wat dan?'

'Herinner je je dat ik bij de Ouderen een verzoek heb ingediend voor je familie?'

Mia hapte naar adem. 'Om ze onsterfelijk te maken, net als ik?'

'Ja.'

'Natuurlijk weet ik dat nog,' zei Mia, en haar hart begon te bonken in haar borst door een combinatie van hoop en vrees.

'Er is een kans dat het gaat lukken.'

Nu kon Mia een verrukte gil niet onderdrukken. Ze sprong op en wierp zichzelf lachend op Korum, die net op tijd opstond. 'Dank je! O mijn god, Korum, dank je wel!'

'Rustig, liefste,' zei hij, en hij trok zich voorzichtig terug. 'Zo simpel ligt het niet. Het vereist iets van jou wat je misschien niet wilt.'

Mia staarde hem aan en haar opgetogenheid nam ietsje af. 'Wat dan?'

'We moeten naar Krina, en je familie moet mee.'

Die nacht kon Mia niet slapen. Ze werd elk uur weer wakker en haar hoofd liep over met miljoenen vragen en zorgen. Korum had haar uitgelegd dat de reis naar Krina twee doelen had: om ongedaan te maken wat Saret met haar hoofd had gedaan, en om Mia's zaak te bepleiten voor de Ouderen. 'Ze willen je ontmoeten,' had hij gezegd, en Mia was er stil van geworden.

Ze werd uit haar gepieker getrokken doordat ze Korum tegen zich aan voelde. 'Je bent weer wakker,' mompelde hij, en hij trok haar in zijn armen. 'Waarom slaap je niet, liefste?'

'Waarom willen de Ouderen dit?' Mia kon niet ophouden eraan te denken. 'Waarom willen ze ons ontmoeten? Ik dacht dat ze een soort goden waren. Wat zouden ze willen met mij en mijn familie?'

Korum zuchtte en ze voelde zijn borst indeuken. 'Het zijn geen goden. Het zijn Krinar, net als ik, maar dan veel ouder. En waarom ze je willen zien, dat weet ik niet. Ze nemen mijn verzoek onverwacht serieus, ze hebben al een paar gesprekken met mij gevoerd waarin ze me vragen stelden over jou en je ouders.'

'Maar ze hebben nog niet gezegd dat het wordt goedgekeurd, toch?' Mia draaide zich om in zijn armen zodat ze hem kon aankijken.

'Nee,' gaf Korum toe. Het zachte maanlicht viel door het transparante plafond heen en reflecteerde in zijn ogen. 'Nee, dat niet. Maar Lahur heeft wel gezegd dat hij ons nog een kans gunt, en uit hoe hij het zei, maak ik op dat hij ons steunt.'

'Is Lahur de oudste?'

'Ja, hij is degene die al meer dan tien miljoen jaar leeft.'

Mia huiverde en kreeg kippenvel op haar armen.

'Heb je het koud?' Korum trok haar dichterbij en trok een laken over hen heen.

'Nee, niet echt.' Zijn naakte lichaam was een oventje, hij straalde zoveel hitte uit dat ze het nooit koud had als ze naast hem lag. De temperatuur in Korums huis was ook aangenaam – in de nacht wat koeler, overdag wat warmer. Het paste zich precies aan op hun behoeften. Toen Mia in Florida woonde, had ze een hekel aan airco. De koude lucht was een te groot contrast met de hitte buiten, en meestal stond een airco voor haar te koud. In Lenkarda zorgde de intelligente technologie ervoor dat de binnentemperatuur perfect was omdat er microzones om elke persoon heen werden gecreëerd.

'We hoeven niet te gaan,' zei Korum en hij streelde haar rug. 'We kunnen ook hier blijven. Je hebt je zo goed aangepast. Als het geheugenverlies je niet dwarszit, hoeft er niets te veranderen…'

'Nee,' zei Mia, en ze woelde tegen zijn borstkas. 'Als het alleen daarom ging, zouden we kunnen overwegen hier te blijven. Maar mijn ouders, mijn zus… Als er een kans bestaat dat ze langer kunnen leven, moeten we dit doen. Ik zou anders niet met mezelf kunnen leven.'

'Ik weet het, liefste,' zei Korum zachtjes. 'Ik weet het.'

'Kunnen we de Ouderen niet virtueel ontmoeten?' Mia trok zich terug en keek hem aan. 'Dat doe jij ook, toch?'

'Ja,' zei Korum. 'Maar dat beschouwen ze niet als een echte ontmoeting. Toen Lahur zei dat hij je wilde ontmoeten, bedoelde hij in levenden lijve.'

'Nogal ouderwets aangelegd, hè?' zei Mia sarcastisch.

Korum lachte. 'Understatement van de eeuw.'

Mia werd stil en dacht weer aan de reis. 'Denk je dat we snel terugkeren?' vroeg ze toen.

'Ik heb geen idee,' zei Korum. 'Dat ligt eraan wat de Ouderen willen.'

DE VOLGENDE DAG KEEK KORUM TOE HOE ZE AANBELDE BIJ HAAR OUDERS. Hij wist dat ze hiertegen opzag: haar ouders vertellen over de mogelijkheden om het leven te verlengen, en hen overhalen om mee te gaan naar Krina.

Ze droeg mensenkleren: een short en een T-shirt. Korum vond dat hun jurken haar mooi stonden, maar hij moest toegeven dat de short haar goed stond. Haar mooie benen kwamen er prachtig in uit. Misschien moest hij haar maar vaker zoiets laten aantrekken.

Mia's moeder deed de deur open met een enorme glimlach op haar gezicht. 'Mia! Korum! O, wat enorm leuk dat jullie er zijn!' Ze knuffelde eerst Mia en daarna kreeg ook Korum een geparfumeerde omhelzing.

Glimlachend drukte hij een lichte kus op Ella Stalis' wang, en daarna stapte hij achter de twee vrouwen aan het huis binnen. Mocha, het piepkleine hondje waarvan Mia zei dat het een chihuahua was, kwam uit een van de kamers naar hen toe rennen, vrolijk blaffend, en probeerde in Korums armen te springen. Hij bukte en aaide het diertje, dat onmiddellijk op haar rug rolde en haar buik aanbood, waar ze blijkbaar ook geaaid wilde worden.

'Wauw, Korum, ze vindt je geweldig,' zei Mia vol verbazing. 'Ongelofelijk. Ze is normaal gesproken zo terughoudend tegenover vreemden...' Om dat te bewijzen stak ze haar hand uit naar het hondje, dat zich meteen omdraaide en wegrende.

Korum grinnikte. Het leek erop dat hij geliefd was onder kleine schatjes.

Mia's ouders woonden heel mooi – zo mooi als een mens in Amerika maar kon wonen naar zijn mening. Het huis was comfortabel en je voelde dat hier geleefd werd. Er stonden zachte banken en er hingen overal foto's. Korum vond het vooral heel leuk om de foto's van Mia als kind te zien. Ze was een mooie kleuter, met haar lange krullen en grote, blauwe ogen. Heel even wenste hij bij het zien van deze foto's dat hij zelf een dochter kon krijgen die op Mia leek – een vreemde en onmogelijke wens die hij nooit eerder had gehad.

Mia's vader kwam de kamer binnen toen ze op de bank gingen zitten. Mia sprong gelijk weer op. 'Papa!'

'O, Mia, liefje, wat heerlijk om je te zien!' Dan Stalis gaf zijn dochter een knuffel en gaf een kus op haar wang.

Korum stond op en stak zijn hand uit. 'Hallo, Dan.'

'Korum, goed om jou ook te zien,' zei Mia's vader, en hij schudde hem de hand. Hij was wat gereserveerder tegenover Korum, en Korum wist dat haar vader nog steeds niet helemaal blij was met hun relatie. Hij kon hem dat niet kwalijk nemen. Als hij in Dans schoenen stond, zou hij helemaal niet makkelijk accepteren dat iemand zijn dochter van hem wegvoerde.

'Waar is Marisa?' vroeg Mia zodra iedereen weer zat. 'Komt ze ook?'

'Ja, ik verwacht haar elk moment,' zei haar moeder, nog steeds stralend van vreugde dat haar dochter hier was. Mia straalde ook. Korum keek naar hen en besefte opnieuw dat het goed was dat hij het verzoek aan de Ouderen had gedaan. Zijn charl zou het vreselijk vinden om haar ouders te zien verouderen en sterven terwijl ze wist dat Korum het had kunnen voorkomen.

'Wil je thee? Of fruit?' vroeg Ella aan Korum. 'Hebben jullie honger? Ik heb gisteren een heerlijke salade gemaakt…'

'Nee bedankt,' zei Korum, en hij glimlachte erbij om vriendelijk over te komen. 'We hebben net gegeten.'

'Ik wil wel thee,' zei Mia. 'Maar blijf lekker zitten, mam, ik pak het zelf wel.' Ze stond op en liep naar de keuken, waardoor Korum in zijn eentje achterbleef met de twee oudere mensen.

Ella en Dan Stalis keken hem vreemd aan, bijna alsof ze iets van hem verwachtten, en ineens wist Korum waarom. Ze dachten dat Korum en Mia zich wilden verloven en dachten dat hij om haar hand kwam vragen, zoals dat bij de mensen ging.

Korum was ineens teleurgesteld dat dat niet het doel van hun bezoek was. Het was zelfs nog nooit bij hem opgekomen. Voor zover hij wist, was er nog nooit een Krinar met een mens getrouwd. Zo ging het nu eenmaal niet. Door Mia als zijn charl te nemen, was Korum al een verbintenis met haar aangegaan – ook al zag zij dat ietsje anders.

Tot zijn opluchting ging de deurbel weer en was het ongemakkelijke moment voorbij. De mensen stonden allebei op en haastten zich naar de deur om hun oudste dochter en haar man binnen te laten. Mia kwam de keuken uit met een grote glimlach op haar gezicht.

Korum stond op om ze te groeten toen ze binnenkwamen. Hij gaf Marisa een kus op de wang en schudde Connor de hand. Hij was oprecht blij om ze te zien. Mia's zus begon een babybuikje te krijgen en ze straalde van geluk.

Toen zijn lippen langs haar wang streken, bloosde Marisa. Haar bleke huid was net zo gevoelig als die van Mia. Korum onderdrukte een lachje. Hij wist dat mensenvrouwen hem aantrekkelijk vonden, en dat vond hij wel leuk. Beter dan dat ze voor hem terugdeinsden, zoals soms ook gebeurde als ze wisten wat hij was.

Connor leek de reactie van zijn vrouw niet erg te vinden. Hij bleef kalm glimlachen. Korum begreep daar niets van. Als Mia moest blozen door de aanraking van een andere man, zou die man nog maar een paar minuten te leven hebben. Mensen waren zonder meer veel relaxter over dit soort dingen. Sommige mannen waren wel bezitterig, maar de meeste niet.

Ook Mia groette hen en toen gingen ze allemaal naar de woonkamer.

'Nou, zusje,' zei Marisa tegen haar zusje terwijl ze op de bank ging zitten. Haar man ging op een stoel naast haar zitten. 'Brand los.'

Mia ademde diep in en Korum gaf een

aanmoedigend kneepje in haar hand. 'Ik ben onsterfelijk,' flapte ze eruit. 'Mijn levensduur is nu net zo lang als die van Korum. En als jullie met ons meekomen naar Krina, zouden jullie hetzelfde kunnen krijgen.'

Een moment lang was het doodstil in de kamer. Toen begonnen ze allemaal door elkaar heen te praten. In die kakofonie was het onmogelijk om er een specifieke vraag uit te pikken. Alleen Dan Stalis zei niets. Hij leunde achterover en keek met een nieuwsgierige blik naar wat er gebeurde.

'Het verbaast je niet,' zei Korum tegen hem.

'Nee,' zei Dan, 'inderdaad.'

'Waarom niet?' vroeg Korum.

'Omdat het logisch is,' reageerde Dan. 'Hoe zouden jij en Mia anders samen kunnen zijn? Ze heeft het nooit gehad over de toekomst met jou, maar als het eens ter sprake kwam, leek het niet alsof ze zich er zorgen over maakte. Hoe zou dat kunnen als ze van je houdt en met je samen wil zijn? Dan moest er dus wel een oplossing zijn. En je hebt mijn migraine genezen met een minimale ingreep. Het is niet zo vergezocht om te denken dat jullie nog veel meer kunnen genezen, bijvoorbeeld kanker of hartklachten.' Hij zweeg even en zei toen: 'Of veroudering in het algemeen.'

Korum glimlachte. Hij was onder de indruk van deze man.

'Dan, je hebt mij nooit iets laten merken.' Ella klonk

verbijsterd. 'Al die keren dat we het over Mia hebben gehad, heb je nooit gezegd wat je vermoedde!' Haar stem sloeg over en ze keek haar man met samengeknepen ogen aan.

'Het was alleen een vermoeden,' zei Dan verzachtend. 'Ella, liefste, ik wilde niet dat je hoop zou krijgen terwijl ik het net zo goed mis kon hebben.'

'Ben jij nu dan een K?' Marisa keek haar zusje geschokt aan. 'Drink je ook bloed?'

'Wacht even,' zei Connor, 'kunnen we het hebben over het feit dat wij allemaal onsterfelijk kunnen worden als we naar Krina gaan?'

Mia deed haar mond open om te reageren, maar Korum gaf weer een kneepje in haar hand. 'Ik zal het proberen uit te leggen,' zei hij, 'en dan zullen we ons best doen om jullie vragen te beantwoorden.'

Iedereen stopte met praten en keek hem aan. Hij vertelde: 'We hebben inderdaad een remedie tegen kanker, en tegen veroudering, en tegen allerlei andere dingen waar mensen aan lijden. Dat doen we door nanocyten te implanteren – kleine machientjes die de functie van cellen in het menselijk lichaam overnemen. Ze vangen alle celschade op en maken het mogelijk om heel snel te herstellen van verwondingen. Dat is het enige wat ze doen, er is geen genetische verandering nodig. Mia heeft nanocyten in haar lichaam. Ik heb ze haar een paar maanden geleden gegeven. En je had gelijk, Dan: dat is de enige manier waarop wij langdurig samen kunnen zijn.'

Korum pauzeerde en keek de ruimte rond. 'De

reden waarom Mia jullie dit niet eerder heeft verteld – en waarom jullie dit nog nooit hebben gehoord – is het non-interventiemandaat. Dat is een regel van onze Ouderen. We mogen niets doen wat de natuurlijke menselijke ontwikkeling zou veranderen. Daarom delen we onze technologie en wetenschap niet met jullie: het is verboden. De enige uitzondering wordt gemaakt voor mensen die wij charls noemen: mensen zoals Mia, met wie we een serieuze relatie aangaan.'

'Maar waarom?' vroeg Connor fronsend. 'Waarom is dat mandaat er überhaupt?'

'Ik weet het niet,' gaf Korum toe. 'Er zijn veel theorieën over, maar de algemeen gedragen overtuiging is dat de Ouderen nog steeds hun experiment met betrekking tot jullie evolutie niet hebben afgerond. Ze hebben jullie soort zien ontstaan en ze willen zien hoe jullie je ontwikkelen met zo min mogelijk inmenging van onze kant...'

'Wat bedoel je, ontstaan? Hoe oud zijn die Ouderen van jullie precies?' vroeg Dan.

'Oud,' zei Mia. 'Heel erg oud. Tien miljoen jaar.'

Mia's vader trok wit weg. 'Tien miljóén jaar?'

'Ja,' zei Mia. 'Het is geen grapje dat ze de mens hebben zien ontstaan. Twee Ouderen hielden destijds toezicht op hun evolutie. Toch?' vroeg ze met een blik op Korum.

'Klopt,' zei hij.

'Maar als dit mandaat nog geldt, waarom vertellen jullie ons dit dan nu?' vroeg Mia's moeder met een verwarde blik. 'En wat zeiden jullie nou eerder, moeten wij naar Krina?'

'Ik heb een verzoek voor jullie ingediend bij de Ouderen,' legde Korum uit. 'Ik wil dat jullie hetzelfde krijgen als Mia. Ze hebben er nog niet mee ingestemd, maar ze hebben wel een ongebruikelijk verzoek gedaan: ze willen Mia en haar familie ontmoeten.'

'De Ouderen willen ons ontmoeten?' Ella Stalis leek op het punt te staan flauw te vallen.

'Ja,' zei Korum. 'Jullie en Mia.'

'Waarom?' vroeg Dan.

'Ik weet het niet,' zei Korum eerlijk. 'Ik wou dat ik het wist.'

'Dus, even zodat ik het helder heb… Ze willen dat wij naar Krina komen, maar ze kunnen ons niet garanderen dat we die nanocyten krijgen?' vroeg Connor fronsend. 'Ze willen dat wij ons leven hier achterlaten en erop gokken dat het misschien wel lukt?'

'Ja.' Korum probeerde het niet mooier te maken dan het was.

'Wat zou er gebeuren als je tegen hun regel inging?' vroeg Marisa, en ze friemelde met haar handen. 'Wat gebeurt er als je het non-interventiemandaat schendt?'

'Dat hangt ervan af,' zei Korum. 'Als het een kleine overtreding is, leidt het tot een daling in aanzien, en er zijn vaak ook financiële boetes. Maar bij een serieuze overtreding geldt het als een misdaad die gelijkstaat aan een moord plegen, bijvoorbeeld.'

'O,' zei Marisa.

'Dus jij geeft ons de mogelijkheid om oneindig lang

te leven,' zei Dan, 'maar alleen als we naar een andere planeet verhuizen.'

'Ja.'

'En wat als we weigeren?' vroeg Connor met een koppige gezichtsuitdrukking. 'Wat als we ons leven hier niet willen achterlaten?'

Korum haalde zijn schouders op. Hij wist eigenlijk niet wat er zou gebeuren als Mia's familie de uitnodiging afwees. Normaal gesproken werd bij een mens die iets wist wat hij niet mocht weten een deel van het geheugen gewist, maar dit was een ander geval, en hij wist niet hoe het dan zou gaan.

'Nee, Connor, je mag niet weigeren,' zei Mia en ze keek haar zwager fel aan. 'Snap je het niet? Als de Ouderen ons verzoek inwilligen, kunnen jij en Marisa en jullie baby duizenden jaren leven. Hoe kun je dat nou weigeren? En papa en mama, jullie zouden weer jong worden. Zou dat niet geweldig zijn?' Ze keek hen allemaal smekend aan. 'Alsjeblieft. Laat me niet lijdzaam toezien hoe jullie allemaal sterven omdat jullie bang zijn voor deze verandering. Korum geeft jullie een kans om onsterfelijk te worden. Dat kunnen jullie toch niet afwijzen?'

*D*e daaropvolgende twee weken bestonden uit voorbereidingen op hun vertrek. Mia's ouders, Marisa en Connor hadden allemaal vrij gevraagd van hun werk. Connor aarzelde het meest, maar Marisa had hem overgehaald – al was het maar voor hun kind. Na veel discussies hadden ze besloten dat als de Ouderen hun verzoek niet inwilligden, ze zouden teruggaan naar hun normale leven – mits ze een verklaring tekenden dat ze geen informatie over de K zouden verspreiden op aarde. Als hun verzoek wél werd ingewilligd, zouden zij ook in Lenkarda mogen wonen.

Mia wilde zeker weten dat het voor haar zus niet gevaarlijk was om deze reis te maken met een baby in haar buik, dus ze vroeg Ellet daarnaar. 'Ze is in heel goede gezondheid,' zei Ellet, 'en ruimtereizen is geen probleem. Als ze naar een onbekend sterrenstelsel zou gaan, zou ik me wel zorgen maken, maar een simpel reisje op en neer naar Krina is volkomen veilig.'

Mia belde Jessie en vertelde haar dat ze een tijdje weg zou gaan, en dat ze volgend schooljaar ook niet terugkwam. Jessie was niet verbaasd, maar ze moest wel huilen toen Mia zei dat ze niet wist wanneer ze elkaar weer zouden zien. Omdat Mia niet kon vertellen wat ze ging doen, deed ze alsof ze met Korum meeging op een zakenreis.

'Mag Jessie ook mee?' vroeg Mia aan hem na dat hartverscheurende telefoongesprek. 'Ik weet dat je hebt gezegd dat het alleen voor mijn familie is, maar zij is een soort familie voor me...'

'Nee, liefste,' zei Korum met spijt in zijn stem. 'De Ouderen deden al heel moeilijk over Connor. Ik heb moeten praten als Brugman om ze ervan te overtuigen dat een zwager gelijkstaat aan een broer. Als Connors ouders nog hadden geleefd, denk ik dat het te lastig zou zijn geworden – dat zouden te veel mensen zijn geweest.'

Mia slikte. Ze had niet beseft dat ze bijna haar zus was kwijtgeraakt, die er zeker voor zou hebben gekozen om bij haar man te blijven. Het was de eerste keer dat het fijn was dat Connor geen familie had. Mia vond het altijd zo naar voor hem dat zijn moeder, die hem in haar eentje opvoedde, een paar jaar geleden was overleden aan kanker... maar nu kon juist daardoor haar familie bij elkaar blijven.

Adam gaf haar een stapel notities en opnames om mee te nemen naar het breinlab op Krina. 'Geef dit allemaal aan de leerling,' zei hij tegen Mia. 'Dit is alles wat ik in Sarets archief kon vinden over geheugenverlies en verzachting. Het is niet veel, ik denk dat hij het merendeel heeft vernietigd, maar misschien helpt het.'

'Dank je, Adam.' Mia glimlachte naar de K. 'Het was geweldig om met je samen te werken.'

Adam lachte zijn tanden bloot. 'Insgelijks, partner. Stuur me een berichtje als jullie er zijn, ik wil alles weten over de ontmoeting met de Ouderen.'

'Natuurlijk,' zei Mia. Ze begreep dat Adam een heel goede reden had om te willen weten wat de uitkomst werd van Korums verzoek: zijn hele adoptiefamilie was menselijk, en het meisje over wie hij verder nooit iets had verteld ook.

'Saret reist met hetzelfde schip als wij,' zei Korum tegen Mia toen ze op de avond voor hun vertrek een strandwandeling maakten. 'De Raad wil dat hij naar Krina gaat zodat de Ouderen hem kunnen berechten.'

Mia's maag draaide zich om van de angst uit haar herinnering. Ze had soms nog steeds nachtmerries over het Arena-gevecht – angstaanjagende dromen waarin Korum niet als winnaar uit de bus kwam. Saret had hem bijna vermoord, en ze zou nooit de tergende momenten vergeten waarin ze dacht dat ze Korum kwijt was.

Alsof hij haar gedachten kon lezen, zei Korum: 'Je

hoeft je geen zorgen te maken, liefste. Hij zal de hele tijd geketend zijn.'

'En die reis duurt maar een paar weken, toch?' vroeg Mia.

'Ja,' bevestigde Korum. 'Ver genoeg van de aarde wegkomen duurt het langst. Het is een drukbezet zonnestelsel en we moeten er zeker van zijn dat niets de warpsnelheid in de weg staat.'

Mia lachte en dacht even niet meer aan Saret. 'Warpsnelheid? Bedoel je sneller dan het licht?'

'Ja,' zei Korum. 'De technologie vervormt de ruimtetijd zodat we vrijwel in een oogwenk van de ene locatie naar de andere kunnen gaan.'

'Hoe werkt dat?' vroeg ze gefascineerd. Ze was niet zo goed in natuurkunde, maar ze wist wel dat er rare dingen gebeurden als je de snelheid van het licht benaderde – en dat reizen sneller dan het licht als onmogelijk was beschouwd tot de K bewezen dat het kon.

Korum glimlachte; hij vond het leuk dat ze interesse toonde. 'Ik kan het niet helemaal uitleggen zonder er heel ingewikkelde wiskunde bij te moeten halen, maar ik kan je wel in vogelvlucht vertellen hoe het werkt. Waar het op neerkomt, is dat onze schepen een enorme energiebubbel creëren die ervoor zorgt dat de ruimtetijd in de directe omgeving van het schip wordt gecomprimeerd, en de ruimtetijd eromheen juist uitgerekt. Zo kunnen we van de ene plek naar de andere worden gekatapulteerd – het aantrekken en afstoten van de ruimtetijd zelf. We hoeven zelf niet de snelheid van het licht te halen. We werken er in feite omheen.'

'Kost dat niet enorm veel energie? Wat voor brandstof gebruiken jullie?'

'Nou, de energiebubbel om het schip heen maakt gebruik van een combinatie van positieve en negatieve energie,' zei Korum. 'Negatieve energie is een onderwerp waar jullie wetenschappers pas net in zijn gedoken. En ja, je hebt gelijk: het vereist enorm veel energie om de ruimtetijd te vervormen. Gelukkig hebben we meer dan genoeg. We maken gebruik van antimaterie als brandstof voor ons schip als we niet in warpmodus zijn.'

Mia's ogen werden groot. 'Antimaterie?'

'De krachtigste energiebron die er bestaat,' zei Korum.

Mia werd stil terwijl ze nadacht over hoe groots het was wat ze ging doen. Morgen zou ze de aarde voor onbepaalde tijd verlaten om op reis te gaan met een geliefde die niet eens een mens was. Ze legde het lot van haar hele familie in zijn handen.

Het zou beangstigend moeten zijn, maar op de een of andere manier was het dat niet. Ze was juist heel opgewonden. Hoeveel mensen kregen zo'n kans? Een andere planeet zien, naar Krina reizen – de oorsprong van het leven aanschouwen. En de Ouderen ontmoeten… ze kon het nog steeds niet geloven. Zij, een gewoon mensenmeisje, zou de scheppers van de mensheid ontmoeten.

Ongelofelijk.

DE VOLGENDE OCHTEND GINGEN ZE NAAR FLORIDA OM HAAR FAMILIE OP TE HALEN. Ze reisden met een ietsje groter transportvliegtuigje dat Korum speciaal hiervoor had gemaakt. Iedereen wachtte al op hen bij het huis van Mia's ouders en hun koffers stonden ook klaar. Korum had gezegd dat ze bijna niks nodig hadden, maar ze hadden er toch op gestaan dat ze kleding meenamen en andere dingen die zij als noodzakelijk beschouwden.

Korum liet het vliegtuigje landen in de straat waar het huis van haar ouders stond. Mia had hem verteld dat haar ouders de buren al hadden verteld over hun reis (ook al hadden ze er niet bij verteld wat de reden was dat ze die reis maakten), dus niemand zou geschokt zijn door een alienvoertuig in hun gemoedelijke buurtje.

Korum en Mia stapten uit, liepen naar de voordeur en belden aan. Om hen heen kwamen mensen de straat op, nieuwsgierig naar de buitenaardse connecties van hun buren. Korum hoorde hen fluisteren, giechelen en opgewonden dan wel angstig naar adem happen. Een ouder stel van een paar huizen verderop belde met hun kinderen om te klagen dat het K-kwaad naar Ormond Beach was gekomen. Ze dachten waarschijnlijk dat hij ze niet kon horen, want ze wisten niet hoe scherp de zintuigen van de Krinar waren.

Het maakte Korum allemaal niets uit. Vroeger probeerde hij voorzichtig te zijn, zodat zijn komst naar het kleine plaatsje niet te veel aandacht zou trekken. Nu was dat niet meer van belang. Als de Ouderen hun verzoek inwilligden, zouden Mia's naasten nooit meer terug kunnen naar hun normale leven.

Marisa deed de deur open en liet hen binnen. 'Hoi!' riep ze uit. 'Kom binnen! We zijn bijna klaar.'

'Te gek!' Mia grijnsde breeduit toen ze naar binnen liepen. 'Heb je er zin in? Ik wel!'

'O mijn god, zin? Ik heb al twee nachten geen oog dichtgedaan…!'

Korum glimlachte en liep achter de pratende zusjes aan naar de keuken. Mia's ouders en Connor zaten daar al te ontbijten.

'Korum!' riep Ella en haar ogen lichtten op. 'Kom je bij ons zitten? Ik heb aardappelpannenkoekjes gemaakt met verse bessenjam.'

'Ja hoor,' zei Korum, en hij ging aan tafel zitten. 'Heerlijk.' Mia en hij hadden een uurtje geleden al ontbeten, maar hij was benieuwd naar dit gerecht, een specialiteit van haar moeder.

Mia kwam achter hem staan en gaf een kus op zijn wang. Haar haar kietelde zijn nek. 'Nu alweer honger?' plaagde ze, en ze kneedde zijn schouders. Het gemak waarmee ze haar genegenheid aan hem toonde, maakte dat hij haar ook wilde aanraken. Hij had niet geweten hoe erg hij dat van haar nodig had totdat ze hem in de afgelopen weken zo was gaan aanraken. Eerder was hij altijd degene geweest die fysiek contact initieerde, zowel de seksuele als de terloopse soort.

Natuurlijk werd hij altijd hard als ze in zijn buurt

was, maar dat ongemak nam hij op de koop toe. Korum ging verzitten en tilde zijn knie ietsje op voor het geval een van de mensen onder de tafel zou kijken.

'Mia, liefje, wil jij ook pannenkoekjes?' vroeg haar moeder.

'Graag, mam.' Mia liet Korums schouders los en ging op de stoel naast hem zitten. Korum pakte haar hand vast, want hij wilde meer aanrakingen van haar.

'Kijk die tortelduifjes nou,' zei Connor, kauwend op een stukje pannenkoek.

'Hou je kop, Connor,' zei Marisa, die naar de waterkoker toe liep. 'Ze zijn tenminste nog niet zo ingedut als wij.' Maar ze zei het met een grote grijns en Korum wist dat ze aan het dollen was. Marisa en haar man waren juist heel aanrakerig.

Korum vond het niet erg dat Connor hem plaagde. Hij vond het alleen maar fijn dat Mia haar gevoelens niet verborg tegenover haar familie. Ze mochten gerust zien hoeveel hij om haar gaf. Ze vertrouwden hem nu zelfs zo dat ze bereid waren hun leven achter te laten.

Hij hoopte dat de Ouderen zouden toestemmen om hun de nanocyten te geven. Hij vond het een vreselijke gedachte om ze misschien te moeten teleurstellen. Korum was om deze mensen gaan geven. In de afgelopen weken had hij heel veel met ze gepraat, vooral om hun vragen te beantwoorden over Krina en de reis erheen – en hij had gemerkt dat hij ze echt graag mocht. Hij zag iets van Mia in allebei haar ouders en in haar zus, en hij vond Connor leuk gezelschap. Als iemand Korum een paar maanden geleden had verteld dat hij zo op zijn gemak zou zijn bij een stel mensen, zou hij die persoon hebben uitgelachen. Maar sinds hij Mia had ontmoet, was zijn leven niet meer zo voorspelbaar.

Ella Stalis gaf iedereen een paar pannenkoekjes. Korum gaf haar meteen na de eerste hap een compliment omdat het zo lekker was. De hartige aardappel en zoete jam waren een heerlijke combinatie. Ze gloeide van trots en ineens zag Korum dat ze als jonge vrouw prachtig moest zijn geweest – en dat ze dat weer zou worden na de procedure.

Toen ze allemaal klaar waren met eten en de borden waren opgeruimd, hielp Korum om alles in de vaatwasser te zetten. Op de een of andere manier hadden mensenkeukens altijd zijn interesse gehad. Ze waren zo primitief en lelijk, maar ze deden wel hun werk.

Het hondje kwam weer aanrennen en sprong tegen Korum op. Voordat hij erop kon reageren, pakte Marisa het beestje op. 'Mocha!' zei ze berispend. Ze glimlachte verontschuldigend naar Korum. 'Sorry daarvoor. We hebben haar opgesloten in de slaapkamer zodat ze niet in de weg liep tijdens het inpakken, maar op de een of andere manier is ze ontsnapt…'

'Dat geeft niks,' zei Korum. Toen bedacht hij iets. 'Wat gaat er met haar gebeuren als jullie weggaan?'

Marisa staarde hem aan. 'Ze gaat natuurlijk mee.'

Korum knipperde langzaam. 'Aha.'

'Dat is toch geen probleem?' vroeg Marisa zenuwachtig. 'Mijn ouders kunnen niet zonder haar…'

'Nee, geen probleem,' zei Korum. Onverwachts, maar geen probleem. Hij had kunnen weten dat ze het dier mee wilden nemen. Mensen waren vaak onnatuurlijk gehecht aan hun huisdieren. Hij zou het schip moeten uitrusten voor de aanwezigheid van een hondje, maar dat was geen grote aanpassing.

Twintig minuten later was iedereen klaar om te gaan. Korum droeg vijf grote koffers naar buiten en zette ze in het vliegtuigje onder de nieuwsgierige blikken van de buren.

'Voorzichtig, ze zijn zwaar,' zei Dan Stalis, en Korum onderdrukte een lachje. Mia's vader had duidelijk nog steeds niet helemaal door op welke manier de Krinar verschilden van mensen. Deze koffers wogen voor hem ongeveer wat een handtasje woog voor Ella. Toch was het lief dat Dan zich zorgen maakte over hem.

Toen ze allemaal in het vliegtuigje zaten, checkte Mia of iedereen lekker zat op de zwevende planken. Haar moeder hield het hondje op schoot. Ze was nerveus, dat zag Korum aan de manier waarop ze het kleine lijfje omklemde.

'Doei Ormond Beach, doei aarde,' fluisterde Mia's zus toen het vliegtuigje opsteeg tot buiten de atmosfeer van de aarde, naar de plek waar het grote schip op hen wachtte voor de intergalactische reis.

# HOOFDSTUK DRIEËNTWINTIG

Terwijl hun vliegtuig hoogte maakte, keek Mia naar de kleiner wordende gebouwen onder haar. De transparante wanden van het vliegtuigje gaven haar een uitzicht van 360 graden. Binnen een paar seconden waren ze boven de wolken en kwam er verblindend zonlicht binnen, waardoor Mia haar ogen toekneep totdat Korum de wanden had verduisterd.

'Wow,' zei Marisa, waarmee ze verwoordde wat Mia ook voelde. 'Dit is wel wat anders dan een vliegtuig...'

'We gaan veel sneller dan een mensenvliegtuig,' zei Korum. 'Over een paar minuten komen we buiten de atmosfeer van de aarde.'

Mia gaf een kneepje in zijn hand. Haar hart bonsde van opwinding en spanning, en zij was nog wel wat gewend. Voor de anderen moest dit al helemaal ongelofelijk zijn. Haar vader was een beetje wit weggetrokken en haar moeder hield Mocha zo stevig vast dat het hondje ervan piepte. Zelfs Connor was ongewoon stil en zijn gezicht was vol verwondering.

'Het komt goed, liefste,' zei Korum, en hij gaf een kus op haar slaap. 'Het komt allemaal goed.'

'Weet ik,' zei Mia zachtjes. 'Het is gewoon ongelofelijk, dat is alles.'

Hij glimlachte en dat sexy kuiltje in zijn linkerwang kwam tevoorschijn. Nu zag hij er nog knapper uit dan anders, en Mia wilde zo graag ergens met hem alleen zijn in plaats van omringd door haar familie.

Alsof hij haar gedachten kon lezen, fluisterde Korum in haar oor: 'Dat komt nog wel.' Mia voelde haar wangen warm worden. Zijn glimlach werd suggestiever en ze kneep als antwoord in zijn arm.

Hij trok vragend zijn wenkbrauwen op en Mia fronste berispend. 'Niet waar mijn ouders bij zijn,' mimede ze, en zijn glimlach veranderde in een grijns.

Ze wilde niet door hem aan het blozen gemaakt worden en dus keek ze naar beneden, waar ze verder en verder van de aarde verwijderd raakten. Toen ze klein was, wilde ze astronaut worden, naar de sterren reizen en andere sterrenstelsels ontdekken. Net als de meeste kinderen was ze over die droom heen gegroeid en had ze een haalbaarder vak gekozen. Maar nu kreeg ze de kans om die kinderwens waar te maken, en het was geweldig.

Al snel waren ze zo ver weg dat ze de hele aarde kon zien – een prachtige blauwe planeet die veel te klein leek voor miljarden mensen. Mia keek ernaar en besefte hoe kwetsbaar de hele menselijke soort was, die vastzat aan deze ene planeet die er zo weerloos uitzag in die immense ruimte.

'Waar denk je aan?' vroeg Korum, en hij streelde haar knie.

'Ik begreep ineens waarom de Krinar zich willen verspreiden,' zei Mia, 'en niet afhankelijk willen zijn van één planeet. Het ziet er zo fragiel uit…'

'Ja, hè.' Korum kneep wat steviger in haar knie. Toen ze naar hem opkeek, zag ze een vreemde uitdrukking op zijn gezicht. Voordat ze hem ernaar kon vragen, hoorde ze haar moeder naar adem happen.

'O wauw, Korum!' riep ze uit. 'Is dat het schip?'

Mia keek op. Ze naderden iets wat leek op een enorme kogel. Hij was donker en zag er opvallend onopvallend uit, heel anders dan wat ze kende uit sciencefictionfilms.

'Is dat het?' vroeg ze, en ze probeerde de teleurstelling te verbergen. Zelfs de Krinar-vliegtuigjes zagen er geavanceerder en futuristischer uit dan dit schip, dat kennelijk de snelheid van het licht kon doorbreken.

'Ja.' Korum glimlachte. 'Niet echt hoe jullie het je hadden voorgesteld, hè?'

'Nee, inderdaad,' zei Connor, die voor het eerst iets zei sinds ze waren opgestegen. 'Hoe kunnen daar duizenden Krinar in? Het ziet er best klein uit.'

'O, maar dit is niet het schip waarmee we naar de

aarde zijn gekomen,' legde Korum uit. 'Je hebt gelijk, dat schip was veel groter. Dit heb ik speciaal gemaakt voor onze reis. Er gaan maar ongeveer zeventig passagiers mee, dus groter hoefde het niet te zijn.'

'Kunnen jullie dat?' vroeg Mia's vader en hij staarde Korum ongelovig aan. 'Jullie kunnen gewoon even een schip maken dat ons naar een ander sterrenstelsel vervoert?'

'Korum wel,' zei Mia, die de verwarring begreep. 'Niet alle Krinar kunnen dit. Dit is een ontwerp van Korum zelf. Toch?' Ze keek Korum vragend aan.

'Ja,' bevestigde hij. 'Dit is een ontwerp van mij. We hebben wel eerder schepen gebouwd die sneller konden reizen dan het licht, maar dit is de nieuwste generatie. Het is een veiliger en makkelijker te besturen model dan voorheen.'

'Aha,' zei Dan, en hij keek Korum aan met een mix van shock en respect. Diezelfde emoties waren te zien op Ella's gezicht. Blijkbaar hadden Mia's ouders niet helemaal begrepen hoe technologisch ontwikkeld Korum was, tot nu.

Terwijl het vliegtuigje het schip naderde, zag Mia dat een van de wanden van het schip openging om hen binnen te laten. Omdat alle Krinar-huizen gebruikmaakten van dezelfde technologie, keek ze er nauwelijks van op. Maar haar familie vond het wel heel indrukwekkend.

'Hoe werkt dit intelligente design?' vroeg Marisa. 'Hebben de muren zelfstandig denkvermogen?'

'Nee,' zei Korum. 'Ze zijn niet echt intelligent. Als ik

het heb over "intelligente technologie", bedoel ik eigenlijk dat het een object is dat een bepaalde functie heeft die de mogelijkheden van een echt intelligent wezen nabootst. Dus mijn huis kan bijvoorbeeld eten klaarmaken, de temperatuur regelen die precies goed is voor onze lichamen, ongewenst bezoek buiten houden en zichzelf schoonmaken. Die dingen doet het net zo goed als een mens of Krinar zou kunnen. Maar je kunt er geen echt gesprek mee voeren.'

'Dat is te gek,' zei Connor. 'Hebben jullie ook robots waarmee je wél kunt praten?'

Korum glimlachte. 'Ja, die waren een paar duizend jaar geleden in, maar de hype is voorbij. Nu worden ze vooral nog gebruikt als kinderspeelgoed, maar er zijn ook nog wel volwassenen die ze leuk vinden.'

Voordat Connor nog meer vragen kon stellen, landden ze met een zachte plof op de vloer van het schip. Marisa klapte. 'Bravo! Dat was de beste vlucht ooit.'

Korum stond lachend op. 'We zijn er,' zei hij. 'Totdat we onze bestemming bereiken, is dit ons huis.'

Toen ze uitstapten, gaf Korum ze een rondleiding door het schip. Ondanks de onopvallende buitenkant was de inrichting net zo mooi als de Krinar-huizen. Lichte kleuren, zwevend meubilair, exotische planten – het schip had alles waar Mia in Lenkarda aan gewend was geraakt, en ze voelde zich er gelijk thuis.

Mia's ouders waren meer dan onder de indruk.

'Korum, dit is prachtig,' bleef haar moeder maar zeggen. 'En dit uitzicht! Mijn god, dit uitzicht!'

Het was inderdaad een prachtig uitzicht. De buitenwanden van het schip waren van binnenuit transparant, en ze konden de ruimte in al zijn glorie aanschouwen. Zonder de tussenkomst van de atmosfeer was alles scherper, helderder, de sterren leken feller te stralen dan Mia vanaf de grond ooit had gezien.

Korum had ruimtes ingericht voor Mia's familie die leken op het interieur van hun eigen huis. 'Ik hoop dat jullie dit mooi vinden,' zei hij. 'Zo niet, dan kan ik het veranderen.'

'Dit is perfect,' zei Mia's vader, en hij liep naar een zachte plofbank toe. 'Al die zwevende meubels zijn een beetje intimiderend, om eerlijk te zijn.'

'Ik ben blij dat jullie het mooi vinden.' Korum glimlachte, en Mia wilde hem zoenen omdat hij zo attent was. 'Ik heb ook een speciaal plekje laten maken voor Mocha, zodat ze lekker rond kan rennen en haar behoefte kan doen.'

De enkele K die ze ontmoetten tijdens de rondleiding deden aardig tegen Mia's familie. Ze waren door Korum al op de hoogte gebracht dat er menselijke passagiers zouden meereizen. Natuurlijk staarden ze naar hen, maar daar was Mia wel aan gewend. Twee vrouwelijke crewleden waren geïntrigeerd door het hondje dat Ella in haar armen meedroeg.

'O, wat schattig!' riep een van hen, en ze stak haar

hand uit om Mocha te aaien. 'Ik heb nog nooit een hondje van zo dichtbij gezien!'

Mocha onderging de aandacht, maar Mia kon zien dat ze er niet blij mee was. Het leek erop dat Korum de enige K was die Mocha echt mocht.

Na de rondleiding ging Mia's familie uitrusten. Vooral haar zus was moe na alle opwinding. 'Tijd voor een dutje,' zei Connor en hij glimlachte naar zijn vrouw. Zij knikte terwijl ze een gaap onderdrukte.

Mia en Korum waren eindelijk alleen.

'Zo,' zei Mia glimlachend tegen hem, 'eindelijk wat privacy.' Ze waren net in hun eigen vertrekken, waar ook een groot, rond bed stond net als bij Korum thuis.

'Ja.' Zijn ogen begonnen goud te glanzen.

Ze hield zijn blik vast, schoof langzaam haar duimen onder de bandjes van haar jurkje en trok ze naar beneden over haar schouders. 'Oeps,' fluisterde ze. 'Ik krijg het niet uit. Ik heb je hulp nodig...'

Ze zag dat Korums spieren zich aanspanden. 'Kom hier,' gromde hij.

Mia schudde haar hoofd. 'Nee. Kom jij maar eens hier.' Ze wist precies wat ze wilde, en dit keer wilde ze niet dat Korum de leiding nam.

Hij vernauwde zijn ogen tot spleetjes. Hij zag er gevaarlijk uit, als een wild dier dat niet getemd kon worden, en haar hart begon sneller te kloppen door de sensatie van wat ze op het punt stond te doen. 'Kom hier,' herhaalde ze, en ze wenkte hem met haar vinger.

Hij deed het. Hij sprong zowat de ruimte door en binnen een seconde stond hij naast haar, met zijn grote, gespierde, intimiderende lijf. Hij drukte haar tegen de muur. 'Dus je hebt hulp nodig met je jurkje?' Zijn vingers trokken aan de dunne bandjes en ze scheurden bijna kapot.

'Ja,' hijgde Mia en ze keek naar hem op. 'Inderdaad. Maar een beetje voorzichtig graag. En nadat je het bij me hebt uitgetrokken, moet jij je uitkleden voor mij.'

Zijn ogen werden geel. 'O, is dat zo?'

'Ja,' zei Mia. 'En daarna wil ik dat je op het bed gaat liggen.' Haar hart klopte zo hard dat het voelde alsof het kon ontploffen, en haar lichaam werd week van het verlangen. Ze wilde hem zo erg… maar wel op haar manier.

Heel even dacht ze dat hij niet zou gehoorzamen, maar toen deed hij een stap achteruit. 'Goed,' zei hij, met een rauwe stem. 'Draai je om.'

Mia onderdrukte een triomfantelijk lachje en deed het. Het was een mensenjurkje met een rits aan de achterkant, en ze voelde zijn warme vingers op haar blote huid toen hij de rits openmaakte. Zodra hij klaar was, deed Mia een stap opzij en liet ze het jurkje op de grond glijden. Eronder droeg ze een blauwe string die ze vanmorgen speciaal voor Korum had aangetrokken.

Hij ademde in. 'Mia… Je maakt me gek.'

Ze trok haar wenkbrauwen omhoog. 'Niet mooi?'

Ze draaide voor hem rond en deed alsof ze de explosieve hitte in zijn blik niet zag.

Er trok een spiertje in zijn kaak. 'Wil je me martelen?'

'Ik weet het niet,' zei Mia. 'Doe ik dat?' Ze draaide hem haar rug toe, boog voorover en trok de string langzaam naar beneden zoals ze vrouwen in films had zien doen. Toen stapte ze eruit. Ze draaide zich weer naar hem toe en hij zag er bijna beestachtig uit. Zijn ogen schitterden en zijn handen waren tot vuisten gebald.

'Jouw beurt,' zei Mia, en ze keek hem verwachtingsvol aan. Zou hij de controle verliezen en haar nu pakken? Ze vond het heerlijk als ze hem zover kreeg dat hij alles vergat door het verlangen naar haar. Zijn vurige passie beangstigde haar niet. Ze wilde hem er juist alleen maar meer door.

Hij ademde diep in, en toen nog een keer, en ze zag zijn vuisten langzaam verslappen. Toen, terwijl hij haar nog steeds met een brandende blik aankeek, trok hij zijn T-shirt over zijn hoofd en ritste hij zijn broek open, waarna hij hem naar beneden trok over zijn heupen. Hij had geen ondergoed aan en hij was al keihard. Zijn erectie sprong naar voren.

Mia slikte. Haar vriend was het toonbeeld van mannelijke perfectie. Elke spier op zijn krachtige lichaam leek wel geboetseerd en zijn gladde gouden huid werd op slechts een paar plekjes onderbroken door wat donkere haartjes. Ze wilde hem bespringen en aflikken.

'Ga op bed liggen,' wist ze uit te brengen. Haar stem was zwaar van het verlangen.

Hij deed wat ze hem vroeg, maar ze zag wel dat hij zich niet heel lang meer zou kunnen inhouden. Ineens bedacht ze iets. 'Mijn fabricator, alsjeblieft,' zei ze hardop, zodat het intelligente schip het haar zou komen brengen. En inderdaad, een paar seconden later loste een van de muren deels op en vloog het apparaat in Mia's handen.

'Wat doe je?' vroeg Korum. Hij keek haar huiverig aan vanaf het bed en zij grijnsde.

'Dat zul je wel zien.'

Met de fabricator in haar hand zei ze: 'Handboeien met een sleutel, graag.' Ze wachtte terwijl de nanomachientjes hun werk deden.

Korum ging overeind zitten en keek haar aan met een onleesbare blik in zijn ogen. 'En wat denk je daarmee te gaan doen?'

Mia legde de fabricator neer en pakte de handboeien. 'Bij jou omdoen, natuurlijk.'

'O, echt?'

'Ja, echt,' zei ze vol overtuiging, en ze klom naast Korum op het bed. 'Polsen.'

Hij aarzelde even, maar stak toen toch zijn handen uit. De lust in zijn blik werd nu vermengd met plezier. 'Denk je dat die sterk genoeg zijn om mij vast te binden?'

'Waarschijnlijk niet,' zei Mia, en ze deed hem de handboeien om. Zijn polsen waren zo dik als haar enkels en zijn onderarmen waren heel gespierd. 'Maar dat is ook niet het punt, of wel soms?'

'Wat is dan wel het punt, liefste?' vroeg hij zachtjes en hij keek haar met half geloken oogleden aan. 'Probeer je iets te bewijzen?'

Mia gaf geen antwoord, maar duwde hem zachtjes achterover zodat hij op zijn rug kwam te liggen met zijn geboeide armen boven zijn hoofd. Toen klom ze boven op hem en ze gleed over zijn buik tot zijn pik nog maar een paar centimeter weg was. Ze boog zich naar hem toe, legde haar handen op zijn borst en fluisterde in zijn oor: 'Het punt is dat je van mij bent, en dat ik alles met je mag doen wat ik maar wil.'

Hij ademde scherp in en drukte zijn heupen omhoog om zijn pik dichter bij haar kutje te brengen. 'En hoort daar ook bij dat mijn pik in je krappe kleine kutje mag?' Zijn stem klonk ruw, vol verlangen.

'O, jazeker.' Mia gleed verder naar beneden totdat zijn schacht tussen haar schaamlippen lag en langs haar clit ging. De huid van zijn pik was zacht, delicaat, en ze deed haar ogen dicht omdat het zo lekker voelde tegen haar aan.

'Mia...' kreunde hij, en hij maakte een schokkerige beweging. 'Stop hem erin. Nu.'

Ze besloot hem en ook haarzelf niet langer te pesten, legde haar hand om zijn pik en begeleidde hem naar binnen. Ze beet op haar lip toen ze uitgerekt werd en liet zichzelf langzaam op hem zakken tot hij bijna helemaal in haar was. Toen stopte ze even om aan hem te wennen en liet ze hem nog dieper in haar, tot hij haar helemaal opvulde.

Hij gromde weer en zijn armspieren bewogen omdat hij haar zo graag wilde aanraken, en zijn pik maakte een verlangende beweging in haar. Mia wist dat hij niets liever wilde dan de controle overnemen en hen allebei laten klaarkomen, en ze vond het bijzonder dat hij zich zo inhield.

Maar nu was dat klaar. Voordat ze nog een beweging kon maken, werd ze op haar rug gedraaid en tegen de matras geduwd. Zijn ogen stonden wild en zijn blik was onscherp. Hij had de handboeien kapot getrokken en zijn handen lagen nu op haar benen om haar open te houden voor zijn stoten.

Mia schreeuwde het uit en sloeg haar armen om zijn nek. Ze kon zich bijna niet vasthouden terwijl hij in haar stootte, gedreven door een primitieve paringsdrang. Haar lichaam schoof naar achteren en voren op de matras met elke beweging van zijn sterke heupen, en het intelligente bed werd zachter om hen heen, als een soort kussen, zodat ze niet gewond zou raken.

Haar eerste orgasme knalde erin als een goederentrein en Mia schreeuwde het uit, maar hij was genadeloos. Het tweede orgasme, kort daarna, zorgde ervoor dat ze letterlijk sterretjes zag, maar hij ging nog steeds door, meedogenloos in zijn behoefte.

Het was te veel. Het voelde alsof ze zou breken, uit elkaar zou spatten door de intensiteit van de sensaties. Haar lichaam was niet meer van haar, haar hoofd was niet meer van haar. Er was alleen hitte en zweet en zijn lijf, op haar, in haar, om haar heen. Ze werden één, aan elkaar gesmeed door de vloeibare hitte van hun liefdesspel.

Tegen de tijd dat hij schokkend klaarkwam, was Mia's stem schor van het schreeuwen en trilde haar lichaam van de oneindige reeks orgasmes. En net toen ze dacht dat het voorbij was, voelde ze zijn tanden in haar halsslagader snijden… en ging het nog veel verder.

# HOOFDSTUK VIERENTWINTIG

Als haar was verteld dat een intergalactische reis net zo ontspannen zou zijn als een cruise, zou ze het niet hebben geloofd. Maar het was wel zo. Ze waren een week op gematigd tempo onderweg om ver genoeg van de aarde te komen zodat ze de warp konden doen, en daarna was het nog maar een paar dagen tot Krina. Het ging allemaal zo soepeltjes dat Mia er niets van voelde. Pas toen Korum zei dat ze in een ander sterrenstelsel waren, besefte ze dat ze de sprong achter de rug hadden.

'Gaan we gelijk naar de Ouderen?' vroeg Mia toen ze de avond voor hun aankomst op bed lagen. Omdat ze het minder druk hadden met andere dingen, hadden ze op het schip heel veel tijd met elkaar doorgebracht. Mia hoefde nu even niet te studeren en Korum had geen Raadszaken. Mia sliep uit, bracht de ochtenden door met haar familie en de rest van de dag vooral met

Korum – wat sowieso een paar uur heerlijke seks betekende.

'Nee,' zei Korum. 'We gaan eerst naar de breinexpert om je geheugen te herstellen.' En om de verzachting ongedaan te maken – maar dat benoemde hij niet. Mia wist dat ze er allebei naar uitkeken, maar er ook enigszins tegen opzagen. Ze wisten niet in hoeverre er tussen hen iets zou veranderen.

Ze staarde naar de transparante muur van hun slaapkamer en zag sterrenbeelden die ze niet kende. Ze waren in het Krinar-sterrenstelsel, een vreemde en prachtige plek met tien planeten die om een zon draaiden die ongeveer 1,2 keer zo groot was als die van de aarde. Krina was de vierde planeet in het rijtje en leek heel erg op de aarde: zelfde formaat, massa en samenstelling. 'Daarom is de aarde zo belangrijk voor ons,' zei Korum. 'Het is in alle jaren ruimtereizen de planeet die het meest lijkt op Krina van alle planeten die we ontdekt hebben.'

Het grootste verschil tussen de twee planeten waren de manen. De aarde had er maar een, Krina wel drie – eentje die ongeveer zo groot was als die van de aarde, en twee kleinere. 'De getijden op Krina zijn spectaculair,' zei Korum. 'Het zijn eerder kleine tsunami's. De aarde is beter af. Daar kun je gewoon aan de kust wonen zonder dat je je echt zorgen hoeft te maken, op zo nu en dan een tornado na. Op Krina is de oceaan veel gevaarlijker, dus we wonen minstens dertig kilometer van de kust.'

Mia wist nu dat als Korum het had over de oceaan

op Krina, hij het had over één groot water. Op de aarde was het oorspronkelijke continent Pangaea in meerdere delen uiteengevallen, maar op Krina was dat niet gebeurd. Het enige continent daar heette Tinara.

Dat feit verklaarde ook iets wat Mia eerder niet had begrepen: het relatieve gebrek aan variatie in het uiterlijk van de Krinar. Alle Krinar hadden donker haar en een getinte huid, en hoewel er wel lichte variaties waren, waren die lang niet zo uitgesproken als onder de mensen. De Krinar waren homogener, en dat was logisch als ze allemaal samen waren geëvolueerd op hetzelfde supercontinent.

'Hoe kan het dan dat je nicht Leeta rood haar heeft?' vroeg Mia. Ze had de mooie Krinar-vrouw een paar keer ontmoet sinds haar geheugenverlies. 'Is er een gen voor rood haar onder de K?'

Korum schudde zijn hoofd. 'Nee, niet echt. Sommigen hebben een lichte roodtint, maar zeker niet zoals Leeta nu heeft. Zij heeft haar haarmoleculen veranderd na haar komst naar de aarde. Ze vindt het denk ik gewoon mooi.'

'Zijn er ook blonde Krinar met blauwe ogen?'

'Nee,' zei Korum. 'En ook geen krullen zoals jij hebt. Jouw krullen en blauwe ogen zullen je echt een opvallende verschijning maken op Krina.'

'O, super,' mompelde ze. 'Nog meer starende blikken.'

Korum glimlachte. 'Ja, reken er maar wel op. Maar dat is helemaal niet erg.'

Mia haalde haar schouders op. Ze wist dat de

Krinar staren niet onbeleefd vonden, maar zij voelde zich nog steeds niet op haar gemak bij dat specifieke cultuurverschil. 'Wanneer gaan we jouw familie ontmoeten?' vroeg ze om van onderwerp te veranderen. 'Komen ze naar ons toe als we er zijn?'

'Nee, ik heb gezegd dat we ze komen opzoeken als je je geheugen terug hebt. Je hebt mijn ouders al een keer ontmoet, en ik denk dat het voor jou fijner is als je je dat herinnert.'

Mia gaapte en draaide zich om. Ze drukte haar rug tegen Korums borstkas en liet hem lepeltje lepeltje met haar liggen. Hij sloeg een arm om haar heen en trok haar dichter tegen zich aan. 'Ga maar lekker slapen, liefste,' fluisterde hij in haar oor, en Mia viel inderdaad in slaap, warm en veilig in zijn omhelzing.

'O mijn god, is dat het? Is dat Krina?' Marisa stond op en wees naar de planeet die voor hun ogen in omvang toenam. Mia staarde er ook naar. Haar hart roffelde tegen haar borstkas van verwachting en opwinding.

'Ja,' zei Korum glimlachend. 'Dat is Krina.'

Ze zaten met z'n allen om een zwevende tafel te ontbijten. Het was de laatste maaltijd op het schip voor hun aankomst. Connor was weer wat stilletjes en Mia zag dat haar ouders maar wat met hun eten speelden, te nerveus om normaal te eten.

Ze zaten in een van de ruimtes aan de rand van het

schip, met een transparante wand. Korum had bewust voor deze plek gekozen zodat ze Krina zouden zien verschijnen.

Hun schip ging ongelofelijk snel en al gauw werd de planeet tot in detail zichtbaar. 'We komen aan op de kant van het land,' legde Korum uit, 'het supercontinent. Daarom zie je niet zoveel water, zoals op aarde wel het geval zou zijn.'

En inderdaad was wat ze zagen heel anders dan hoe de aarde er vanuit de ruimte uitzag. Mia zag alleen een kleine ring van blauw en verder was er alleen een grote, bruine landmassa – het supercontinent. Naarmate ze dichterbij kwamen, zag ze dat het bruin niet echt bruin was, maar een combinatie van groen, rood en geel.

Al snel kwamen ze de atmosfeer binnen en Mia zag een vaalrode gloed om het schip heen. 'Dat is het schild dat ons beschermt tegen hitte en wrijving,' zei Korum. 'We gaan nog steeds zo snel dat we zouden verbranden als we die bescherming niet hadden.'

Langzaam nam de gloed af en het schip ging langzamer. Toen ze door de wolken braken, zag Mia een groot bos onder hen. De kleuren waren prachtig en het zag er ongerept uit. Ze had steden en wolkenkrabbers verwacht, maar er waren alleen maar bomen en nog meer bomen.

'We gaan naar een landingsplaats voor intergalactische schepen,' zei Korum. 'Dit is ver van onze Centers.'

'Waarom gaan we niet met een vliegtuigje verder

net als op de aarde?' vroeg Mia's vader. 'Waarom laten we dit hele schip landen?'

'Goede vraag, Dan,' zei Korum. 'Toen we op de aarde waren, moesten we met dat vliegtuigje omdat er geen goede landingsplaatsen zijn voor schepen als deze. Dat kan in de toekomst nog wel veranderen, maar op dit moment is het makkelijker om zulke schepen in een baan om de aarde te laten. Hier op Krina hebben we er wel de voorzieningen voor, dus er is geen reden om niet te landen.'

Mia zag een grote open plek met een paar van die grote paddenstoelachtige gebouwen. Dat moest de landingsplaats zijn. En inderdaad, hun schip vloog er recht op af. Een paar minuten later raakten ze de grond.

Ze waren officieel op Krina.


Toen ze uitstapte, voelde ze een golf hitte in haar gezicht slaan die deed denken aan Florida op z'n heetst. Het was moeilijk ademhalen en ze voelde zich licht in haar hoofd terwijl ze probeerde meer adem te krijgen. Ze pakte Korums hand en wachtte tot de duizeligheid wegtrok.

'Gaat het?' vroeg hij, en hij sloeg een arm om haar heen om haar te ondersteunen.

'Ja,' zei Mia. 'De lucht is hier wat ijler, denk ik.' Het rook hier ook anders, en heel aangenaam. Naar bloeiende bloemen en zoete vruchten.

'Klopt,' zei Korum. 'De atmosfeer bevat hier ietsje

minder zuurstof dan jullie gewend zijn, en deze regio is ook nog hoger gelegen. Je zult er wel snel aan wennen dankzij je nanocyten.'

Mia voelde zich nu al ietsje beter, maar ze maakte zich ergens zorgen over. 'En mijn ouders en Marisa en Connor dan? Hoe kunnen zij zich hier redden?' Haar familie stapte nu pas uit, iets van tien meter achter hen.

'De meeste mensen kunnen er prima mee omgaan als ze geacclimatiseerd zijn,' zei Korum. 'Maak je geen zorgen. Ik weet dat je ouders niet in de beste gezondheid zijn, dus ik heb dokters gevraagd om hierheen te komen.' Hij wees naar een vliegtuigje dat op dat moment naast hun schip landde. 'Zij zullen je familie helpen als het niet gaat.'

Twee Krinar-vrouwen stapten uit het vliegtuigje. Ze waren lang, hadden donker haar en bewogen zich met de elegantie die hun soort kenmerkte. Ze kwamen glimlachend naar Korum en Mia toe. 'Ik ben Rialit en dit is mijn collega Mita,' zei de vrouw aan de rechterkant. 'Welkom op Krina.'

Korum knikte. 'Dank je, Rialit. En Mita. Ik zou willen vragen of jullie mijn menselijke reisgenoten willen helpen. Met mijn charl gaat het goed, maar haar naasten hebben misschien jullie hulp nodig.'

'Natuurlijk,' zei Rialit, en ze wendde zich tot Ella en Dan. Zij en Marisa zagen er een beetje bleek uit, en Connor leek zoveel mogelijk lucht te willen opzuigen.

De dokters haastten zich erheen met kleine apparaatjes in hun handen en even later leek het met iedereen prima te gaan. Korum bedankte de vrouwen en ze gingen weer weg.

'Wow,' zei Mia's moeder, kijkend naar het opstijgende vliegtuigje. 'Ongelofelijk dat die kleine dingetjes ervoor kunnen zorgen dat we weer kunnen ademen. Wat hebben ze gedaan?'

'Ik denk dat ze een klein zuurstofveld om jullie heen hebben gemaakt,' zei Korum. 'Zo kunnen jullie langzaam wennen. Het veld zal in de loop van een paar dagen oplossen zodat jullie de overgang naar onze lucht rustig kunnen maken.'

'Geweldig,' zei Dan. 'Echt geweldig.'

Mia glimlachte. 'Ja hè.'

Terwijl ze praatten, bouwde Korum een vliegtuigje om ze naar hun uiteindelijke bestemming te brengen: zijn huis. Mia's zus hapte naar adem toen ze het zag verschijnen en Connor en haar ouders keken er alleen maar met open mond naar. Mia moest grinniken om hun reactie. Het was nog niet zo lang geleden dat Korum haar dit voor het eerst had laten zien, en ze had het niet minder dan een wonder gevonden. Nu kon zij ook veel van deze dingen zelf, ook al begreep ze de technologie nog steeds niet. Maar goed, de meeste mensen begrepen ook niet hoe telefoons en televisies werkten, en toch gebruikten ze ze – net zo goed als Mia haar fabricator kon gebruiken.

Zodra het vliegtuigje af was, ging iedereen erin zitten. 'Ik vind deze dingen echt geweldig,' zei Marisa terwijl ze op de zwevende plank ging zitten die zich naar haar lichaam vormde. Mia nam aan dat haar zus al wat zwangerschapsklachten begon te ervaren, en ze nam zich voor om daar met de dokters over te praten. Marisa was waarschijnlijk te terughoudend om er zelf over te beginnnen.

Terwijl het vliegtuigje opsteeg, keek Mia omlaag door de transparante vloer. Haar adem stokte in haar keel toen ze besefte dat ze hier echt was. Op Krina.

De planeet die de oorsprong vormde van alle leven op aarde.

# HOOFDSTUK VIJFENTWINTIG

De vlucht naar Korums huis duurde maar een paar minuten en ze gingen te snel om iets te onderscheiden te midden van de exotische vegetatie onder hen. Zodra ze geland waren, sprong Mia op, want ze was ontzettend benieuwd hoe Krina er van dichtbij uitzag.

'Wacht even, liefje,' zei haar vader, en hij pakte haar arm beet toen ze op het punt stond naar buiten te rennen. 'Het is een alienplaneet. Je weet niet wat er zich in die bossen bevindt.'

'Hij heeft gelijk, liefste,' zei Korum. 'Ik moet jullie eerst een paar dingen laten zien en uitleggen om risico's te vermijden. Blijf dicht bij me en raak niets aan.'

Ze stapten het vliegtuigje uit en Korum leidde hen naar een ivoorkleurig gebouw dat al te zien was door de bomen heen.

Terwijl ze liepen, nam Mia de prachtige bloemen,

planten en bomen om haar heen in zich op. Hoewel groen de dominante kleur was, was er hier veel meer rood en geel te zien dan op aarde. Op sommige plekjes zag ze zelfs knalpaarse bladeren door het groen van de bodem van het bos heen piepen. Hier en daar waren er bloemen in alle kleuren van de regenboog, die het geheel een feestelijke aanblik gaven. Deze bloemen waren waarschijnlijk verantwoordelijk voor de aangename geur die Mia al meteen bij aankomst had geroken.

De boomstammen hadden ook verschillende kleuren. Bruin, maar ook zwart en wit. Een boom die Mia bijzonder mooi vond, had witte takken en felrode bladeren met een gele kern. 'Wat prachtig!' riep ze uit, en Korum lachte hoofdschuddend.

'Die schoonheid is giftig,' zei hij. 'Wat je ook doet, zorg dat het boomsap niet op je huid belandt. Het brandt als zuur.'

'Echt?' Mia staarde om zich heen, zich ineens bewust van de gevaren. Haar ouders zagen er doodsbang uit en Connor sloeg een beschermende arm om Marisa heen en trok haar dichter tegen zich aan.

'Jullie hoeven niet bang te zijn,' zei Korum. 'Het is alleen belangrijk om te weten dat je de alfabraboom niet moet aanraken. En hetzelfde geldt voor die plant daar.' Hij wees naar een mooie groene struik met witte en roze bloemetjes. 'Die eet alles waarmee het in aanraking komt, ook grote dieren.'

Er vloog iets langs Mia's oor en in een reflex sloeg ze ernaar, en ze schrok toen ze een prikje voelde. Ze staarde vol ongeloof naar haar hand. 'O mijn god, Korum, wat is dat?'

Een blauwgroen beestje zat midden op haar handpalm. De grote ogen besloegen bijna de helft van het vijf centimeter grote lijfje. Het beestje had maar vier poten, maar op elk pootje leken honderden kleine vingertjes te zitten, die allemaal in haar huid prikten. Het had ook kleine vleugeltjes, die niet groot genoeg leken om mee te kunnen vliegen.

'Dat is een virta,' zei Korum, en hij pakte het beestje voorzichtig op en liet het los. 'Die doen je niks. Hij schrok gewoon en daarom greep hij zich aan je vast. Ze eten bladeren en soms een mirat.'

'Wat is dat?' vroeg Connor.

Korum wees naar een van de bruine boomstammen.

Toen Mia er met meer aandacht naar keek, zag ze dat het geen gewone boomstam was, maar een soort zachte substantie die trilde en bewoog, zich uitzette en weer samentrok. Nogal creepy, eigenlijk.

'Mirat lijken op bijen, maar ze steken niet,' zei Korum. 'Het zijn sociale insecten en ze bouwen deze complexe structuren om bomen heen. Onze wetenschappers vinden ze oneindig interessant. Er is veel discussie over de vraag of het collectieve gedrag van de mirat een hogere intelligentie vertegenwoordigt. We vallen ze nooit lastig en ze blijven over het algemeen uit de buurt van ons en onze nederzettingen. Als je hun zwerm aanraakt, word je bedwelmd door de damp die ze afgeven, dus je kunt beter uit de buurt blijven.'

'Dat is bizar,' zei Marisa met een bezorgde blik in haar ogen. 'Is er nog iets wat we moeten weten?' Ze hield haar buik beschermend vast.

'Ja,' zei Korum. 'Dat daar' – hij wees naar een klein, rood insectachtig ding op de grond – 'is ook iets om voor op te passen. Ze steken en kunnen zich vastbijten in je huid. Ze zijn niet giftig of zo, maar het is erg onprettig om ze er weer uit te moeten trekken. Er zijn ook nog wat grote vleeseters, maar hier in de buurt zul je die niet tegenkomen. Ze zijn bang voor de Krinar en blijven over het algemeen bij ons uit de buurt.'

Connor fronste. 'Korum, ik bedoel dit niet vervelend, maar er is hier nogal veel shit om voor op te passen. Ik geloof niet dat we wisten dat we midden in een alienjungle zouden belanden.'

Korum leek niet beledigd. 'Onze jungle is minder gevaarlijk dan jullie steden, zolang je maar oplet,' zei hij kalm. 'En mijn huis is volkomen veilig en insectenvrij. Binnen een paar dagen zullen jullie precies weten waar je voor op moet passen en kunnen jullie zonder mij naar buiten. Tot die tijd zal ik overal mee naartoe gaan en is er ook niks aan de hand.'

Connor deed zijn mond open om iets te zeggen, maar Mia's moeder was hem voor door te roepen: 'O wauw, Korum, is dat je huis?'

Terwijl ze praatten, waren ze bij het ivoorkleurige, hoge en smalle huis aangekomen. Het zag er ongeveer net zo uit als Korums huis in Lenkarda, de plek die voor Mia nu als thuis voelde. De anderen kenden het daar natuurlijk niet, dus voor hen was het vreemd.

'Ja,' zei Korum, en hij glimlachte naar hen.

'Heb je geen deuren of ramen?' vroeg haar vader, die het gebouw nieuwsgierig in zich opnam.

'Nee, papa,' zei Mia. 'Het heeft intelligente wanden, net als het schip waarmee we hier zijn gekomen. Ze zijn van binnenuit transparant. Toch, Korum?'

'Klopt,' zei hij, en Mia's glimlach barstte bijna uit zijn voegen. Ze was echt op Krina!

Korum gaf ze een snelle rondleiding door het huis en legde aan haar familie uit hoe alles werkte. Mia's ouders leken een beetje overweldigd door het geheel, dus hij maakte een paar 'vermenselijkte' kamers voor hen, net als op het schip. Haar zus en zwager besloten om in het deel van het huis te blijven met de K-technologie. Ze zagen daar wel de voordelen van in ten opzichte van menselijke meubels.

'Ik vind dit ding écht geweldig.' Marisa lag uitgestrekt op het intelligente bed in haar kamer en onderging met een gelukzalige blik de massage. 'Ik wil hier nooit meer uit.'

'Echt, hè?' Mia ging naast haar zitten. 'Het is allemaal zo geweldig. De eerste keer dat ik in een bed zoals dit ging liggen, dacht ik dat ik in de hemel was.'

'Serieus, ja.' Marisa deed haar ogen dicht en kreunde van genot. 'Zo ongelofelijk lekker.'

'Ik laat jou en je bed even alleen,' zei Mia grijnzend. 'Slaap lekker, oké?'

Marisa reageerde niet en Mia besefte dat haar zus al

in slaap was gevallen. Haar zwangere lijf had meer rust nodig dan anders.

Connor nam een douche en haar ouders waren ook aan het ontspannen, dus Mia ging op zoek naar Korum. 'Ik ben er klaar voor,' zei ze. 'Het kan net zo goed meteen.'

Hij stond op van de zwevende plank in de woonkamer waarop hij had gezeten. Zijn lange, gespierde lichaam bewoog zich met de gratie van een panter. 'Weet je het zeker?' vroeg hij, en ze zag de bezorgdheid op zijn mooie gezicht.

'Ja,' zei ze, en ze bracht haar hand naar zijn dikke, donkere haar om het te strelen. 'Ik weet het zeker.'

Hij pakte haar hand en bracht hem naar zijn lippen, waarna hij elke knokkel kuste. 'Dan gaan we,' zei hij zachtjes. 'Laten we je geheugen terug gaan halen.'

Een slanke Krinar-vrouw met bruin haar liep om Mia heen en plaatste witte stipjes op haar voorhoofd en slapen en in haar nek. Mia had verwacht dat ze onder narcose zou worden gebracht, maar de breinstudent, Laira, zei dat ze wakker kon blijven.

'Zo,' zei Laira tevreden. 'Klaar. Ga lekker zitten. Dat mag zelfs op Korums schoot als je wilt.' Ze knipoogde en Mia lachte. Ze mocht deze K-vrouw meteen. Volgens Korum was Laira jong, nog geen tweehonderd jaar, maar ze was een rijzende ster in de hersenwetenschap.

Korum glimlachte en trok Mia op zijn schoot. 'Dat doe ik graag.'

'Ja, dat zal wel.' Laira grijnsde. 'Je hebt een leuke charl te pakken.'

'Sorry,' zei Mia, en ze sloeg een bezitterige arm om Korum heen, 'ik heb een leuke cheren te pakken.'

'Absoluut,' zei Laira lachend. Toen keek ze wat serieuzer. 'Goed, Mia, dit is wat er gaat gebeuren: het voelt alsof je hoofd op zwart gaat. Dan komt er een hele serie beelden en indrukken voorbij terwijl je je geheugen terugkrijgt, omdat de procedure ongedaan wordt gemaakt. Terwijl de herinneringen binnenstromen, wil ik dat je ze allemaal in je opneemt, zodat ze langzaam weer deel van je worden. Daarom moet je wakker blijven, ook al is het geen pretje.'

'Gaat het pijn doen?' vroeg Korum en hij sloeg zijn armen steviger om Mia heen.

'Nee, het is alleen onprettig,' zei Laira. 'Ben je er klaar voor, Mia?'

'Ja.' Mia zette zich schrap.

'Daar gaan we dan.'

Eerst voelde Mia een zalig niets over zich heen komen en ze deed haar ogen dicht. Het voelde alsof haar gedachten wegdreven, alsof ze in slaap ging vallen. Er was een vreemde sensatie van niets, blanco.

Toen leek het alsof er een bom ontplofte in haar hoofd, een explosie van kleuren, gevoelens en vormen, alles tegelijk. Mia hapte naar adem en drukte met haar nagels in de huid van Korums arm terwijl ze het probeerde te verwerken. Het was te veel, als een 3D-

IMAX-film met veel te veel special effects, rechtstreeks op haar hersenen afgevuurd.

Ergens ver weg hoorde ze Korums stem. Die was boos en zei: 'Stop! Stop nu meteen! Kun je niet zien dat ze pijn heeft?'

'Ze komt er wel doorheen,' zei Laira kalmerend. Mia klampte zich daaraan vast, want ze had een baken nodig in de maalstroom die haar hoofd overspoelde.

Het was ondraaglijk en ze schreeuwde in stilte, te overweldigd om echt geluid voort te brengen. Laira had niet gelogen. Het deed geen pijn, maar het was vreselijk. Het voelde alsof haar hersenen tot de nok toe gevuld werden, haar schedel werd opgerekt en moeite moest doen om het allemaal binnen te houden.

En net toen ze dacht dat haar hoofd echt zou ontploffen, begon het makkelijker te worden. De kleuren en vormen werden beelden, de beelden en emoties werden duidelijke gebeurtenissen. Haar herinneringen begonnen vorm aan te nemen, een voor een, totdat ze ze kon plaatsen, kon integreren in wat ze al wist en zich herinnerde.

Het feestje eind maart, vlak voor ze Korum ontmoette. Jessie had haar meegesleept en Mia had het na een paar drankjes naar haar zin. Ze had met een paar jongens gedanst en had zelfs met een van hen telefoonnummers uitgewisseld, maar er was nooit meer iets van gekomen. Als ze toen had geweten wat voor wending haar leven zou krijgen...

De herinnering aan haar eerste ontmoeting met Korum ging door haar hoofd en Mia voelde weer de angst vermengd met het verlangen. De man die haar zo liefdevol vasthield had haar in het begin angst aangejaagd, met zijn arrogantie en de manier waarop hij tegen haar wensen inging, waardoor ze heel slecht over zijn soort ging denken.

Nog meer herinneringen... Haar eerste keer in Korums bed, John die haar vertelde over wat het betekende om een charl te zijn, het incident in de club waar Korum Peter bijna had vermoord... Korum die haar vasthield terwijl ze huilde, Mia die hem voor het eerst meenam naar Florida om haar ouders te ontmoeten... Mooie dingen, nare dingen, vreselijke dingen – alles kwam terug, en het was alsof er een leemte in haar werd opgevuld, waardoor er geen voor en na meer was, maar weer een geheel. Voor het eerst sinds Saret haar had aangevallen, voelde ze zich weer compleet.

*Saret!* Mia herinnerde zich hem nu ook. Ze mocht hem, zag hem als haar baas en mentor. Hij was degene die het taalimplantaat bij haar had geplaatst, had haar op Korums verzoek als stagiaire aangenomen bij zijn lab. Mia herinnerde zich de opwinding die ze had gevoeld toen Korum haar vertelde over deze kans, waar vele menselijke wetenschappers alleen maar van konden dromen.

En toen kwam haar laatste herinnering: Saret die haar in het lab in het nauw dreef. Mia herinnerde zich de angst, de schok toen ze hoorde wat hij van plan was met de mensheid. Haar afschuw toen hij vertelde dat hij haar wilde, de misselijkheid toen hij haar vertelde over zijn plannen met de Krinar… en het vreselijke duister dat haar overweldigde toen hij een groot deel van haar leven uit haar herinneringen wegnam en haar hersenen herprogrammeerde.

Nu waren het verleden en het heden weer een geheel. Mia werd zich ervan bewust dat Korum haar haar streelde en kusjes op haar gezicht gaf. Ze hield haar ogen dicht en herbeleefde recentere gebeurtenissen, van het wakker worden in Korums bed tot de reis naar Krina. Ze probeerde haar emoties van toen te rijmen met hoe ze zich nu voelde – en met de persoon die ze altijd was geweest.

Saret had niet gelogen. Toen Mia wakker werd zonder herinneringen, was ze niet helemaal zichzelf geweest. Ze was inderdaad meegaander, stond meer open voor nieuwe ervaringen. Dat zag ze nu in. Maar dat was juist goed. Omdat Saret haar had voorbereid om open te staan voor hem, had Saret ervoor gezorgd dat ze beter kon omgaan met het geheugenverlies. In plaats van zich gekweld te voelen, had Mia zich aangepast. In plaats van zich zorgen te maken, had ze dingen geleerd.

En in plaats van opnieuw bang te zijn voor Korum, was ze voor hem gevallen. Ze was echt, oprecht verliefd geworden op de prachtige, lieve Krinar die haar bij het ontwaken had begroet. De Korum van de afgelopen maanden was niet dezelfde die ze op die dag in april in het park had ontmoet. Hij was minder arrogant en meer zorgzaam. Hij hield meer rekening met wat zij vond en wilde, en wilde haar gelukkig maken. Hij hield van haar, daar twijfelde ze niet meer aan. Hij hield net zoveel van haar als zij van hem.

Terwijl het heden en het verleden samenkwamen, kwamen ook Mia's gevoelens weer samen. Alles wat ze eerder had gevoeld werd nu versterkt door de uitdagingen van de afgelopen maanden.

Mia deed haar ogen open en glimlachte naar haar K-geliefde.

# HOOFDSTUK ZESENTWINTIG

*B*ij het zien van haar glimlach trilde Korum van opluchting. 'Mia, mijn liefste, gaat het goed met je?' De afgelopen tien minuten had ze zo stijf als een plank op zijn schoot gezeten, met een wit weggetrokken gezicht en kleurloze lippen. Ze had nergens op gereageerd, alsof ze in coma was.

'Het gaat prima met haar. Toch, Mia?' Laira deed een stap naar haar toe en boog zich voorover om Mia's gezicht te bekijken, en Korum moest de neiging onderdrukken om de hersenexpert iets aan te doen. Zijn charl had duidelijk pijn geleden, en dat zou hij Laira nooit vergeven.

'Het gaat nu wel,' zei Mia zachtjes. Ze leek te begrijpen wat hij voelde. Ze streelde zijn wang en dat tedere gebaar maakte zijn boosheid wat minder hevig.

'Herinner je je iets?' vroeg Laira.

'Ja,' zei Mia, en ze keek naar Laira op. 'Ik herinner me alles. Dank je wel.'

*Ze herinnerde zich alles!* Korum voelde zich alsof hij eindelijk weer lucht kreeg. Het enorme schuldgevoel dat op hem had gedrukt sinds hij Sarets verraad had ontdekt, nam eindelijk iets af.

'En de verzachting?' vroeg hij aan Laira. Zijn armen omklemden de vrouw op zijn schoot zonder dat hij het doorhad steviger.

'Die is ook ongedaan gemaakt,' zei Laira. 'Mia, voel je je anders?'

'Ik weet het niet,' zei Mia, en er verscheen een kleine frons op haar gezicht. 'Ik weet wel dat ik eerst een beetje anders deed dan ik van mezelf gewend was, maar ik voel me nu niet anders.'

'Echt niet?' vroeg Korum, en Mia glimlachte.

'Nee,' zei ze, met een warme, zachte blik in haar ogen. 'Echt niet.'

Nog een last die van zijn schouders viel. Hij voelde zich nu zo licht als een veertje. Tot aan dit moment had hij niet beseft hoe erg hij haar antwoord op die vraag vreesde. Mia had van hem gehouden voor haar geheugenverlies, dat wist hij, maar een deel van hem was toch bang geweest dat haar gevoelens ná wat Saret had gedaan niet meer helemaal oprecht waren, en dat het ongedaan maken van die hersenspoeling haar liefde voor hem zou vernietigen.

Mia wilde opstaan en hij dwong zichzelf om haar los te laten, ook al wilde hij haar het liefst voorgoed vasthouden.

Hij stond zelf ook op, wendde zich tot Laira en gaf haar een klein knikje als bedankje. Hoewel de procedure had gewerkt, kon Korum de getergde blik op Mia's gezicht in die vreselijke tien minuten nog niet helemaal vergeten. Hij had zich zo machteloos gevoeld omdat hij niets kon doen om haar lijden te verlichten, en dat zou nog wel even blijven hangen.

Laira glimlachte naar hem. Zij leek zijn koele reactie niet erg te vinden. 'Je hebt je charl heelhuids terug.'

'Ja,' zei Korum, en hij sloeg een arm om Mia heen om haar te ondersteunen, want ze zag er nog steeds bleekjes uit. 'Daar lijkt het wel op.'

Hun vlucht terug naar Korums huis duurde ongeveer twintig minuten, want Laira's lab was een paar duizend kilometer van Rolert, het gebied waar hij woonde. Korum zag dat Mia gefascineerd was door het uitzicht vanuit hun vliegtuigje. Hij liet het wat lager en langzamer vliegen zodat ze meer kon zien.

Hij probeerde Krina door haar ogen te zien en moest toegeven dat het een prachtige planeet was. De grote landmassa van Tinara bood een thuis aan een enorme variëteit aan flora en fauna, en vanuit de lucht zag de vegetatie eruit als een kleurrijk tapijt van groen met rode en goudkleurige accenten. Er waren grote meren en rivieren, sommige zo blauw als in de Caraïben, andere diep blauwgroen.

De Krinar-nederzettingen waren schaars en bevonden zich vooral in de buurt van die meren en rivieren. Er waren geen steden, alleen Centers waar handel werd gedreven. De meeste Krinar woonden aan de rand van die Centers en forensden naar hun werk.

Korums huis lag aan de rand van Banir, een middelgroot Center in de regio Rolert, nabij het midden van het supercontinent en in de buurt van de evenaar. Toen Korum Mia en haar familie er vanmorgen mee naartoe had genomen, hadden ze allemaal gezegd dat het er heel heet was – nog heter dan Florida in de zomer. De hitte deerde Korum niet, maar hij wist dat mensen er gevoelig voor waren, dus hij zorgde dat ze snel binnen waren. Vanavond, als het wat koeler was, wilde hij ze meenemen naar het nabijgelegen meer om te zwemmen en wat dieren te zien.

'Dat is Viarad,' zei Korum terwijl ze over een heel groot Center vlogen. 'Het is zo'n beetje de hoofdstad van onze planeet. Hier vindt veel onderzoek en ontwikkeling plaats en het is ook de plek waar de Arena-gevechten en andere grote samenkomsten worden gehouden.'

Mia keek met grote, nieuwsgierige ogen naar hem op. 'Jullie steden lijken totaal niet op die van ons,' zei ze. 'Ik zie niet eens veel gebouwen, laat staan wolkenkrabbers en zo.'

'Ze zijn er wel,' zei Korum. 'Geen wolkenkrabbers, maar we hebben heel veel grote gebouwen met allerlei functies. Je ziet ze niet echt vanuit de lucht doordat er zoveel bomen zijn. Het bos om Viarad heen kent een paar van de grootste bomen op heel Krina, sommige zijn nog hoger dan een gebouw van twintig verdiepingen.'

Haar ogen werden nog groter. 'Twintig verdiepingen?'

'Op z'n minst,' zei Korum. 'Misschien nog meer. Die bomen zijn oeroud. Sommige wel meer dan een miljard jaar.'

'Dat is ongelofelijk.' Er klonk verwondering door in haar stem. 'Korum, je planeet is prachtig.'

Hij glimlachte, genietend van haar enthousiasme. 'Ja, hè.'

Ook met hun lagere snelheid kwamen ze toch nog een paar minuten later aan bij zijn huis. Korum leidde Mia naar binnen, waar haar familie nog altijd aan het bijkomen was van de reis. 'Ik zal wat te eten klaarmaken,' zei hij. 'Je kunt wat ontspannen als je wilt. Je hebt een hoop te verwerken.'

'Het gaat wel,' zei Mia, en hij zag aan haar dat ze de waarheid sprak. De kleur op haar wangen was terug en ze leek helemaal te zijn bijgetrokken na de beproeving van daarnet. 'Ik zal mijn ouders gezelschap gaan houden, als je het goedvindt.'

'Natuurlijk, ga je gang,' zei Korum. 'Ik zie je snel weer.'

Het eten dat Korum had klaargemaakt was onbekend en heerlijk. Het bestond uit lokale zaden, fruitsoorten en groenten, op creatieve wijze klaargemaakt. Mia en haar familie genoten er enorm van.

Een van de gerechten bevatte een druppelvormige groente met een paars velletje die smaakte als een kruising tussen een tomaat en een courgette. Hij was gevuld met een nootachtig smakende graansoort met een bubbelige textuur. Mia's vader vond het heerlijk, en hij schepte er steeds weer van op. Mia en Marisa vonden vooral de rijke, hartige smaak van de kalfanistoofpot heerlijk, terwijl hun moeder en Connor maar bleven eten van het exotische fruit dat ze als toetje kregen. 'Al dit eten is geschikt voor menselijke consumptie,' zei Korum. 'Dat geldt niet voor alles op Krina, maar ik heb erop gelet dat alles wat er nu op tafel staat door jullie spijsvertering kan gaan.'

Na het eten nam Korum ze mee naar het meer in de buurt van zijn huis. De zon ging onder en Mia zag dat er drie manen in de lucht verschenen, ook al was het nog lang niet donker.

Terwijl ze liepen, liet hij hun verschillende planten- en insectensoorten zien, en hij vertelde er iets over. 'Dat is een nooki,' zei hij, wijzend naar een grote, gele spinachtige met zo te zien wel honderd poten. 'Die haalt voedingsstoffen uit de aarde, bijna zoals een plant. Onze kinderen vinden het leuk om met ze te spelen omdat ze grappig reageren als je ze laat schrikken.' Hij klapte in zijn handen en het diertje maakte zich bol. De pootjes werden bijna drie keer zo dik en het lijfje werd felrood. 'Het is een ongevaarlijk beestje.'

Mia glimlachte en stak haar hand naar de spin uit, benieuwd of het diertje haar aanraking zou toestaan. Maar het schoot weg, als een onhandige felgekleurde bal.

Korum grinnikte en Mia lachte. Ze was ongelofelijk blij. Ze ging op haar tenen staan, legde haar handen op zijn wangen en keek hem aan terwijl ze een kusje op zijn lippen drukte. 'Ik hou van je,' zei ze, en ze hield zijn blik vast. Haar hart maakte een sprongetje bij de liefde die ze in zijn ogen zag.

'Hé tortelduifjes, moeten jullie dit eens zien!' riep Connor, en Mia wilde hem slaan voor het verpesten van hun moment.

Korum keek haar berouwvol aan en liep naar Connor toe om te zien wat hij bedoelde. Mia volgde hem, nog steeds een beetje boos. Maar zodra ze er was, was ze dat vergeten. 'O, wauw,' zei ze. 'Wat is dat?'

Op een tak vlak boven de grond zat, deels verborgen achter de bladeren, een klein donsbolletje dat leek op een kruising tussen een lemur en een kitten. Het was bruin, had grote, blauwe ogen en een korte, zachte staart.

'Dat is een baby-fregu,' zei Korum zachtjes. 'Ze zien er heel schattig uit, maar ze kunnen bijten, dus je kunt ze beter niet aaien.'

'Fregu?' Het woord klonk op de een of andere manier bekend. Toen herinnerde Mia het zich. 'Hé, je zei dat ik je deed denken aan zo'n diertje!' zei ze berispend tegen Korum. Toen barstte ze in lachen uit omdat ze zelf ook zag wat hij bedoelde.

Na de fregu zagen ze nog veel meer diersoorten van Krina. Er waren vogels met vier vleugels, insecten zo groot als een klein vogeltje en planten die zich gedroegen als dieren. Connor stapte op een gegeven moment bijna op een slangachtige die naar hem krijste en wegrolde als een bowlingkegel.

Ze kwamen uiteindelijk aan bij het meer. Het was een redelijk groot water, een paar kilometer in omtrek. Op de oever lagen fijn grijs zand en kleine zwarte steentjes. Het water zag er daardoor ook duister en mysterieus uit.

'Is het veilig om hier te zwemmen?' vroeg Marisa. Ze schopte haar sandaal uit en deed een teen in het water om de temperatuur te voelen.

'Ja,' zei Korum. 'Er zitten wel wat gevaarlijke jagers in, maar die komen niet in de buurt van de oever. Dit meer is heel diep en er leeft van alles in, maar in het ondiepe is het veilig. Maar je kunt voor de zekerheid dit omdoen.' Hij gaf haar een doorzichtige, dunne armband die hij net had gemaakt. 'Deze weert waterdieren af door een geluid dat ze heel onprettig vinden.'

Mia en de anderen kregen ook zo'n armband en ze gingen allemaal zwemmen. Het was heerlijk verkoelend.

# HOOFDSTUK ZEVENENTWINTIG

De volgende ochtend werd Mia wakker met een knagend gevoel in haar borstkas. Om de een of andere reden bleef ze maar dromen over Saret en die dag in het lab. In haar droom raakte Saret haar aan. Hij gaf haar kippenvel van afschuw en Mia kon niets anders doen dan in haar hoofd schreeuwen, omdat ze verlamd was en zich niet kon bewegen.

Ze was te gespannen om nog te slapen, dus Mia stond op en ging douchen. Korum was ergens naartoe en ze wist niet of haar familie nog sliep of niet. De positie van de zon gaf aan dat het heel vroeg in de ochtend was.

Onder de douche gaapte ze. Ze was heel erg moe. Misschien had ze toch nog niet moeten opstaan. Die nare droom zat nog steeds in haar hoofd en ze boende haar huid grondig om het weg te wassen. In werkelijkheid had Saret haar nauwelijks aangeraakt, dus ze snapte niet waarom haar onderbewuste haar dit voorschotelde.

Om die droom weg te krijgen, liet ze de werkelijke gebeurtenissen van die dag door haar hoofd gaan, beginnend bij het moment dat ze bij het verlaten van het lab Saret tegen het lijf liep. Hij wilde graag met haar praten over zijn plannen, haar alles vertellen over wat hij van plan was te doen met de mensen en de Krinar. Mia dacht dat het niet makkelijk voor hem was geweest om nooit met iemand te kunnen delen wat hij beraamde, om altijd een rol te moeten spelen en zijn ware aard te verbergen. Hij dacht dat zij zich het gesprek toch nooit zou kunnen herinneren, dus kon hij voor een keer zijn masker afdoen.

Terugkijkend was het haast grappig. Hij bleef maar ratelen over hoe hij vrede op aarde zou brengen en de redder van haar soort zou zijn. Hij had haar zelfs proberen te overtuigen dat Korum gruwelijke plannen had om haar planeet over te nemen. Het was zo belachelijk dat Mia grinnikte. Had hij echt gedacht dat ze aan zijn kant zou komen te staan? Had hij gedacht dat omdat ze één keer zo slecht had gedacht over Korum, ze die fout nog een keer zou maken?

Ze stapte onder de douche vandaan en liet zich afdrogen. Toen voelde ze zich ietsje beter. Ze ging terug naar de slaapkamer om haar fabricator te zoeken en zich aan te kleden.

Tot haar verbazing zat Korum op bed. Hij had zijn standaard Krinar-outfit aan, een lichtgekleurde korte broek en mouwloos shirt. Om de een of andere reden was zijn haar nat.

'Je bent wakker,' zei hij. Hij keek naar haar naakte lichaam met een sensuele gloed in zijn ogen. 'Ik ben gaan zwemmen in het meer omdat ik dacht dat je nog wel een tijdje zou slapen. Waarom ben je zo vroeg wakker?'

'Nare droom.' Mia ging naast hem zitten. Zijn handen gingen onmiddellijk naar haar borsten en hij kneep er lichtjes in, alsof hij de verleiding niet kon weerstaan haar aan te raken.

'Wat dan, liefste? Waar droomde je over?' Er kwam een bezorgde uitdrukking op zijn mooie gezicht, maar zijn handen bleven met haar borsten spelen, zijn duimen streken langs haar tepels op een manier die het verlangen in haar binnenste liet ontbranden.

Mia kon niet echt nadenken als hij dit deed. 'O… gewoon dat met Saret…' Haar hoofd viel naar haar rug en ze kromde haar nek toen hij met zijn mond het gevoelige plekje bij haar sleutelbeen beroerde.

'Wat met Saret?' mompelde hij. Er gleed een hand tussen haar dijen en hij streelde haar verlangende vagina.

'Gewoon, dat… gesprek…' Mia hapte naar adem toen er een vinger bij haar naar binnen gleed. Hij drukte met een duim tegen haar clit terwijl zijn andere hand met haar tepel bleef spelen.

'Wat is er dan mee?' fluisterde hij. Ze voelde zijn warme adem in haar nek en kreeg over haar hele lijf kippenvel.

'Ik… Ik weet het niet,' wist ze uit te brengen terwijl haar spieren zich om zijn vinger spanden en een golf hitte door haar lichaam trok. Ze was zo dichtbij… zo dichtbij…

Korum trok zijn vinger terug en duwde haar op het bed zodat ze plat op haar rug lag met haar benen bungelend over de rand. Hij knielde voor haar neer, trok haar benen over zijn schouders en bracht haar kutje naar zijn mond.

Bij het eerste contact tussen zijn warme, natte tong en haar clit spatte Mia in een miljoen stukjes uiteen. Haar orgasme was zo krachtig dat ze omhoogkwam van het bed, ze kneep haar ogen dicht terwijl golven van genot door haar hele lichaam gingen.

Voordat de golven konden wegebben, was hij al in haar. Zijn broek was bij het kruis opengescheurd en zijn dikke schacht drong zich in haar smalle opening. Ze hapte naar adem omdat hij zo abrupt binnenkwam en pakte hem bij de schouders. Ze hield hem stevig vast terwijl hij erin en eruit bewoog, haar zenuwuiteinden plagend die nog zo gevoelig waren van haar orgasme. Hijgend deed ze haar ogen open en ze zag zijn goudkleurige blik.

Hij staarde naar haar met een intens hongerige blik. Hij boog zijn hoofd en kuste haar wild, haar verslindend met zijn tong terwijl zijn pik in haar bleef rammen. Hij hield met een van zijn handen haar haar vast zodat haar hoofd nergens heen kon, en de andere hand gleed langs haar zij omlaag en onder haar heupen, naar haar schaamlippen. Hij liet zijn vinger om haar opening heen glijden om het vocht te verzamelen, en toen liet hij diezelfde vinger tussen haar billen glijden en duwde hem daar naar binnen.

Mia kreunde, overweldigd door alle sensaties. Zoals hij haar nu vasthield, kon ze niets anders doen dan voelen. Hij was boven op haar, in haar, overal om haar heen, en ze kreeg geen lucht, haar hartslag ging door het dak en de spanning binnen in haar werd sterker en heviger. Zijn vinger in haar kontje leek onmogelijk groot en invasief, en toch was er ook genot, een ongewoon opgevuld gevoel dat bijdroeg aan de sensuele beleving van dit moment.

Zonder verdere opbouw begon alles in haar samen te trekken en Mia kwam klaar, kronkelend en trillend in zijn armen. Hij gromde en duwde zich tegen haar aan in een poging nog dieper te gaan, en ze voelde zijn pik in haar pulseren toen hij ook klaarkwam.

Na een paar minuten trok hij zich langzaam uit haar terug. 'Gaat het?' vroeg hij zachtjes, en ze knikte, te slap en ontspannen om zich te bewegen.

Hij glimlachte en tilde haar op. Hij nam haar mee naar de douche om snel schoon te worden, en toen kleedden ze zich aan voor het ontbijt met haar familie.

Tijdens het ontbijt merkte Mia dat ze haar aandacht er niet bij kon houden. Ze dacht steeds maar weer aan het gesprek met Saret. Na een paar minuten wist ze eindelijk wat haar dwarszat.

Waarom had Saret beweerd dat Korum de kwade

genius was? Was hij gestoord, of dacht hij dat Mia goedgelovig genoeg was om in zijn leugens te trappen? En waarom zou hij überhaupt tegen haar liegen als hij kort daarna haar geheugen zou uitwissen? Ze probeerde zich zijn precieze woorden te herinneren. Iets over Korum die van plan was hun planeet over te nemen. Wat betekende dat in godsnaam? De Krinar waren daar al, op aarde, samen met de mensen – dat was volgens Korum van meet af aan hun bedoeling.

Toch kon Mia dat ongemakkelijke gevoel niet van zich afzetten. Ze wist dat haar vriend meedogenloos kon zijn, en ze wist dat hij loyaal was aan zijn soort. Kon het zover gaan dat hij een complete andere soort wilde uitroeien omdat ze op een planeet leefden die waardevol was voor zijn eigen soort? Korum had gezegd dat de aarde uniek was. Van alle planeten die ze kenden, was het de planeet die het meest leek op Krina. En nu Mia hier was, zag ze dat het inderdaad zo was. Als er ooit iets misging op de aarde, zouden de mensen hier uitstekend kunnen leven, dus dan gold andersom natuurlijk hetzelfde.

Ze legde haar bestekstuk neer en keek naar haar vriend, die met zichtbaar gemak met haar familie praatte en grapjes maakte. Het leek onmogelijk dat er een sinistere onderlaag was onder dat prachtige uiterlijk en die warme lach. Kon hij van haar houden en tegelijk haar soort willen vernietigen? Hoe ver ging zijn ambitie precies?

Ze nam een hap van haar eten en probeerde het rationeel te overdenken. Ze had het toch wel geweten als ze voor een monster was gevallen? Niemand kon zo'n duistere aard zo lang verbergen. Korum was geen engel, en hij had wel wat op de menselijke soort aan te merken, maar hij zou ze nooit hun planeet afnemen.

Of toch wel?

Het eten dat ze net had doorgeslikt lag zwaar op de maag. Ze excuseerde zich en ging naar de wc om zich op te frissen. Ze spetterde wat water in haar gezicht en staarde naar zichzelf in de spiegel. De paniekerige blik in haar ogen was niet te verbergen.

Ze moest er met Korum over praten, en wel nu, voordat de twijfels en verdenkingen weer hun relatie zouden vergiftigen. Als er iets was wat Mia had geleerd van haar fout met het Verzet, was het dat ze geen aannames moest doen. Ze was niet meer dat meisje dat te bang was om met haar K-geliefde te praten uit angst dat ze haar mensen zou verraden. Korum was net zo goed de hare als zij de zijne – en ze zou hoe dan ook de waarheid uit hem krijgen.

Het ontbijt leek eeuwig te duren. Mia glimlachte en praatte met haar familie, maar ze zat op hete kolen. Ze merkte dat Korum haar af en toe vragend aankeek en ze wist dat hij doorhad dat haar iets dwarszat, dat haar glimlachjes broos waren.

Eindelijk was het voorbij. Marisa ging naar haar kamer om te slapen – iets wat ze sinds kort deed na een maaltijd omdat ze zo moe was door de zwangerschap –

en Connor ging met haar mee, want hij wilde niet gescheiden zijn van zijn vrouw. Mia's ouders gingen ook naar hun kamer om wat te lezen en om documentaires over Krina te bekijken die Korum voor ze streamde.

'Zullen we een stukje gaan wandelen?' vroeg Mia aan Korum toen haar ouders buiten gehoorsafstand waren.

Hij trok zijn wenkbrauwen op. 'Is het niet te heet voor je buiten?'

'Dat komt wel goed.' Mia had geen idee of het echt goed zou komen, maar ze wilde het huis uit – uit de buurt van haar familie.

'Oké.' Korum stond in een vloeiende beweging op. 'Laten we gaan.'

De hitte sloeg Mia in het gezicht toen ze de deur uit stapten. Het was rond elf uur 's morgens en de zon brandde aan de wolkeloze hemel. Om hen heen hoorde Mia het getjirp en gezang van insecten, vogels en andere dieren – sommige klonken min of meer bekend, andere vreemd en exotisch.

Ze liepen een paar minuten in de richting van het meer, over hetzelfde pad als gisteren. In het daglicht was het hier nog mooier dan in de schemering, maar Mia kon daar nu geen aandacht aan besteden. Er zat een knoop in haar maag en ze voelde zich misselijk, alsof ze iets verkeerds had gegeten.

'Goed, Mia.' Korum bleef staan in een schaduwrijke plek toen ze bij het meer waren en trok haar naar zich toe om naast hem te gaan zitten op een stukje met grasachtige planten. 'Wat is er aan de hand, liefste? Wat zit je dwars?'

Mia keek naar de man die ze meer liefhad dan het leven zelf. 'Ik wil weten of er iets waar is van wat Saret beweerde.'

Hij keek haar strak aan. 'Wat beweerde hij dan?'

'Hij beweerde…' Haar stem brak. 'Hij beweerde dat je de aarde wilt overnemen.'

Heel even was het doodstil en staarden ze elkaar alleen maar aan. Toen zei hij zachtjes: 'We willen de planeet met jullie delen. Dat heb ik je al verteld.'

'Waarom zei Saret dan dat je hem wilt overnemen?' Er klopte iets niet. 'Is hij gek, of is er iets wat je me moet vertellen? Wat zijn je ware intenties, Korum? Hoe ben je precies van plan de planeet met ons te delen als jullie zon opbrandt?'

Hij bleef weer een paar seconden stil. Zijn gezicht stond streng en ze kon er niets uit opmaken. 'Je vertrouwt me nog steeds niet, hè?' zei hij toen. 'Na alles wat we hebben meegemaakt, denk je nog steeds dat ik een slechterik ben.'

Mia ademde trillend in. Het misselijke gevoel in haar buik werd nog sterker. 'Nee, Korum, dat denk ik niet. Ik wíl het niet denken. Ik wil alleen de waarheid van je horen. De hele waarheid.' Hij keek nog steeds onverzoenlijk, dus ze voegde eraan toe: 'Alsjeblieft, Korum. Als je echt om me geeft, vertel me dan alles.'

'Goed.' Zijn stem was killer dan ze in lange tijd had gehoord. 'Maar onthoud dat niemand anders dan de Raad en de Ouderen weet wat ik jou nu ga vertellen. Je mag dit aan niemand doorvertellen, begrijp je dat?'

Mia knikte met ingehouden adem.

'We gaan de aarde niet overnemen,' zei hij. 'We annexeren Mars. En dan geven we de mens de optie om daarheen te verhuizen zodra de planeet bewoonbaar is.'

Mia staarde hem geschokt aan. 'Wat? Mars? Maar… dat is onmogelijk.'

'Op dit moment nog wel,' zei Korum. 'Maar we maken er een paradijs van. Er is daar al water, ook al is het dan in de vorm van ijs. We warmen het er op, creëren een atmosfeer en geven Mars een magnetisch veld zodat de zonnewarmte er blijft hangen en niet de ruimte in loopt. Zelfs het verschil in zwaartekracht kan verholpen worden. Onze wetenschappers hebben een manier ontdekt om de zwaartekracht te versterken zodat die hetzelfde wordt als op Krina en de aarde.'

'Maar…' Mia zocht naar woorden. 'Wacht even, dus jullie willen de aarde niet, maar Mars?'

Korum zuchtte. 'Nee, Mia. We willen een plek waar onze soort kan voortleven als onze zon uitdooft. Het is vreselijk, maar we kunnen niet verhelpen dat onze zon langzaam opbrandt. Misschien kunnen we daar op een dag ook iets aan doen, maar op dit moment moeten we ons op het ergste voorbereiden. De aarde zou onze tweede keus zijn na Krina, en Mars de derde.'

'Dus jullie willen tóch de aarde?' Mia had het gevoel dat ze iets niet helemaal begreep.

'Ja.' Zijn amberkleurige blik was op haar gericht. 'Natuurlijk. Tenminste, de warmere delen. Maar we gaan er geen mensen voor doden, of wat Saret ook beweerde. We geven jullie de keuze om er te blijven of naar het getransformeerde Mars te gaan, in ruil voor welvaart en andere privileges.'

'Jullie gaan mensen omkopen om weg te gaan?' Mia staarde hem ongelovig aan.

'Ja.' Er verscheen een glimlachje om zijn lippen. 'Zo kun je het zeggen. Er zijn veel plekken op aarde waar de mensen in armoede leven, waar het dagelijks leven moeilijk is. We geven die mensen de optie om naar een plek te verhuizen waar het paradijselijk wordt, met alles wat ze nodig hebben en de rijkdom om als een koning te leven. Denk je niet dat dat voor iemand in India of Zimbabwe erg aanlokkelijk is?'

Mia knipperde met haar ogen. Ze begreep zijn denkwijze, maar ze zag ook een hiaat. 'Als Mars zo geweldig wordt,' zei ze, 'waarom zouden de Krinar daar dan niet naartoe willen zodat wij op aarde kunnen blijven?'

'Er zijn vast wel Krinar die naar Mars willen,' zei Korum. 'Het is niet eens uitgesloten dat wij er op een gegeven moment gaan wonen. Maar je hebt altijd individuen die moeite hebben met wat ze beschouwen als kunstmatig, die dus liever wonen op een planeet met een natuurlijke evolutie – ook al is die planeet vervuild en beschadigd door de mens.'

'Dus dan komen ze met ons – met de mensen, bedoel ik – samenleven op de aarde?'

'Ja,' zei Korum, 'precies. We bouwen meer Centers zodat sommige Krinar er kunnen wonen. En in ruil voor die ruimte geven wij ze een luxeuzere omgeving op Mars. Het is een win-winsituatie.'

'En wat als de mensen jullie die ruimte niet willen geven?'

Hij vernauwde zijn ogen. 'Waarom zouden ze dat niet willen? Denk je echt dat een sappelende boer in Rwanda er iets op tegen zou hebben om nooit meer dat fysiek zware werk te hoeven doen? Om zijn familie elke dag heerlijk, voedzaam eten te kunnen voorschotelen? Wie naar Mars gaat, krijgt gratis gezondheidszorg, onderwijs, onderdak… wat ze ook maar nodig hebben. We gaan jullie niet aandoen wat de Europeanen met de oorspronkelijke bewoners van

Amerika hebben gedaan. Dat is niet onze manier van doen.'

'Je hebt niet echt mijn vraag beantwoord,' zei Mia. 'Als de mensen niet weg willen, zullen ze dan onder druk worden verbannen naar Mars? Ga je ze hun land zonder meer afnemen?'

'We gaan doen wat nodig is voor onze overleving en welvaart, Mia,' zei hij. Zijn ogen waren koel en helder onder zijn donkere wenkbrauwen. 'Net als jullie soort zou doen.'

Er ging een rilling over Mia's ruggengraat. 'Aha.'

'Wat had je verwacht te zullen horen, liefste?' Zijn toon was licht spottend. 'Wilde je dat ik tegen je zou liegen en zou zeggen dat we niet zouden pakken wat we nodig hebben als we het niet op de vriendelijke manier kregen?'

'Nee,' zei Mia. 'Ik wilde niet dat je tegen me zou liegen. Ik heb nooit gewild dat je tegen me loog.' Ze stond op en liep naar de waterkant, met een nietsziende blik starend naar het donkerblauwe oppervlak. Ze wist niet wat ze moest denken, hoe ze deze situatie kon benaderen.

Wat Korum net had gezegd klonk relatief mild, zelfs gul als je het vergeleek met wat mensen elkaar in de loop van de geschiedenis hadden aangedaan. Toch wist Mia nu al dat het niet zo simpel zou liggen. De komst van de Krinar een paar jaar geleden had geleid tot een paniek waaruit het Verzet was geboren en die had geleid tot duizenden doden. Het was dwaas om te geloven dat niet hetzelfde weer zou gebeuren als de mensen ontdekten wat de K voor plannen hadden met Mars. Zelfs als de Krinar alleen degenen erheen brachten die vrijwillig gingen, zou het volk wantrouwig blijven, en waarschijnlijk terecht. Zodra de Krinar een plek hadden gevonden waar ze de mensen zonder gewetenswroeging naartoe konden verplaatsen, wat zou ze daar dan van weerhouden?

Korum kwam achter haar staan en sloeg zijn armen om haar heen. Hij trok haar tegen zich aan zodat haar kruin onder zijn kin lag. 'Het spijt me, Mia,' zei hij zachtjes. 'Ik wilde niet zo hard tegen je zijn. Je hebt natuurlijk alle recht om het te weten, en ik kan het je niet kwalijk nemen dat je wantrouwig bent, gezien hoe ik je een paar maanden geleden heb behandeld. Ik wil je soort geen kwaad doen, echt waar – en al helemaal niet meer nu ik jou en je familie heb leren kennen. We zullen ons best doen om alles goed te laten verlopen, om alle overheden te laten samenwerken en te informeren over wat er gebeurt. Er hoeven geen doden en gewonden te vallen. We zullen zorgen dat iedereen er beter van wordt.'

Mia wilde opgaan in zijn omhelzing en zich door hem laten geruststellen, maar ze kon niet als een struisvogel haar kop in het zand steken. 'Wanneer gaan jullie dit doen?' Haar stem klonk vlak en leeg. 'Wanneer gaat die transformatie van Mars plaatsvinden?'

'Binnenkort,' zei Korum met zijn armen om haar heen. 'Ik heb net groen licht gekregen van de Ouderen.'

'Maar waarom Mars?' Mia snapte het niet echt. 'Waarom gaan de Krinar niet gewoon naar een andere planeet in een ander sterrenstelsel? Als jullie dit al kunnen…'

'Terraformering,' zei Korum. 'Het heet terraformering.'

'Ah,' zei Mia. 'Goed, als jullie Mars kunnen terraformeren, waarom dan niet een andere planeet op een andere plek? Waarom zo dicht bij de aarde?'

'Omdat de nabijheid van de aarde het project haalbaar maakt,' legde hij rustig uit. 'We hebben nog nooit zoiets groots gedaan en we hebben een basis nodig van waaruit onze wetenschappers en andere experts kunnen opereren. De aarde is die basis. Dit wordt niet makkelijk. Het zal jaren duren, misschien zelfs decennia, voordat Mars bewoonbaar is, en het zal prettig zijn om onze Centers op aarde in de buurt te hebben in geval van nood. Zodra we alle kinderziektes uit het proces hebben, kunnen we andere planeten in bewoonbare gebieden in verschillende sterrenstelsels gaan terraformeren.'

'Andere planeten dan de aarde en Mars?' Mia draaide zich om in zijn armen en keek hem aan. Voor het eerst begreep ze ten volle hoe ver zijn ambitie reikte, en ze was geschokt. 'Je bent een imperium aan het bouwen, hè?' zei ze. 'Een intergalactisch imperium… De aarde, Mars en nog andere planeten, en de Krinar zullen overal de heersers zijn, hè?'

'Ja.' Zijn ogen glansden. 'Dat klopt.'

Korum zag haar geschokte blik en verzachtte zijn toon. 'Is dat echt zo erg, liefste? Jouw soort zal er ook baat bij hebben. Als er iets gebeurt met de aarde, kunnen de mensen ergens anders leven.'

Hij voelde de spanning in haar kleine lichaam en vervloekte Saret, die twijfel had gezaaid in haar hoofd. Korum was van plan geweest haar op z'n tijd alles te vertellen, op een moment dat hij zijn intenties zo goed mogelijk kon overbrengen. Hij wist dat er een kans was dat ze hem zou ondervragen zodra ze haar geheugen terug had, maar hij had zijn eigen reactie op die vragen niet kunnen voorspellen. Haar wantrouwen, haar neiging om het slechtste over hem te denken – het deed hem terugdenken aan hoe ze waren begonnen, aan hoe ze hem bespioneerde en verraadde bij het Verzet. De wonden van die tijd waren nog te vers om kalm te blijven.

'Leven, ja, maar wel onder jullie macht zeker?' Ze wilde zich losmaken en Korum liet het gebeuren. Hij deed een stap achteruit om haar wat ruimte te geven. Hij nam niet de moeite om op haar vraag te reageren. Het antwoord sprak voor zich.

Een intergalactisch imperium… Op die manier dacht hij er doorgaans niet over, maar het was geen slechte omschrijving van wat hij hoopte te bereiken. Al zolang hij zich kon herinneren – sinds zijn vroegste jeugd – had Korum gedroomd van reizen naar andere planeten en daar nederzettingen bouwen. Hij zag het als hun lot. Hoe mooi Krina ook was, het was slechts een van de triljoenen kleine planeten. Een stukje steen dat afhankelijk was van een ster en kwetsbaar was voor kosmische rampen.

De aarde had hem altijd aangetrokken, omdat de planeet zo leek op Krina en omdat er een soort leefde die sterk leek op de Krinar. In zijn jeugd had Korum net als veel anderen de mens beschouwd als inferieure soort, met hun zwakke, fragiele lichamen en hun primitieve levenswijze. Pas in de afgelopen eeuwen was hij gaan inzien dat deze wezens net zo intelligent en vindingrijk waren als de Krinar. In het verleden zou Mia's angst gegrond zijn geweest: de Korum van duizend jaar terug zou niet hebben geaarzeld om de aarde van de mensen af te pakken. Nu wilde hij dat niet meer doen. Hij wilde alleen maar zorgen dat er op diezelfde planeet ook plek was voor de Krinar.

Hij had dat nooit beschouwd als iets heel ergs. Hij wist dat er anderen waren die het wel krankzinnig vonden. Zelfs zijn vader vond Korums ambitie soms te ver gaan. Hij begreep niet dat hij alleen maar het beste wilde voor hun soort. Een reeks planeten die door de Krinar werden bewoond en waar zij de scepter zwaaiden, was een logische stap in hun evolutie en Korum vond er niets mis mee.

Nu hoefde hij alleen zijn charl daar nog van te overtuigen. 'Mia, luister,' zei Korum en hij keek haar aan. 'Ik begrijp dat je bang bent, maar ik lieg niet tegen je. Ik heb je dit allemaal niet eerder verteld omdat het vertrouwelijke informatie is. Niet omdat ik iets wil verbergen. Ik heb net van de Ouderen officieel toestemming gekregen om Mars te gaan terraformeren en we zullen contact opnemen met jullie overheden om ze hiervan op de hoogte te brengen. Zo kunnen jullie de bevolking erop voorbereiden en gevaarlijke geruchten in de kiem smoren. Nogmaals, ik heb het beste voor met iedereen en daar zal ik ook mijn uiterste best voor doen.'

Haar sexy tong kwam naar buiten en likte haar lippen, en zijn ogen bleven plakken aan haar mond. Hij stelde zich voor dat die tong iets anders likte. *Fuck, concentreer je!* Met moeite keek Korum haar weer in de ogen, en hij negeerde zijn pik. Dit was niet het moment om aan seks te denken. Hij moest haar ervan overtuigen dat hij haar soort niet wilde uitroeien en hun planeet niet wilde afpakken.

'Erewoord?' Haar stem klonk zacht en onvast, en hij zag dat hoop en twijfel op haar gezicht om voorrang streden. Ze wilde hem vertrouwen, maar ze had meer bevestiging nodig. 'Zweer je dat je mijn soort niet zult schaden? Dat je bij het bouwen van je imperium zult zorgen dat de mensen het goed hebben?'

'Ja, liefste,' zei Korum. 'Ik beloof het. Tenzij de mensen ons aanvallen, zullen we ze geen haar krenken. Degenen die de aarde willen verlaten, zullen daarvoor rijkelijk worden gecompenseerd, en met de rest zullen we samenleven op de aarde. En trouwens ook op Mars, en waar we ook maar naartoe gaan in de toekomst. Het wordt niet zo slecht, liefste. Ik beloof het je.'

Hij deed een stap naar haar toe en trok haar weer in een omhelzing. Hij zuchtte opgelucht toen hij haar armen ook om hem heen voelde.

# HOOFDSTUK NEGENENTWINTIG

Mia deed de ketting om die Korum haar had gegeven en bekeek zichzelf kritisch in de driedimensionale spiegel in hun slaapkamer. Ze had formele Krinar-kleding aan, een helderwitte jurk die leek op de jurk die ze had gedragen tijdens het gevecht. Haar haar was opgestoken en bedekt door een zilverkleurig net dat paste bij haar sandalen. Ze zag eruit alsof ze gekleed was voor een feestje – of voor een ontmoeting met de Ouderen.

Ze had alle recht om zenuwachtig te zijn. Ze stond op het punt om de oudste Krinar die nog in leven waren te ontmoeten, wier namen legendarisch waren onder de K en wier mandaten het lot van de mensheid bepaalden. De Krinar die zouden beslissen hoelang haar familie zou leven. Toch voelde ze zich opmerkelijk kalm, alsof niets haar op dit moment kon deren.

Haar gedachten bleven teruggaan naar het gesprek vanmorgen met Korum. Ze bleef het maar in haar hoofd afspelen. Mars, de aarde, een compleet intergalactisch imperium… De ambitie van haar vriend was echt grenzeloos. Mia twijfelde er niet aan dat Korum zijn doel zou bereiken – en dat hij aan de top zou staan van het imperium dat hij zou gaan opbouwen.

Zij zou naast hem staan. Haar hoofd tolde van die gedachte. Zij, die nooit meer had verlangd dan een rustig, gewoon leven, zou het Krinar-imperium zien ontstaan, aan de zijde van – en in het bed van – de man die het mogelijk maakte.

Was zij dan een verrader van haar soort? Of was het zoals Delia zei en had ze al meer voor de mensheid gedaan dan het Verzet ooit had gekund door te zorgen dat Korum verliefd op haar werd?

Ze geloofde hem toen hij zwoer dat hij de mens niet bewust zou schaden. Hij had zijn beloften aan haar nooit gebroken. Ze wist alleen niet hoe het zou gaan als de mensen hoorden van de plannen met Mars. Zouden er nieuwe anti-K-bewegingen ontstaan? Zou de menselijke bevolking in paniek raken en zich verzetten, waardoor de Krinar wel terug moesten vechten? Mia zou het vreselijk vinden als dat gebeurde.

Maar de gedachte om Korum te verlaten was ondraaglijk. Ze kon niet zonder hem leven, zo simpel was het. Ze hield met iedere vezel van hem en ze wist dat hij net zo van haar hield. Misschien maakte haar dat een verrader… of misschien wel de gelukkigste vrouw op aarde. De tijd zou het uitwijzen.

Op dit moment moest ze de Ouderen ontmoeten.

'HET IS HET BESTE ALS JE MIJ HET WOORD LAAT DOEN,' zei Korum toen ze een open plek midden in het bos naderden. 'Ze houden niet van gebabbel.'

'Oké,' zei Mia. 'Ik hou mijn mond.'

'Nee, misschien moet je wel iets zeggen,' zei hij. 'Ze zullen waarschijnlijk met jou en je familie willen praten, en in dat geval raad ik je aan om zo eerlijk en direct mogelijk antwoord te geven op hun vragen.'

Mia knikte. Vanuit haar ooghoeken zag ze haar ouders hand in hand lopen. Haar moeder zag witjes en haar vader zag er bedrukt uit, alsof hij naar de galg liep. Marisa en Connor liepen achter hen en zagen er zenuwachtig en opgewonden tegelijk uit.

Anders dan Mia droegen zij hun menselijke kleren. Daar hadden ze voor gekozen. 'Ik ben te oud om zo'n strak jurkje te dragen,' zei haar moeder met een blik op Mia's jurkje, dat inderdaad mooi om haar lijf viel en een open rug had. Korum had er niets tegen ingebracht. Aangezien zij geen charls waren, werden ze niet gezien als een onderdeel van de Krinar-samenleving, dus ze mochten aantrekken wat ze wilden. Haar vader droeg een pak met een das, en Connor ook. Haar moeder en Marisa hadden nette jurken en schoenen met hoge hakken aan. Mia hoopte dat het niet te lastig voor ze was om met deze kleren aan in de hitte door het bos te lopen.

Het feit dat de Ouderen hen op een open plek wilden treffen in plaats van in een gebouw verbaasde Mia niet. De K waren gesteld op de natuur en Korum had haar verteld dat sommige Ouderen helemaal niet in gebouwen kwamen, omdat ze wilden leven zoals hun primitieve voorouders: in de holle stammen van gigantische bomen of in rotsachtige formaties in de bergen. Ze waren ook erg territoriaal: er mocht niemand in een straal van enkele tientallen kilometers nabij die plaatsen komen. Deze plek in het bos was neutraal, en de Ouderen kwamen hier vaak om dingen te overleggen en om met elkaar te socializen.

'Er zijn maar weinig Krinar die het voorrecht krijgen om de Ouderen in levenden lijve te ontmoeten, zoals jullie nu gaan doen,' vertelde Korum haar toen ze vlak voor de open plek bleven stilstaan. 'Het is vrijwel de grootst mogelijke eer.'

Mia ademde diep in en probeerde haar trillende vingers te kalmeren. Nu ze hier echt waren, was ze niet meer zo kalm. Haar hart bonsde wild in haar borstkas. Wat als ze per ongeluk iets zei of deed wat de Ouderen boos maakte? Dan zouden ze Korums verzoek weleens kunnen afwijzen, of nog erger. Ze had geen idee waar deze oeroude Krinar toe in staat waren.

'Ben je er klaar voor, liefste?' vroeg Korum, en ze knikte en legde haar hand in de zijne. Toen liepen ze samen de open plek op, en Mia's familie volgde hen op de voet.

· · ·

Er stonden negen K: drie vrouwen en zes mannen. Ze keken allemaal naar Mia en haar familie. Hun gezichten waren compleet uitdrukkingsloos. Fysiek leken ze niet ouder dan Korum of welke andere Krinar dan ook. De mannen waren lang en krachtig, en ook de vrouwen leken nog sterker dan anderen. De kleinste van de vrouwen was iets meer dan één meter tachtig en had lange, getekende spieren. Tot Mia's verbazing droegen ze allemaal moderne Krinar-kleding. Hun crèmekleurige kleding stak af tegen hun gebronsde huid.

De vrouwen waren stuk voor stuk mooi, op een warrior princess-achtige manier. De mannen waren wat verschillender. Eén mannelijke K leek heel sterk op de opname die ze had gezien van de prehistorische Krinar. Hoewel er iets aantrekkelijks te zien was in zijn grove trekken, vond Mia hem te ongelikt om mooi genoemd te worden. Ze vroeg zich af of de Ouderen ook partners hadden, of dat ze het miljoenen jaren hadden uitgehouden zonder diepere verbintenis.

Korum liet haar hand los en knikte respectvol, zonder iets te zeggen. Mia deed hem na. Ze hield haar blik constant gericht op de Ouderen. In de Krinar-cultuur was het onbeleefd om weg te kijken als je een autoriteit ontmoette. Staren was de normale manier van doen in zo'n situatie.

Een van de vrouwen zette een stap naar voren. Haar

bewegingen waren soepel en elegant. Ze liep naar Mia toe en streek met haar knokkels over haar wang, de manier waarop vrouwen elkaar begroetten. Mia glimlachte en deed het terug, in de hoop dat dit goed was. Te oordelen naar de waarderende schittering in Korums ogen had ze de juiste keuze gemaakt.

Nadat ze Mia had begroet, ging de vrouw verder met de andere mensen. Ze keek ze aan met onverholen nieuwsgierigheid. Ze zei niets tegen ze en maakte ook geen gebaren, maar Mia zag de zweetdruppeltjes op het voorhoofd van haar vader. Hij moest wel erg nerveus zijn, want dit kon niet alleen door de hitte komen.

Nog altijd zonder iets te zeggen liep de vrouw terug naar de Ouderen en ze nam weer haar plek in naast de andere twee vrouwen. Toen keken negen paar donkere ogen hen simpelweg aan, met een waardige, diepe intelligentie die er bijzonder onmenselijk uitzag.

Mia keek terug en probeerde te bepalen welke twee van hen verantwoordelijk waren voor het sturen van de menselijke evolutie. In zekere zin stond ze oog in oog met goden, de scheppers van de mensheid. Dat was zo bizar dat ze er niet te veel bij na wilde denken. Als ze de Ouderen simpelweg beschouwde als iets oudere versies van Korum, was de kans wat minder groot dat ze zou flauwvallen. En voor een eenentwintigjarige was het verschil tussen iemand die tweeduizend jaar was of twee miljoen jaar ook niet zo groot. Ze waren allebei ontzettend oud – dat hield ze zichzelf voor.

Na wat wel een uur stilte leek te zijn stapte de man met de grove trekken naar voren, op Mia en Korum af. 'Dus dit is je charl,' zei hij met een diepe stem. Mia vond dat zijn manier van lopen deed denken aan die van een leeuw, met zijn soepele spieren en de sluipende intensiteit van een jager.

Korum knikte. 'Ja.'

'Opmerkelijk,' zei de Oudere, en hij hield zijn hoofd schuin om haar te bestuderen. 'Zeer opmerkelijk.'

Mia onderdrukte de neiging om weg te kijken voor die indringende blik. Het voelde alsof de oeroude K door haar heen keek en al haar angsten en kwetsbaarheid kon zien.

'Waarom zouden we een uitzondering moeten maken voor jouw familie, Mia?' vroeg de Oudere plotseling rechtstreeks aan haar.

Mia slikte een brok in haar keel weg. Ze had zich mentaal voorbereid op iets van een vragenvuur, maar toch overviel het haar. Desondanks klonk haar stem kalm toen ze begon te praten, en was er niets te merken van haar onrustige binnenste. De adrenaline stroomde door haar aderen en zette haar op scherp. De woorden die uit haar mond kwamen, waren helder en duidelijk.

'Ik vind niet dat jullie een uitzondering moeten maken voor mijn familie,' zei ze, en ze keek naar de Oudere. 'Ik vind dat jullie de technologie moeten delen met de hele menselijke soort. Als jullie dat om welke reden dan ook niet doen, bedenk dan eens het volgende: door met Korum samen te zijn, is mijn levensverwachting gelijk aan de zijne. Dat is iets wat u allen hebt toegestaan, dus kennelijk vindt u dat verdedigbaar. Zonder de nanocyten zou mijn lichaam verouderen en zou ik over enkele decennia sterven, terwijl Korum niet zou veranderen – en dat zou voor ons allebei ondraaglijk zijn omdat wij van elkaar houden.' Ze ademde diep in. 'Het zou voor mij net zo ondraaglijk zijn om de anderen van wie ik houd' – ze maakte een gebaar naar haar familie – 'ziek te zien worden en te zien overlijden.'

De oeroude K keek haar nog steeds aan en ze zag iets van waardering op zijn gezicht. Zijn trekken werden er iets minder hard door, en hij zag er iets minder intimiderend uit. Mia wilde nog meer zeggen, maar ze herinnerde zich wat Korum had gezegd: ze moest het beknopt houden. Dus hield ze haar mond. Ze had alles gezegd wat er te zeggen viel. Het was niet slim om haar punt te herhalen, en ze had er niets meer aan toe te voegen.

De Oudere keek haar nog heel even aan en wendde toen zijn blik af. Mia merkte dat er woordeloos werd overlegd, en toen draaide hij zich weer naar Mia en Korum toe.

'We zullen binnenkort een beslissing nemen,' zei hij rechtstreeks tegen Korum.

Toen voegde hij zich weer bij de Ouderen en ze verdwenen in het bos, waarna Mia, Korum en haar familie alleen achterbleven op de open plek.

'Dat was Lahur,' vertelde Korum haar tijdens de tocht terug naar het huis. 'Hij is degene over wie ik je heb verteld, de oudste nog levende Krinar. De vrouw die jou en je ouders begroette is Sheura. Zij is een evolutionair bioloog en ze was vanaf het begin betrokken bij het mensenproject.'

'Ah, vandaar dat ze zo nieuwsgierig naar ons was! Denk je dat ze het zullen toestaan? Denk je dat ze het doen?' Mia zat op een zwevende plank naast hem en keek hem opgewonden aan. Korum begreep dat het kwam door de adrenaline van de ontmoeting met de Ouderen en hij glimlachte naar haar. Hij was trots op hoe ze het had gedaan. Hij wist dat ze nerveus was, maar ze had zich staande gehouden. Ze had het beter gedaan dan menige Krinar in haar schoenen zou hebben gedaan.

'Ik weet het niet, liefste,' zei hij eerlijk. 'Niemand kan voorspellen wat de Ouderen gaan besluiten. Ik hoop dat ze hebben gezien wat ze wilden zien vandaag. Het enige wat we nu kunnen doen, is afwachten.'

'Moeten we op Krina blijven in afwachting van hun oordeel?' vroeg Mia's moeder. Korum zag dat ze veel geruster leek nu ze die beproeving achter de rug had.

'Ja,' zei Korum, 'dat is denk ik wel het beste. Ze hebben gezegd dat het niet lang duurt. En jullie hebben nog niet eens mijn ouders ontmoet. Die kijken er heel erg naar uit.' Korum had nog een reden waarom hij wilde dat ze bleven, maar dit was niet het moment om daarover te beginnen.

'Wij ook!' riep Ella uit. 'Is dat niet geweldig, Dan?'

'Ja,' zei Mia's vader. 'We vinden het heel leuk om ze te gaan ontmoeten.'

'Fijn,' zei Korum. 'Dan ga ik een afspraak maken.'

Neuriënd maakte Mia zich klaar om naar het huis van Korums ouders te gaan. Ze herinnerde zich nu dat ze Riani en Chiaren graag mocht toen ze hen eerder virtueel had ontmoet en ze keek ernaar uit om ze weer te zien. Ze vermoedde dat haar ouders hen ook zouden mogen, al zouden ze wel schrikken van hun jeugdigheid en schoonheid.

Als de Ouderen toestemming verleenden, zouden Mia's ouders ook hun jeugd terugkrijgen. Ze wilde het zo graag. Ze had foto's gezien van haar ouders in hun jonge jaren, toen ze zo oud waren als zijzelf. Ze waren een leuk stel. Haar vader was lang en knap en haar moeder mooi en zorgeloos. Ze wilde hen weer zo, gezond en vol leven, zonder alle pijntjes en ongemakken die hoorden bij de middelbare leeftijd.

Terwijl ze haar jurk aan het aantrekken was, kwam Korum de slaapkamer binnen. Hij zag er nog mooier uit dan anders. Hij was ergens blij om, al kon ze niet zien wat. Hij liep naar haar toe en drukte een kusje op haar lippen. 'Je ziet er prachtig uit, liefste,' zei hij zachtjes, en hij stopte een van haar krullen achter haar oor.

'Dank je,' zei Mia stralend. 'Jij ook.'

'Ik heb iets waarvan ik graag wil dat je het draagt,' zei hij met een mysterieuze glimlach. 'Een sieraad.'

'Natuurlijk!' Mia had de ketting al omgedaan, maar ze vond het niet erg om iets anders te dragen. Ze was nooit zo'n accessoirestype geweest, vooral omdat ze niet zo goed wist hoe. Ze wilde het wel graag. Ze was al beter geworden met kleding en sieraden zouden de volgende stap zijn.

Tot haar verbijstering deed Korum een stap achteruit en liet hij zich op één knie zakken. Hij hield een klein, zwart doosje in zijn hand. Ze staarde ernaar en het doosje ging open. De ring die erin zat, was de mooiste die ze ooit had gezien. Klein en verfijnd, gemaakt van hetzelfde schitterende materiaal als haar ketting, met een grotere steen in het midden.

'Mia,' zei Korum zachtjes, en hij keek naar haar op met die onweerstaanbare amberkleurige ogen van hem. 'Ik weet dat het niet altijd makkelijk voor je is geweest om met mij samen te zijn, en ik kan je niet beloven dat het vanaf nu allemaal rozengeur en maneschijn zal zijn. Maar één ding weet ik wel: ik wil jou, nu en altijd, meer dan ik ooit iets of iemand heb gewild. Ik wil jou in mijn leven, in mijn bed en aan mijn zijde, zolang we leven. Ik wil je liefhebben en beschermen, ik wil de wereld voor je openen. Ik wil dat jouw gezicht het eerste is wat ik zie als ik wakker word en het laatste voor ik in slaap val. Ik wil jou zo gelukkig maken als je mij maakt. Mia, liefste, ik ben hopeloos verliefd op je. Wil je met me trouwen?'

Mia deed haar mond open, maar er kwam geen geluid uit. Ze voelde haar ogen prikken. 'Wil je... wil jij met mij trouwen?' wist ze uiteindelijk fluisterend uit te brengen. Ze was bang dat ze hem op de een of andere manier niet goed had verstaan. 'Maar...' Ze slikte. 'Je bent een Krinar! Je kunt niet trouwen met een mens!' Haar stem schoot de hoogte in van ongeloof.

'Ik kan doen wat ik maar wil,' zei Korum, en ze kon het niet helpen dat ze moest glimlachen om hoe arrogant hij klonk. Zelfs op één knie klonk hij alsof hij de koning was. 'Dat niemand het heeft gedaan, betekent nog niet dat ik het niet kan doen. Ik wil dat je in alle opzichten de mijne bent – voor de Krinar-wet én de menselijke. Mia, alsjeblieft, wil je mijn vrouw worden?'

Het prikkende gevoel in haar ogen werd nog erger en er rolde een traan over haar wang. 'Ja,' zei ze bijna onhoorbaar, en haar zicht werd wazig. Ze voelde haar borstkas samentrekken en kreeg haast geen adem. 'Ja, mijn liefste, ik wil met je trouwen.'

Zijn glimlach was zo verblindend als de zon alhier. Hij stond op, pakte haar linkerhand beet en deed de ring om haar ringvinger. Hij paste perfect en hij schitterde in alle kleuren van de regenboog.

'O, Korum... Dat is...' Mia huilde nu voluit, de

tranen van geluk stroomden over haar wangen. 'Hij is prachtig.'

'Niet zo prachtig als jij,' zei hij zachtjes, en hij trok haar naar zich toe voor een knuffel. 'Niets is zo oogverblindend mooi als jij.' Hij omvatte haar gezicht met zijn grote handen en kuste de tranen van haar wangen. Zijn lippen voelden zacht en vol eerbied op haar huid.

Ze gingen samen het nieuws aan hun families vertellen als ze allemaal bij elkaar waren. Korum keek geamuseerd toe hoe Mia haar best deed om haar linkerhand in haar jurk te verbergen terwijl ze naar het huis van zijn ouders gingen. Hij had gezegd dat ze de ring wel even af kon doen, maar dat weigerde ze. 'Wat als ik hem kwijtraak?' zei ze verschrikt, en Korum was er niet tegen ingegaan. Hij vond het mooi om die ring om haar vinger te zien, een zichtbaar bewijs van hun verbintenis.

Hij wist niet meer precies hoe hij opgewarmd was geraakt voor het idee van een menselijk huwelijk. Tijdens het bezoek aan haar ouders was het voor het eerst bij hem opgekomen, en de afgelopen maand was het blijven borrelen. Hij wist dat Mia het nog steeds niet prettig vond om zijn charl te zijn. Zoals zij het zag, was hij degene die alle macht had in hun relatie. Het was een blijvend twistpunt tussen hen en Korum wist dat ze nooit volledig gelukkig zou zijn zolang ze zich rechteloos voelde.

Hoe meer Korum erover had nagedacht, hoe meer het hem toescheen alsof met haar trouwen de oplossing was. Door publiekelijk met Mia te trouwen op Krina, zou hij haar aanzien in hun samenleving verhogen. Ze zou niet meer zomaar een charl zijn, een mens die hem toebehoorde – ze zou zijn partner zijn, al ver voor hun Viering van Zevenenveertig.

Ze zou ook officieel aan hem toebehoren naar menselijke maatstaven. Korum vond dat een fijne gedachte. Als er dan nog een mensenman was die naar haar durfde te kijken, zou hij de ring om haar vinger zien en weten dat deze vrouw bezet was. Die ringen waren slim bedacht, vond Korum sinds kort. Ze stelden een man in staat om op een heel nette manier zijn territorium af te bakenen. Nu was Mia zijn verloofde en binnenkort zou ze zijn vrouw zijn, en niemand zou daaraan twijfelen.

Hun huwelijk zou ook Mia's ouders geruststellen. Hoewel de familie Stalis inmiddels hun relatie accepteerde, wist Korum dat ze veel gelukkiger zouden zijn als ze hem hun schoonzoon konden noemen, in plaats van gewoon het vriendje van hun dochter. In hun ogen was die verbintenis veel sterker en ze zouden zekerder zijn van zijn toewijding aan Mia.

Hun vliegtuigje landde voor het huis van zijn ouders en hij leidde Mia naar binnen, met haar ouders, zus en zwager achter hen aan. Zijn menselijke familie, dacht hij vol verwondering. Het was nog steeds zo ongewoon dat hij het bijna niet kon geloven, maar deze mensen waren belangrijk voor Mia, en ze begonnen ook steeds belangrijker te worden voor hem.

Riani en Chiaren stonden op hen te wachten. Toen Korum naar binnen ging, zag hij zijn moeder als eerste. Ze stond daar met een grote glimlach. Zijn vader stond achter haar, terughoudend als hij was. Ze waren geschokt geweest toen hij ze voor het eerst had verteld over Mia, maar ook blij. Korum vroeg zich weleens af of zijn ouders dachten dat hij zijn hele leven alleen zou blijven.

Hij deed een stap naar voren, gaf Riani een knuffel en groette zijn vader met een wat vormelijkere aanraking op de schouder. Toen draaide hij zich om naar Mia's familie en stelde ze voor aan zijn ouders.

Tot zijn verbazing klikte het meteen tussen hun ouders. Binnen een paar minuten waren ze aan het praten over hemzelf en Mia. 'O mijn god, dit is gênant,' fluisterde Mia in zijn oor. Ze bloosde toen Ella lachend vertelde over hoe de jonge Mia zich ontdeed van haar luier en door de achtertuin achter eekhoorns aan kroop.

'Wat zijn eekhoorns?' vroeg Riani belangstellend, en Mia's vader vertelde over het kleine zoogdier met de grote staart.

Marisa en Connor, die het allemaal met zichtbaar plezier gadesloegen, kwamen naast Mia en Korum zitten aan de andere kant van de ruimte. 'Wow, ze kunnen het echt goed met elkaar vinden, hè?' zei

Marisa tegen haar zusje, en Mia lachte. Haar ogen twinkelden van plezier.

Het leek hem het perfecte moment voor hun grote nieuws.

Korum stond op en trok Mia ook omhoog. Alle ogen waren meteen op hen gericht. 'We willen jullie iets vertellen,' zei Korum en hij keek de kamer rond. Zijn ouders zagen eruit alsof ze geen idee hadden waar dit over kon gaan, terwijl de mensen het meteen leken te snappen en hem opgetogen aankeken. 'Ik heb Mia ten huwelijk gevraagd… en ze heeft ja gezegd.'

Mia grijnsde en hield haar linkerhand omhoog om de schitterende ring om haar vinger te laten zien.

Het gezelschap barstte uit in gelach, gejuich en felicitaties. Iedereen leek met iedereen te knuffelen en zijn ouders gingen er helemaal in mee, ook al bleef Chiaren hem vragend aankijken. Zoals Mia al had gezegd was er nog nooit een Krinar met een mens getrouwd. Het hele concept was voor hen onbekend. Het dichtstbijzijnde in hun cultuur was de Viering van Zevenenveertig. Korum nam zich voor om dit op een later moment aan zijn ouders uit te leggen. Voor nu was het genoeg dat ze begrepen hoe serieus zijn relatie met zijn charl was.

Zodra het enigszins tot rust was gekomen, zei Korum tegen Mia's ouders: 'Ik wist niet zeker of ik jullie om haar hand moest vragen of niet. Zover ik het begrijp, wordt dat in de moderne tijd vrijwel niet meer gedaan. Ik hoop dat jullie het niet erg vinden…'

'Erg?' riep Ella uit. 'Natuurlijk niet!' Er stonden

tranen in haar ogen, en Korum vroeg zich af waarom mensenvrouwen zo geëmotioneerd raakten van het huwelijk.

De rest van hun bezoek praatten ze het over de huwelijksdatum (Korum drong erop aan het binnen een week te doen), de plaats (Mia vond het meer in de buurt van het huis mooi) en de logistieke uitdaging van een menselijke huwelijksvoltrekking op een planeet zo ver van de aarde.

'Hebben we niet iemand nodig die jullie in de echt verbindt?' vroeg Connor. 'Een priester, een rabbi, wie dan ook? En als het rechtsgeldig moet zijn, moet het dan niet ook ergens op aarde worden geregistreerd?'

Korum had hier allemaal al over nagedacht. 'Een van de charls die op Krina woont is een rechter uit Missouri,' zei hij. 'Ik heb haar al gevraagd of ze beschikbaar is. Verder zal ik zorgen dat onze handtekeningen elektronisch naar de autoriteiten in Florida gaan. Ik neem aan dat ze wel een uitzondering voor ons zullen maken, gezien de omstandigheden.'

De daaropvolgende vijf dagen vlogen om. Zodra het nieuws van hun verloving naar buiten kwam, bleef er maar bezoek naar Korums huis komen. Ze wilden allemaal Mia en haar familie ontmoeten.

Korums vrienden, bekenden, medewerkers, zakenrelaties, zelfs Raadsleden... Mia ontmoette in haar korte verlovingsperiode zoveel K dat ze al die namen en gezichten niet kon onthouden. Tot haar verbazing merkte ze dat ze haar met net zoveel respect bejegenden als Korum. Het was een subtiel verschil met voorheen, maar ze merkte het wel. Er werd vaker naar haar mening gevraagd en ze spraken haar rechtstreeks aan, waarbij ze niet langs Korum gingen. Ze had dit een paar dagen overpeinsd en realiseerde zich dat ze haar nu meer als Korums partner zagen dan als zijn charl. In hun ogen was ze niet meer gewoon een mens die een van hen toebehoorde. Ze was echt een onderdeel van hun samenleving.

Mia vond vooral Jalet en Huar heel aardig, met wie Korum al lang bevriend was. Net als Korums ouders was Jalet een manusje-van-alles, die allerlei baantjes had gehad in zijn lange leven. Hij was grappig en slim, wist over alle onderwerpen mee te praten en kon heerlijk vertellen over het leven op Krina. Huar was meer een stille kracht. Hij was een expert op het gebied van oceanologie. Huar en Jalet waren ook bevriend geweest met Saret, en ze vonden het vreselijk wat hij had gedaan.

'We waren een soort vier musketiers,' vertelde Jalet haar, met een ietwat onhandige maar wel leuke verwijzing naar de klassieker van Dumas, waarin het natuurlijk ging over drie musketiers – precies het aantal dat er over was nu Saret er geen deel meer van uitmaakte, bedacht Mia. 'We hebben zoveel avonturen beleefd. Ik heb overwogen om met Saret en Korum mee te gaan naar de aarde, maar ik was bezig met een project, dus de timing kwam niet echt uit.'

'Dat is maar beter ook.' Korum grijnsde naar zijn vriend. 'Hij zou net zo goed geprobeerd kunnen hebben jou te vermoorden.'

'Weet je,' zei Huar bedachtzaam, 'nu ik erover nadenk is het niet zo verwonderlijk dat Saret het op jou gemunt had, Korum. Hij was vrij ambitieus, maar hield zijn ambities verborgen. Je hebt altijd geweten wat je wilde en daar openlijk naar gestreefd, maar Saret handelde in het geniep, zodat niemand wist dat hij het was. Ik vermoedde weleens dat hij misschien jaloers op je was, maar ik heb nooit geweten hoe diep dat zat.'

'Niemand van ons wist hoe hij echt in elkaar zat,' zei Korum. 'Saret heeft iedereen voor de gek gehouden, ook mij.' Mia hoorde de bittere ondertoon in zijn stem en het deed haar pijn. Hij praatte er niet veel over, maar ze wist dat hij zichzelf nog steeds kwalijk nam dat hij haar in gevaar had gebracht.

'Liefste, je weet toch wel dat hij waarschijnlijk een psychopaat is?' Ze legde een hand op Korums knie en keek hem aan. 'Hij was intelligent genoeg om het te verbergen, maar dat is de bottom line. Hij weet zich charmant te presenteren, maar daaronder is hij zo goed als gevoelloos. Slim ook van hem om eeuwenlang een masker te dragen.' Mia herinnerde zich colleges over psychopaten, en ze waren echt fascinerend. Ze wist niet of Saret een schoolvoorbeeld was – en of de K überhaupt in de medische zin psychopaten konden zijn – maar hij had absoluut enkele kenmerken, inclusief een bizarre zelfoverschatting.

Korum glimlachte en trok haar naar zich toe, maar

ze kon wel zien dat het nog lang zou duren voor de wonden die Saret met zijn verraad had veroorzaakt echt geheeld zouden zijn.

Naast het ontvangen van al dat bezoek moesten ze veel doen om de bruiloft voor te bereiden. Met de virtuele hulp van Korums nichtje Leeta maakte Mia een prachtige witte jurk voor zichzelf waar elementen uit beide culturen in terugkwamen. Ze maakte ook mooie outfits voor haar familie, grotendeels in Krinarstijl, maar rekening houdend met hun persoonlijke voorkeuren.

Intussen had Korum een enorme hal gemaakt voor de huwelijksvoltrekking, die zweefde boven het meer nabij zijn huis. De hal was zo groot als een Olympisch stadion en was ontworpen om meer dan honderdduizend gasten te ontvangen – een aantal dat Mia niet kon bevatten.

'Hoe groot wordt deze bruiloft?' vroeg ze geschrokken toen ze het gigantische bouwsel zag.

'Zo groot als nodig,' zei Korum en hij keek haar strak aan, en Mia besefte dat hij een statement wilde maken. Door met haar te trouwen ten overstaan van heel Krina, maakte hij duidelijk dat de mensen officieel naast hen stonden, dat ze niet langer een inferieure soort waren die alleen aan de rand van de Krinarsamenleving bestond.

Korum hield rekening met haar zorgen over haar plek in zijn wereld.

# HOOFDSTUK EENENDERTIG

De dag voor de bruiloft kwamen de Ouderen eindelijk tot een uitspraak over Saret. Zodra Korum het hoorde, ging hij zijn voormalige vriend opzoeken. Hij had behoefte om hem nog een laatste keer te zien.

Saret werd vastgehouden in een zwaarbeveiligd gebouw in Viarad waar gevaarlijke criminelen hun straf afwachtten. De afgelopen maanden waren zwaar geweest voor hem. Als Korum niet beter had geweten, zou hij gedacht hebben dat Saret ouder was geworden. Zijn blik was leeg en zijn huid zag er grauw uit. Het leek alsof hij alle hoop had verloren en heel even had Korum medelijden met hem, vooral als zijn gedachten teruggingen naar hun jeugd.

Maar toen dacht hij weer aan wat Saret Mia had aangedaan – en wat hij met hen allemaal van plan was geweest – en verdween het medelijden. Korum had de echte Saret nooit gekend. De leuke dingen die ze met elkaar hadden beleefd waren niet echt, net zomin als Sarets vriendschap.

'O, kom je het even inwrijven?' doorbrak Sarets stem de stilte. 'Ik neem aan dat je hebt gehoord wat me boven het hoofd hangt.' Zijn lip trok en zijn vingers trokken aan de band om zijn keel.

'Nee,' zei Korum naar waarheid.

'Waarom ben je hier dan?'

'Ik weet het zelf ook niet,' gaf Korum toe. 'Ik denk dat ik iets moest afsluiten.'

'Afsluiten?' Saret lachte, een hard geluid dat pijn deed aan Korums oren. 'Wat bedoel je?'

Korum haalde zijn schouders op. Hij wist het echt niet.

'Jalet en Huar hebben me gisteren opgezocht,' zei Saret, met zijn ogen op Korums gezicht gericht. 'Ze hebben me verteld over je mensenbruidje en je huwelijk. Het schijnt het evenement van het millennium te worden. Gefeliciteerd. Je hebt haar blijkbaar beter gehersenspoeld dan ik kon. Zelfs nadat die bitch van een Laira ongedaan heeft gemaakt wat ik heb gedaan, wil Mia jou alsnog. Heb je haar verteld wat je van plan bent met de mensen?'

'Ja,' zei Korum. 'Ik heb alles uitgelegd. Ze begreep het. Ik heb nooit iets tegen de mens gehad, ik wil alleen maar zorgen dat er op hun planeet ruimte voor ons is.'

'Ja hoor.' Saret keek hem sarcastisch aan. 'Denk je soms dat ik vergeten ben hoe je dacht over mensen? Dat je vond dat de aarde ons toebehoorde?'

Korum staarde zijn voormalige vriend ongelovig

aan. 'Dacht je echt dat ik er nog steeds zo over dacht? Saret, dat is meer dan duizend jaar geleden! Alles is veranderd. Ikzelf ben veranderd...'

'O, echt? En hoe komt dat? Door een lekker strak kutje en een paar grote, blauwe ogen?'

Korum voelde een sterke drang om Saret iets aan te doen, maar hield zich op het laatste moment in. 'Nee,' zei hij, en hij zorgde dat hij de kalmte in zijn stem bewaarde. 'Ik heb gezien hoe snel ze zich ontwikkelden en steeds meer op ons gingen lijken. Ik besefte al eeuwen geleden dat ik het mis had – dat velen van ons het mis hadden. Dat heb je heus wel gemerkt aan me.'

'Nee,' zei Saret. 'Of misschien ook wel, maar kon ik het niet geloven. Het maakt nu niet meer uit, hè? Na vandaag besta ik niet meer. Daarom ben je me komen opzoeken, toch? Om me te zien sterven?'

'Je zult niet sterven,' zei Korum. 'Ze hebben je een nieuwe versie van de complete rehabilitatie opgelegd, een die Laira onlangs heeft ontdekt. Anders dan de oude variant, kan deze niet worden teruggedraaid.'

Saret lachte bitter. 'Exact. Na deze procedure besta ik niet meer.'

'Dag, Saret.' Korum keek nog een laatste keer naar de man die hij als een vriend had beschouwd en liep toen weg. Dit hoofdstuk van zijn leven was afgesloten.

Toen hij thuiskwam, wachtte Mia daar op hem. Ze had een gespannen gezichtsuitdrukking. 'Hoe ging het?' vroeg ze, en ze stond op van de zwevende plank waarop ze had zitten lezen op haar tablet. 'Heb je met hem kunnen praten?'

'Ja.' Korum trok haar naar zich toe voor een knuffel. Het gevoel van haar in zijn armen was fijn, het nam wat van zijn stress en spanning weg. Korum wilde het niet graag aan zichzelf toegeven, maar het was pijnlijk geweest met Saret vandaag. Ondanks zijn verraad, ondanks alles, had Korum hem altijd als een vriend gezien, en hij kon niet anders dan rouwen om het verlies van die illusie.

Ze sloeg haar armen om zijn middel en hield hem vast. Haar kleine handen streelden zijn rug. Op de een of andere manier wist ze dat hij dit nu nodig had. Ze wist tegenwoordig altijd wat hij nodig had.

Na een paar minuten trok ze zich ietsje terug en keek ze naar hem op. Haar blauwe ogen stonden vol medeleven. 'Wanneer gaan ze het doen?' vroeg ze zachtjes. 'Wanneer vindt de procedure plaats?'

'Vanmiddag,' zei Korum. Hij streek met zijn hand een krul van haar wang. 'Over een paar uur.'

'En daarna? Wat gebeurt er nadat je zo'n rehabilitatie hebt gekregen?'

'Hij wordt naar een speciale inrichting gebracht waar hij opnieuw alles kan leren, hoe hij deel moet uitmaken van onze samenleving en er een bijdrage aan kan leveren. Hij zal wel weten wie hij geweest is, maar hij krijgt een kans om opnieuw te beginnen. Hij kan een nieuw leven opbouwen.'

'Zal hij dan helemaal veranderd zijn? Zal hij niet meer zo verdorven zijn?'

'Zeer waarschijnlijk niet,' zei Korum. 'En trouwens, hij zal de komende eeuwen nauwlettend in de gaten worden gehouden. Bij het geringste vermoeden van nieuwe criminele plannen zal hij weer dezelfde procedure ondergaan.'

Ze bevochtigde haar lippen en Korum merkte dat hij naar haar mond staarde en dat zijn gedachten ineens naar seks gingen. 'Denk je dat we hem ooit nog zullen tegenkomen?' vroeg ze. 'Als hij weer gaat meedraaien in de maatschappij, bestaat er dan een kans dat we hem zien?'

Korum probeerde aan iets anders te denken dan haar lippen om zijn pik. 'Ik denk van wel,' zei hij. 'Maar maak je geen zorgen, want hij zal heel iemand anders zijn.' Ondanks het serieuze gespreksonderwerp voelde hij dat zijn lichaam verstrakte en verhardde. Hij reageerde niet anders dan anders op haar.

Mia voelde waarschijnlijk zijn erectie tegen haar buik drukken, want ze keek hem glimlachend aan en trok hem dichter naar zich toe, met haar borsten tegen zijn borstkas. Korum ademde scherp in toen hij haar harde tepels door de twee lagen stof tussen hen in voelde. Haar ogen werden donkerder en haar pupillen groter, en er kwam wat kleur op haar bleke wangen. Ze raakte opgewonden, hij kon het zien... en ook een beetje ruiken. Haar warme, sensuele aroma was een afrodisiacum voor hem, dat het bloed sneller door zijn aderen liet stromen en zijn pik liet kloppen van verlangen.

Ze keek nog steeds naar hem met die verleidelijke

glimlach en likte weer langs haar lippen, langzaam dit keer. Het geluid dat uit zijn keel kwam, leek op een grom. Ze wist precies wat ze wilde tegenwoordig, hoe ze hem zo snel mogelijk gek kon maken.

Hij verlangde naar haar smaak. Korum boog zijn hoofd en kuste haar. Hij genoot van de manier waarop haar tong om de zijne heen draaide en de binnenkant van zijn mond liefkoosde. Ze was goed geworden in zoenen, heel anders dan de maagd die hij in New York in zijn bed had gedwongen. Haar vingers vlochten zich in zijn haar en haar nagels schraapten over zijn hoofdhuid en hij gromde weer bijna. Zijn heupen stootten naar voren en achteren en hij duwde zijn erectie in haar onderbuik.

Zijn huid voelde bloedheet aan, en ineens zaten hun kleren gigantisch in de weg. Korum trok haar jurk omlaag zodat haar armen klem zaten en haar mooie borsten in zijn blikveld verschenen. Ze waren bleek, stevig en perfect rond gevormd, en haar tepels waren prachtig rozerood. Hij kon de verleiding niet weerstaan. Hij ging op zijn knieën zitten en bracht die kleine, harde tepels naar zijn mond. Eerst zoog hij aan de ene, daarna aan de andere. Ze kreunde en kromde zich naar hem toe. Met haar handen omklemde ze zijn hoofd en Korum liet een hand onder de rok van haar jurk glijden. Hij voelde de zachte krulletjes tussen haar dijen.

'Korum, alsjeblieft,' fluisterde ze, en hij wist dat ze verlangde naar meer, net als hij. Hij bleef haar tepels tongen en duwde een vinger bij haar naar binnen. Zijn ballen stonden strak toen hij het warme, vochtige binnenste van haar kutje voelde. Hij wilde dat ze kwam, maar tegelijkertijd wilde hij haar blijven kwellen, zodat ze het uitschreeuwde van genot in zijn armen. Zijn duim gleed tussen haar schaamlippen en hij vond haar clitoris, waar hij lichtjes tegenaan duwde, niet stevig genoeg om een orgasme te bewerkstelligen. Ze duwde zich tegen hem aan en Korum herhaalde de beweging. Hij genoot van de kreetjes die uit haar keel kwamen. Zijn pik stond op het punt te exploderen, maar hij bleef zijn vinger bij haar naar binnen duwen en voelde met elke beweging meer van haar vocht vrijkomen.

Zo lekker, ze was zo ongelofelijk lekker voor hem. Hij scheurde haar jurk uit elkaar, waarmee hij haar buik en het donkere driehoekje tussen haar dijen ontblootte. Zijn mond liet haar borsten los om elke centimeter van de ontblote huid te kussen. Er was zoveel wat hij met haar wilde doen, zoveel manieren waarop hij haar wilde neuken, genot wilde geven. Ze trilde in zijn armen en haar delicate binnenste trilde om hem heen, en toen duwde hij nog een vinger naar binnen, waarmee hij haar oprekte, terwijl zijn duim met haar clitje bleef spelen.

'Korum...' Haar getergde kreun klonk hem als muziek in de oren en hij grijnsde triomfantelijk, terwijl hij zachtjes zijn tanden over de zachte huid van haar buik liet glijden. Hij sneed haar huid niet open, maar ze kermde alsnog door het gevoel en hij voelde dat haar kutje zich nog strakker samenkneep om zijn vingers en ze heerlijk vochtig maakte.

'Ja,' mompelde hij, 'ja, je kunt nu voor me komen...' En dat deed ze. Ze gooide haar hoofd schreeuwend achterover en stookte met haar pulserende bewegingen het vuur in hem nog verder op.

Hij trok zijn vingers eruit en likte ze af. Haar smaak was heerlijk. Toen trok hij haar naast zich op de vloer. Het intelligente materiaal was zacht om hen heen, het masseerde hun knieën en kuiten met wat kleine vingers leken, maar Korum merkte haast niet op hoe aangenaam dat was, want hij had alleen aandacht voor de vrouw in zijn armen.

Mia trilde nog steeds. Haar ademhaling ging snel en onregelmatig na haar orgasme. Korum zette haar zo neer dat ze op handen en knieën zat, met haar gezicht de andere kant op. De rondingen van haar perfect gevormde kont waren ondraaglijk verleidelijk.

Hij duwde zijn duim in haar natte binnenste om er vocht vandaan te halen dat hij gebruikte als glijmiddel om dezelfde vinger in haar kontje te duwen. Ze gilde het uit, haar spieren probeerde de invasie tegen te gaan, en hij pauzeerde om haar gewend te laten raken aan het gevoel voordat hij langzaam verder in haar krappe gaatje naar binnen ging. Toen hij er helemaal in zat, pakte hij met zijn andere hand haar heupen beet en hij liet zijn pik diep in haar kutje glijden.

Ze kromde haar rug, kreunend, en Korum zoog zijn adem naar binnen. Zijn duim voelde hoe zijn pik in haar kutje bewoog door het dunne wandje tussen de twee ingangen in. *Zo ongelofelijk lekker.* Het genot was ongelofelijk, bijna ondraaglijk. Hij kon niet langer wachten. Korum begon haar zonder terughoudendheid te neuken, en hij voelde haar binnenste spieren om zijn pik heen aanspannen; ze greep hem zo stevig vast dat het voelde alsof hij ging ontploffen.

En toen gebeurde het. Hij gooide zijn hoofd naar achteren en schreeuwde het uit. Zij schreeuwde ook, tegen hem aan rijdend, en Korum voelde haar spieren hem leegmelken om zijn zaad tot de laatste druppel uit hem te krijgen.

Hijgend zakte hij ineen op de vloer, nog steeds in haar. Kort daarna haalde hij zijn duim eruit en trok haar naakte, trillende lichaam tegen zich aan. Ze ademde net zo zwaar als hij en hij gaf een zacht kusje op haar oor, want hij wist dat ze dat net zo hard nodig had als hij nadat hij haar als een wildeman had genomen. 'Ik hou van je,' fluisterde hij, en ze draaide zich glimlachend naar hem toe – de glimlach van een vrouw die intens genot had ervaren.

'Ik ook van jou,' zei ze zachtjes, en ze streelde met haar vingers zijn gezicht.

Zo bleven ze nog even liggen, elkaar simpelweg vasthoudend en genietend van het gevoel van huid tegen huid. Toen hoorde Korum haar maag rommelen.

Ze bloosde en hij grijnsde. 'Douchen en lunchen?'

'Ja graag,' zei ze, en ze lachte toen hij haar optilde en naar de badkamer droeg.

De beschermheren kwamen Saret om twee uur die middag ophalen. Alir was er ook bij. Zijn zwarte ogen waren kil en uitdrukkingsloos.

Toen ze hem probeerden vast te pakken, schudde Saret hen van zich af en liep hij zelf de kamer uit. Hij volgde ze naar de kamer waar de rehabilitatie zou plaatsvinden.

Laira was er al. Ze zag er somber uit, wat paste bij de gelegenheid. Saret had haar een keer eerder ontmoet en had haar niet gemogen. Ze deed hem denken aan Korum. Dezelfde scherpe intelligentie, dezelfde tomeloze ambitie. Ze had een paar jaar geleden gesolliciteerd bij zijn lab, voordat ze bekend kwam te staan als rijzende ster in het werkveld. Na een kort sollicitatiegesprek had Saret haar afgewezen, genietend van de verslagen blik op haar gezicht toen hij haar vertelde dat ze niet voldeed aan de eisen.

Het was op een bepaalde manier ironisch dat zij nu het vonnis mocht voltrekken.

Ze bonden hem vast op een zwevende plank en zorgden dat hij zich niet kon bewegen. Saret verzette zich er niet tegen. Waarom zou hij? De beschermheren waren tot de tanden bewapend, en zelfs als ze dat niet waren geweest, waren het alsnog geoefende krijgers. Hij zou geen schijn van kans maken. Op dit punt vond Saret het alleen nog belangrijk om waardig te sterven.

Want hij zou sterven. Ook al zou zijn lichaam blijven, zijn hersenen – hetgene wat hem Saret maakte – zou verdwijnen, gewist worden. Hij zou nooit meer zichzelf zijn. Al zijn herinneringen, zijn persoonlijkheid, de essentie van zijn wezen – alles zou worden uitgewist.

Laira liep naar hem toe met een klein apparaatje in haar handen. Saret herkende het. Hij had een variant hiervan gebruikt om Mia's geheugen te wissen, een paar maanden terug.

'Het spijt me,' zei Laira, en ze drukte het apparaatje tegen zijn voorhoofd. 'Het spijt me echt.'

Haar gezicht was het laatste wat hij zag voor alles om hem heen donker werd.

# HOOFDSTUK TWEEËNDERTIG

De ochtend van hun huwelijksdag was helder en fris.

'Mia, liefje, je ziet er...' Haar moeder veegde de tranen van haar wangen. 'Je ziet er prachtig uit.'

'Dank je, mama,' zei Mia zachtjes. 'Jij en Marisa ook.' Het was echt waar, haar zus zag er prachtig uit in haar crèmekleurige jurk die zo was ontworpen dat haar babybuikje niet zo erg toonde. Haar moeder zag er opmerkelijk jeugdig uit in een perzikkleurige jurk die haar rondingen mooi benadrukte. Haar vader en Connor droegen ook Krinar-kleding. Ze zagen er goed uit in hun strakke witte broeken, laarzen en mouwloze shirts.

'Ik kan niet geloven dat mijn zusje gaat trouwen.' Marisa snifte en haar ogen vulden zich met tranen. Dat was geen wonder, want ze schoot tegenwoordig om alles vol.

'En nog wel met een K,' zei Connor met een grote glimlach. 'Dan, had je dat ooit verwacht?'

'Nee,' zei haar vader droogjes, 'absoluut niet.'

Mia's familie zat in een privékamer in de gigantische hal waar het huwelijk zou plaatsvinden en keek hoe Mia de laatste hand legde aan haar haar. Als huwelijkscadeau had Leeta een patroon gestuurd voor een prachtig haaraccessoire en Mia zette dat nu op haar hoofd. Het was gemaakt van glanzend metaal en schitterende witte steentjes. Het wond zich om haar haar en door elke krul heen, zodat Mia eruitzag als een sprookjesprinses.

Haar jurk droeg daar nog meer aan bij. Hij was lang, tot over haar voeten, met een wijdvallende rok en een strapless halslijn die haar borsten omhoogduwde en haar slanke lijf accentueerde. Het was een klassiek model, behalve het feit dat Mia's rug geheel ontbloot was, zoals gebruikelijk was bij de Krinar-jurken. Omdat het zo'n lange jurk was, droeg Mia er hoge hakken onder die haar tien centimeter langer maakten. Ze was nu bijna net zo lang als de kleinste Krinar-vrouwen.

'Korum heeft je nog niet gezien, toch?' vroeg haar moeder nerveus.

Mia schudde haar hoofd, glimlachend om het bijgeloof. 'Nee, mam, relax.'

Mia wist dat ze zelf ook zenuwachtig zou moeten zijn. Moest een bruid niet gaan hyperventileren, op z'n minst een beetje? En Mia had daar nog meer reden toe dan anderen, gezien de grootsheid van haar bruiloft en het feit dat alle Krinar zouden toekijken omdat er nog nooit zoiets was gebeurd.

Toch was ze helemaal niet nerveus. Ze voelde zich alleen maar warm vanbinnen en gelukkig. Korum had alles geregeld, net zo nauwgezet als hij altijd was, dus ze hoefde zich nergens zorgen over te maken. En hun toekomst samen zou heus niet altijd vlekkeloos gaan, maar hun liefde was sterk genoeg, écht genoeg, om alles te overwinnen.

Een deel van haar kon nog altijd niet geloven dat dit gebeurde, dat ze op het punt stond te gaan trouwen met een K die ze ooit had gevreesd en als vijand had gezien. Hoewel er slechts een paar maanden waren verstreken, was haar leven compleet veranderd – en dat van Korum ook. Ze hadden ontdekt hoe belangrijk het was om compromissen te sluiten en zich in de ander in te leven. Mia was sterker en zelfverzekerder geworden, en Korum had zijn arrogantie en controledrang wat ingetoomd. Hij was natuurlijk nog steeds overdreven beschermend, maar Mia hoopte dat dat nog wat minder zou worden naarmate de herinnering aan Sarets aanval naar de achtergrond verdween. Zijn bezitterigheid was iets anders. Ze vermoedde dat dat deel van zijn persoonlijkheid nooit zou veranderen.

'Je zult een beroemdheid worden,' zei Marisa bedachtzaam. 'Mijn kleine zusje, de eerste mens die trouwt met een K! Als de media hier lucht van krijgen, word je groot nieuws…'

'Ik weet het.' Mia huiverde bij die gedachte. Zij en

Korum hadden het al over die verontrustende mogelijkheid gehad. 'Als we teruggaan, wonen we waarschijnlijk in Lenkarda, dus dan hebben we er niet zoveel last van. Maar jullie... jullie moeten misschien overwegen om daar ook te gaan wonen, ongeacht wat er gebeurt met het verzoek.' Het was logisch dat ze in het Center zouden gaan wonen als ze onsterfelijk werden, want dan waren ze net als alle charls.

Mia keek nog een keer in de spiegel, draaide zich om en glimlachte. 'Ik ben er klaar voor.'

GEKLEED IN EEN MENSELIJK KOSTUUM WACHTTE KORUM HAAR OP BIJ HET ALTAAR. De eerste noten van de traditionele bruiloftsmars klonken door de ruimte en zijn hartslag nam toe. Over een paar minuten zou Mia door dat gangpad schrijden en zou hij eindelijk zijn menselijke bruid zien.

Twee uurtjes geleden hadden haar ouders haar meegenomen en hem gewaarschuwd dat hij haar niet meer mocht zien tot de ceremonie begon. Iets belachelijks over dat het ongeluk zou brengen. Korum was er niet blij mee, want hij wilde haar helpen met aankleden en misschien nog een vluggertje doen voor de lange ceremonie, maar Ella Stalis liet zich niet vermurwen en Korum moest er wel mee instemmen. In discussie gaan met zijn aanstaande schoonmoeder stond vandaag niet hoog op zijn prioriteitenlijstje.

Terwijl het muziekstuk doorging, keek hij vluchtig

om zich heen in de grote hal. Die was zilver en wit versierd en zat tot de nok toe vol. Naast Korums familie, vrienden en bekenden waren er ook veel leden van de Krinar-elite in levenden lijve aanwezig. De rest van Krina, en de Krinar op aarde, waren er virtueel bij. Iedereen keek met onverhulde nieuwsgierigheid naar ze en vroegen zich af waarom hij dit deed, waarom hij trouwde met zijn charl. Zelfs Arus snapte er niks van. 'Is dat niet overbodig?' had hij aan Korum gevraagd na een Raadsvergadering waar Korum op afstand aan had deelgenomen. 'Jullie zijn al zo goed als getrouwd. Ze is je charl.'

Korum had alleen maar geglimlacht. Hij vond niet dat hij het hoefde toe te lichten. Mia was zijn charl, en nu werd ze ook zijn vrouw.

In de verte hoorde hij haar voetstappen. Haar vader begeleidde haar naar binnen, volgens het oude gebruik dat hij de bruid weggaf. Korum grinnikte inwendig. Hij zou haar graag van hem overnemen.

Toen ze verscheen aan het andere uiteinde van het gangpad, aan haar vaders arm, stokte zijn adem in zijn keel. Mia zag er stralend uit, mooier dan alle vrouwen die hij ooit had gezien. Ze straalde, haar blauwe ogen stonden vol blijdschap en haar lippen vormden een brede glimlach. De jurk accentueerde haar smalle taille en duwde haar prachtig ronde borsten omhoog, waardoor zijn aandacht naar haar decolleté werd getrokken. Haar zo zien maakte dat hij haar wilde oppakken en meenemen naar zijn bed – waar hij haar dan een paar uur niet uit zou laten ontsnappen.

Binnenkort, zei Korum tegen zichzelf, en hij deed zijn best om alle seksgedachten weg te duwen. Maar het was onmogelijk, want hij kon zijn ogen niet van haar afhouden. Ze schreed door het gangpad en hij keek hongerig naar haar. Haar delicate trekken, de elegante lijnen van haar hals en schouders. Haar huid zag er zo zacht uit, smeekte er haast om aangeraakt te worden. Korums vingers jeukten letterlijk van het verlangen om haar te strelen.

Toen stond ze naast hem en de muziek bereikte een crescendo, waarna hij stilviel. Korum pakte Mia's hand en wendde zich tot de blonde vrouw die het huwelijk zou voltrekken. Lana Walters was vroeger een rechter geweest in Missouri, maar was nu een charl die op Krina woonde. Ze vond het een eer om een rol te mogen vervullen in deze historische gebeurtenis.

'Lieve vrienden, familie en alle anderen die vandaag aanwezig zijn of kijken,' zei Lana met een hese stem, 'we zijn bijeen voor het huwelijk van Nathrandokorum en Mia Stalis, de eerste echtelijke verbintenis in zijn soort.' Ze liet een stilte vallen voor het dramatisch effect. 'Korum, neem jij Mia tot je vrouw, en beloof je haar te zullen liefhebben in ziekte en gezondheid, tot de dood jullie scheidt?'

'Ja,' zei Korum, en hij keek naar Mia. Bij dat antwoord verscheen er een oogverblindende glimlach op haar gezicht.

'En jij, Mia? Neem jij Korum tot je wettige echtgenoot, en beloof je hem te zullen liefhebben in ziekte en gezondheid, tot de dood jullie scheidt?'

'Ja.' Haar stem was krachtig en helder, zonder ook maar de minste aarzeling.

'Dan verklaar ik jullie man en vrouw. Je mag de bruid kussen.'

Korum had geen aanmoediging nodig. Hij trok Mia naar zich toe, boog zijn hoofd en kuste haar. Haar heerlijke smaak stuurde het bloed rechtstreeks naar zijn kruis. Het kostte hem al zijn wilskracht om na een minuutje te stoppen. Toen hij zich terugtrok, keek ze naar hem op met opgezwollen lippen en met verlangen in haar blauwe ogen.

Als één man stond het publiek op en ze begonnen te stampen, het standaard Krinar-applaus. De vloer trilde terwijl honderdduizend gasten tegelijkertijd stompten en juichten. Korum pakte Mia's hand en stak die samen met de zijne in de lucht. Het publiek ging nog meer uit zijn dak.

Het was tijd om een feestje te vieren.

MIA KON NIET STOPPEN MET LACHEN TERWIJL HAAR ECHTGENOOT HAAR RONDZWIERDE OP DE DANSVLOER, met een gemak alsof ze een pop was. Om hen heen waren ook andere koppels aan het dansen. Hun bewegingen waren zo ingewikkeld en vloeiend dat Mia ze nooit zou kunnen imiteren. Haar familie keek van de zijlijn toe, net zo onder de indruk van hun gratie en elasticiteit als Mia.

Ondanks de traditionele menselijke ceremonie was

het feest buitenaards. Het deed Mia denken aan Leeta's partnerschapsviering in Lenkarda. Alles, van de exotische muziek tot de lay-out van de dansvloer, was puur Krinar. Zwevende planken, transparante wanden en glinsterende decoraties waren overal.

Mia zag dat haar ouders overweldigd waren door alle glitter en door het prachtige decor. Marisa en Connor leken het gewoon fantastisch te vinden. Mia's zwager proefde zelfs een van de plaatselijke drankjes. 'Sterke shit,' zei hij waarderend zodra zijn ogen er niet meer van traanden. Mia en de anderen hielden het bij de verfrissende roze cocktail en wilden niet iets proberen wat zelfs sterk genoeg was om een K aangeschoten te krijgen. Na een tijdje kwamen ook Korums ouders erbij en ze praatten met z'n allen terwijl Korum Mia meenam naar de dansvloer.

Na ongeveer een uur dansen moest Mia hem smeken om te stoppen. 'Je weet toch wel dat ik nog steeds een mens ben?' vroeg ze lachend en hijgend aan Korum.

Er kwam een lange Krinar-man op hen af. 'Gefeliciteerd,' zei hij met een glimlach. 'Ik ben Kellon, een neef van Ellet.'

Korum glimlachte terug en ze begroetten elkaar op de traditionele Krinar-manier met een aanraking van elkaars schouder.

'Ik heb een cadeau van Ellet voor jullie,' zei Kellon.

'O?' Korum trok zijn wenkbrauwen op en Mia keek naar de K. Wat wilde Ellet hen geven?

'De afgelopen paar jaar heeft Ellet gewerkt aan een

heel ambitieus project,' zei Kellon, 'en gisteravond heeft ze eindelijk een doorbraak gemaakt. Het zal jullie allebei zeker interesseren en daarom heeft ze mij gevraagd om vandaag naar jullie toe te gaan, bij jullie bruiloft.'

'Wat is het?' vroeg Mia met onverholen nieuwsgierigheid.

'Ze heeft haar onderzoek gericht op een manier waarop Krinar en mensen samen een biologisch kind kunnen krijgen… en ze lijkt eindelijk een oplossing te hebben gevonden.'

'Echt waar?' fluisterde Mia. Ze durfde het haast niet te geloven. 'Bedoel je mens-Krinar-kinderen?' Haar echtgenoot stond er als verstijfd bij en keek de andere K geschokt aan.

'Ja,' zei Kellon. 'Het is nog niet perfect en Ellet moet nog een hoop kinderziektes uit het proces halen, maar ze heeft ontdekt hoe je DNA van beide soorten zodanig kunt vermengen dat er levensvatbaar nageslacht ontstaat. Over een paar jaar kunnen jullie misschien samen een kind krijgen. Als jullie dat zouden willen, tenminste.'

'Weet ze het zeker?' Korums stem klonk kalm, maar zijn ogen waren felgeel van de sterke emotie. 'Weet Ellet dit absoluut zeker? Als het alleen een simulatie is…'

'Nee,' zei Kellon, 'het is echt zo. Ze heeft minstens honderd simulaties gedaan en ze hadden allemaal een positief resultaat. Voor het eerst in de geschiedenis wordt het mogelijk dat een charl en cheren samen een kind krijgen.'

'Dank je wel, Kellon,' zei Mia geëmotioneerd, 'en bedank ook Ellet namens ons. Dit… dit is het mooiste cadeau dat we hebben gekregen.' Het voelde heel even alsof ze in tranen zou uitbarsten, en ze keek weg, verwoed knipperend om het vocht dat in haar ogen kroop terug te dringen. Een kind met Korum! Dit was mooier dan haar stoutste dromen.

'Ja,' zei Korum zachtjes, 'bedank Ellet alsjeblieft. We zijn haar heel dankbaar.'

Kellon knikte respectvol en liep weg, de menigte in.

Zodra hij weg was, wendde Mia zich tot haar man. 'Een baby! O mijn god, Korum, een baby!' Ze pakte zijn hand en kneep hem fijn tussen haar handen.

'Een baby,' herhaalde hij, met een vreemde blik in zijn ogen. 'Onze baby.'

Mia's opwinding ebde een beetje weg. 'Je… je wilt toch wel een kind?' vroeg ze onzeker. 'Ik bedoel, het zou wel deels een mens zijn, maar…'

'Of ik een kind wil?' Hij staarde haar aan alsof ze ineens twee hoofden had. Toen hij verderging, klonk zijn stem laag en intens. 'Mia, mijn liefste, ik hou van jou. Een kind dat deels jou is en deels mij… hoe zou ik dat niet kunnen willen?' Hij legde zijn hand over de hare en trok haar naar hem toe, met glinsterende ogen. 'Ik wil het heel, heel graag.'

Mia straalde en het voelde alsof haar hart zou overstromen van blijdschap. 'Als we een dochter krijgen, wil ik haar graag Ivy noemen. Dat heb ik altijd zo'n mooie naam gevonden. Wat vind jij?'

'Ik vind het prachtig,' mompelde hij, en hij boog zijn hoofd om haar vurig te zoenen.

Ze zouden hun families het nieuws pas na de bruiloft vertellen. Er waren hier te veel aanwezigen om deze belangrijke privémededeling te doen. Maar Mia kon nergens anders meer aan denken.

'Denk je dat de procedure rond zal zijn tegen de tijd dat ik dertig ben?' vroeg ze aan Korum terwijl hij haar weer naar de dansvloer leidde. 'Ik heb altijd een kind gewild voor mijn dertigste…'

'Dertig?' Hij lachte. 'Mia, schat, je leeftijd doet er niet meer toe. Ons kind kan geboren worden als je dertig bent, of als je vijfhonderddertig bent. Het maakt echt niet uit…'

'Wel voor mijn ouders,' zei Mia zachtjes. 'Ik zou graag willen dat zij hun kleinkinderen ontmoeten en leren kennen.' Dit was het enige wat haar zorgen baarde: het feit dat ze nog steeds geen antwoord hadden van de Ouderen.

Korum wilde iets gaan zeggen toen de muziek ineens ophield. Het geluid stierf weg en er daalde een doodse stilte neer. Iedereen leek verstijfd en iedereen staarde naar de ingang.

'Wat gebeurt er?' fluisterde Mia en ze zette een stap naar Korum toe.

'Stil, liefje,' zei hij zachtjes, en hij sloeg een beschermende arm om haar heen. 'Het ziet ernaar uit dat Lahur hier is.'

Mia hapte naar adem. Korum had haar verteld dat de Ouderen zich nooit onder de rest van de Krinar mengden en dus niet naar aangelegenheden zoals deze gingen. Ze waren heel erg op zichzelf. En nu was Lahur, de oudste van allemaal, hier op hun feestje?

De menigte week uiteen en Mia zag een lange, krachtige man op hen af komen. Terwijl hij hen naderde, herkende ze de grove trekken van de Oudere met wie ze in het bos had gepraat. Hij droeg formele Krinar-kleding, net als alle andere gasten, maar zijn jagersbloed was alsnog zichtbaar. Zelfs voor een Krinar leek hij wild, een cheetah onder de huiskatten.

'Welkom, Lahur,' zei Korum kalm. Hij knikte naar de man die net was binnengekomen. 'Wat fijn dat je er bent.'

'Dank je wel.' Lahurs diepe stem klonk geamuseerd. 'Ik zal hier niet lang zijn. Ik heb een cadeau voor jullie. Dat zijn jullie toch gewend, Mia?'

Mia staarde hem geschokt aan. 'Ja,' wist ze uit te brengen. 'Het is gebruikelijk bij menselijke bruiloften.' Ze verbaasde zichzelf dat ze nog kon praten nu haar hart zo snel bonsde.

'Goed dan,' zei Lahur, met zijn donkere ogen op haar gericht. 'Ik wil jullie graag vertellen dat jullie verzoek wordt ingewilligd. Je familie krijgt alle rechten en privileges die ook de charls krijgen.'

Er ging een geschokt gemompel door de menigte toen hij dit zei en Mia ademde scherp in. Haar ogen vulden zich met tranen van blijdschap. 'Dank je wel,' fluisterde ze, en ze keek naar het donkere gezicht van de tien miljoen jaar oude man tegenover haar. 'Echt enorm bedankt…'

'Ja,' zei Korum, en hij sloeg zijn arm steviger om Mia heen. 'Dank je wel voor dit geweldige huwelijkscadeau. Mia en ik zijn ontzettend dankbaar.'

Lahur knikte instemmend. Toen draaide hij zich om en liep hij weg. De menigte week weer uiteen om hem erdoor te laten.

De muziek werd hervat en het feest ging door. Marisa rende naar Mia toe en gaf haar en Korum een dikke knuffel. Ze huilde tranen van blijdschap. Mia's ouders omhelsden elkaar en er liepen tranen over hun gezicht. Connor schudde Korums hand en Mia zag dat er ook bij haar zwager tranen in de ogen stonden.

Voor het eerst in de geschiedenis zou een complete mensenfamilie onsterfelijk worden – een groter cadeau dan ze zich ooit hadden kunnen voorstellen.

Mia keek naar haar man – haar prachtige K-geliefde – en glimlachte door haar tranen heen. 'Ik hou van je,' zei ze zachtjes. 'Ik hou heel veel van je.'

'En ik ook van jou,' zei hij, en hij keek haar aan met zijn amberkleurige blik.

Hun geluk was compleet.

Lahur stond op de open plek in het bos en voelde de warme bries op zijn gezicht. De anderen stonden om hem heen. Hun gezichten waren net zo vertrouwd voor hem als zijn eigen. Deze individuen, degenen die bekendstonden als de Ouderen, waren een van de weinigen wier gezelschap Lahur langer dan tien minuten kon hebben.

'Dus, wat nu?' vroeg Sheura, en ze keek hem aan met haar kalme blik.

Lahur keek naar haar. 'Wat vind jij?'

'Ik denk dat de tijd rijp is,' zei ze zachtjes. 'Ik denk dat we het moeten doen.'

'Ik ben het met haar eens,' zei Pioren, Sheura's partner in het experiment. 'We kunnen niet langer aan de zijlijn staan toekijken. Het project is geslaagd. Ze zijn net als wij. Onze beste en slimste soortgenoten kiezen ze uit als partner.'

'Ja,' zei Lahur, 'dat is waar.' Het was een openbaring

geweest om de mensenvrouw aan Korums zijde te zien. Ze was niet de eerste mens die ze hadden ontmoet, maar iets aan haar had hem geraakt, was door de ijslaag die hem omringde heen gebroken. Heel even had Lahur iets gevoeld van de sterke band tussen haar en haar cheren, en had hij de liefde gevoeld die er tussen hen was.

Onder de jongere generatie bevond Korum zich naar Lahurs mening onder de interessantste, waarschijnlijk omdat hij hem deed denken aan hemzelf in zijn jongere jaren. Dezelfde gedrevenheid, dezelfde bereidheid om te doen wat nodig was om zijn doelen te bereiken. Lahur twijfelde er niet aan dat het Korum zou lukken om een Krinar-imperium op te bouwen en dat ze dankzij hem aan de vooravond stonden van een ongelofelijke reis.

Een reis die Korum wilde maken met een menselijke partner.

Er was geen duidelijker signaal mogelijk dat hun experiment ten einde was.

'We doen het,' zei Lahur. 'Je hebt gelijk. De tijd is rijp. We moeten onze technologie met hem delen en hun allemaal geven wat we voorheen alleen een select groepje gaven. Hun evolutie is voltooid.'

En terwijl hij de open plek rondkeek, zag hij de instemming op hun gezichten. Lahur wist dat niets ooit nog hetzelfde zou zijn.

Bedankt voor het lezen van *Aanbidding*, het einde van de Krinar-kronieken! Ik zou het heel erg waarderen als je een review schrijft op internet, want die stimuleren me om te schrijven en helpen andere lezers om mijn boeken te ontdekken.

Hoewel het verhaal van Mia & Korum afgelopen is, zijn er meer verhalen:

- *Verwrongen* – het verhaal van Julian en Nora, dark romance
- *Gevangen* – het verhaal van Lucas en Yulia, dark romance

Als je wilt weten wanneer er een nieuw boek uitkomt, schrijf je dan in voor de mailnieuwsbrief op www. annazaires.com/book-series/nederlands.

Sla om voor een voorproefje van *Verwrongen* en *Gevangen*.

*Ontvoerd. Meegenomen naar een privé-eiland.*

Ik had nooit gedacht dat mij dit zou overkomen. Ik had me nooit kunnen voorstellen dat een toevallige ontmoeting aan de vooravond van mijn achttiende verjaardag mijn leven zo volkomen zou veranderen.

Nu behoor ik hem toe. Julian. Een man die even meedogenloos als knap is — een man wiens aanraking me in vuur en vlam zet. Een man wiens tederheid verwoestender is dan zijn wreedheid.

Mijn ontvoerder is een raadsel. Ik weet niet wie hij is of waarom hij me heeft ontvoerd. In hem bevindt zich duisternis—duisternis die me evenzeer aantrekt als beangstigt.

Ik ben Nora Leston. Dit is mijn verhaal.

Het is avond. Ik word elke minuut nerveuzer omdat ik weet dat ik straks mijn ontvoerder weer zie. Niet langer houdt het boek mijn aandacht vast. Daarom leg ik het maar weg en begin te ijsberen.

Ik heb de kleren aan die Beth me gebracht heeft. Zelf zou ik ze niet uitgekozen hebben, maar ze zijn beter dan die badjas. Ik heb een sexy wit slipje aan en een bijpassende beha. Daaroverheen draag ik een leuk blauw zomerjurkje met knoopjes van voren. Het is verbazend hoe goed het past. Misschien houdt hij me al wel langer in de gaten. Misschien weet hij naast mijn kledingmaat nog veel meer van me.

Die gedachten zijn misselijkmakend.

Hoe hard ik ook probeer niet te denken aan wat komen gaat, het lukt me niet. Eigenlijk begrijp ik niet eens waarom ik er zo van overtuigd ben dat hij vanavond naar me toe komt. Misschien heeft hij wel een hele harem aan vrouwen op dit eiland zitten en neemt hij elke avond een ander, net als sultans dat vroeger deden.

Maar ik weet gewoon dat hij eraan komt. Gisteren was gewoon een voorproefje. Hij is nog niet klaar met me – nog lang niet.

Uiteindelijk gaat de deur open. Hij stapt binnen alsof hij de touwtjes in handen heeft, wat natuurlijk ook zo is.

Opnieuw ben ik onder de indruk van zijn

mannelijke schoonheid. Met zo'n gezicht zou hij een model of een filmster kunnen zijn. Als de wereld eerlijk was, was hij klein geweest, of had hij een andere imperfectie gehad om voor die trekken te compenseren.

Maar dat is niet het geval. Zijn lichaam is perfect geproportioneerd, groot en gespierd. Als ik denk aan hoe het was om hem in me te voelen, bespeur ik tot mijn ongenoegen een vlaag van opwinding.

Wederom draagt hij een spijkerbroek en een T-shirt, een grijze ditmaal. Hij heeft groot gelijk dat hij de voorkeur geeft aan eenvoudige kleding. Het is niet of zijn uiterlijk nog extra nadruk nodig heeft.

Hij glimlacht naar me, duister en verleidelijk als een gevallen engel. "Hallo, Nora."

Ik heb geen idee wat ik moet zeggen en daarom flap ik het eerste eruit wat in me opkomt: "Hoelang wil je me hier houden?"

Hij houdt zijn hoofd een tikje scheef. "Hier in deze kamer? Of op dit eiland?"

"Allebei."

"Beth zal je morgen rondleiden. Als je zin hebt, kunnen jullie gaan zwemmen," zegt hij terwijl hij op me af loopt. "Ik houd je niet opgesloten, tenzij je domme dingen gaat doen."

"Zoals?" Mijn hart begint als een gek te bonzen wanneer hij met een hand door mijn haren strijkt.

"Beth of jezelf pijn doen." Zijn zachte stem en indringende blik werken hypnotiserend. Die ritmische strelingen door mijn haar versterken dat effect alleen maar.

Ik probeer de betovering te verbreken door een paar keer met mijn ogen te knipperen. "En op het eiland? Hoe lang ben je van plan me hier te houden?" Nu strijkt zijn hand over de ronding van mijn wang. Even leun ik tegen zijn hand, als een kat die geaaid wordt. Dan besef ik wat ik aan het doen ben, en meteen ga ik weer stokstijf rechtop staan. Aan zijn glimlach zie ik dat hij precies weet welk effect hij op me heeft.

"Lang, hoop ik," is zijn antwoord.

Op de een of andere manier verrast dat me niet. Je neemt niet de moeite iemand helemaal naar een verlaten eiland te brengen als je alleen paar keer seks wilt. Ik ben doodsbang, dat wel, maar niet verrast. Ik verzamel mijn moed en stel de volgende logische vraag: "Waarom heb je me ontvoerd?"

Nu glimlacht hij niet meer. In plaats van te antwoorden, neemt hij me met die onpeilbare blauwe ogen op.

Over mijn hele lichaam begin ik te beven. "Ga je me vermoorden?"

"Nee, Nora, ik ga je niet vermoorden."

Ik weet dat hij zou kunnen liegen, maar toch stelt het antwoord me gerust. "Ga je me dan verkopen?" Ik forceer de woorden naar buiten. "Als een prostituee of zo?"

"Nee," zegt hij zacht. "Dat nooit. Je bent van mij. Alleen van mij."

Ook dat stelt me wat gerust, maar er is één ding dat ik nog moet weten. "Ga je me pijn doen?"

Wederom lijkt het of hij geen antwoord gaat geven. Heel even verschijnt er een flits van iets duisters in zijn ogen.

"Waarschijnlijk wel," zegt hij dan en hij buigt zich voorover om me met zijn warme mond zachtjes op mijn lippen te kussen.

Een moment lang blijf ik als bevroren staan. Ik geloof hem. Ik weet dat hij de waarheid vertelt als hij zegt dat hij me pijn gaat doen. Al vanaf het begin is er iets aan hem dat me angst aanjaagt. Hij is zo anders dan de jongens met wie ik altijd uitging. Volgens mij is hij tot alles in staat. En ik ben volledig aan hem overgeleverd.

Heel even overweeg ik me weer te verzetten. Dat is wat men zou doen in mijn situatie, nietwaar? Dat zou dapper zijn.

Maar ik doe het niet. Ik bespeur een duisternis in hem, een afwijking. Die schoonheid verbergt iets monsterlijks en ik wil niet degene zijn die het wekt. Ik heb geen idee wat er dan zal gebeuren.

Daarom blijf ik doodstil staan en laat ik hem me kussen. Ook wanneer hij me oppakt en naar het bed draagt, verzet ik me niet. In plaats daarvan sluit ik mijn ogen en geef ik me over aan de gevoelens die hij in me oproept.

~

*Verwrongen* is nu verkrijgbaar. Ga naar mijn website www.annazaires.com/book-series/nederlands voor meer informatie en om je in te schrijven voor mijn releasemailing.

# FRAGMENT UIT GEVANGEN

**Noot van de auteur:** *Gevangen* is een trilogie met donkere romantiek met Lucas en Yulia. Het loopt parallel met enkele van de gebeurtenissen in de *Verwrongen*-trilogie. Alle drie de boeken zijn nu beschikbaar.

~

*Ze is bang voor hem vanaf het eerste moment dat ze hem ziet.*

Yulia Tzakova is geen onbekende voor gevaarlijke mannen. Ze groeide op met hen. Ze heeft ze overleefd. Maar als ze Lucas Kent ontmoet, weet ze dat de harde ex-soldaat misschien wel de gevaarlijkste van allemaal is.

Eén nacht, dat is alles wat het zou moeten zijn. Een

kans om een mislukte opdracht goed te maken en informatie te krijgen over de wapenleverancier van Kent. Wanneer zijn vliegtuig naar beneden gaat, zou het het einde moeten zijn.

In plaats daarvan is het nog maar het begin.

*Hij wil haar vanaf het eerste moment dat hij haar ziet.*

Lucas Kent heeft altijd graag langbenige blondines gehad en Yulia Tzakova is zo mooi als ze komen. De Russische tolk heeft misschien geprobeerd zijn baas te verleiden, maar ze belandt in Lucas 'bed - en hij is van plan haar daar weer te zien.

Dan gaat zijn vliegtuig naar beneden en leert hij de waarheid.

Ze heeft hem verraden.

Nu zal ze betalen.

Zodra de deur open zwaait, stapt hij naar binnen. Geen aarzeling, geen begroeting... Hij stapt gewoon naar binnen.

Geschrokken zet ik een stap achteruit. De hal lijkt ineens benauwend klein. Ik was vergeten hoe groot hij is, hoe breed zijn schouders zijn. Ik ben lang - lang genoeg om me als model voor te doen als de situatie daarom vraagt - maar hij steekt nog een volle kop boven me uit. In zijn dikke winterjack neemt hij bijna alle ruimte in de hal in beslag.

Zonder iets te zeggen, sluit hij de deur achter zich en komt op me af. Instinctief ga ik achteruit, alsof ik een in de hoek gedreven prooi ben.

'Hallo, Yulia,' prevelt hij. Bij de doorgang naar de woon-/slaapkamer blijft hij staan. Zijn lichte ogen zijn op mijn gezicht gevestigd. 'Ik had niet verwacht je zo aan te treffen.'

Ik probeer mijn zenuwen weg te slikken. 'Ik ben net in bad geweest.' Ik wil kalm en zelfverzekerd overkomen, maar hij brengt me volledig uit mijn evenwicht. 'Ik had niet op bezoek gerekend.'

'Nee, dat zie ik.' Een vage glimlach verzacht de harde lijnen van zijn mond. 'Toch heb je me binnengelaten. Waarom?'

'Omdat ik geen zin had door de deur heen te praten.' Ik haal diep adem. 'Kan ik je een kopje thee aanbieden?' Aangezien hij voor iets heel anders gekomen is, klinkt het stom om te zeggen, maar ik heb een paar minuten nodig om me te herstellen.

Hij trekt zijn wenkbrauwen op. 'Thee? Nee, bedankt.'

'Mag ik dan je jas aannemen?' Ik gebruik beleefdheid als rookgordijn voor mijn onzekerheid. 'Hij lijkt me behoorlijk warm.'

Nu schijnt er geamuseerdheid door in die koele blik van hem. 'Zeker.' Hij trekt het donsjack uit en reikt het me aan. Eronder draagt hij een zwarte trui en een donkere spijkerbroek, die in zwarte sneeuwlaarzen gestoken is. De spijkerstof spant om zijn gespierde dijbenen en kuiten. Aan de riem is een pistool in een holster te zien.

Van die aanblik alleen al versnelt mijn ademhaling. Het kost me moeite mijn handen niet te laten trillen als ik de jas aanpak en in mijn kleine kast hang. Het is niet zozeer een verrassing dat hij gewapend is - het zou eerder verbazend zijn als dat niet het geval was geweest - maar het wapen is een overduidelijke herinnering aan wie Lucas Kent is.

Aan wat hij is.

Het maakt niet uit, houd ik mezelf voor. Ik ben gevaarlijke mannen gewend. Ik ben met ze opgegroeid. Deze man is niet heel anders. Ik ga met hem naar bed, peuter de informatie los die ik krijgen kan en dan verdwijnt hij uit mijn leven.

Zo simpel is het. Hoe eerder ik tot actie overga, hoe eerder het allemaal voorbij is.

Ik sluit de deur en plak een glimlach op mijn gezicht, klaar om mijn rol als zelfverzekerde verleidster aan te nemen.

Maar hij staat al naast me. Blijkbaar is hij zonder enig geluid te maken de hal door gelopen.

Mijn polsslag schiet opnieuw omhoog. Van mijn zojuist hervonden evenwicht is weinig meer over. Hij staat zo dicht bij me dat ik de grijze kleurschakeringen in zijn lichtblauwe ogen kan zien - zo dichtbij dat hij me zou kunnen aanraken.

En een seconde later doet hij dat ook.

Hij heft een hand en laat zijn knokkels langs mijn kaak glijden.

Ik staar hem aan, verrast door de directe reactie van mijn lichaam. Mijn huid wordt warm, mijn tepels worden hard. Mijn ademhaling versnelt. Het slaat nergens op dat deze harde, gewetenloze vreemdeling me opwindt. Zijn baas is knapper, indrukwekkender, maar mijn lichaam reageert op Kent. En hij heeft slechts mijn gezicht aangeraakt. Het zou me niets moeten doen, maar toch voelt het gebaar intiem aan.

Verontrustend intiem.

Ik slik nog een keer. 'Meneer Kent... Lucas, wil je echt niets drinken? Misschien koffie of...' De woorden worden abrupt afgebroken als hij in een kort, simpel gebaar aan de ceintuur van mijn ochtendjas trekt.

'Nee.' Hij kijkt toe hoe de ochtendjas openvalt en mijn naakte lichaam onthult. 'Geen koffie.'

*Gevangen* is nu verkrijgbaar. Ga naar www.annazaires. com/book-series/nederlands om er meer over te weten te komen.